★ BROADWAY LIMITED ★

Malika Ferdjoukh

★ BROADWAY LIMITED ★

tome 1
UN DÎNER AVEC CARY GRANT

l'école des loisirs
11, rue de Sèvres, Paris 6ᵉ

Version revisitée par l'auteur

© 2018, l'école des loisirs, Paris, pour l'édition Médium+ poche
© 2015, l'école des loisirs, Paris, pour la première édition
Loi n° 49.956 du 16 juillet 1949 sur les publications
destinées à la jeunesse : mars 2015
Dépôt légal : juin 2018

ISBN 978-2-211-23499-3

*À la cousine-skaïa
Annie Savarin (La Savarin !)
sous les feux du music-hall.*

À la PENSION GIBOULÉE, 78ᵉ Rue Ouest, NY

Mrs Celeste Merle \
Artemisia } deux sœurs, propriétaires de la pension

Easter-Witty \
Charity } les domestiques

Leurs pensionnaires
Jocelyn Brouillard, étudiant, Français, pianiste
Manhattan (Wendy Balestrero), danseuse
Hadley Johnson, danseuse, *cigarette girl*, vendeuse de doughnuts
Page Hibbs, comédienne
Chic (Felicity Pendergast), modèle, *gold digger*
Etchika Jones, comédienne
Ursula Keller, chanteuse
Ogden (2 ans), neveu
Betty Grable, un chat
Mae West, un autre chat
N° 5, chien discret
Gilda, Chevrolet 4 places à deux portes
Dido et Prospero Bezzerides, une voisine et son papa

Au SOCIAL PLATINIUM, club restaurant

Wanda, cigarette girl 1
Peggy, cigarette girl 2
Milton Toresca, leur patron

Au RUBY HORSESHOE, night-club

Eudora Flame, chanteuse et danseuse exotique
Lew, régisseur
Mike Oanian, chorégraphe
Manny, pianiste

AMOUREUX, SOUPIRANTS, CHEVALIERS SERVANTS

Addison De Witt, critique au *Broadway Spot*; **Allen Königsberg**, aspirant génie; **Arlan**, soldat; **Cosmo Brown**, golden boy en dilettante; **Ernie Calkin** *alias* **Bouchon**, piètre danseur; **Jay Jameson Tyler Taylor** *alias* **Jay Jay**; **Luke**, jeune premier à l'école de théâtre; **Nelson Julius Macauley**, soupirant d'un autre temps; **Reuben Olson**, secrétaire de star; **Scott Plimpton**, main-forte; **Silas** *alias* **Drizzle**, joueur d'ukulélé; **Uli Styner**, la star; un **coursier** de chez Federal Rush; **Whitey**, technicien à CBS.

GUEST STARS

Clark Gable, Margo Channing, Clifton Webb, James Stewart, Grace Kelly, Woody Allen, Dean Martin, Jerry Lewis, Ronald Colman, Sarah Vaughan...

1948
VERS HALLOWEEN...

1

Begin the beguine

La jeune fille ouvrit la porte au jeune homme. Un essaim de feuilles rouges s'engouffra aussitôt à l'intérieur de la maison tel un gang de sorcières à l'affût.

La jeune fille était brune et sans doute souriait-elle. Difficile d'en être sûr à cause de la sphère en bubble-gum rose, d'un diamètre épanoui, qui lui poussait au milieu de la figure. Le jeune homme entendit un borborygme – peut-être un «oui?».

– Bonsoir.

Il serra la poignée de sa valise et monta cinq des sept marches de perron où les broussailles tassées dans les angles attendaient l'éboueur avec la patience des gros chats roux. Il posa la valise, replia le plan de la ville qu'il avait en main – non sans peine à cause du vent – et le rangea dans son duffle-coat.

– Je suis à la Pension Giboulée?

Un brusque remue-ménage dans le jardin, à

droite, derrière une grille en fer, capta son attention. Une silhouette venait de surgir vraisemblablement de ce massif de chrysanthèmes. De sa vie le jeune homme n'avait vu de chrysanthèmes aussi gros… ni qu'un humain pût s'en faire une cachette.

Courbée sous les rafales, la silhouette emmitouflée d'une fourrure noisette progressait par bonds sur le côté de la maison. Elle marqua un arrêt, le vit qui la voyait, et posa un doigt sur ses lèvres.

– Je suis bien à la Pension Giboulée ? répéta-t-il vers la brune qui l'examinait sur le seuil (l'autre, la cachottière à fourrure, pour ce qu'il pouvait en distinguer, portait deux nattes blondes repliées). La pension de Mrs Celeste Merle ?

La bulle rose éclata, *ploêk*, sitôt escamotée par la bouche incarnate. Poing sur la hanche, la jeune personne s'appuya sur un pied, l'autre balançant mollement entre deux marches. Elle désigna la valise.

– Un dîner avec Cary Grant que vous ne transportez aucune asperge fraîche, là-dedans ?

– …

– Vous n'êtes donc pas l'épicier.

Avec une grimace, elle jeta un œil derrière elle puis à la rue déserte où les érables orange agitaient leurs bras de divas indignées.

Là-bas, la fugueuse à nattes et fourrure s'était faufilée jusqu'au tronc de ce qui ressemblait à un sycomore et en amorçait l'escalade. Des talons aiguille dépassaient de sa poche de manteau. Elle était pieds nus.

— Mais je suis bien à la Pension Giboulée ?

Dans une torsion qui découpa la skyline d'une silhouette déraisonnable, son interlocutrice indiqua une plaque sur le grès violet du mur.

Ses cheveux coupés à mi-oreille ourlaient insolemment vers l'extérieur.

— Tu ne sais pas lire et tu n'oses pas l'avouer ?

D'un ongle assorti à ses lèvres, elle chiquenauda la plaque.

— « Pension Giboulée », lut-elle. G.I.B.O.U...

— Je sais lire, coupa le jeune homme sans impatience. C'était une entrée en matière.

À califourchon sur une branche, la fugitive aux nattes blondes était en train de disparaître à mi-tronc par une fenêtre du premier étage. Durant quelques secondes, le pan de son manteau battit au vent avec la hardiesse d'un drapeau pirate... Puis la maison l'avala.

— Giboulée, c'est *French*, commentait la jeune fille du perron. Tu es français, toi aussi ?

Elle souffla. Sa frange raide et drue vola un bref instant.

— Tu es au bon endroit mais pas au bon moment. On est mercredi.

Constat qui lui arracha un soupir. Le jeune homme ne demanda pas en quoi le mercredi avait son importance, il voulait entrer. Il souleva sa valise. Sur la poignée, ses doigts se levèrent l'un après l'autre, retombèrent, se relevèrent, comme s'ils y pianotaient une sonate.

– Nerveux ? dit-elle, un rire dans les yeux.

Il nota qu'elle les avait bleus. D'un bleu compliqué.

– Tu peux l'être, susurra-t-elle, si tu n'apportes pas avec toi les asperges pour notre Cap'tain Bligh.

Son rire parut subitement inquiétant.

Il gravit le reste de perron, buta sur deux potirons obèses empilés au coin de la balustrade (des cucurbitacées sur un perron ?).

– Qui est le Cap'tain Bligh ? risqua-t-il.

– Il donnait le fouet aux mutinés de la *Bounty*. Moi, je suis Felicity. La terre entière m'appelle Chic.

Sur quoi, d'un pivotement de talons aussi gracieux qu'ironique, elle le laissa pénétrer dans une sorte de hall sombrement éclairé.

Après une seconde porte, puis deux marches tapissées de ramages, le jeune homme se retrouva dans un vaste salon, au milieu d'un tapis coquelicot et d'une discussion animée.

– J'espère pour toi, lui chuchota (à toute vitesse

et dans l'oreille) Felicity-que-la-terre-entière-appelait-Chic, qu'il y a *malgré tout* des asperges dans ta valise.

Et comme cela ressemblait à une vraie menace, il se prit à le souhaiter de tout son cœur lui aussi. Malheureusement, sa valise, il le savait, contenait trois chemises, du petit linge, un cahier de partitions, un pantalon qu'il faudrait défroisser, sa trousse de toilette, un exemplaire de *Tom Jones* de Fielding, et un dictionnaire de poche anglais-français dans sa première partie, français-anglais dans la seconde.

Un invisible personnage tonitrua :

Tums, l'ami de vos esTumacs ! Fini les acidités de la digestion ! Dix cents dans tous les drugstores. Attention aux imitations !

L'orchestre swing partit comme un coup de feu.

Jamais il n'avait vu de meuble-radio aux telles proportions. Si on avait écarté les parois de celui-ci, on eût été à peine surpris d'y découvrir le grand orchestre jazz de Benny Goodman confortablement assis, en pleine session d'enregistrement.

Une autre voix, jaillie de la vraie vie celle-là, c'est-à-dire du fond de la pièce, l'interpella :

– Entre donc ! On ne va pas te dévorer... Du

moins pas avant qu'on ait appris à te connaître mieux.

Tums et NBC vous invitent ce soir à un nouvel épisode de votre feuilleton préféré : « Rendez-vous avec Judy ! » Avec, dans le rôle de Judy...

Le jeune homme, immobile, serrait contre le pan de son duffle-coat sa valise sans asperges.

– Ne soyez pas timide. Nous sommes manifestement destinés à mieux nous connaître... Pourquoi ne pas commencer tout de suite ?

Une jeune fille, sortie de l'ombre d'une alcôve, serviette autour de la tête, sweater chamois, *cold cream* sur le nez et le menton, allure décidée, arrivait droit vers lui. Elle rehaussa ses lunettes d'une pichenette avant de lui tendre sa main aux doigts écartés.

– Bonjour, je m'appelle Manhattan. Je vous embrasserais volontiers mais je viens de me laver les cheveux.

Elle virevolta comme si elle dansait en direction de l'armoire musicale. Chic jeta son chewing-gum dans le cendrier et pointa sa camarade *cold crémée*.

– Il y a quatre jours, Manhattan possédait un cerveau. Elle l'a troqué contre des cheveux peroxydés.

Manhattan coupa le sifflet à Benny Goodman

avant d'aller jauger sa face barbouillée dans une glace en luth.

– … Là-bas, c'est Hadley, continua Chic.

Il ne l'avait pas encore remarquée. Assise en tailleur sur un pouf, au coin de la cheminée où les flammes tendaient l'embuscade à une bûche malchanceuse, la dénommée Hadley était occupée à enlacer et évider un potiron à la pointe d'un gigantesque couteau à viande aux allures de sabre. Sans lever le nez, elle le gratifia d'une agitation du bras, quelque chose entre le battement d'ailes et une épilepsie de l'épaule. Il devait s'agir d'un salut et le jeune homme lui retourna un bonsoir poli.

Chic traversa le salon au pas de charge pour rallumer l'appareil. Ce qui permit d'apprendre que la Judy du feuilleton n'avait pas de déguisement pour se rendre à la parade de Halloween avec son fiancé Delmer, qu'il lui restait neuf minutes pour s'en dénicher un.

– Bonsoir, intervint le jeune homme. Je m'app…

– Chic ? Tu ne devrais pas déjà être prête ? s'enquit Manhattan. Je croyais que Romeo t'avait invitée ce soir.

– *No, signora*. Romeo, c'est *finito*.

– Troisième rupture en quatre mois, marmotta Hadley. Et pourquoi donc cette fois ? demanda-t-elle à voix haute.

— Bah ! soupira Chic. Si seulement les garçons étaient aussi réjouissants qu'une cape en vison rose...

— Raconte-nous ça ! Et avec les détails, s'il te plaît.

L'attention fut intense.

— Oh, ils se ressemblent au fond, dit Chic. Seules leurs cravates changent.

— Il a rompu ? Ou c'est toi ?

— Bonsoir ! redit un peu plus fort le jeune homme. Mon nom est J...

— Une fille qui a une noble opinion d'elle-même doit rompre séance tenante lorsque son chéri lui offre un chausse-pied.

— Un chausse-pied ! Romeo t'a offert un chausse-pied ?

— Pur argent. Lourd comme un pudding. J'ai refusé, bien sûr. J'ai des principes.

— Fallait le mettre au clou. Tu te serais offert la cape en vison rose.

— Au début, Romeo m'offrait des violettes.

— Pas très pratique, les violettes, pour enfiler des escarpins, nota Manhattan.

Sur le marbre de la cheminée, un potiron de taille modeste mais au sourire dentu projetait le halo grelottant d'une bougie parmi les raies du papier peint. Une bougie dans une courge vide ? Quels liens énigmatiques la démocratie américaine entretenait-elle donc avec cette espèce potagère ?

Soudain, le jeune homme trouva l'ensemble – ce salon, cette pension, la carpette coquelicot, la conversation extravagante des trois jeunes filles, l'orchestre swing, les citrouilles allumées, la radio, le feuilleton idiot à la radio, bref tout – absurde et proprement merveilleux.

Il sourit. Il effleurait l'Amérique.

– Bonsoir. Mon nom est...
– Quelqu'un a sonné ?

Une femme venait de faire irruption dans un claquement de porte. Elle essuya ses vastes mains noires sur le bleu pâle du tablier qui empaquetait ses hanches.

– Le Prince Charmant. Je viens de lui ouvrir. Easter Witty, la présenta Chic. Elle prétend faire le ménage. En réalité, quand on voit trop la poussière, elle éteint les lumières.

Easter Witty évalua le visiteur.

– Vous m'amenez les asperges fraîches pour le Dragon ?

Chic fut plus rapide que lui.

– Ça me donne faim. Il reste quoi dans la glacière ?

– Une poche de glaçons pour la gueule de bois et des fourmis.

Le jeune homme laissa tomber sa valise.

– Mon nom est Jocelyn Brouillard, je suis le nouveau pensionnaire et je n'apporte, hélas, aucune asperge, débita-t-il d'un trait.

Son nom de famille provoquait généralement un arrêt. Il y était accoutumé, en France. Mais… ici, à New York ? « Brouillard » ne signifiait, a priori, rien en anglais.

– Joce-*lyn* ?

Chic répéta le prénom tel que lui-même l'avait prononcé. À la française.

– … *LYN* ? jeta Manhattan qui, soit dit en passant, n'avait guère de leçon à lui donner question prénom.

La porte du fond se rouvrit alors, sur une quatrième jeune fille.

– Miss Felicity ? appela-t-elle. Votre bain est prêt.

– Peux-tu me l'apporter s'il te plaît ? lui répondit Chic distraitement.

Une alarme tinta dans le cerveau de Jocelyn Brouillard. Comme une question qui vous tracasse. Une question importante. Sa mère appelait ça « voir filer le Lapin blanc d'Alice »… Mais vers quel terrier ?

Easter Witty se posta face à lui.

– Comment vous dites vous appeler, déjà ?

– Jocelyn Brouillard. J'arrive de Paris.

Il risqua un sourire, mais si navrant qu'il fut heureux de n'en être pas le destinataire.

– Et vous ? Comment vous appelez-vous ? demanda-t-il à la dernière jeune fille.

– Moi... Charity, répondit-elle avec une mesure de retard, comme s'il lui avait fallu réfléchir avant de répondre, et tout en recoiffant le tire-bouchon châtain qui lui traînait sur la joue.

Charity. Dans les manuels d'anglais, les Américaines se nommaient Jane, Mary, Ann ou Emily. Certainement pas Chic ou Charity, ni Easter Witty, ni Manhattan. Ni même Hadley – ou à la rigueur chez Hemingway.

Il baissa sobrement les paupières. Si seulement il réussissait à rattraper le fichu Lapin et la fichue question qui détalait avec !

– Je cours chercher Mrs Merle, proposa Easter Witty d'un ton de garde-malade.

– J'y vais !

Chic s'éclipsa. Manhattan resserra sa serviette éponge.

– Préservons la Terre et les paquebots, s'esclaffa-t-elle mystérieusement. Nos uniques sources d'approvisionnement en garçons.

– Je retourne à mes fourneaux, dit Easter Witty.

Easter Witty n'en fit rien. Elle attendit, comme on attend la nuit pour voir éclater le feu d'artifice.

— Vous boirez quelque chose ? sourit-elle, affable. Mrs Merle interdit l'alcool aux filles, mais pour les jeunes hommes… Vous autres, Français, vous devez avoir des goûts bien à vous ?… Eh bien, dites ! s'écria-t-elle, engloutie sous les étagères jusqu'au nœud de son tablier. Il reste de la tequila. Avec du citron, la tequila est un don du Bon Dieu. Comme les bébés. Je vais…

Easter Witty n'alla nulle part. Quelqu'un approchait.

— Mrs Merle, il faut que l'on vous informe de quelque chose, claironnait Chic (pour les prévenir sans doute) depuis le hall.

Mrs Merle n'était qu'une ombre chinoise à forme de théière sur le mur, et à la voix enjouée.

— Les asperges ! Ne me dites pas que vous en avez trouvé ?

— On ne vous le dit pas, Mrs Merle, non.

Qu'avaient les filles à sourire si cordialement d'un coup ? On devait sourire ainsi au futur pendu qui gravit l'échafaud.

Le Lapin d'Alice ressurgit, hilare, du terrier… et le cerveau de Jocelyn entrevit, l'espace d'un éclair, la satanée question qui se carapatait depuis le début. Il ouvrit la bouche, la referma.

Mrs Merle était une dame à la cinquantaine bien entamée. Le Temps et la poudre de riz donnaient un flou onctueux à sa physionomie qui avait dû être pimpante et l'était encore assez. Une robe à cent petits boutons lui emmanchait le cou d'un velours mauve plutôt vieillot mais qui flattait le roux naturellement doux de son chignon mousseux. Quand elle s'approcha, bras tendu, un léger parfum (de… *boîte à couture*?) flotta autour de Jocelyn.

— Celeste Merle. Je dirige cette pension. Que puis-je pour vous, monsieur?…

— Jocelyn Brouillard. De Paris. J'ai réservé une…

— Joce… *lyn*? répéta Mrs Merle. Vous voulez dire *Jocelyn*?

Elle le prononça à l'américaine, c'est-à-dire comme les Français prononcent «Jocelyne». Mais non. Il était un Jocelyn. Pas une Jocelyne. Même si un Jocelyn, en anglais, se prononçait comme une… Puis zut à la fin. Le Lapin d'Alice s'installa, narquois, à côté de lui, et lui souffla (enfin) l'évanescente — mais à présent très claire — question.

— Cette pension… Est-ce qu'on n'y accueille que des jeunes filles?

Mrs Merle fit un pas en arrière. Ses mains s'élevèrent pour aller se poser quelque part sur ses joues mais elles changèrent d'avis en route et retombèrent.

– *Oh dear*, mais oui. Des demoiselles *exclusivement*. Éteignez la radio, Easter Witty, je vous prie. Je n'entends pas ce que me dit cet aimable jeune homme.

L'aimable jeune homme ne disait mot, mais Easter Witty obtempéra. Le silence fut consternant.

– Co... comment une telle erreur?... bredouilla-t-il enfin. Vous avez reçu mon courrier. Je vous ai expliqué qui j'étais...

– *My!* Vous m'avez écrit en effet que vous étiez la cousine de Mr Steve O'Day.

The cousin. Ah, la langue indélicate et désinvolte qui vous fourrait masculin et féminin dans le même sac!

– Désolé. Je suis le cousin Joce*lyn*. Pas la cousine Joce*lyne*.

– *Oh... Dear, dear, dear.*

Une main déserta une joue pour désigner un cadre en simili-acajou qu'il n'avait pas pu voir en entrant:

PENSION POUR DAMES

Les messieurs, boyfriends et fiancés
(officiels et autres), ne sont admis ni dans l'escalier,
ni dans les couloirs, ni dans les chambres.

POUR LES VISITES EXCEPTIONNELLES,
S'ADRESSER À LA DIRECTION.

Une bouche farceuse avait estampillé un baiser en rouge à lèvres (au ton groseille fort avenant) juste au coin du mot *chambres*.

– Je viens de traverser l'Atlantique, reprit Jocelyn entre panique et effondrement, de passer des heures interminables aux douanes, au Bureau des résidents étrangers... Bref, il est tard et... je n'ai qu'une adresse à New York : la vôtre.

– Oh, mais nous n'allons pas vous laisser à la rue. Pauvre garçon. Où pourriez-vous aller ? Il y a un charmant hôtel dans la 22e Rue Ouest qui ne doit pas être complet...

– C'est tout à fait impossible ! Je ne peux pas aller à l'hôtel ! (Il s'étrangla.) Ce n'est pas du tout prévu comme ça. Je viens étudier à Penhaligon College. Steve O'Day m'a indiqué votre pension...

Steve, devenu le mari américain de la cousine Odette quinze mois après le débarquement de Normandie, quatre ans plus tôt, lui avait assuré qu'une Mrs Merle, amie de sa tante, tenait une *boarding house* aux tarifs très raisonnables. Visiblement, Steve en ignorait le principe... féminin.

– Je vous ai écrit de sa part. Vous avez accepté de me...

– Bien sûr, bien sûr... Mais c'était avant que vous soyez *un Jocelyn*. Voyez ?

Il cligna des paupières pour en chasser la sueur.

– Existe-t-il un équivalent ? Je veux dire une pension raisonnable réservée… aux hommes ?

– Raisonnable et homme ? murmura Manhattan. N'est-ce pas contradictoire ?

– Moi j'en connais pas, marmonna Charity.

– Hum, hum, toussota Chic. Si ce genre de pensions existe, elles sont fortement déconseillées à un agneau dans ton genre.

– Mrs Merle, intervint Manhattan en confortant du pouce la position de ses bésicles. Ce garçon a fait un voyage très long. Ne pourrait-on envisager qu'il occupe une chambre un jour ou deux ? Il est si juvénile, si ingénu qu'il…

Son expression était d'un tel tragique qu'il crut qu'elle allait conclure par « n'est presque pas masculin ».

– … que ce ne serait pas dérangeant.

– Je dois demander son avis à Artemisia, dit Celeste Merle.

Chic fit mine d'aller cueillir un livre sur une étagère ; en chemin, elle souffla en douce à Jocelyn :

– Sa sœur… Alias le Cap'tain Bligh. Alias le Dragon !

Sur le pouf, Hadley reprit son dépeçage de citrouilles demeuré en suspens.

— Avec tous ces beaux cheveux qu'il a, dit-elle de sa voix ténue, et tout en sciant une rangée de dents féroces dans l'écorce, ce garçon ne peut être que franc et honnête.

Mrs Merle quitta la pièce, non sans grommeler quelques *dear, dear* libérateurs. Face aux quatre jeunes filles, Jocelyn se gratta le sourcil.

— Je devine ce que vous pensez, soupira-t-il.

— J'espère que non! pouffa Chic.

Il alla s'écrouler sur un grand fauteuil à oreilles. Il les dévisagea une à une. Elles affichaient une compassion qui masquait mal combien toute l'affaire les divertissait.

— Vous vous moquez du stupide Français qui s'est trompé de point de chute.

— Mais pas du tout! s'écria gaiement Manhattan. Chic! Cesse donc de sourire ainsi, on dirait que tu viens d'étrangler quelqu'un.

— Toutes ces citrouilles, interrogea-t-il soudain. Ces bougies dedans... À quoi ça sert?

— Halloween, dit Charity.

— Halloween?

— La fête des morts et des citrouilles, gazouilla Hadley. Je crois qu'en France, on appelle ça... *la Tussaud*?

— La Toussaint. Je n'avais jamais remarqué que

l'on mettait des courges sur les tombes à la Toussaint en France.

— Oh, nous n'en mettons pas non plus, rit-elle. Nous les disposons dans la maison pour illuminer. Pour consoler. Sourire des choses tristes.

Sa voix de flûte, ses taches de rousseur, donnaient irrésistiblement envie de sourire des choses tristes. Jocelyn sourit.

— Me voilà dans de beaux draps absurdes, pas vrai ? À six mille kilomètres de mon pays.

— On va trouver une solution.

— Sauf qu'il y a cette Miss Artemisia qui n'a pas l'air commode.

— C'est vrai, admit Chic. Il y a la vieille rosse.

— Il y a toujours la tequila dans le placard, rappela Easter Witty entre ses dents. Du solide, attention. La dernière fois que je m'en suis offert une lampée, j'ai cherché ma tête pendant huit jours.

Une clochette tinta. Charity courut ouvrir. On entendit une discussion puis, conduit par la jeune fille, un homme en salopette et casquette vertes vint se planter au milieu du tapis coquelicot.

— J'ai là, dit-il en déchiffrant une fiche, une grosse malle pour une dame *Djossleen Brolarde*.

Djossleen Brolarde. Jocelyn retint un soupir. Il allait devoir s'habituer.

– C'est moi.

L'homme pichenetta sa visière, le lorgna avec stupeur, puis pitié.

– Dieu sait que j'ai mille fois maudit mon vieux père de m'avoir appelé Widmer Schlumpf, déclara-t-il, mais j'aurais pas du tout aimé me prénommer *Djossleen*.

– J'aime beaucoup que le mien m'ait appelée Easter Witty, rétorqua Easter Witty avec hauteur. Plutôt que Widmer !

L'homme revint bientôt, poussant la malle sur un engin à roulettes. Il la dessangla, la fit basculer sur la carpette. Puis attendit.

Jocelyn finit par comprendre. Il se dépêcha de tirer de sa poche une pièce. Il avait eu l'heureuse idée de changer ses francs en débarquant du *Queen Carlotta*, notamment pour payer son train jusqu'à Pennsylvania Station.

– Pourvu que le Cap'tain Bligh se montre magnanime, soupira Hadley. Cette histoire d'asperges l'a mise de si méchante humeur.

– J'ai peine à croire que mon destin tienne à une botte de légumes !

– Chaque soir du mercredi, Miss Artemisia exige son bouillon vert, énonça Easter Witty en pointant vers le lustre un index funeste. Seulement les livraisons de citrouilles ont pris toute la place chez notre épicier.

– Le Cap'tain Bligh pourrait tuer un innocent pour ce potage, confirma Chic.

Hadley exposa une citrouille fin prête sur la cheminée, alluma une bougie à l'intérieur. Quatre citrouilles lumineuses ricanaient désormais sur le marbre. Jocelyn les considéra lugubrement.

– Mais le mercredi uniquement, sourit Hadley. Le reste de la semaine elle se contente de dévorer les enfants.

On entendit le pas de Mrs Merle dans l'escalier. Elle reparut, l'air confus.

– Ma sœur refuse toute présence *masculine*. Désolée, mon pauvre garçon. C'est notre règlement.

– Puis-je lui parler ? Je tenterais de la persuader de ma bonne foi.

– Autant vouloir convaincre J. Edgar Hoover et son FBI de ne plus espionner l'Amérique, persifla Chic.

– Ou un python de faire des claquettes.

– Easter Witty, un peu de respect s'il vous plaît. Une autre insolence, et je devrai songer à vous renvoyer.

– Douze ans que vous me renvoyez, Mrs Merle. Je suis la personne la plus renvoyée de New York.

– Bon… soupira Jocelyn, accablé. Je m'en vais essayer cet hôtel.

– Laissez ici la malle. Jusqu'à ce que vous trouviez où vous installer.

À la porte, il marqua un arrêt. Fit volte-face.

– La malle. J'y pense… Ma mère… Peut-être…

Il tomba à genoux près de la malle et se mit à en déboucler les courroies avec fébrilité. On le vit soulever le couvercle et farfouiller, soudain très excité, à l'intérieur.

Des livres sautèrent, les partitions volèrent, les chandails bondirent, les pyjamas bousculèrent une barre de Toblerone, un renne en peluche fit un roulé-boulé sur le plancher avant d'être à nouveau enseveli sous les piles. Il ressortit des bras victorieux qui brandissaient chacun un bocal en verre.

– Voilà !

Il se releva, agitant les deux bocaux emplis d'un liquide épais.

– Je me doutais. Pourtant je ne voulais pas. Elle insistait… Pour caler ma musique, disait-elle, mon métronome, la boîte de colophane, cette sorte de choses, voyez. Le renne en peluche, c'est elle aussi. Et le Toblerone. En vérité, elle craint que j'aie le mal du pays. Ou de sa cuisine. Ou les deux. Maman est un cordon-bleu doublé d'une éternelle anxieuse. Elle aura profité que j'avais le dos tourné…

Les filles ne pipaient mot, ébahies. D'autant qu'il

s'exprimait en français, avec des éclats de rire vers le plafond.

— Qui n'a jamais goûté aux soupes de ma mère ne connaît rien aux délices de l'univers !

Manhattan happa le bocal le plus proche, colla son nez dessus, secoua, ce qui déclencha un minuscule maelström vert crémeux à l'intérieur.

— Asperges ? interrogea-t-elle, l'œil brillant derrière ses lunettes.

— Aucune idée. Poireaux ? Oseille ? Oui, asperges, qui sait ?

— Pas à la grenouille au moins ? s'émut Easter Witty.

Le chignon de Mrs Merle oscilla tel un soufflé à la sortie du four lorsque, à son tour, elle huma avec espoir l'objet, comme si l'odeur pouvait en traverser le verre.

— Vous croyez ? *Oh dear, dear.* Il y a une inscription... Je n'ai pas mes lunettes, et c'est en français je présume.

Le souffle court, Jocelyn éleva le bocal sous la lumière. Le lampadaire jeta sur l'étiquette son éclat de triomphe.

— Muscade, lut-il, un tantinet chancelant. Crème et... asperges.

Il le tendit à Mrs Merle. L'intuition et la magie culinaire de Janine Brouillard allaient-elles amadouer le Cap'tain ? Terrasser le Dragon ?

— Un jeune homme à qui sa maman mitonne des potages à la muscade ne peut pas être un barbare, haleta Celeste Merle.

Easter Witty lui ôta le pot des mains.

— Donnez-moi l'adresse de votre mère, j'irai moi-même lui embrasser les orteils en France ! Jésus sait pourtant que je crains le mal de mer. Le Dragon cessera peut-être de cracher ses flammes pour ce qui nous reste de cette satanée journée.

Elle partit, étreignant le bocal, et les lattes de l'escalier grognonèrent sous son pas combatif.

Un chat apparut. Sa couleur évoquait un chiffon de garage, et lorsqu'il vint se frotter au pantalon de Jocelyn, il en avait aussi l'odeur.

— Betty Grable t'aime, constata Chic. Tu marques un autre point.

Après une attente assez longuette Easter Witty revint, le pas plus valeureux que jamais, serrant le bocal... qu'on avait ouvert.

— Le Cap'tain s'en est étouffé ! Le Cap'tain a aimé ! Je m'en vais illico réchauffer ce bouillon venu du ciel par la mer.

Le vent de l'euphorie agita les pampilles du lustre. Les joues de Mrs Merle virèrent aussi roses que si elle venait d'embrasser un clown.

— Miss Artemisia a ajouté autre chose, continua

Easter Witty en humant le contenu précieux. Elle a dit…

— Elle a dit ?… fredonna Hadley en guillotinant la dernière citrouille.

— … que c'était un sortilège, et qu'à titre de compensation exceptionnel, parce que la nuit tombe, et afin que notre visiteur étranger ne s'imagine pas que l'Amérique est une république hostile, il peut rester cette nuit.

Le sabre échappa des mains de Hadley avec un cliquetis.

— Elle a dit ça ! ? s'écrièrent-elles ensemble.

— Vous restez donc, n'est-ce pas ? Dîner et dormir ? s'empressa Mrs Merle. Ce sera un honneur pour nous.

Jocelyn respira plusieurs fois avant de répondre faiblement :

— Et pour moi un réconfort. Merci.

En pensée il embrassa Janine Brouillard, cordon-bleu, mère poule, âme intuitive.

— Le Drag… Miss Artemisia souhaiterait connaître l'ingrédient qui donne ce goût, hum, *d'hier et d'éternité* à cette soupe ; c'est ce qu'elle a dit, *d'hier et d'éternité*, je lui ai fait répéter trois fois.

— Le mal de mer ? suggéra Chic.

— L'amour d'une mère ? fit Hadley, à mi-voix.

— Je lui demanderai la recette, promit Jocelyn.

Easter Witty cueillit prestement le second bocal resté sur la table.

— Pour la semaine prochaine ! dit-elle. Ça nous fera comme ça deux mercredis de bonne humeur.

— Quant à vous, mon garçon, reprit Mrs Merle, je propose qu'on vous donne un nom plus, hum, plus facile à porter.

— Lequel ? dit Manhattan.

— Quelque chose d'évident, dit Hadley.

— Quelque chose qui lève toute équivoque, dit Chic, sourire oblique.

— Un petit nom, dit Charity.

— ... Jo ? suggéra Manhattan.

— Original ! ironisa Chic.

— Jo Brouillard... C'est joli, dit Hadley.

— Mais oui ! dit Mrs Merle. Jo ! On saura ainsi que vous n'êtes pas... Enfin, que vous êtes...

Elle rosit plus fort. Chic termina à sa place :

— De sexe masculin.

2

The gentleman needs a shave

C'était une chambre au deuxième étage, de guingois et spacieuse. Un décor de fleurs dont les pétales faisaient penser à des doigts de pied.

À son entrée, une commode grassouillette le toisa d'un air ombrageux. Le bureau près de la fenêtre était le sosie de celui où Lauren Bacall se grattouille le genou dans *Le Grand Sommeil*.

Jocelyn se sentit bien tout de suite.

Il dénoua sa cravate, ouvrit son col, testa le matelas. Pansu, dodu… Une perfection. L'édredon sentait le pressing, l'oreiller la lessive en flocons. Mais c'est lorsqu'il ouvrit la fenêtre que le bonheur lui envahit le cœur tout entier.

Il s'agissait bien sûr d'une fenêtre à l'américaine, avec un panneau qu'il fallut hisser, et qui crissa un peu. Il passa la tête à l'extérieur, puis les épaules.

Le souffle ardent, colossal, de l'octobre new-yorkais le cravacha au visage et lui battit les cheveux. Il se trouvait au faîte des érables, la rue était déserte, décoiffée par le vent; la ville était là, invisible, mais qui déferlait partout, devant, autour, par-dessus, car la géante grommelait.

Il l'écouta de longues minutes, n'en revenant pas d'y être, dans cette cité qu'il avait rêvée, bourdonnant avec elle; et lorsqu'il repassa la tête à l'intérieur et qu'il se tourna, la commode ombrageuse souriait.

Il tomba de tout son long sur le lit, à bout de fatigue et d'extase, saturé de mollesse délicieuse et de pensées radieuses.

Jo Brouillard...

Vraiment pas mal.

Une pensée assombrit tout. L'interdiction de résider était un méchant coup tout de même.

Oh, demain. Demain, il affronterait les problèmes. Se chercherait un toit. Un travail aussi. Pour ce soir il avait un lit, et le merle céleste avait parlé d'un dîner... On toqua à la porte.

Il se redressa aussitôt, reboutonna vite son col, toussota.

– Entrez, Mrs Merle!

Une tête blonde se montra par l'entrebâillement.

– Bonsoir. Je dois vous confesser une chose: je ne suis pas Mrs Merle.

– Bonsoir. On dirait bien que vous êtes une autre personne en effet. Ma foi, qui êtes-vous ?

– Page.

Le vert de la jupe tricotée évoquait la mousse sur une écorce, et le jaune guilleret du corsage était imprimé de gouttes multicolores. Une broche en forme de parapluie pinçait un petit col rond. La composition était plaisamment automnale.

– Je dérange ?

– Pas du tout, entrez.

La jeune fille entra, précédée de Betty Grable qui sauta sur le bureau, d'où elle se mit à les étudier du coin de ses prunelles de chat.

– Je reconnais vos nattes, dit Jocelyn. Et je vous reconnais, vous. Même si vous ne portez plus le manteau de fourrure. C'est vous qui traversiez le jardin comme un cambrioleur, tout à l'heure. Je vous ai vue grimper à l'arbre et pénétrer par la fenêtre comme, euh… eh bien, un cambrioleur.

– J'aime beaucoup vos yeux. Voyez-vous un inconvénient à cela ?

Il se frictionna le front du bout des doigts dans l'espoir de cacher un peu – à défaut de pouvoir stopper – la rougeur qu'il sentait y affluer.

La visiteuse marcha hardiment vers lui, stoppa une demi-seconde au milieu de la pièce, pour le jauger peut-être, ou se donner le temps d'hésiter. Elle n'était plus pieds nus mais en ballerines. Elle se posta à un cil de la boutonnière de Jocelyn, menton résolu.

Il se passa alors une chose inouïe. Elle l'enlaça par le cou et bascula en une pirouette. Il n'eut que le temps de la rattraper et là, contre lui, calée entre ses coudes, elle lui prit le visage, l'attira à elle et l'embrassa avec passion.

Betty Grable décida qu'il était temps d'entamer un brin de toilette.

Jocelyn n'eut pas plus de réaction que la bûche malchanceuse dans la cheminée tout à l'heure. La broche parapluie lui picotait l'épaule mais il laissa faire. Il songea, très vite, qu'il s'agissait de la conclusion logique à cette soirée décidément stupéfiante. La jeune fille s'écarta de quatre millimètres.

— J'aime beaucoup vos yeux, redit-elle (mais sur un ton différent). Voyez-vous un inconvénient à cela? Flûte, je recommence… J'aime beaucoup vos yeux, voyez-vous un inconvénient à cela?

— Est-il obligatoire de le répéter douze fois?

— Mais je dois répéter! J'ai une audition demain. C'est mon texte. Comment as-tu trouvé mon baiser?

Betty Grable interrompit sa toilette pour écouter la réponse. Après s'être raclé la gorge, Jocelyn alla ouvrir sa valise pour y chercher l'aide de son dictionnaire bilingue. Il feuilleta, réfléchit, puis répondit avec franchise :

— Imprévisible. Déloyal. Lucide. Téméraire. Avec un arrière-goût de Coca-Cola quelque peu, euh, aventureux.

Il en avait bu pour la première fois en France le jour où son désormais cousin, Steve O'Day, lui avait donné à lamper une sorte d'écumante sucrerie à la couleur d'un mauvais café. Steve avait appelé cela un *Coke*.

— Déloyal et téméraire, ça me va ! sourit Page. J'aurais préféré ensorcelant à lucide, mais j'apprécie imprévisible. On reprend toute la scène du début ?

— C'est que je n'aime pas tellement le Coca-Cola, mentit-il (il n'allait quand même pas la laisser gagner sur tous les tableaux). Sauf quand j'ai très soif. Et de préférence avec des glaçons.

Elle eut un recul, écarquillant de grands yeux mouchetés.

— Je t'ai blessé. Je m'en veux affreusement.

Elle avait plutôt l'air de s'en ficher allègrement.

— Mais j'ai une audition demain et je dois répéter (répéta-t-elle). La pièce s'intitule *Embrassons-nous, Rosalinda*. Le baiser est dans le titre, la scène est donc cruciale, tu comprends ?

– Je comprends.

– On la refait alors ? Y compris… le baiser ?

– J'y mets une condition.

– Elle doit être acceptable. Tu as l'air d'un gentleman.

– Pourquoi te cachais-tu dans le jardin tout à l'heure ? Pourquoi pieds nus ? Pourquoi entrer par la fenêtre ?

Elle rit.

– Je m'exerçais. Rosalinda, mon personnage dans la pièce, revient chez elle par une porte dérobée. Son retour est un coup de théâtre. Tu comprends ?

– Je comprends.

– On refait la scène ?

Il n'eut que le temps de l'intercepter. De nouveau elle pirouetta entre ses coudes. De nouveau le parapluie picota. Ce second baiser regorgea de conviction.

Il essaya de ne pas penser qu'elle était la première fille de toute sa vie qui l'embrassait sur la bouche. Et par deux fois encore ! Elle renversait la tête, paupières mi-closes.

– J'aime beaucoup vos yeux. (Elle changea d'intonation, plus voilée.) J'aime beaucoup vos yeux, voyez-vous un inconvénient à cela ?

On frappa trois coups. Betty Grable, qui se

léchait, leva le museau, patte en l'air. La porte s'ouvrit sur Chic.

– Oh Dieu, pas déjà ? Aucun doute, c'est un Français !

Il lâcha l'apprentie comédienne qui recouvra sa verticalité sur ses ballerines, ses nattes sautillant de plus belle parce qu'elle repartait à rire.

– Jo... Tu es demandé à l'étage supérieur avant dîner.

– Moi ? fit-il dans un hoquet. Avant le dîner ?

– Qui a lieu à sept heures et quart tapantes. À condition d'aimer la fricassée de rognons. Ici, il faut aimer la fricassée de rognons, *obligé*. Easter Witty en sert quatre soirs par semaine. Les trois autres, c'est tourte aux rognons.

– Qui habite là-haut ? demanda-t-il (bien qu'il devinât la réponse).

– Au sommet des montagnes perchent les dragons ! clama Chic, shakespearienne. Le nôtre se terre au dernier étage. Juste au-dessus.

Elle fit un clin d'œil avant de disparaître. Page lissa les plis de sa jupe.

– Vous aussi avez de beaux yeux, lui lança-t-il sans réfléchir.

Pour modérer l'audace du compliment, il ajouta en hâte :

– Je trouve.

Les nattes blondes s'inclinèrent, parallèles aux joues qui accompagnaient.

– Oh, je ne vois aucun inconvénient à cela !

Elle pivota, lui envoya un adieu espiègle par-dessus la tête et s'éclipsa, escortée d'une Betty Grable luisante de propreté.

Il restait quarante-cinq minutes avant le dîner, assez pour une douche. En le conduisant tout à l'heure, Charity lui avait montré, en bout de palier, la porte de la salle de bain commune au premier.

– C'est en fouillis, s'était-elle excusée, mais pour vous, les gars, la toilette ça prend moins de place et moins de temps, pas vrai ?

Il se munit de serviette, gant, peigne, savon, de son nécessaire à barbe et de sa boîte à brillantine.

Il sursauta : l'ombre d'un chat le talonnait. Un autre que Betty Grable, tout en rayures celui-là, réplique du papier peint gris et comme surgi du mur, l'air de s'en être découpé.

– Je ne connais pas ton nom, lui dit-il devant la salle de bain, mais reste dehors, veux-tu ? Surtout si tu es une fille, toi aussi.

Il s'enferma au loquet.

Le lieu était dévolu aux ablutions et aux combats pour la séduction. Des senteurs y flottaient, différentes selon les coins de la pièce. Sur la table en bois et partout sur les étagères : brosses, houppettes, pompons, laque, coffrets mystérieux, fioles sibyllines, vernis, poudriers, bâtons de rouge debout telle une armée d'obus lilliputiens. Sur un fil, bas nylon et dessous féminins au raffinement barbare, certains parfaitement incompréhensibles et desquels Jocelyn, pudiquement, se détourna.

Il ne déplaça rien.

À sept heures moins vingt, il était fin prêt à affronter le Dragon.

Le chat papier peint l'attendait au coin du couloir et l'escorta en silence. L'escalier, lui, miaulait.

Le palier du dessus était plus obscur, encombré d'un bahut noir à napperon. Il y avait trois portes.

Jocelyn se pencha vers son méditatif nouvel ami.

– Quelle porte, Papier-Peint ?

Papier-Peint, roulant des épaules, marcha droit vers celle à moitié cachée par l'angle. Le chat s'assit posément devant, à la manière d'un hôte qui vous laisse la politesse.

– Merci, Papier-Peint. Ça m'a tout l'air de l'antre de l'araignée.

Il donna un coup léger. On entendit un cliquetis de verres. Puis une voix encombrée, mais sonore, ordonna d'entrer. Papier-Peint fit un petit signe encourageant. Jocelyn aspira profondément, et, le matou sur les talons, ce fut Jo qui entra.

3

Snug as a bug in the rug

Éclairée uniquement par une lampe Tiffany, la pièce était plus sombre que le couloir. Oui, l'antre de l'araignée.

– Eh bien! Qu'attendez-vous pour vous présenter, jeune homme?

Jocelyn distingua les contours d'un fauteuil et une forme humaine engoncée à l'intérieur.

Il s'éclaircit la gorge et, pour la énième fois ce jour-là, il répéta qu'il était Jocelyn Brouillard, qu'il venait de Paris.

– Vous n'êtes pas assez vieux pour avoir fait la guerre, mais assez pour l'avoir vécue. Comment était-ce, là-bas, en France?

Après un court silence, il répondit:

– On m'a envoyé à la campagne. J'ai adoré les animaux.

Un visage progressa vers la lumière, avec lenteur, comme une diapositive glisse de l'ombre vers le centre du projecteur, un petit visage vieux, entre deux pendentifs d'argent, plein de rides, poudré de pâle, où deux yeux verts flambaient sous des cils charbonneux.

Le chat grimpa dans le fauteuil et se mit à ronronner.

– Il s'appelle Mae West.

– *Il ?*

– Les vétérinaires ne sont plus ce qu'ils étaient. Comme bien des choses en ce monde. Quand on s'est aperçu de l'erreur il s'était habitué à Mae West. Nous aussi. Vous la connaissez ?

– Mae West ? Pas personnellement, non.

– Moi, si. Un sacré type.

Il fit un pas. Un second. La mitaine se dressa, d'un geste de général qui stoppe l'avancée ennemie.

– À la porte, jeune homme !

– Nous... Mais nous n'avons pas encore parlé.

– Je ne vous demande pas de sortir. L'interrupteur se trouve à côté de la porte, tournez-le.

Il revint sur ses pas, tâtonna, alluma.

Le lustre réveilla l'ahurissant capharnaüm du lieu, un embarras de livres, de meubles gros et petits, de bibelots, de chaises et fauteuils, un sofa en velours tilleul devenu visiblement la cantine préférée des mites.

Sous le lourd maquillage, les prunelles vertes épinglaient Jocelyn.

— Ce potage est-il l'œuvre de votre mère ?

— Je n'étais pas censé l'emporter, mais on dirait bien que son intuition fut... un miracle, dit-il avec une pointe de taquinerie.

— J'en ai rarement goûté de meilleur, fit-elle sèchement.

Du même ton qu'elle eût dit : « C'était le pire de ma vie. »

— Parlez-moi de vous. Qui êtes-vous ?

— Jocelyn Brou...

— Je sais ça. Ensuite ?

— Puis-je m'asseoir ? s'enquit-il suavement.

Il était à peu près sûr qu'elle portait de faux cils, ils se déployaient vers l'arcade sourcilière comme ceux de Minnie Mouse.

— Vous m'avez tout l'air d'une tête à claques, mon jeune ami.

Il n'arrivait pas à prendre totalement au sérieux les tournures coriaces de la dame. D'autant que le lustre venait de révéler le pilou mimosa de sa robe de chambre.

— J'ai presque dix-sept ans. J'ai décroché la bourse Hillary Emerson-Peel du Penhaligon College pour...

— Vous étudiez quoi ?

– J'ai commencé par la physique.

Elle sursauta.

– Vous allez fabriquer des bombes atomiques ?

– Il semblerait qu'il y ait un avenir là-dedans.

– Ne riez pas, jeune homme !

Le guéridon sauta sous son poing fracassant. Il y eut la mitaine pour amortir, et sa faiblesse de vieille dame, mais le choc fit couiner la carafe, giguer la lampe et tressaillir le chat.

– Des humains sont morts à millions à cause de cette saleté. Nos ennemis peut-être – des Japs qui ne savent même pas se servir de fourchettes –, mais tous humains. Et ceux qui ne sont pas morts continueront à crever pendant des siècles. Alors non, ne riez pas, jeune homme.

Le silence libéra le tic-tac de la pendulette dorée au fond d'une niche dans le mur.

– Oh, je ne ris pas, dit Jocelyn. Ou alors en désespoir de cause. Qui peut rire d'avoir dix-sept ans à l'heure de la bombe A ?

Le regard de la vieille femme mollit une fraction de seconde. Touché, le vert Dragon.

– Je n'aimerais pas avoir votre âge, en effet, se renfrogna-t-elle.

Il n'aurait pas aimé avoir le sien non plus. Malgré la bombe.

– J'ai renoncé à la physique après une année. Je n'arrivais pas à me décider. En fait, j'étudie la musicologie. C'est pour cette matière que le Penhaligon College m'a attribué la bourse.

– Vous êtes donc musicien ?

– Un peu.

Ce fut jeté avec la modestie qui convenait mais la dame ne fut pas dupe.

– Quel instrument ?

– Piano. Guitare aussi, même si je m'y suis mis plus tardivement.

– Un vrai prodige, hein. Vous jouez comment ? Bien ?

– On m'a accordé une bourse, rappela-t-il avec une simplicité amusée.

– Donc très bien.

Sa mitaine noire pointa un tentacule vers un volumineux objet camouflé par les ombres d'un paravent en moleskine.

– Jouez.

– Est-il accordé ?

– À vous de le découvrir.

Après avoir tenu à une soupe d'asperges, voilà que l'humeur de la vieille timbrée dépendait d'un instrument qui n'avait pas vu de doigts depuis certainement un demi-siècle.

Jo s'assit et réfléchit. Voyons. De quoi raffolaient les vieilles dames ?

Chopin. Schubert. Les rengaines romantiques. Il souleva le couvercle. Il s'attendait à des touches saturées de poussière, elles brillaient comme des os lavés. La pédale était souple. Il plaqua quelques accords... Alléluia, ça sonnait juste. Le Dragon le lorgnait, sourire en diagonale.

— Personne n'y joue jamais, mais l'accordeur vient chaque printemps y jeter un œil. Je déteste quand les choses s'abîment.

Il amorça, de mémoire, *Rêve d'amour* de Liszt, le morceau préféré de sa grand-tante Simone. Mae West vint s'arrondir sur le châssis.

À peine quelques mesures... et un violent coup de poing régla son compte au récital.

— Du sirop pour vieilles toquées, ça. Vous n'avez rien de mieux en boutique ?

Il attaqua *La Tartine de beurre* de Mozart, une valse à un doigt. Histoire de ne pas obéir trop vite.

Quand il eut terminé (ce fut bref, le génie de Salzbourg avait composé la chose avant d'avoir fait ses dents), Jocelyn pivota sur son tabouret. Le Dragon le dévisageait avec férocité.

— Vous savez jouer du rag ?
— Du rag ?

– Du ragtime ! s'exaspéra-t-elle.

– Euh. Vous avez une partition ?

– Il y en a une pochette pleine à côté du paravent.

Il débusqua la chose sur une console à pattes d'aigle.

Il choisit *Maple Leaf Rag* de Scott Joplin. Ce répertoire ne lui était pas familier mais il eut brusquement envie de faire plaisir à la vieille folle.

Malgré ses huit jours d'abstinence transatlantique et son peu de pratique des rythmes syncopés, Jocelyn joua avec talent et avec cœur. L'assurance venant, les notes se mirent à danser, à résonner plus haut, plus souple, plus clair, comme aux séances de Laurel et Hardy, et de Charlot, le jeudi, au cinéma Le Trianon, quand il était petit, avant la guerre.

Il finit le couplet avec un sentiment de satisfaction et de bonheur sincère. Cette musique lui plaisait vraiment.

Il enchaîna avec *Pineapple Rag*... Ses mains galopaient, ses doigts cabriolaient... L'impression de chatouiller l'âme de la musique américaine, celle des *gay nineties* et de la vieille dame assise derrière lui.

Il termina sur *Walking the Dog* de Gershwin. Ayant épuisé quelques centimètres de partitions, il s'arrêta, les phalanges douloureuses, aussi essoufflé que s'il avait secoué deux heures une cloche de cathédrale. Artemisia ne rouvrit les yeux que lorsqu'il se leva. Jocelyn fut foudroyé de vert.

Mais c'était un foudroiement de regret, de gratitude, de délectation. Elle finit par grommeler :

— Pas mal.

La porte de la chambre s'était ouverte. Mrs Merle s'y tenait, une main haletante à sa gorge.

— C'est vous... le musicien ?

La voix comme entortillée.

— Aurais-tu oublié de frapper, Celeste ? cracha sa sœur.

Jocelyn pressentit que ce n'était pas là le motif réel de son irritation. L'entrée de Mrs Merle avait brisé un charme.

— Oh, j'ai frappé bien sûr, voyons. Voilà cinq minutes. Vous n'entendiez pas. C'est que le jeune virtuose a une force de frappe inouïe, n'est-ce pas, Artemisia ?

Celeste Merle avait amorcé un fébrile quoique méthodique pétrissage des petits boutons hauts de sa robe. Aucun n'y échappait.

— Artemisia... Tu sais ce que je dis toujours : dans les bonnes maisons, il y a toujours un piano qui joue...

— Cette maison n'accueille que des femmes ! s'agaça Artemisia.

— Aucune ne joue du piano, s'entêta Mrs Merle. Or, dans toute bonne maison, il y a un piano qui joue.

— Tu radotes.

— Écoute, il me vient une idée... Si on proposait à ce jeune homme notre studio du sous-sol ? On peut y accéder par la rue. Il ne rencontrerait pour ainsi dire jamais les jeunes filles.

Le cœur de Jocelyn battit follement. Après le potage maternel, ses élucubrations musicales allaient-elles lui accorder l'absolution de ce duo de cinglées ?

— Et nous attirer des ennuis avec les flics du 87e District pour atteinte aux bonnes mœurs ?

— Il n'y en aura pas, affirma Mrs Merle avec force. Je m'y engage.

Leurs yeux s'affrontèrent.

— Ce jeune homme est convenable.

— Un mois ! grogna Artemisia en torsadant la queue de Mae West. Trente jours à l'essai.

Mrs Merle tendit une main empressée vers Jocelyn.

— Parfait. Venez, Jo.

Artemisia leva un bras, toujours de cet air de stopper l'armée napoléonienne.

— Et au poker, vous y jouez ?

Question subsidiaire — en apparence. Jocelyn en

perçut immédiatement l'importance... et les pièges. Sans hésiter, il mentit.

— Souvent. Avec mon cousin Vivian.

Il s'exhorta à ne pas rougir.

Une joie sadique rôda sous les cils de Minnie.

— Votre *cousine Viviane*? dit-elle en français.

— Vi*v*ian, pas Vi*v*iane. Mon cou*s*in, pas ma cou*sine*.

— Qu'ont-ils, ces Français, à affubler leurs garçons de prénoms de filles?

Et son rire fusa, herculéen. Sur le palier, porte refermée, on l'entendait encore.

— Voilà qui est réglé, dit Mrs Merle. Un peu de piano et... euh, de poker pour un prix raisonnable. Dès demain je fais préparer le sous-sol.

Il n'osa demander s'il s'agissait de l'enterrer à la cave ou au garage. Un mois, ça donnait le temps de déménager.

Son petit putsch tranquillement accompli, Celeste Merle lui fit signe de la suivre jusqu'à ce qui semblait être un salon annexe, au même étage.

Il s'y trouvait un panier pour chien avec, couché dedans, précisément un chien. Qui ouvrit l'œil gauche, dressa l'oreille correspondante et se rendormit.

— Notre salon de détente, dit Mrs Merle en indiquant cérémonieusement une chaise. Quel fabuleux salon de musique cela fera, n'est-ce pas ?

La baie vitrée donnait sur une terrasse en briques, des tuyaux de soufflerie escamotés sous le lierre. Il aperçut des chaises longues en tissu jaune tournesol, le flacon d'une lotion par terre. Les filles devaient venir s'y prélasser en costume de bain...

Jocelyn concentra toutes ses pensées sur Mrs Merle.

— Il faut que je vous informe des règles de notre petite communauté.

Elle insista (beaucoup) sur l'aspect révolutionnaire d'une présence masculine à Giboulée, en était-il conscient ? Il opina humblement. Elle lui apprit que Mr Chu, de la laverie de Canal Street, passait le jeudi collecter le linge, qu'il fallait compter 1,25 dollar en moyenne, mais que, pour ce prix-là, Mr Chu le livrait repassé et plié le jeudi suivant.

— Vous aimez certainement que l'on amidonne vos chemises, n'est-ce pas ?

Cela paraissait pour elle une telle évidence qu'il se garda de citer le seul être au monde de sa connaissance qui affectionnât l'amidon : la grand-tante Simone, dont les jabots à la rigidité de meringue vous éraflaient le menton quand elle faisait la bise. La famille la surnommait « Marie de Médicis ».

Il se borna à acquiescer.

Mrs Merle agita une clef sur un trousseau qui en comptait une douzaine. Elle servait, révéla-t-elle, à ouvrir la porte qui accédait au sous-sol par un escalier depuis la rue. Bien sûr, aux heures de repas, il serait autorisé à emprunter le couloir intérieur qui communiquait, mais uniquement vers les pièces collectives, salle à manger, salle de bain, ou le séjour s'il désirait écouter la radio. Pour l'élection du futur président des États-Unis, par exemple, qui aurait lieu bientôt. Elle-même aimait beaucoup la radio, ses émissions favorites étaient *Breakfast à Hollywood* et *Les Enquêtes de Mister Moto*. Quant à la salle de bain, si elle pouvait se permettre un conseil...

– Utilisez-la le soir. Le matin, les filles sont toutes à trépigner à la porte. Oh et puis, concernant la livraison du laitier, la règle est que le premier réveillé range le casier de bouteilles dans le hall.

Elle recula sa chaise, rangea le trousseau.

– Dès demain vous pourrez vous y installer. Easter Witty va d'abord y remettre de l'ordre. (Elle se pencha pour chuchoter.) Je vois que vous mettez des cravates, c'est très bien. Vous n'imitez pas ces désolants bohèmes de Greenwich Village.

Il n'avait pas l'once d'une idée de ce qu'étaient

ces désolants bohèmes de Greenwich Village. Elle pinça une épingle invisible dans son chignon, vérifia autour, l'air de chercher une consigne qu'elle aurait oubliée ; ne trouvant pas, elle prit congé.

Il demeura assis un moment. Un mois. C'était court... mais assez long pour s'organiser.

Il perçut des bavardages à l'étage inférieur, des gloussements étouffés, des rires contenus.

Devant la salle de bain ouverte, il trouva les filles.

– *Oh boy!* lança Chic. J'avais oublié l'élément masculin !

Elle fit un petit entrechat enjoué bien qu'elle portât le tome I de *La Grande Histoire des chemins de fer américains* sur la tête.

– Un dîner avec Cary Grant que saint Georges a vaincu le Dragon ?

– Tu restes, alors ?

– C'était toi, le piano ? dit Page en tourbillonnant pour gonfler le plissé de sa robe.

Elle arborait une autre tenue. Une ribambelle de petits nœuds jaunes frétillaient comme des canetons sur sa hanche.

– Ma nouvelle robe.

– Jolie, dit Chic. Un... cadeau d'Addison ?

– Chipie ! Pour quel genre de fille me prends-tu ?

– Je ne sais pas... Quel genre de fille es-tu ?

Chic arrondit le bras en danseuse. Son espèce de toge drapée lui remonta à mi-cuisses.

— Toi Français. Toi trouver nous élégantes ?

— C'est vrai, dis-nous. Comment elles s'habillent, les Parisiennes de Paris ?

— ...

— New Look ? Fleuri ? Avec gants ? Chapeau ? Sans ? Parle.

Jocelyn eut la vision de la cousine Odette babillant, l'année précédente, à propos de la nouvelle mode d'un « renversant M. Dior », de sa mère rallongeant ses ourlets, d'Édith chahutant tous les cols et boutons de la penderie.

— Je n'y connais pas grand-chose... Mes sœurs portent la jupe plus large et les manches longues.

— Tu vois, Manhattan ? Tu vois, Chic ? J'avais raison. Fini les restrictions ! Il faut augmenter, additionner, amplifier... On aura l'air de fermières des Adirondacks sinon.

— La fermière des Adirondacks se fagote avec les frusques de bûcherons de chez Abercrombie & Fitch. Culottes en vache et liquettes trappeur. Pas de liquettes en vache Abercrombie & Fitch dans tes bagages, Jo ?

Elles rirent. Lui aussi, troublé par leur nombre, leurs boutades, leurs jolies toilettes, et les mille questions qu'il n'osait pas poser. Il se grattouilla un lobe d'oreille et finit par les quitter en bafouillant un prétexte.

Il fut suivi jusqu'au bout du couloir par leurs yeux de faucons débonnaires.

4

I'm the laziest girl in town

Chic, Page, Hadley et Manhattan s'enfermèrent dans la salle de bain.

— Il a le nez de Joel McCrea, trouvez pas ? Il est chou.

— Et rassurant. Pour un Français, je veux dire.

— Il peut servir de cavalier à l'occasion. On n'aura guère à craindre de lui, il est si jeune.

Hadley enturbanna ses boucles châtain dans une serviette turquoise. Chic expédia une bouffée de cigarette vers son reflet.

— On ne fume pas dans la salle de bain, lui signala Page.

— Pourtant j'y fume. Tiens, on a le même dentifrice !

— En effet. Le mien.

Page dévissa le tube et amorça le brossage de ses

dents. Dans la glace, Manhattan sourit à Hadley qui se frictionnait avec une lotion bleue.

— Tu as l'air d'une jolie fille épuisée au lieu d'une jolie fille tout court. Je te masserai les épaules.

— Oh, ce serait divin, soupira Hadley en se tamponnant le front. Je suis éreintée. J'aimerais être un cheval. Ils dorment debout, eux.

Chic, appuyée au coffre à linge, se plongea dans l'étude de ses orteils casqués de sparadrap.

— Quand reprendras-tu ton vrai boulot, Hadley? dit-elle. Elles ne sont pas si nombreuses les filles qui ont dansé un jour avec Fred Astaire. Tu es la seule ici à être allée à Hollywood. Il faudrait que ça te serve.

Hadley sécha ses joues en silence. Près de trois ans auparavant, elle avait fait *chorus girl* dans un film aux studios de la Paramount. Elle y dansait, secouait ses jupons roses, un collier de pompons à son cou. Avec, oui, le grand Fred Astaire. 250 dollars la semaine. Hadley n'avait jamais été aussi riche. Pour faire ce qu'elle adorait.

— Loretta est tombée malade, il a fallu que je quitte Hollywood, dit-elle doucement. Et je n'étais qu'une danseuse parmi d'autres. On avait chacune un *paddle and roll* de quelques secondes avec lui.

— Mais le «lui» était Fred Astaire. Dommage que tu perdes ton temps maintenant.

– Il faut bien gagner sa vie, murmura Hadley.

Chic contemplait toujours ses orteils encapuchonnés.

– Serais-tu en train de regretter le chausse-pied en argent ? lui susurra Manhattan.

– Si mon prochain petit ami a la même rage de danser que Romeo, je lui abandonne mes pieds sur la piste. Qu'il rentre avec eux sans moi.

– J'aimerais qu'Addison m'emmène danser plus souvent, dit Page entre deux gargarismes d'un élixir fuchsia.

– Ton Addison De Witt emmène surtout ses rhumatismes de soixante-quinze ans.

Page s'étrangla, recracha l'élixir.

– Espèce de !… Addison n'a pas soixante-quinze ans ! Ni même quarante-deux.

– Mais toi, tu n'en as pas dix-neuf, soupira Chic en caressant languissamment sa frange brune. Les filles ont un faible pour les hommes mûrs… Ils sont tellement pleins de gratitude.

– Tes escarpins ont la bonne taille ? coupa Manhattan. (Elle fronça le nez pour rabrouer Chic.)

– Bien sûr. Je dois simplement en convaincre mes doigts de pied.

– … ou trouver un nouveau chausse-pied, insinua Page.

— Pour les 5 dollars que je te dois, Manhattan, reprit Hadley, il te faudra attendre un peu.

Elle s'assit sur l'unique tabouret. Manhattan commença à lui pétrir les muscles du cou. Hadley ferma les yeux, sa tête se mit à dodeliner.

— Il m'a fallu payer un peu la nourrice d'Ogden, dit-elle. Cette teigne menaçait de ne plus le garder.

— Oublie les 5 dollars. Offre-toi une Rolls Royce Silver avec.

— C'est gentil, Manhattan, mais je te rembourserai, j'y tiens. Quand elle reviendra récupérer le petit, Loretta l'a promis, elle paiera tout.

Avec ses vingt ans, Hadley était la plus âgée des pensionnaires même si sa silhouette potelée, ses gestes brouillons, ses taches de rousseur, sa voix gamine l'entretenaient dans une apparence d'adolescence. À Giboulée, nul n'ignorait que sa grande sœur Loretta, soignée pour une tuberculose, lui avait confié la garde de son fils, le temps d'un long traitement en Caroline du Sud.

— C'est héroïque de t'occuper du marmot de ta sœur.

— Ogden est si mignon. Devinez ce qu'il m'a dit hier ? « Métro ».

— Prodigieux ! fit Page en se tortillant pour zipper

son fourreau. Ce gosse est mûr pour la prochaine rentrée à Harvard.

Elle attrapa la mâchoire de Manhattan, la força à se tourner, lui souleva les lunettes.

— Tu crois que je dois porter des lorgnons comme les tiens, demain, à mon audition d'*Embrassons-nous, Rosalinda*?

— Tu as déjà piqué le chapeau de Chic, les talons aiguille d'Ursula, le manteau en breitschwanz d'Etchika… Ta Rosalinda va ressembler à un porte-manteau. Peux-tu lâcher mes joues, je te prie ? J'ai un plombage fragile.

Page évalua l'argument du porte-manteau, et restitua mâchoire et lunettes. Manhattan se palpa les joues, rajusta ses verres sur le nez.

— Tu as raison, soupira Page. C'est à cause de tout ce foin qu'ils font en ce moment… Ça m'embrouille. Dans toutes les écoles de théâtre, dans tout Broadway, on ne parle que de la nouvelle façon de faire l'acteur. L'Actor's Studio. La « Méthode ». Vous vous rappelez ce type, dans *Truckline Cafe* ? Le GI qui revient de guerre et découvre que sa femme a couché avec tous les hommes du voisinage ?

— Ce dieu qui débarquait à l'acte III ? On ne voyait que lui. Il avait une tirade de cinq minutes, mais le public a fini debout. Les autres comédiens ont dû attendre que ça se calme. Brandon Marlow, un nom de ce genre. S'il avait été premier rôle, conclut Chic, je serais allée flirter avec lui à la sortie des artistes.

— Tu aurais dû. Il fait un malheur depuis, dans *Un tramway nommé Désir*. Il est de l'écurie Kazan. *Ze* Méthode. Je meuuuurs d'envie d'aller voir ce *Tramway*, mais il ne reste que des places à 5 dollars. Avec son tricot de corps trempé de sueur, il paraît que ce Bardow y est plus explosif que la bombe de Nagasaki. Et aussi qu'il y a... (Elle baissa la voix.)... un viol au dernier acte.

Page s'observa de profil dans la glace.

— En attendant, ce n'est pas moi qui les ferai exploser, mes tricots. J'ai les seins de mon père.

— Sur cette observation d'intérêt universel, dit Chic, salut tout le monde, je descends dîner.

La main sur la poignée, elle opéra un quart de tour.

— Page ? Abrège les souffrances de ce pauvre Addison.

— Tu veux que je le tue ?

— Épouse-le. Ça devrait revenir au même.

— Oh, disparais ! Tu ferais une merveilleuse inconnue. Quelle peste, grommela Page, la porte refermée. Toujours à remettre l'âge d'Addison sur le tapis.

— Sa rupture avec Romeo. Ça la rend plus malheureuse qu'elle ne le montre, murmura Manhattan.

— Elle change de petit ami comme de souliers. Et ne les veut que pleins aux as. Pas étonnant qu'elle se retrouve avec des chausse-pieds.

— Nom d'un chien! gémit Hadley, affolée. Vous avez vu l'heure?

Elle décrocha une paire de bas du séchoir, et souffla dedans tout en retroussant fébrilement le côté de sa jupe.

— Mr Toresca va hurler, gémit-elle, les doigts bataillant les élastiques de sa gaine en même temps que ses pieds essayaient d'entrer dans des talons aiguille sans y parvenir. J'ai juste le temps d'aller faire son bisou du soir à Ogden.

Courant à cloche-pied, une chaussure à la main, elle disparut dans le couloir. Manhattan et Page poursuivirent placidement leurs préparatifs.

— Ton chevalier servant vient te chercher ici?

— Pour être accueilli comme Jack l'Éventreur par Mrs Merle? Oh non, je retrouve Addison au Château-André, le café français de Columbus Circle.

Page coula un regard vers son amie qui polissait ses verres de lunettes sur la manche de son sweater. Nu, le visage de Manhattan était une surprise. Différent et, oui, plutôt gracieux.

— Toi aussi tu trouves Addison vieux ? Trop vieux ?

Manhattan haussa une épaule.

— S'il t'aime, si tu l'aimes, quelle importance...

— Tu es la plus gentille de nous toutes, Manhattan. Chic, elle, m'a rétorqué qu'elle préférerait sortir avec le laitier, la garce.

Page dénoua ses tresses en vue d'un démêlage résolu.

— Je suis déjà sortie avec le laitier, soupira-t-elle après un temps. Celui de Putnam's Landing où mes parents tiennent le magasin de sport. Un dragueur avec trente mains. Je n'en aimais aucune.

Sa brosse séjourna en l'air, pensive.

— Addison est d'un autre monde. Je l'aime bien. Il est raffiné, galant, sophistiqué... L'illustre Addison De Witt. Le chroniqueur qui a le droit de vie et de mort sur n'importe quel show de Broadway. Il me fait rencontrer une foule de gens. Sais-tu qui est venu à notre table le saluer la semaine dernière ? Franchot Tone. Je crois qu'il m'aime bien aussi. Me sortir le rajeunit, je suppose.

— Addison a certainement d'autres motifs que ta seule jeunesse, Page. Tu es agréable à regarder, tu as de l'humour, tu es intelligente. Ça compte.

Manhattan était bonne camarade. On connaissait

peu de chose d'elle, sinon qu'elle dansait très bien, qu'elle dessinait encore mieux, et qu'on la surnommait Manhattan parce qu'elle venait de Manhattan, Kansas. Elle était de ces personnes qui se moquent de savoir si elles sont attrayantes. Elle l'était, pourtant. Sans ses fichues lunettes, bien sûr. L'idée vint à Page qu'elles lui servaient de pare-chocs.

— Ta nouvelle couleur est sensationnelle, dit-elle, sincère. Ce blond foncé te va divinement.

— Merci. Il me surprend encore chaque fois que je croise mon reflet.

Page songea que si, comme Manhattan, elle avait été myope, elle l'eût soigneusement caché. Addison, elle en avait la certitude, l'eût moins appréciée avec des pare-chocs sur le nez.

Elle fixa son chapeau avec une épingle, pinça les plis de la voilette rose.

— Vous allez où ? demanda Manhattan.

— Voir le dernier film avec James Stewart. Je crois que ça s'intitule *Le Pendu*, ou quelque chose.

— *La Corde*.

— Quoi ?

— Le titre, c'est *La Corde*. Je m'étonne que pour une banale séance de cinéma tu aies emprunté mon fourreau en shantung et monopolisé deux heures la salle de bain.

— Je veux être à mon zénith quand Jimmy Stewart me contemplera du haut de son écran. Tu sors, toi ?

— Heureusement non. J'ai une rude journée demain. Première répétition au Ruby Horseshoe. Je suis la quatorzième girl à gauche sur la *chorus line*. Alors ce soir : camomille, bouillotte sous l'édredon et... dodo.

Page leva le menton, inspecta une dernière fois la ligne de ses sourcils.

— La vérité, soupira-t-elle, c'est qu'avec ton fourreau j'ai l'air d'avoir six mois de plus.

Les néons jaunes du Social Platinium brillèrent à travers le pare-brise. Hadley débula du taxi.

— Monnaie ! beugla le chauffeur.

— Gardez-la. Vous vous achèterez le Plaza.

32 cents... Une largesse très au-dessus de ses moyens, et le taxi une pure folie, mais le temps pressait. Sur la 8ᵉ Avenue, le vent gonflait l'auvent à monogramme du Social Platinium et les basques bleu et or de la livrée d'Otto, le voiturier. Les rafales propulsèrent Hadley jusqu'à l'entrée de service.

— Hello, Nick. Mr Toresca est arrivé ?

Le portier hocha la tête. Au vestiaire, elle trouva Wanda déjà en tenue.

– J'ai grossi ? l'interrogea Wanda. Ou bien c'est le monde qui rétrécit ?

Belle brune à peau mate, Wanda Uñalunga lissait chaque matin ses cheveux avec un fer à repasser et mettait un fond de teint très clair pour camoufler le caramel de sa peau métissée. Elle habitait Harlem, ce qu'elle cachait également. La vérité lui aurait coûté sa place car le Social Platinium pratiquait la discrimination, y compris avec ses employés. Elle se déclarait cubaine. Hadley était la seule à savoir.

– Mr Toresca est là ?

– Il n'a pas remarqué ton retard si c'est ce qui t'inquiète. Margo Channing nous fait l'honneur de dîner ici, alors il court partout.

– Margo Channing !

C'était là un des agréments du travail : voir défiler les vedettes de la scène new-yorkaise aux tables du Social Platinium consolait des ampoules aux talons et des chevilles en compote. Hadley se déshabilla en un éclair et enfila son costume de travail.

Au Social Platinium, l'uniforme de la *cigarette girl* consistait en une redingote blanche à brandebourgs dorés qui s'arrêtait pile aux hanches. Plus bas, la *cigarette girl* ne portait rien, hormis ses jolies jambes gainées de noir brillant, un énorme nœud en taffetas sur les fesses et des bottines vernies.

Hadley courut aux lavabos se recoiffer, se poudrer. Wanda vint la rejoindre, suivie de Peggy, la troisième *cigarette girl* du club.

– Dans deux jours la paie, et tout va fondre en factures ! soupira Peggy. J'ai pensé revendre ma toque en ragondin. Je peux en tirer 30 dollars. Vous imaginez ça ? Ma seule idée me coûte 30 dollars... Même penser n'est plus dans mes moyens.

Elle remua son nez à la rondeur d'échalote, qui lui donnait une mine cocasse même lorsqu'elle était grave. Wanda leva les yeux au ciel.

– Sur les 40 dollars qu'elle gagne, cette fille en envoie 100 à sa mère. Tu es trop bonne fille, Peggy.

– J'aimerais tant t'aider, dit Hadley. Mais je croule sous les dettes. La nourrice d'Ogden ne va pas tarder à me tuer.

Elles soulevèrent leurs plateaux ornés de gardénias où se serraient les cigares, cigarettes, coupe-cigares, briquets et allumettes qu'elles devraient vendre au cours de la soirée ; elles lissèrent les bandoulières sur leur buste et sortirent comme de jeunes sous-officiers.

Dans le couloir, il y avait Milton Toresca. Leur patron était un homme aux paupières moroses, aux oreilles anormalement allongées comme sous de pesants secrets confiés par inadvertance.

— On annonce la visite ce soir de Miss Margo Channing, dit-il sans saluer. Il y aura tout un aréopage de vedettes. Je compte sur vous pour honorer le standing de notre club, ou vous aurez sur la conscience ma mort par pendaison.

Il proférait ce genre de propos le plus sérieusement du monde.

— Je me pendrais volontiers avec vous, Mr Toresca, rétorqua Peggy en le gratifiant d'un sourire aimable. Mais j'ai rendez-vous mardi chez le dentiste.

Pivotant en chœur pour cacher leur fou rire, elles entrèrent dans la salle au moment où les musiciens de l'orchestre démarraient *Tuxedo Junction*.

Répéter telle une scie *cigarettes, cigares, allumettes* en chantonnant, pas trop fort — pour ne pas gêner les clients — ni trop bas — sous peine d'être noyée par la musique —, bref, être remarquée sans l'être trop, relevait de la voltige quand on possédait la petite voix de Hadley.

— Allumettes, cigares, cigarettes… répéta-t-elle, promenant son sourire d'une table à l'autre.

Hadley était une bonne vendeuse, la clientèle appréciait sa candeur et ses intonations enfantines ; son panier était souvent vide bien avant la fermeture.

Un jeune homme à nœud papillon rouge foncé leva le bras. Il lui acheta un gardénia qu'il piqua au corsage de sa compagne.

— Pouvez-vous dire à l'orchestre de jouer *Frenesí*? demanda-t-il en lui glissant un billet.

Hadley lui retourna un sourire éclatant.

— Pour madame?

— Pour nous deux. C'est notre air, dit-il l'air incroyablement amoureux.

Sans prévenir, le cœur de Hadley se tordit. Elle fut incapable de parler. Il lui fallut quelques secondes avant de pouvoir respirer.

— J'y vais de ce pas, réussit-elle à dire tout bas.

Elle s'éloigna en direction de la scène où elle transmit la requête au saxo baryton, puis elle reprit ses déambulations, vacillant un peu, incapable d'empêcher ses yeux de revenir là-bas, au couple d'amoureux.

— Ne doivent pas être mariés pour s'aimer comme ça. Depuis leur arrivée, il la dévore de baisers et de caresses, souffla Wanda au détour d'une allée. Qu'est-ce que tu as? Tu pleures?

— Mais non, dit Hadley avec un sourire. Même si j'y songe sérieusement. C'est à cause de mes chaussures.

— Pauvre poussin. J'ai du sparadrap au vestiaire.

— Ça ira.

De loin, droit contre les colonnes en marbre du fond de salle, Mr Toresca leur désigna d'un subtil sourcillement une cliente qui cherchait du feu dans un réticule assorti à l'or de sa robe en lamé. Hadley obtempéra.

– Allumettes ? Briquet ?

Tout en cherchant machinalement une pochette pour la cliente, Hadley regardait. Et regardait encore en frottant l'allumette. Le jeune homme au nœud papillon murmurait à l'oreille de sa compagne quelque chose qui la faisait rire. Il lui baisa le creux de l'épaule puis il tendit son vin blanc pour qu'elle boive dans le même verre que lui. Le soleil de leurs figures transperça Hadley, douloureusement.

– Elle est allumée depuis longtemps, vous savez. Vous voulez me réduire en cendres ?

La cliente en lamé agita sa cigarette qui fumait.

– Je suis désolée. Prendrez-vous un gardénia ? Ils sont...

Mais d'une négligente volute dans l'espace la femme lui signifia qu'elle pouvait déguerpir maintenant.

Hadley approcha la piste où l'on dansait sur *Frenesí*. Le trombone Ram Bowen l'intercepta près d'un pilier.

– Ça te dit d'assister au spectacle de Margo

Channing avec moi ? Un des saxos m'a obtenu deux places.

— *Aged in Wood* ? Oh, ce serait magnifique...

La joie de Hadley s'éteignit instantanément.

— Tous mes soirs sont pris, tu sais bien. Le seul que j'aie de libre, je le garde pour Ogden.

— Au diable ta frangine et son mouflet. C'est vrai, quoi. On ne peut jamais sortir. Tu travailles ici, tu travailles là, ou tu t'occupes de ce bon sang de môme.

— Désolée, Ram.

— Vous bavardez, Miss Johnson, alors qu'on vous réclame à la douze ? fulmina la voix de Mr Toresca toute proche.

Par-dessus l'oreille oblongue de Mr Toresca, Hadley nota que le couple amoureux dansait maintenant sur la piste. La jeune femme couchait la joue sur l'épaule de son cavalier. Sa chevelure étale, au blond presque blanc, nappait le smoking d'un orbe pur.

Hadley prit le chemin de la table douze.

Pour rejoindre Addison De Witt au café français de Columbus Circle, Page Hibbs prit le métro. Elle descendit à la station d'après, qui la déposa sur la 52ᵉ. Quelle horreur si Addison la surprenait émergeant d'une bouche de métro.

Elle s'élança vers l'enseigne du Château-André.

Addison était déjà là. Addison était toujours à l'heure.

Ses yeux gris la détaillèrent tandis qu'on la débarrassait de son manteau puis que, lentement et – espérait-elle – gracieusement, elle manœuvrait entre les nappes blanches et les candélabres en cristal. Elle avait conservé son chapeau et ses gants (en soie, empruntés à Mrs Merle).

Il se leva, serra ses doigts qu'il effleura d'un baiser, se rassit.

– Ma chère ! dit-il avec cet accent bostonien dont elle se demandait s'il était né avec. Grâce à vous je découvre que les termes « féminine » et « douce » ne sont pas incompatibles.

Il disait toujours quelque chose de déconcertant. Une ironie, un sarcasme pince-sans-rire dont elle ignorait une fois sur deux si c'était du lard ou du cochon.

– Vous m'attendez depuis longtemps, j'espère ? le taquina-t-elle en prenant place sur la banquette en cuir cannelle. Elle avait choisi d'instinct l'angle où elle offrait son meilleur profil.

Un signe d'Addison, et le serveur se matérialisa à leurs côtés, serviette blanche sur le bras, coupes et bouteille de champagne dans un seau à glace vermeil.

– Depuis toujours, dit Addison.

Son sourire en coin fut un mystère.

– Cette friandise vous va à ravir, poursuivit-il.

Elle mit un temps avant de comprendre.

– Oh. Mon chapeau ?

– Une femme qui porte un chapeau qui ressemble à un chapeau est une femme perdue. Les vôtres ont l'air de gourmandises.

Elle rit parce qu'elle ne savait pas quoi répondre. Tout ce qu'elle retint de la boutade fut le mot « femme ».

– Où dînerons-nous, ce soir ?

– Si le classique ne vous fait pas peur, je propose Le 21.

Le 21 ! Elle en rêvait à Putnam's Landing lorsqu'elle feuilletait, chez May la coiffeuse, les pages des mondanités new-yorkaises. Il s'y trouvait toujours une Tallulah Bankhead, une Bette Davis ou un Melvyn Douglas pour poser, un cocktail à la main. Page pencha la tête sous sa voilette avec l'espoir de ne pas trop ressembler à une petite fille au matin de Noël.

– Ce sera parfait, dit-elle, avec autant de détachement qu'elle put.

— Champagne ? C'est la seule prescription sensée de mon docteur.

Elle fit tinter sa coupe contre celle d'Addison et, levant les yeux vers lui, rencontra cette drôle d'expression qu'il avait, souvent, lorsqu'elle le regardait par surprise. Elle le trouvait rarement beau. Séduisant, toujours.

— Au 21, trinqua-t-elle.

Elle inclina la coupe entre ses lèvres. Le cristal était métallique, le liquide piquant.

— À vous, ma chère. À vos succès.

Elle but une autre gorgée. Le champagne était délicieux, mais en cette minute elle eût trouvé divin jusqu'au jus abominable qui suait des alambics de Donald Hibbs, son père, dans la grange de Putnam's Landing. C'était toujours ainsi quand elle était avec Addison.

— Qu'est-ce donc que ce film que nous allons voir ? *Le Pendu* ?...

— *La Corde*. J'en ai fait une chronique élogieuse à sa sortie, cet été.

Non seulement elle se trompait sottement de titre, mais voilà qu'elle n'avait pas lu ce qu'il avait écrit dans le *Broadway Spot*. Elle regretta sa question. Mais l'attention d'Addison le menait ailleurs.

— Cet été, répéta-t-il. Quand j'ignorais encore que vous existiez. C'est ça, le crime.

— Le film parle d'un crime ? dit-elle, feignant ne pas comprendre, moins par coquetterie que pour saisir la mince perche qui orienterait la conversation.

— Oui. Un meurtre est cependant moins grave que d'ignorer votre existence.

Elle posa le menton sur son poing. La voilette rose dansa agréablement devant ses yeux.

— Ne serait-ce pas plus amusant d'aller voir un film que vous n'avez jamais vu, plutôt ?

— Oh, mais ça m'amuse, au contraire. Il faut du temps pour interroger une œuvre d'art. Le job du critique s'apparente assez à un interrogatoire de police.

— Vous pensez sincèrement qu'un film qui raconte un crime peut être une œuvre d'art ? Comme un tableau ?

L'œil d'Addison la pénétra d'un éclat vif. Elle pressentit avoir proféré une sottise. Mais son sourire la rassura.

— Comme un tableau, oui. Comme ces canapés de saumon envoûtants. Ou comme vous, ensorcelante petite Page.

Sourire lui rajoutait quelques rides mais lui ôtait plusieurs années. La distinction d'Addison faisait sa beauté, la condescendance pouvait être sa laideur.

— Avez-vous pu m'obtenir ce rendez-vous au

Bloomgarden Office ? reprit-elle autant pour changer enfin de conversation que recevoir la réponse à une question qui la tenaillait.

– Pardon ? Oh… pas encore. Je le ferai. À l'occasion.

Elle le détestait quand il usait de cette mine de chat qui se divertit d'un mulot. À leur toute première sortie, un mois plus tôt, il avait promis de lui obtenir une audition chez Bloomgarden, un des grands noms de la production théâtrale à New York. Depuis, elle attendait.

Page s'estimait le contraire d'une oie blanche. Si Addison De Witt s'imaginait qu'elle allait tomber crue dans ses bras, il se leurrait. Bien que dépitée, elle affecta une bouderie légère.

– Comment puis-je devenir la reine de Broadway si je n'auditionne pas ?

– Pourquoi diable voulez-vous être la reine de Broadway, Page ?

L'index de la jeune fille alla caresser la flamme de la bougie au milieu de la table, la fit ployer sans se brûler.

– Je veux, murmura-t-elle, que mon nom de scène soit donné à des chapeaux, à des chevaux de course, à des navires de guerre, à des bombardiers.

– Fichtre. Et quel est ce nom, Page ?

– Shaughnessy.

Elle guetta sa réaction. Il était de marbre.

– Celui de ma mère. J'avais treize ans quand Brigid Hibbs née Shaughnessy, ma mère, m'a dit : « Dieu t'a donné le don du rire et des larmes à volonté, Satan t'a donné un corps. Avec ça, Page Hibbs, tu possèdes les meilleures armes qu'une fille puisse avoir. »

Il écarquilla les yeux, rejeta le front, et éclata d'un rire puissant. Elle patienta, impassible, mais piquée au vif.

– Si Dieu et Satan sont de la partie, qui suis-je pour leur barrer la route ? Shaughnessy... N'est-ce pas un brin doucereux ? J'imaginerais plutôt... Voyons... Hibbs... Hibbs... Ibsen. Pourquoi pas ? Page Ibsen, ça sonne robuste.

Elle fit une moue.

– Ibsen ?... Ça ne fait pas tellement « théâtre », je trouve. Ça fait explorateur du pôle Nord. Ou éprouvette pour savant fou.

Il termina son champagne en silence, les yeux mi-clos. Brusquement, il lui prit les mains avec une sorte d'affection amicale, et se mit à doucement dérouler chacun de ses gants. Ses mains à lui étaient sèches, d'une tiédeur agréable.

– Vous êtes charmante. Et Shaughnessy un nom charmant. Repenchons-nous une autre fois sur le savant fou du pôle Nord, voulez-vous ?

Le serveur revenait garnir les coupes, Addison entama avec lui une conversation en français. Page les fixait, grisée.

— Vous parlez le français ? demanda-t-elle, une fois le garçon reparti.

— Quelques scories d'un séjour à Montmartre, il y a... longtemps.

— Un Français vient d'arriver à Giboulée. Il a un nom impossible.

— *Un ? Il ?* Je tenais cette pension pour un imprenable gynécée.

Page n'avait jamais entendu ce mot mais elle en flaira le sens.

— Un musicien. Il est très jeune, seize ans je crois. Mrs Merle n'aurait de toute façon jamais permis à un homme mûr de...

Elle fut atterrée de se sentir rosir, et mortifiée de ne pas savoir finir sa phrase.

— Page, Page, mon petit... N'allez pas piquer un fard chaque fois que vous prononcerez le mot « année » ou « vieux » ou « rhumatisme » en ma présence, si ?

— Je ne suis pas si jeune, murmura-t-elle, désespérée.

La main d'Addison s'ouvrit sur la nappe, paume offerte. Page hésita, puis elle y blottit la sienne. Il la tapota gentiment.

– Ça tombe bien, mon petit. Moi non plus.

À l'instant où Jocelyn s'apprêtait à descendre dîner, Easter Witty frappa à sa chambre, un plateau dans les mains.

– Comme certaines de nos pensionnaires ignorent encore la, hum, présence d'un jeune homme parmi nous, Mrs Merle pense que, pour ce soir, il vaut mieux ne pas vous montrer. Le temps de prévenir, voyez ?

Elle lui fit une grimace plaisante, en camarade.

– De vous à moi, prévenues, elles le sont sûrement déjà. Vous aimez les rognons, je présume ?

– Eh bien, euh…

– Tant mieux. Ce sera utile ici. Et les oignons ? Aussi, j'espère. Y en a douze livres taillés en rondelles là-dedans. Mais quelle importance, hein, quand votre gentille fiancée trottine à 4 000 miles d'ici, vous ne l'embrassez que par courrier.

– Je n'ai pas de fiancée.

– Ouch ! s'exclama-t-elle, balançant à grand bruit son plateau. Je le crois pas. Un joli gars comme vous ? Le dessert, c'est des crêpes. Paraît que les Sioux enduisent de miel leurs ennemis avant de les jeter aux fourmis, moi je dis qu'il vaut mieux le mettre sur les crêpes.

Elle surprit son expression d'incertitude.

— Vous vous demandez dans quelle maison vous êtes tombé, pas vrai ? Si je le savais... Mais on ne me dit pas tout. La Thermos, c'est de la *root beer* bien fraîche, et j'ai rajouté (baissant d'un ton) ce petit verre de tequila. Vous faites de la musique, alors ? reprit-elle de sa voix normale. C'est votre job ?

— J'aimerais bien. Il faut que j'en déniche un, de job.

Elle s'étrilla les paumes sur son tablier bleu.

— Quand j'étais gosse, mon vieux père m'a inscrite à la chorale du temple. Moi, m'entendre chanter, j'adorais... J'étais bien la seule ! Ils ont fini par me clouer le bec. Alors, j'ai appris la cuisine. Mon Silas, lui, il joue de l'ukulélé comme un as. Silas, c'est mon grand fils. Ça lui vient de la guerre, il était à Hawaii pile au moment de Pearl Harbor. Ça ira ? Besoin de rien ?

Resté seul, affamé, il dévora les rognons, les oignons, les crêpes au miel. Le pain était différent de la baguette parisienne, proche de la brioche, rond, légèrement sucré. Il ne toucha ni à la *root beer* ni à la tequila et but au robinet du lavabo. Le repas englouti, il n'aurait su dire s'il l'avait aimé.

Repu, il s'était endormi Jo.

Mais comme dans ses rêves de toujours, il se rêva Jocelyn. Et comme dans tous les rêves qu'il faisait depuis l'exode de 1940, c'était la guerre et il dormait.

Il était dans la maison de Mamido, à Saint-Illieux où, avec ses sœurs et sa mère, ils avaient trouvé refuge. Papa était prisonnier dans un stalag en Allemagne. On l'avait capturé vers Châlon dès les premiers mois de sa mobilisation. Jocelyn avait dix ans.

La campagne. Première fois que Jocelyn la touchait de près. Jusque-là, la famille n'était jamais allée plus loin que Chatou, chez la grand-tante Simone, celle aux jabots en meringue, pour les grandes vacances.

La campagne. Les montagnes. Dans ce coin du Massif Central, entre le vert des herbes et le bleu des cieux, il avait découvert le *bruit* des moutons.

Ils ne bêlaient pas, ne bougeaient pas. Ils paissaient. *Fffrrr* ils arrachaient les tiges, *mmlllww* ils mastiquaient, *kkkggg* ils déglutissaient. Dans cet ordre : *fffrrr. mmlllww. kkkggg*. Et re-*fffrrr*. Re-*mmlllww*. Re-*kkkggg*. Le son de la paix. Celui de la guerre s'était tu. Que lui. Jocelyn. Étalé dans le vert, étendu dans le bleu avec, autour, le *bruit* des moutons immobiles.

Dans la maison de Mamido, il couchait dans le grenier.

Il entendait Mamido descendre et monter, aller et revenir. Dans la chambre à côté, sa sœur aînée Édith, et Rosemonde, dormaient. Sylvette et Marcelline, les cadettes, avaient leur chambre de l'autre côté du corridor.

Jocelyn écoutait les bruits habituels qui venaient d'en bas.

Des voix qui murmuraient. Des gonds qui tournaient. Des reflets de chandelles sous la porte. Ensuite, le silence. Noir comme la pierre.

Alors il se réveillait. Pour cause de silence.

Cette nuit-là, Jocelyn Brouillard ouvrit les yeux et reconnut le couvre-lit en patchwork, reconnut les chats, reconnut New York.

— Mae West ? Betty Grable ? chuchota-t-il. Comment êtes-vous entrés ?

La question venant d'un étranger qui s'invitait chez eux, les bêtes jugèrent inutile de polémiquer. Leurs oreilles firent une simple rotation de périscope, l'air de tâter ses paroles et la nuit.

Ils avaient dû se faufiler à la suite d'Easter Witty, tout à l'heure. Jocelyn se rendormit dans l'oreiller, les matous entre les mollets, avec la sensation bizarre de se trouver en un lieu inconnu et familier à la fois, comme si les montagnes de Saint-Illieux avaient franchi l'Atlantique pour s'installer en gratte-ciel à Manhattan, 78ᵉ Rue Ouest.

5

Lullaby of Broadway

Au matin, le rez-de-chaussée de la pension Giboulée était plein de sonorités bienveillantes.

Deux pensionnaires étaient assises dans la salle à manger, que Jocelyn n'avait pas encore rencontrées. Il les salua avant de passer à table. Il était huit heures et demie.

— Etchika Jones, s'annonça la première jeune fille qui se versait du café, activité qu'elle suspendit pour étudier le nouveau venu avec curiosité.

L'autre jeune fille brandissait sa petite cuillère en l'air, en silence. Sa chevelure sombre retombait de chaque côté d'un coquetier où se nichait un œuf dur, lequel paraissait figer la jeune fille dans une sorte de méditation incrédule.

— Ursula Keller, la présenta poliment Etchika. Je crois qu'Ursula s'interroge sur où et comment placer sa banderille, dit-elle en montrant la petite cuillère en l'air.

– C'est que, dit lugubrement Ursula, j'aimerais que cet œuf cesse de me dévisager comme s'il voulait me manger.

– Si ma mère savait que cette respectable maison accueille des garçons, fredonna Etchika, son sang bouillerait à 300°Farenheit.

Elle poussa la cafetière vers Jocelyn.

– Je l'ai goûté. Je suis encore en vie.

Il resta en arrêt devant une boîte en carton couverte de couleurs. Contenait-elle de la lessive ? Des nouilles ? Un jouet ? Il la secoua doucement. Bruit proche d'une poudre de lessive... avec des nuances de nouilles.

– Corn flakes, l'informa Etchika.

Page en pyjama écossais descendit à cet instant, languide et joliment chiffonnée. Sous le tohu-bohu de ses boucles empilées, elle marmotta quelque chose qui rimait avec bonjour.

– Vous êtes aussi comédienne ? demanda Jocelyn à Etchika, la seule dont il pouvait croiser le regard (Ursula fixait son œuf, Page une tasse propre).

– Cela m'arrive, dit-elle. Avec quelques difficultés, je dois l'avouer. Enfin, si je rate tout, il me restera toujours le *North Express* de 8 h 55 pour Shenandoah.

— Qu'avez-vous joué ?

Les corn flakes crissaient diablement sous ses molaires.

— Oh, de tout. Excepté la fille qui sort du gâteau à un congrès de mafieux. C'est meilleur dans un bol de lait, conseilla-t-elle, lui voyant les mâchoires embouteillées.

— Quelqu'un reprendra de mon café ? s'enquit Charity depuis le seuil. Il est bon ?

— Parfait pour se laver les cheveux, dommage que j'aie oublié mon shampooing.

Charity ignora la perfide et interpella Chic qui arrivait :

— Café ?

— Si tu peux t'en passer, réponds-lui non.

Bâillant, Chic remplit sa tasse avant d'aller occuper une chaise.

— Bien dormi ? lui demanda Charity.

— J'aimerais tellement ! Le mois dernier je rêvais qu'Hitler reprenait la Pologne.

— Le facteur a livré un colis pour toi. Sur le buffet.

Chic se releva illico pour aller batailler les nœuds de son paquet.

— Regardez. Mon frère m'envoie des oranges de Californie !

— Épluche-les vite ! l'encouragea Manhattan qui débarquait en chaussant ses lunettes. Il y a peut-être des chèques dedans.

Etchika montra du pouce Ursula, toujours cuillère en l'air, toujours frappée de perplexité face à son œuf dur.

— Gueule de bois ?... articula Chic en silence.

Elle rangea toutes ses oranges dans le compotier qu'elle disposa au milieu de la table, en garda une qu'elle coupa en deux pour presser le jus.

La première et dernière fois que Jocelyn avait rencontré une orange, c'était au Noël juste avant la guerre. Monsieur Émile, leur voisin de palier rue des Petites-Écuries, en avait reçu de son cousin, spahi en Algérie. Le spahi était mort à Bir Hakeim, Libye, avec l'héroïque 1re brigade de la France libre. De l'orange, Jocelyn gardait le souvenir d'une peau amère et parfumée, d'un doux cœur fondant.

Chic vit son expression.

— Tiens, attrape. La Californie ne sera pas orpheline.

Il saisit le fruit et regarda Chic conduire les opérations avec le presse-agrumes puis il l'imita, plein de circonspection.

— Où est Mrs Merle ? demanda-t-il.

— Le matin elle jardine à l'arrière. Comment

penses-tu qu'elle obtienne ces chrysanthèmes gros comme des nids de corneilles ?

— On se demande avec quel engrais elle les arrose, marmonna Page.

— À mon avis, elle y déverse son vase de nuit dès potron-minet, dit Chic.

— Mauvaises langues. Comment s'est déroulée ta soirée avec Addison, Page ? demanda Manhattan.

— Oh... Il ne cessait de me lancer des regards. Vous savez, de ceux qui vous poussent à raconter que vous avez déjà un mari. Il a promis de m'emmener à La Havane cet hiver.

— Le gros malin ! ricana Etchika. Bien entendu, tu n'iras pas.

— Bien entendu, je n'irai pas. Tout de même, La Havane... ajouta-t-elle, rêveuse.

— Pas mal, oui... Quand on est une langouste. Ursula ? Juste pour savoir, tu as bu quoi hier soir ?

— Oh. Un peu de tout. Bière. Coca. Cendres de cigarettes. Rouge à lèvres...

— Tu n'étais pas supposée écouter sagement *The Al Hunter Mystery Hour* dans ta chambre, vilaine ?

— Oh, j'ai écouté... Puis à dix heures, à la seconde où Al Hunter trouve ce poignard chinois planté dans le cœur de la somptueuse Crystal Diamond, voilà Mickey, Kitty et toute la bande qui me téléphonent pour les rejoindre au Village Slasher. Je voulais n'y rester qu'une petite heure... mais vous les connaissez.

— Mes aïeux se retourneraient dans leur tombe s'ils me voyaient bouffer de la vache enragée en ta compagnie, dit joyeusement Etchika dont la famille comptait, très, très lointainement, un Romanoff de la Russie impériale.

— Désolée de troubler le repos de tes ancêtres, princesse Etchikova, même si Joseph Staline a dû les déranger avant moi.

Charity revenait avec une assiette de lard frit dont l'odeur acheva de plonger dans la détresse l'estomac de la pauvre Ursula.

— Chhhh... Le Cap'tain Bligh va nous entendre.

Jocelyn buvait. Le jus d'orange acidulé. Le verbiage des filles qui l'était tout autant. Le café infect. Il se délectait de tout.

— Quelqu'un peut-il m'accompagner à mon audition ? implora Page. Le trac me rend sourde, aphone, amnésique, et idiote.

— Change de métier avec Dieu.

— Hé ! coupa Charity. Écoutez. Miss Ursula passe à la radio...

Personne n'avait remarqué que le poste papotait

tout seul dans son coin. Charity augmenta le volume. Sur les cuivres de *In the Mood*, un chœur féminin s'époumonait :

> De bas en haut, de haut en baaaas !
> Le fer Trombo-vapeur General Electric repassera
> chemises, pantalons et draaaaps
> À toute vapeuuuuuur
> Generaaaaal Electriiiiic !

— C'était la voix de notre Miss Ursula à la fin du couplet, murmura Charity avec émotion et fierté.

Elle ajouta à l'attention de Jocelyn :

— C'est elle aussi qu'on entend pour la naphtaline Mytho, le robot mixer Magic Smash, et le vernis Ferocity, et les machines à écrire Underwood…

Elle repartit en cuisine en chantant de tout son cœur *À toute vapeuuuuur… Generaaaaal Electriiiic…*

Ursula décapita son œuf et entreprit d'engloutir toasts, lard frit, café au lait, jus d'orange. Les autres la fixèrent.

— Eh bien quoi ? dit-elle entre deux bouchées de lard et de résignation. Il faut bien travailler.

— On t'a payée combien pour ça, mercenaire ?

— 42 dollars, plus 35 pour les répétitions.

Chic sifflota, rêveuse.

— Mieux que mes 45 dollars pour endurer les six heures de coups de langue de Montgomery.

Elle aperçut un flou interrogateur dans l'œil de Jocelyn.

— Le saint-bernard qui posait avec moi pour la pâtée Jumpy Doggy, expliqua-t-elle. Montgomery préférait mon fond de teint à la pâtée. 45 dollars de bave sans discontinuer. On m'a remaquillée neuf fois. Mais j'ai eu ma photo dans *Ladie's Cottage* de juillet.

Jocelyn se mit à les considérer toutes, avec un intérêt sincère.

— Oui ?... interrogea Page.

— Pauvre Jo, murmura Manhattan. Nous l'affligeons, je crois.

— Pas du tout, protesta-t-il. C'est juste que... Vous avez toutes un air...

— Affamé ?

— Dégoûté du café ?

— Lassé des rognons ?

Jocelyn sortit de sa poche son petit dictionnaire bilingue, le compulsa.

— Auréolé.

— Auréolé ? On ne me l'avait jamais dite, celle-là.

— Certains ont foi en Dieu, déclara Chic. Moi je crois au vison rose, aux rivières de diamants, au caviar, à mon nom gravé à l'or sur l'un des quatre cent treize portemanteaux du Stork Club.

— Mon nom à moi sera écrit en un milliard d'ampoules lumineuses sur la façade du New Amsterdam, dit Page. J'accepte cependant le caviar si c'est du caviar d'éléphant.

— Moi, dit Ursula en attaquant son troisième œuf, quand je chanterai *I've Got You Under My Skin*, je ferai exploser les magnums de champagne et les comptes en banque des producteurs de la White Way.

— Et moi, dit Chic, je raconterai partout que tu es la fille qui a coulé tous les clubs de New York.

Deux petites voix parvinrent de l'escalier. Hadley fit son apparition, un enfant à cheveux pâles bondissant à l'extrémité de son bras.

— Hello, les filles. (Avisant Jocelyn:) Oh, je veux dire hello tout le monde. Va t'installer, Ogden. Le café est chaud?

— Il a bouilli cent dix-huit fois, dit aimablement Etchika. Le seul reproche qu'on ne puisse pas faire à ce café, c'est d'être froid.

Le petit lâcha la main de Hadley pour plonger droit sous la chaise d'Ursula. Intrigué, son toast à la main, Jocelyn se pencha. Une espèce de coussin poilu était étalée aux pieds d'Ursula, invisible de tous, qu'Ogden enlaça à deux bras. Une langue rose jaillit du coussin et lui lécha la joue.

— Je n'avais pas remarqué qu'il y avait un animal là-dessous, dit Jocelyn.

C'était le chien aperçu la veille dans le panier du petit « salon de détente » à l'étage.

— Mais tu as dû le sentir, dit Chic en se tapotant la narine.

— Il s'appelle N° 5. À cause de, euh, son odeur, justement.

— Mon chien ne pue pas, se défendit Ursula. Il s'appelle N° 5 parce que c'était le parfum préféré de ma grand-mère.

— Qui m'accompagne au Dorothy Gish Theatre alors ? abrégea Page.

— Euh, dit Jocelyn. Je ne sais pas où se trouve le Dorothy Gish Theatre mais j'ai très envie de découvrir la ville.

— On part ensemble ? proposa Manhattan. Le Ruby Horseshoe est à côté du Dorothy Gish. Je ferai une partie du chemin avec vous.

— Il me faut d'abord déménager mes affaires, dit-il. Mrs Merle m'a promis une chambre au sous-sol.

— Le studio du sous-sol ? s'écria Ursula. Jo, quel chanceux tu es.

— Tout le monde veut habiter là, dit Chic. À

cause de l'accès direct à la rue, *you see* ? Ça permet certaines... libertés. Mais Mrs Merle a toujours prétexté le désordre qui y règne.

Jocelyn convint avec Manhattan et Page de les retrouver sur le perron après qu'il aurait pris ses nouveaux quartiers. Avant de remonter se préparer, Page l'éperonna d'une bourrade dans le biceps. Elle papillota outrageusement des cils.

— J'aime beaucoup vos yeux. Voyez-vous un inconvénient à cela ?

Elle disparut en pouffant.

L'accès au jardin arrière se faisait via la cuisine où Jocelyn trouva Charity, les coudes dans l'évier de vaisselle sale, en compagnie de Betty Grable qui flairait les crêpes recalées du petit déjeuner.

— Charity, vous n'allez pas entrer dans le show business, vous aussi ?

Elle brassa l'eau grasse en riant.

— *Gosh*, non. J'ai une cervelle, moi. J'aide Easter Witty au ménage et aux repas.

D'un même geste elle expédia une mèche vers le haut de son crâne et une tapette à Betty Grable. Jocelyn chercha quelque chose de gentil à dire. Les filles l'avaient un peu rudoyée sur le café.

— Les toasts étaient délicieux.

Elle rosit, noya tasses et soucoupes dans des

remous bourrus. Sa queue-de-cheval remua d'une épaule à l'autre.

— Y a qu'à appuyer sur la manette du grille-pain, savez.

— Maman rôtit les tranches de pain au four. En France, le grille-pain est un luxe. Je veux dire, il n'y en a pas dans toutes les maisons.

— Vous avez bien fait de venir chez l'Oncle Sam, alors.

Dehors, Mrs Merle brandit son sécateur, sa bouche modula un *hou hou* assourdi par les carreaux.

— À tout à l'heure, Charity.

— Au plaisir, Mr Jo.

Il poussa la porte avec difficulté, le gravier raclait dessous.

— Bien dormi ? l'accueillit Mrs Merle en ôtant ses gants de caoutchouc qu'elle pendit aux fleurs toxiques d'un laurier-rose. La chambre est prête, Easter Witty l'a terminée à l'instant. Je vous y emmène ?

Il la suivit à travers le jardinet éblouissant de feuilles au jaune phosphorescent. La maison voisine était une réplique de Giboulée, en plus foncé, avec des bow-windows.

— Mr Bezzerides est un veuf qui habite là avec sa fille. C'est un... hum, un monsieur passablement farfelu mais assez aimable.

Sa manière de dire « passablement » et « assez aimable » induisait je-ne-sais-quoi d'une réprimande. Jocelyn s'interrogea sur les limites à partir desquelles on devenait un « farfelu » dans l'esprit de Celeste Merle.

L'allée épousait la maison. Les bruits de la rue approchaient. Très vite, ils furent à la petite grille qui débouchait sur la rue bordée de *brownstones* du siècle précédent.

Mrs Merle prit soin de décoller du mur une affichette avec la sommation *Dewey President!* puis une seconde avec *Truman President!* Elle les jeta dans la poubelle d'un poteau de signalisation.

En contrebas du trottoir et de la grille, une volée de marches les mena à une porte contiguë à une fenêtre en demi-cintre, elle-même située à hauteur de leurs genoux.

Il se dit qu'il préférait en définitive se chercher une autre pension que vivre dans une tranchée, mais Mrs Merle avait déjà ouvert.

Au bas d'un court escalier intérieur, l'endroit se révéla, contre toute attente, une immense pièce claire. La brique des murs était peinte en blanc, un tapis en rotin réchauffait la pierre du sol. Il fallait, bien sûr, lever le nez pour regarder par la fenêtre, mais de chaque côté de sa singulière et aristocratique forme en demi-lune, les rideaux aux fleurs discrètes étaient obligeamment assortis au couvre-lit.

Les meubles, pourtant nombreux, donnaient dans cet espace ample l'impression de se trouver éloignés les uns des autres.

– Easter Witty a tout dépoussiéré.

L'encaustique, en effet, le disputait au parfum de Mrs Merle (l'intrigante odeur de *boîte à couture*). Le guéridon était le jumeau de celui où Fred Astaire cabriole tel un farfadet dans le film *Ô toi ma charmante*.

Il y avait également une cheminée ronde en marbre. Chenets en sphinx au-dedans, dahlias et fougères dans un vase boule au-dessus. Bref, fioritures dont on colporte souvent que les filles sont folles, et dont on tait toujours que les garçons raffolent.

Jocelyn ne parvenait pas à décider ce qui le ravissait le plus : la grandeur du lieu, sa clarté, sa situation originale, sa décoration apaisante, ou les jambes des piétons qui piétonnaient dans la rue.

– C'est... formidable, dit-il enfin.

Sa logeuse se rengorgea sans façon.

– Vous pourrez entrer et sortir comme bon vous semblera. Étant entendu qu'aucune dame ne saurait y être admise, n'est-ce pas ? Sauf s'il s'agit de votre sœur ou de votre mère.

Elle montra, au fond de la pièce, une seconde issue camouflée par une tenture vert d'eau.

— Elle conduit à l'intérieur de la maison. Comme je vous l'ai dit hier, vous l'utiliserez pour vous rendre uniquement au salon, à la salle à manger ou à la salle de bain.

Après quoi, elle lui tendit les clefs avec solennité ; il se fit l'effet de l'épouse à qui Barbe-Bleue remet celle de la pièce interdite.

Ils ressortirent dans la courette. Au bas des marches, elle posa deux doigts légers sur sa manche.

— Concernant nos petites séances musicales...

— Oui, Mrs Merle ?

— Je vous propose de jouer une soirée par semaine les morceaux de votre choix, le jour de votre choix. Ainsi qu'un dimanche après-midi par mois. Cela vous convient-il ?

La nouvelle habitation le charmait à ce point qu'il se sentit prêt à souscrire à tout.

— Je serais heureux, Mrs Merle, de jouer du piano pour vous.

— Ce sera merveilleux, vous verrez. Nous inviterons du voisinage. Oh oui, ce sera merveilleux.

Rayonnante, elle regagna à petits pas son jardin, et Jocelyn partit se consacrer à la migration de ses bagages vers ses nouvelles pénates. La première chose qu'il sortit de la malle fut le renne en peluche. Il le contempla, indécis.

— Bienvenue dans ta nouvelle maison, Adèle, murmura-t-il.

Après hésitation, il l'installa, assis, sur le guéridon Fred Astaire.

Il ne connaissait pas les autobus à étage. Il faillit dégringoler dans un virage en gravissant le colimaçon. Les filles, déjà en haut, se moquèrent de lui. Sur la plate-forme le vent filait, suave et joyeux, et l'Empire State, le Chrysler Building, tous les gratte-ciel couraient dans le bleu mutin du matin. Son premier, à New York… Jocelyn ferma les yeux un instant. Quand il les rouvrit, Manhattan éclatait de rire.

— Comment c'est, *Paree* ?
— Petit. Gris.
— Polisson, dit-on.

Polisson, Paris ?

Il se représenta Mme Benedek, leur gardienne rue des Petites-Écuries, sa blouse marron, son balai marron, son chignon en nid de choucas. M. Certes, son professeur d'histoire au lycée Jacques-Decour, revenu d'un camp de concentration en Haute-Silésie, avec la jambe tranchée et un sifflement quand il respirait. M. Auberjonois, le pharmacien aux yeux lourds de mélancolie. Janine Brouillard, sa mère, qui ne chantait plus depuis la guerre… Tous parisiens et, oh, «polissons» était bien la dernière épithète dont il aurait songé à les doter.

Il ne dit rien. La ville était trop belle.

Ils remontèrent avec entrain la 42e Rue. Les théâtres, façades assoupies, marquises grises, ressemblaient aux boîtes à musique. Ils stoppèrent devant le New Amsterdam.

– Hé, ton Brandon Marlow s'appelle Marlon Brando, annonça Manhattan devant une affiche.

Même éteintes, les lettres d'*Un tramway nommé Désir* scintillaient au fronton.

– Un jour ce sera moi la vedette de ce théâtre! clama Page, les deux bras en V pour une foule invisible. De tous les théâtres!

Elle gloussa, comme si l'idée soudain l'épouvantait. Elle portait le manteau en fourrure *Rosalinda*, avait troqué ses tresses repliées contre un chignon de secrétaire.

Le Dorothy Gish Theatre se trouvait un bloc plus loin, en retrait. Le rideau de métal baissé lui donnait une expression de duègne revêche. Dans l'allée latérale, une plaque en fer près de l'escalier de secours : *Stagedoor*. Contre un mur, au pied d'un acacia asphyxié de bitume, des colchiques et quelques boutons-d'or jaillissaient d'un trou dans la gouttière, telles des têtes de nageurs en quête d'oxygène. Jocelyn collecta un minuscule bouquet qu'il lia d'une brindille.

Page lissa ses tempes avec ses paumes, tendit le cou.

– Comment je suis ? Mon chignon ?...

– Parfaite, assura Manhattan.

– Plus que parfaite, renchérit Jocelyn (même s'il la préférait avec les nattes repliées).

Il lui offrit le bouquet.

Page se mordilla le coin de sa lèvre supérieure.

– C'est adorable. Merci, Jo. Ciel... mon rouge ! Pas bavé j'espère ?

La *stagedoor* était ouverte. Un coursier se précipita pour les doubler, un plateau de gobelets en balancier sur un bras.

– Hep ! cria un gardien dans sa guérite. Vous allez où ?

– J'ai rendez-vous avec Mr Lyle Baker. Page Hibbs.

Il prit le temps d'écouter la radio où un commentateur braillait à pleine gorge par-dessus un match de base-ball.

À côté, sur une chaise, se trouvait un jeune homme brun, les pieds calés sur un tuyau de plomberie à mi-hauteur du mur. Mains dans les poches, il oscillait d'avant en arrière avec un brio qui attestait de sa longue expérience du tangage sur chaise. Il s'empara d'un gobelet sans cesser d'osciller.

– Hello ! J'espère qu'on se connaît ? lança-t-il à Page.

– J'espère que non.

Le ton acide ne le formalisa pas. Son sourire taillait un triangle isocèle sous son très grand nez. Lequel était la copie, sympathique mais incontestable, et quasi grandeur nature, de l'escarpin de Marlene Dietrich dans *Cœurs brûlés*.

– Puis-je vous aider ? s'enquit-il suavement. Petit, j'ai sauvé un chiot de la citerne où il était tombé.

– Vous auriez dû y rester avec lui, dit Page.

Le garçon reprit une conversation manifestement interrompue par l'arrivée des filles et de Jocelyn.

– Ce qu'elle avait de plus beau, c'étaient ses yeux, dit-il au gardien. Ils faisaient de la musique. Les deux.

– De la musique ? Ses yeux ? Tu veux dire qu'elle louchait ? demanda l'autre en s'humectant le pouce pour feuilleter.

— Non, non. Ils chantaient. Vraiment. Manque de chance, elle cherchait un mari.

— Vous trouvez mon nom ? s'inquiéta Page.

— Je cherche, Miss ! ronchonna le gardien.

Le triangle hilare refit son apparition sous le long nez du jeune homme brun.

— Je vous présente Bob, dit-il. Un bon garçon malgré ses borborygmes. Il surveille cette entrée en écoutant du base-ball, et... euh... Que fais-tu d'autre dans la vie, Bob ?... Il mange, dit-il après réflexion. Moi je suis Cosmo Brown et je bois du café.

Il but une gorgée et examina le plafond. Sa chaise s'immobilisa quelques secondes en équilibre indécis, puis reprit ses balancements.

— Ta loucheuse musicale se cherchait un mari, tu disais ? reprit le vigile, explorant ses listes.

— Oh, elle a fini par en trouver un. Mais ce n'était pas le sien. *Et loin des rivages d'Istrie mon âme creusera le lit blême du dépit,* récita paisiblement Cosmo Brown.

Il acheva son café. Toujours se balançant.

— Shakespeare, conclut-il.

— Hibbs. J'ai trouvé. Et ces deux-là ? interrogea Bob en pointant le menton vers Manhattan et Jocelyn. Ils ont rendez-vous aussi ?

— Ils m'accompagnent.

Page ajouta sans ciller :

— Ils vont me donner la réplique.

— Deuxième étage.

L'oreille sur sa radio, le vigile fit un geste qui pouvait aussi bien indiquer les tuyaux du plafond que vouloir dire «Dégagez!».

Ils dégagèrent.

— *Bye!* les salua Cosmo Brown. *La lune est jaune, la nuit est neuve, allons sous les pins bleus du Montana...*

— Encore Shakespeare? lui lança Manhattan par-dessus l'épaule.

— Frank Sinatra, lui répondit l'autre, son gobelet amicalement levé.

Jocelyn apprit ce jour-là qu'un rez-de-chaussée aux États-Unis s'appelle premier étage, et le premier deuxième. Ils croisèrent une jeune femme qui cocha le nom de Page, lui remit un petit carton avec le numéro 19 inscrit dessus, puis alla ouvrir une porte. Un homme hurlait.

La jeune femme eut un sourire séraphique.

— Mr Lyle Baker. Attendez là. On vous appellera.

Il faisait noir partout, sauf sur la scène. Dans le faisceau d'un projecteur, la poussière planait tel un banc de poissons paresseux au fond des abysses.

Plusieurs groupes de jeunes gens occupaient les côtés cour et jardin, d'autres étaient debout dans les coins, ou au bas de la scène. Tous immobiles, tous silencieux, tous avec un texte à la main.

L'endroit avait une odeur lourde de planches de bois, de sciure, de vieille étoffe et de quelque chose d'autre que Jocelyn ne parvint pas à identifier. Il n'était encore jamais entré dans un théâtre.

Il attendit avec Page et Manhattan à l'abri du rideau.

Sur scène, une jeune fille morte de trac débitait son texte comme si un train la pourchassait.

— Stop ! fit la voix de Lyle Baker comme du fond d'une grotte. On vous demande de jouer, pas de concourir au marathon. À qui le tour, Karl ?

— La 17, répondit une voix juvénile. Mademoiselle au tailleur rose.

Le tailleur rose quitta un fauteuil sur le côté pour remplacer la marathonienne. Dans la salle sombre, un petit cercle de lumière au milieu d'une rangée éclairait un pupitre où étaient assises deux ou trois silhouettes. Les voix provenaient de là.

— Avez-vous appris votre monologue, Miss ?...

— Kelly. Je l'ai appris.

— Allez-y.

— *Oui, c'est bien moi, moi Rosalinda. Me voilà de retour, Christopher...*

Le tailleur rose jouait avec aisance. Dessous, deux

jolies jambes racées arpentaient les planches avec une nervosité retenue. De ses manches émergeait de temps à autre un gant blanc qui voletait dans l'espace ou serrait élégamment le rang de perles à son col.

— *Je ne reviens que pour vous, Christopher...*

Si on devait lui trouver un défaut, c'était la voix. Frêle, elle ne portait pas très loin. Les spectateurs du fond ou des hauteurs devraient tendre l'oreille. L'accent traînait un peu (« Philadelphie », chuchota Manhattan à l'oreille de Jocelyn). Hormis cela, la silhouette était parfaite, le jeu sans effet spectaculaire.

— *... J'aime vos yeux, Christopher ! Voyez-vous un inconvénient à cela ?*

Le tailleur rose attendit, main en visière sous le projecteur.

— Karl ? Tu inscris la rose.

— Côté cour, n° 17.

Le tailleur rose eut un sourire ébloui et courut en coulisses dans leur direction, leur saisit les mains avec émotion.

— Vous étiez superbe, dit Jocelyn avec chaleur.

Le tailleur rose était habité par une jeune fille absolument ravissante, au cou de cygne, aux boucles courtes et légères. La joie mettait des scintillements liquides dans son regard clair. Page écrasa son bouquet sur le cœur, avec un soupir d'abord, puis un sourire.

– Je dois l'admettre. Vous avez été superbe. Je suis Page.

– Grace. Merci, Page, c'est très aimable à vous.

« Philadelphie » chuchota à nouveau Manhattan à l'oreille de Jocelyn.

La ravissante Grace en rose tapota gentiment le poignet de Page. La blancheur de ses gants en chevreau la parait d'un éclat raffiné.

– N'ayez aucune inquiétude, dit-elle, je ne suis jamais prise. Sept auditions en un mois. Bredouille à chaque fois.

Elle se tourna vers Jocelyn.

– Vous n'êtes pas d'ici, dirait-on. Italien ?

– Français. De Paris. Je suis Jo

– *Paree...* répéta-t-elle, rêveuse. Vous êtes là depuis longtemps ?

– Quinze minutes.

Elle rit, espiègle et sophistiquée. Le rose de ses lèvres était le rose de son tailleur.

– Je veux dire à New York ?

– Depuis hier.

– 19 ! appela le toujours invisible Karl.

– Bienvenue en Amérique, Jo.

Et après un signe de sympathie, la jeune fille rose partit au fond des coulisses où des bras amis la réclamaient.

— 19 !

Page sursauta, ferma fort les yeux, emplit ses poumons, tourna les talons.

Manhattan vérifia l'heure à sa montre.

— Ta répétition ? Tu es en retard ?

— Je partirai sitôt que notre star sera passée.

Page entra dans l'éclat farineux du projecteur. Les poissons de poussière se mirent à flotter autour de ses joues, de son chignon, de la fourrure du manteau.

— Miss ?...

— Hibbs. Je sais mon texte, ajouta Page.

Son petit rire nerveux résonna dans le vide.

— Vous n'avez pas chaud ? Votre manteau...

— C'est mon costume.

— Bien. On vous écoute.

Le silence de Page dura longtemps. Si longtemps que Jocelyn se demanda si elle n'était pas perdue au fond d'un trou de mémoire. Manhattan poussa ses lunettes sur le haut du nez.

— *C'est moi, Rosalinda. Me voilà de retour, Christopher. Je suis toujours gaie, ravissante, mes dents sont comme des perles, n'ai-je pas une chance inouïe ?*

Grace au tailleur rose s'était retournée pour l'observer. Rosalinda-Page parlait, allait, venait, fourrure crâne, bouquet au poing.

Au seuil de la dernière réplique, Page se dressa,

ses narines enflèrent, l'air entra dans sa gorge avec un sifflement.

– ... *J'aime beaucoup vos yeux, Christopher! Voyez-vous un inconvénient à cela?*

Elle le cria comme une injure, jetant avec force son bouquet en un final à la coquetterie impétueuse.

– OK, fit, là-bas, la voix impassible de Lyle Baker. Allez sur le côté, Miss... Karl?

– C'était la dernière.

Un brouhaha envahit aussitôt le théâtre jusqu'aux voûtes, comme un moteur remis en marche. Page courut vers Manhattan, l'air catastrophé.

– J'ai bafouillé... C'est fichu.

– Mais pas du tout! s'écria Manhattan à voix basse. Côté cour, tu es finaliste. Les fleurs... Quel coup de génie, ma chérie. Rosalinda arrivait du jardin, ça tombe sous le sens.

– C'est vrai? Tu le penses? fit Page avec une incrédulité touchante. Merci pour le bouquet, Jo. Il m'a porté bonheur. Si j'ai le rôle, tu as table ouverte chez Horn and Hardart toute ton année scolaire, c'est moi qui régalerai.

– Horn and Hardart? Un restaurant gastronomique?

– L'*automat* qui distribue les sandwiches à la gare de Grand Central, dit Manhattan.

– Mesdemoiselles…

Le dénommé Karl se concrétisa sous la forme d'un homme plus âgé que sa voix ; il trimballait un embouteillage de feuilles blanches sous le bras, son crâne lisse rayonnait comme une lampe Edison au-dessus d'une visière en toile.

– Laissez votre téléphone. On vous rappellera.

Page se glissa entre Jocelyn et Manhattan, les prit chacun par un bras.

– En guise d'avant-goût, on va trinquer au Horn and Hardat ?

Manhattan secoua la tête.

– J'ai une répétition, *remember* ?

Ils se retrouvèrent dans la ruelle, devant l'acacia suffoqué de bitume. Les groupes d'aspirants comédiens commençaient à se disperser.

Jocelyn mourait d'envie d'accompagner Manhattan, d'assister à sa répétition de danse. Mais peut-être le trouverait-elle pot de colle ? Il tourna sept fois sa langue, s'arma de courage…

– Je me dépêche ! Salut ! dit Manhattan.

Sur un papillonnement de doigts elle fila, direction Times Square. Déçu, Jocelyn se balançait d'un pied sur l'autre.

– Notre Manhattan est une sauvageonne, murmura Page.

Une bande de quatre ou cinq jeunes gens les dépassa. Un des garçons revint sur ses pas et enlaça Page par la taille.

— Hé, Page ! On ne dit pas bonjour ? Tu étais aux auditions de *Rosalinda* ?

— Luke ! Guy ! Mirna ! Ed ! Pas possible. Vous y étiez aussi ?

— Non, non, dit Mirna, très excitée. Nous, on était sur le toit. On répète *Present Laughter* de Noël Coward pour le Barn Stock. Et toi ? Ton audition ? Ç'a marché ?

Ils se mirent à bavarder, à se congratuler, à s'exclamer tous les cinq en même temps. Jocelyn demeura quelques pas en arrière. Page se rappela enfin qu'il était avec elle. Elle le présenta à ses amis.

— On va chez Walgreens manger un morceau, dit l'un des garçons. Vous vous joignez à nous, Jo ?

Jocelyn hésita. Sa présence détonait un peu dans cette effervescence. Il secoua la tête.

— Je vais au Penhaligon College, dit-il d'un ton léger. Remplir des formulaires, choisir mes cours, établir mon emploi du temps, toute cette sorte de choses...

Page lui serra la main, brève, peinant à contenir son impatience.

— Tu es sûr ?

– Sûr.

On le salua, et il les regarda s'éloigner, bras dessus bras dessous, pour attraper le tramway qui descendait vers le sud de la ville. L'allée fut bientôt déserte.

Il baissa les yeux vers les boutons-d'or qu'il avait épargnés, au pied de l'acacia rachitique. Un minuscule escargot apparut d'entre les feuilles et musarda quelques instants.

– Hello, l'interpella Jocelyn.

La coquille disparut mollement par le trou de la gouttière. Peu après, un autre escargot, plus gros, surgit d'une fissure, l'antenne flâneuse.

– Ta copine est partie par là, indiqua Jocelyn. Ne dis pas que c'est moi qui te l'ai dit.

– *Est homme parmi les hommes le bienheureux qui parle aux bêtes et aux plantes,* dit une voix à la vivacité familière.

Cosmo Brown réussissait l'exploit d'avoir l'air excessivement sérieux et assurément moqueur. Plus de chaise pour se balancer, mais les mains toujours dans ses poches.

– Shakespeare ? Frank Sinatra ? sourit Jocelyn.

– Mark Twain. Dis voir, deux beautés stupéfiantes te talonnaient tout à l'heure… je te retrouve taillant la bavette avec un duo de gastéropodes. Tu as jeté un sort aux filles ? Ces mollusques, ce sont elles ? Très mauvaise idée ! Même si cela fait de toi un individu intéressant.

– Elles étaient là… Elles n'y sont plus.

– L'histoire de ma vie. Bon, allez, je ne connais qu'une chose qui console de l'inconstance féminine mieux que les escargots : le pastrami-cornichon-raifort de Rory's Deli.

– Pastrami ? Raifort ?

Cosmo lui flanqua dans le dos une claque de pitié.

– J'ignore de quel fichu pays sort ton fichu accent mais si tu ne connais ni le pastrami ni Rory's Deli, suis-moi. Tu ne mourras pas idiot.

6

I got rhythm

Cosmo Brown conduisait un roadster convertible, une Buick Riviera bleu marine à ailes blanches avec une unique banquette de cuir grenat. Coloris qui évoquèrent à Jocelyn le costume de matelot – béret à pompon – que sa mère lui avait confectionné à la communion de la cousine Odette.

Cosmo lui tendit un paquet d'Old Gold.

– Cigarette ?

– Merci. J'ai arrêté de fumer quand j'avais cinq ans.

Cosmo lâcha d'une main le volant pour lancer le paquet dans la boîte à gants, il l'échangea contre une flasque, élégant petit objet doré dans un étui en lézard. Il semblait le genre à remporter avec la même aisance une régate à l'aviron ou un tournoi de poker.

– Soif ? Du whisky à l'eau de source des

Rocheuses. Inoffensif. On donne ça aux enfants pour leur faire aimer l'eau.

– Merci. J'ai arrêté de boire quand j'avais quatre ans.

– Ah, ah. Tu es un rigolo. Ça me plaît. D'autant que je ne bois pas non plus, ni ne fume. Je carbure à la *root beer* et aux films de James Cagney.

Il freina au croisement de la 49e pour laisser passer un cheval qui halait une grosse charrette remplie de cartons en vrac.

Ils remontaient Park Avenue, Jocelyn avec sa mine de ravi de la crèche découvrant la crèche, Cosmo avec son sourire isocèle sous son nez en escarpin de Dietrich. Les buildings laissèrent bientôt place aux longs végétaux roux de Central Park.

– Tu n'as pas l'air bien vieux, remarqua Cosmo.

Lui-même n'avait pas l'air bien vieux. Pas beaucoup plus que Jocelyn en tout cas, de quelques mois, un an peut-être ; pourtant il émanait de sa personne une décontraction narquoise, une loufoquerie pleine d'aplomb qui renvoya à Jocelyn son image de garçonnet convenablement peigné. Était-ce parce que Cosmo conduisait une Buick Riviera décapotable bicolore à banquette rouge ? En France, il n'aurait pas eu l'âge autorisé.

– Français ?

— Paris.

— *Paree !*

Paree ! répétaient-ils tous avec extase. Moulin-Rouge et Folies-Bergère. Champagne et camembert. Dès son embarquement au Havre, Jocelyn avait pu observer le phénomène sur le paquebot. Depuis, il disait « Paris » plus volontiers que « France ».

— Mes aïeux sont venus du Tyrol, dit Cosmo. C'était encore le temps des cow-boys par ici. Tu fais quoi, dans la vie, Jo *Brewhard* ?

Allons bon. Jo *Brewhard* ? Au moins était-ce plus pétillant que le *Djossleen Brolarde* du livreur de malle.

— Musique. Piano, guitare.

Il passa l'année de physique sous silence. Il n'avait pas envie qu'on lui resserve un couplet sur la bombe atomique.

— Piano ? (Le volant slaloma.) Splendide ! Ma mère me rêvait en Arthur Rubinstein, elle m'a planté devant un demi-queue quand j'étais gamin. Mais ces maudites touches noires ne faisaient jamais ce que je voulais. Dis donc, je dois passer dans le West Side prendre quelqu'un. Mais après, je te dépose où tu veux.

— Je me rends à Penhaligon College pour un entretien avec le doyen.

— Penhaligon ! C'est le doyen Crowley, ça. Je le connais. Ou plutôt mon père le connaît. Ils étaient dans la même fraternité à Columbia. Si tu as besoin d'un coup de pouce…

— Ton père est prof?

L'idée parut beaucoup amuser Cosmo.

— Mon père est le roi de la brique par ici. Cosmopolitan Industries. Tiens, tu vois, là?… Ce bâtiment aussi désopilant qu'un immeuble collectif soviétique? Brique Cosmopolitan Industries. Du *daddy* craché. Prions que les Russes n'envoient pas une bombe sur le Chrysler Building, papa nous le rebâtirait en kolkhoze de cent vingt étages. Le plus risible dans tout ça est que mon père est sauvagement anti-*commie*. Il soutient J. Parnell Thomas.

— *Commie*?…

— Les rouges. Les cocos. Les communistes.

Il poussa un rugissement d'allégresse. La Buick fit écho.

— Papa perd toute raison quand il s'agit des *commies*.

— Le mien a fait la grève avec les communistes pendant le Front populaire, dit Jocelyn dans un élan de loyauté.

Il ne s'attendit pas au sauvage coup de frein qui pila net la Buick. Cosmo dévisagea Jocelyn, mimant la stupeur et l'effroi.

— Non? Ton père est un…? *Oh gosh*. Et on t'a laissé toucher le sol béni de l'Amérique?!

Il cogna le tableau de bord en piaffant. Drôle de loustic, ce Cosmo. Il n'y avait pas de quoi rire pourtant. Les relations actuelles entre la Russie soviétique et les États-Unis étaient glaciaires, personne n'ignorait qu'une troisième guerre mondiale était possible.

— Jo, il y a une chose que les Américains craignent encore plus que la bombe atomique : ce sont ces foutus communistes. Ils en voient un dans chaque cuisine. Ils n'ont peut-être pas tort, note. Regarde le coup de Prague. En trois jours, hop... Les Soviets s'y sont installés. Regarde en Chine. Ce gars, le Mao Machin-Chouette qui se répand comme une nuée de sauterelles... Mao Machin-Chouette ! Pense-t-il sérieusement arriver à quelque chose avec un nom pareil ? Et regarde en Allemagne : Staline qui affame les Berlinois en verrouillant les trains, les bateaux et tout le tintouin.

— N'est-ce pas étrange ? dit Jocelyn. L'Amérique et la Russie s'étaient alliées contre Hitler... Les revoilà ennemies. Et les Allemands, qui étaient notre bête noire, sont devenus les victimes. Ce monde est cinglé.

— Je suis cinglé, tu es cinglé, c'est ça, la démocratie. N'est-ce pas fascinant ?

Cosmo profita d'un stop pour déballer une tablette de Chiclets à la chlorophylle. Il en proposa à Jocelyn.

– Mon vieux Jo, un conseil : plus un mot, ici, à ce propos. Oncle Sam est très chatouilleux sur le sujet.

Il redémarra, mastiquant, l'air proprement réjoui. Ils filaient vers Broadway Nord qui n'avait plus guère à voir avec le quartier des théâtres. Des fumerolles de vapeur jaillissaient de grilles dans le bitume, tels des volcans cachés. Le métro devint en partie aérien ; dessous, c'était le gris d'entrepôts encrassés, ça ressemblait à Montreuil, Boulogne ou Courbevoie, à n'importe quelle banlieue d'usines autour de Paris.

– À Hollywood même, ils ont des démangeaisons. Le climat y est malsain ces temps-ci. Je n'aimerais pas être à la place d'un seul des Dix de Hollywood…

– Attention à la route. Les Dix de Hollywood ? C'est quoi ?

– Jamais entendu parler ? Eh bien, Hollywood a décidé de… comment dire ? De nettoyer les studios de l'influence communiste. Si un acteur, un scénariste, un producteur est suspecté d'être un gauchiste notoire, il se retrouve dans le collimateur de J. Parnell Thomas, notre Grand Inquisiteur.

– Celui que soutient ton père.

– Celui que soutient papa. J. Parnell Thomas les convoque à Washington devant l'HUAC, la

Commission des activités antiaméricaines. Là, il les somme d'avouer le crime. Ont-ils été communistes ? Le sont-ils encore ? Qu'ils répondent oui, ou non, ou par le silence, ils sont de toute façon dans de sales draps.

— Pourquoi ça ?

— S'ils avouent qu'ils le sont ou l'ont été, ça fait d'eux des traîtres en intelligence avec l'ennemi. S'ils refusent de répondre, on les condamne pour outrage au Congrès.

— Rouge.

— Hein ?

— Le feu.

Cosmo freina. Un homme en bleu de travail sifflota d'un air admiratif, et quitta la borne d'incendie où il lisait le *Daily Worker* pour approcher la décapotable. Repliant son journal, il apprécia le châssis avec des hochements de tête.

— Chouette carrosserie, chouette bagnole... Le genre qui vote pour Dewey, hein ?

— Hello. Cosmo Brown.

— James Stewart, se présenta l'homme en lui serrant la main.

— James Stewart ! Nom d'un... Vous vous appelez vraiment James Stewart ? Comme l'acteur ? Qui joue *Harvey* à Broadway en ce moment ?

— C'est lui qui s'appelle comme moi. Je suis né un an avant.

— Comme lui vous faites la conversation à un lapin imaginaire ? Un Harvey invisible ?

Cosmo adressa une mimique à Jocelyn... qui se garda bien d'évoquer ses propres liens avec le Lapin d'Alice.

— Pas vu la pièce, riposta James Stewart. Trop cher pour moi. Un lapin invisible, hein ? Ils nous font décidément gober n'importe quoi !

— Vous allez voter pour Truman, vous ?

L'homme sortit des tracts de son bleu, leur en distribua à chacun.

> Pour un salaire minimal fixe
> Contre la ségrégation raciale
> Contre la peur
> **WALLACE PRÉSIDENT !**

Cosmo fit une démonstration éblouissante de triangle isocèle.

— Alléchant ! Mais votre Henry Wallace a fait fortune sur le dos des agriculteurs en créant ces nouvelles semences sournoises qu'ils doivent racheter chaque année. Vous croyez que ce type fera un président fiable ? dit-il en lui offrant une tablette de Chiclets.

Impassible, l'homme la prit en remerciant, la déballa.

— Alors ? demanda-t-il. Dewey ou Truman ?

— Ni l'un ni l'autre, je n'ai pas l'âge de voter.

Le feu passa au vert. Cosmo démarra.

— Je suis pour le parti de l'Insouciance et de la Désinvolture, cria-t-il en agitant un bras amical. Et des Lapins invisibles, bien sûr !

— Tu es étudiant, toi aussi ? demanda Jocelyn peu après.

Cosmo Brown leva les yeux au ciel – ou vers le rétroviseur.

— Ma famille le croit… Disons que je m'accorde une année sabbatique. Ensuite, bah, on verra.

Il souffla par la portière la boulette verte de son chewing-gum épuisé. Quelques minutes plus tard, il klaxonna devant un bar de la 107e. Il n'y avait qu'une jeune fille à l'intérieur, qui se leva dès qu'elle les aperçut.

— Chez elle, murmura Cosmo sans la quitter des yeux, souffler une allumette est une invitation à l'embrasser.

Elle marcha dans leur direction, son petit sac à main rouge serré contre sa robe ocre, une veste jetée sur les épaules. Elle fit un arrêt pour rassembler ses boucles épaisses dans un foulard à marguerites jaunes et bleues.

— Jo, voici Ginger. Ginger adore Tchekhov. Elle va probablement se marier avec lui. Un Russe (il fit un clin d'œil).

Cosmo descendit pour la laisser s'installer entre eux, et remonta. Tout en nouant son foulard sous le menton, Ginger se pencha pour l'embrasser, puis salua Jocelyn. Elle avait des yeux couleur arachides grillées salées, pas tout à fait vingt ans, et sa bouche orange et prognathe donnait en effet l'impression qu'elle embrassait l'air qu'elle respirait.

— Il ne connaît même pas *Oncle Vania*, laissa-t-elle tomber dans un soupir. Ni *Les Trois Sœurs*.

— On me présente tellement de gens, ronronna Cosmo.

Elle fit glisser sa veste sur la banquette. Elle avait de jolies omoplates, une peau crémeuse.

— Cosmo a dormi pendant *La Mouette*.

— Ta robe est ravissante. Dommage qu'ils aient oublié de finir le dos.

— Ça s'appelle un décolleté, stupide. Sais-tu qui j'ai vu, avant-hier, sortant de Sardi's?

— Hitler ressuscité?

— Son frère jumeau: Addison De Witt. Tu sais, le type du *Broadway Spot* qui a descendu en flèche notre *Cerisaie* au Stan Drama Group? Il démolit tout ce qui ressemble à de l'avant-garde. Donc, sous l'auvent de Sardi's... Adolf De Witt lui-même, en train de discuter avec trois personnes. Mon sang ne fait qu'un tour. Je m'avance, très remontée, bien décidée à lui dire ma façon de penser. Et brusquement je me rends compte que les personnes en question c'est...

— C'est ?...

— Judy Garland, Gene Kelly, Vincente Minnelli.

Ginger tripota le rétroviseur afin d'y cadrer ses lèvres. Du bout de l'auriculaire, elle rectifia la netteté des contours orange.

— Et ?... fit Cosmo en réorientant le rétroviseur à sa place d'origine.

— Et alors je leur ai sorti mon plus beau sourire et j'ai fait demi-tour.

Elle grimaça.

— J'aurais aimé jeter à la figure de l'arrogant Addison De Witt son misérable obscurantisme culturel. Mais devant Garland, Kelly et Minnelli ? J'aurais simplement eu l'air d'une harpie. *La Cerisaie* est pourtant la pièce où Tchekhov a le plus...

— La voilà repartie avec son Russe.

— De quoi te plains-tu ? Grâce à lui tu fais des économies de somnifères. Vous êtes muet ? demanda-t-elle à Jocelyn.

— Non... Oui. D'admiration. Mais on peut parler en langue des signes si vous préférez. On me l'a apprise chez les scouts.

— Ton copain est un comique, Cosmo. Italien ?

— Français, dit Cosmo.

— *Paree*, dit Jocelyn.

— On va où ? demanda-t-elle.

— L'ami Jo va rencontrer le pastrami de Rory's Deli.

— Je veux bien le rencontrer aussi. Je meurs de faim.

Contrairement à ce qu'elle avait annoncé à Page et à Jocelyn en les quittant au Dorothy Gish Theatre, Manhattan n'alla pas directement au Ruby Horseshoe. Elle y avait bien une répétition mais seulement une heure plus tard. Auparavant elle avait un rendez-vous à Greenwich Village. Elle fit un saut chez Brush & Co en bas de la 5ᵉ, pour l'emplette d'un carton à dessins. Elle marcha vite et fut en cinq minutes au bar du Wilbur Hotel.

L'homme avait bien l'air de ce qu'il était. Elle s'en faisait la réflexion à chacune de leur rencontre, la troisième aujourd'hui.

Elle s'assit face à lui, nota qu'il ne lui avait pas

laissé la banquette. Scott Plimpton se fichait d'être galant. Son patronyme avait aussi l'air de ce qu'il était : étrange et anodin.

Il l'accueillit d'un bref haussement de sourcils, son feutre beige posé sur la table d'à côté, son pardessus gris plié sur la banquette.

– Qu'est-ce que vous prenez ?

– La même chose, dit-elle, sans même jeter un coup d'œil à ce qu'il buvait.

Une femme à cheveux blancs, couverte de gros lainages, attablée un peu plus loin sur la banquette, fourrageait dans le panier plat en jonc qu'elle portait. Il était recouvert d'un foulard imprimé de harpes vertes, on ne distinguait pas ce qu'elle y cherchait.

Scott Plimpton fit une grimace qui souligna les angles droits de sa mâchoire.

– Buvez quelque chose de moins… brutal.

– La santé de mon foie vous préoccupe ?

Il fit un bruit avec la bouche, passa la main dans des cheveux qu'il avait très clairs, bruts comme une herbe sèche.

– Je veux vous éviter de faire semblant d'avoir égaré votre carte d'identité au cas où le barman ferait du zèle.

Qu'il lui rappelle de manière aussi franche ses dix-huit ans l'horripila. Elle commanda un ginger ale. La dame au panier s'était levée pour glisser une pièce dans l'appareil à musique à l'autre bout de la salle. Elle revint à sa place, fredonnant *Chattanooga Choo Choo* avec l'orchestre.

Scott Plimpton posa une pochette en carton kraft sur la table.

– Vous avez changé quelque chose à vos cheveux ? La couleur ?

Manhattan acquiesça machinalement, ôta ses gants et rajusta ses lunettes. Elle ouvrit la pochette sans se presser et observa les photos, longuement, sans un mot, paupières baissées. Ses doigts tremblaient un peu.

– Ça va ? demanda Plimpton au bout d'un moment.

Voulait-il savoir ce qu'elle pensait de ses clichés ? Ou si elle se sentait bien ? Elle espérait qu'il n'entendait pas les battements extravagants de son cœur.

– Très bien.

**Pardon me boy, is that the Chattanooga choo choo?
Yes! Yes! Track twenty-nine!**

Il tira un autre document d'une poche intérieure de sa veste, le déplia sur la table. Elle remarqua ses mains osseuses, la veine qui traçait un Y bleu foncé, le simple cuir de son bracelet-montre, les ongles coupés ras.

— La copie de son acte de naissance.

Elle avait pâli.

— Tout le monde sait qui est le grand Uli Styner par ici, même moi. Voilà vingt ans qu'il fait le jeune premier à Broadway.

Il jeta un coup d'œil à la dame qui voyageait dans sa chanson, dans son *Chattanooga Choo Choo*. Elle buvait un vermouth-cassis. Plimpton vida son verre, remarqua le carton que Manhattan avait posé debout, près de lui, sur la banquette.

— Vous faites du dessin ? dit-il.

Elle paraissait fascinée par le document sur la table. Elle ne le lisait pas mais sa tête demeurait inclinée.

— Pardon, vous disiez ?

— Vous dessinez ?

— Oh. Un peu.

Il la regarda en silence, puis :

— C'est maintenant que les choses vont devenir difficiles, n'est-ce pas ? dit-il.

Elle s'adossa au fond du siège. Lorsqu'il s'adressait à vous, Scott Plimpton parlait avec lenteur, fixait un point derrière vous, ou admirait le bout de ses doigts.

— Quoi donc ? dit-elle. Quelles choses ?

— Maintenant que vous avez les preuves qu'il est bien celui que vous cherchiez. Qu'allez-vous faire ?

Elle ne répondit rien. Elle n'avait pas encore touché à son verre.

> Woo woo, oh Chattanooga there you are!
> Doob doob doob doob...

La dame souleva le foulard aux harpes vertes qui cachait son panier. Il contenait des violettes fraîches en petits bouquets. Elle se tourna vers eux, qui l'observaient machinalement, sans vraiment la voir.

– Fiancés ? s'enquit-elle.

– Non, dirent-ils en même temps.

Ils fixèrent leurs verres.

– Qu'allez-vous faire ? répéta doucement Plimpton.

– Je ne sais pas, dit Manhattan.

Leurs yeux se rencontrèrent enfin. Il avait le regard irlandais, métallique, brillant comme le dos d'un jeune saumon, qui forait celui de ses interlocuteurs. Peut-être Scott Plimpton n'était-il pas ce qu'il semblait être en fin de compte. Elle eut le frisson. Peut-être était-il plus étrange qu'anodin ?

– Je ne sais pas, redit-elle en s'efforçant de sourire.

Il commanda à son tour un ginger ale. Sans doute sa manière à lui de se montrer courtois.

Elle se pencha sur l'acte de naissance.

– Ah, enfin, dit-il. Je me demandais quand vous alliez le lire.

Elle eut du mal à se concentrer sur les lignes. Elle ôta ses montures, les frotta au coin de son mouchoir, avec lenteur. Elle lissa la feuille et en reprit la lecture.

> Oh Chattanooga! Won't you choochoo me home?
> Chattanooga Chattanooga…

– C'est tout ? dit-elle quand elle eut fini.
– Ce n'est qu'un papier administratif, dit-il en regardant le serveur décapsuler le Canada Dry. Pas du Margaret Mitchell ni un roman de Tolstoï. Mais il en dit assez long sur votre homme.

Elle ne put s'empêcher de sourire. Scott Plimpton connaissait Tolstoï.

– Toute cette histoire a pourtant l'air d'un mélange d'*Autant en emporte le vent* et de *Guerre et Paix*, murmura-t-elle. D'une certaine façon.

– Je veux bien le croire. Même si vous ne me l'avez jamais racontée. Dommage d'ailleurs, ajouta-t-il avec la lueur d'un sourire. Parce qu'il m'arrive d'en écrire.

Le serveur lui versa la moitié du ginger ale, et désigna du menton la dame aux violettes qui sirotait le vermouth-cassis en gazouillant *choo choo choo*.

– Elle ne vous dérange pas ?

– Pas du tout.

Ils avaient une nouvelle fois répondu en chœur. Le serveur s'éclipsa.

– Vous écrivez ? reprit distraitement Manhattan.

– Des fiches. Des procès-verbaux. Des rapports. Ça vous va plutôt bien, enchaîna-t-il.

– Pardon ?

– Vos cheveux. Leur nouvelle couleur.

Ils soulevèrent chacun leur verre et burent en même temps. La dame s'était mise à glisser en crabe sur la banquette, afin de se rapprocher. Elle tendit un bouquet à Manhattan qui secoua la tête.

– Merci, non.

Sans entendre, l'autre fit rouler les fleurs sur leur table. Manhattan fit un geste, mais Scott Plimpton s'en empara avant elle. Il piocha dans sa poche une pièce qu'il glissa à la dame, et tendit le bouquet à Manhattan.

Après un flottement, elle le remercia et l'accrocha à sa boutonnière.

– Merci, madame, dit-elle.

– Midget, dit la dame en renouvelant ses glissements en crabe, mais dans le sens du retour, vers sa table et le panier.

Plimpton se renversa au fond de la banquette et, scrutant ses ongles :

— Uli Styner, dit-il, joue en ce moment à l'Admiral Theatre. La pièce s'intitule *Good Night, Bassington*. Pas mauvaise. Dans mon compte rendu, il y a aussi son adresse.

— Merci pour ces renseignements, dit Manhattan plus froidement qu'elle ne voulut.

Elle sortit une enveloppe, la remit à Plimpton qui la rangea sans son pardessus sans compter l'argent qu'elle contenait.

— La balle est désormais dans votre camp. Si vous avez des questions…

Il glissa un dollar au milieu de la table, signifia d'un geste au barman qu'il payait aussi le vermouth-cassis. Sans terminer son verre, il se leva. Son allure était aussi lente que sa manière de parler, comme s'il réfléchissait à la trajectoire du bras qu'il allait lever, au pas qu'il allait exécuter.

— Vraiment ? reprit-elle. Vous écrivez des histoires ?

Il enfila son pardessus, lui serra la main.

— Vous connaissez mon téléphone. Merci pour les honoraires.

— Adieu, Mr Plimpton.

— Au revoir, Miss Balestrero.

Il rafla son feutre d'une main preste, le posa sur ses cheveux blonds, lissa les bords avec le gras du pouce.

— Ôtez ces lunettes plus souvent, dit-il avec une ombre de sourire avant de partir.

Elle contempla l'acte de naissance, d'abord sans rien voir, puis elle le relut. Il était au nom d'Uli Styner.

Il était né Ulrich Anton Viktor Büschsenschütz, le 13 novembre 1901 à Prague. Devenu citoyen américain par décret du 2 février 1903, dans l'État du New Jersey.

Elle rangea le papier avec les photos dans la pochette kraft et glissa tout dans son sac. Elle alla se rafraîchir le visage, se repoudra, retoucha d'un peu de rose ses joues et ses lèvres.

Ôtez ces lunettes plus souvent. C'est ce qu'elle fit après une hésitation. Son reflet fit un plongeon dans un lac.

Elle les remit, les enleva, puis les remit définitivement. Elle quitta l'hôtel et prit le métro où, dans la cohue, elle perdit le bouquet de violettes.

7

A pretty girl is like a melody

Sis au sous-sol du Great Vandervoolt Hotel sur la 48ᵉ, le Ruby Horseshoe était l'un des clubs prestigieux de New York. Le bar Art déco avec glaces et rampes de cuivre couvrait la longueur d'une salle de quatre cents couverts, il y avait du velours rouge aux murs, une piste de danse en acajou et, tout au fond, une grande scène en fer à cheval.

— On révise d'abord les pas de claquettes, dit Mike Oanian en traçant à la craie des courbes et des flèches sur un tableau noir au fond de la scène.

Les girls s'alignèrent comme de petits soldats, leurs shorts en perspective blanche sur la *chorus line*. Manny, le pianiste, attaqua les huit premières mesures du time step.

— Popila ! Jenny ! Mettez-y un peu de feeling, bon sang.

— On est supposées faire quoi, Mr Oanian ? Se ronger les ongles ? Manger ses chaussures ?

À une pause du piano, on entendit des vocalises s'élever soudain du fond des coulisses. Une soprano était en train de s'exercer à pleins poumons.

— Qu'est-ce que c'est, ce bordel ? se fâcha Manny.

Le pianiste bondit comme un diable vers les coulisses. S'ensuivirent, derrière le rideau, les éclats d'une violente discussion, un objet se fracassa par terre.

— Je répète où je veux ! tonna une voix de femme.

Eudora Flame surgit côté jardin, suivie du pianiste ; tous deux cramoisis de fureur.

— Il n'y en a que pour ces potiches de danseuses ! rugit-elle.

— Ce sera elle ou moi ! hurla le pianiste. Cette poison nous empoisonne tous avec ses roucoulades.

— Roucoulades ? ! C'est de l'art lyrique, espèce de tambourineur de notes !

— L'effeuillage... de l'art lyrique !?

— Manny, dit posément Lew, retourne à ton piano s'il te plaît. Eudora, nous allons vous trouver un endroit pour répéter.

— Je ne veux pas être éjectée n'importe où comme un vieux piano encombrant ! cria-t-elle. Lili est un trésor qui exige beaucoup de soins...

– Lili?... chuchota Manhattan à sa voisine dans la *chorus line*.

– Sa voix. Elle a donné un petit nom à sa voix.

Quelques girls pouffèrent sous cape.

Eudora Flame était l'attraction des soirées du Ruby Horseshoe. Depuis trois ans, elle était de tous les shows. Son numéro avait évolué (et son salaire avec) : un mélange baroque et divertissant de chant lyrique et de danse exotique.

« Danse exotique » pouvant se traduire par « effeuillage sophistiqué ». Eudora jouait une diva ruisselante de plumes qu'elle « égarait » une à une. Le projecteur s'éteignait pile au moment où tombait la dernière.

Le Tout-New York accourait voir celle que Walter Winchell avait baptisée « la deuxième bombe d'Hiroshima ». Addison De Witt avait écrit dans le *Broadway Spot* qu'« auprès d'Eudora Flame, même Gypsy Rose Lee, la célèbre strip-teaseuse, pouvait aller se rhabiller ».

Manny se remit au piano non sans avoir grogné :

– Elle ou moi.

– En place ! beugla Mike Oanian.

La *chorus line* des dix-sept petits shorts blancs se remit au garde-à-vous.

– Enchaînement. Tap tap tap. Shuffle step deux fois. Tap tap tap, 1, 2, 3... Prêtes?

La répétition se termina fort tard. Le cancan épuisa Manhattan et lui déclencha une sourde migraine.

– On va dîner chez Mitch, lui lança Gloria Lee en se brossant les cheveux tête en bas. Hé ! Tu m'écoutes ? Tu viens ?

Manhattan n'avait pas très faim. Elle sentait une drôle de boule posée sur sa poitrine.

Cela avait surgi à l'instant où Scott Plimpton avait déplié sur la table l'acte de naissance d'Uli Styner, et cela ne l'avait pas quittée depuis. Danser l'avait juste temporairement assommée.

Manhattan sortit seule du club. La nuit était tombée mais les théâtres de la Great White Way projetaient leurs soleils lactés sur les embouteillages.

Elle suivit le flux de la circulation jusqu'à Bryant Park et Times Square. Elle s'acheta une crêpe, grignota la moitié, donna le reste aux pigeons de la statue de George M. Cohan et s'engouffra dans la 42e.

Devant l'Admiral Theatre, elle sut qu'il n'existait aucun autre endroit au monde où elle désirait davantage se trouver qu'ici, et maintenant.

Good Night, Bassington était la pièce que jouait Uli Styner. Les lettres de son nom rayonnaient en première place au fronton, au-dessus du titre, au-dessus même de Thomas B. Chambers, son célèbre auteur.

La représentation était commencée depuis quinze

minutes. On ne pouvait plus entrer. Manhattan eut un soupir de regret.

En face, au Shoot the Likker, il y avait du monde. À son entrée, la citrouille illuminée qui trônait au coin du bar l'accueillit avec des clins d'œil plutôt sardoniques. Elle commanda un Shasta avec une paille, et repéra un siège près de la vitrine. Elle se retrouva confinée entre le dos d'une *bobby soxer* et un Anglais qui étalait son *Herald Tribune* et des jambes démesurées mais, de sa place, la façade de l'Admiral était visible sur la longueur. Impossible de rater la sortie d'entracte.

À Giboulée, il y avait une ou deux filles qui s'amusaient à guetter les sorties d'entracte pour se mêler à la foule sur le trottoir. Quand la sonnerie battait le rappel, elles rentraient incognito dans le théâtre avec elle.

Manhattan sirota son soda en parcourant les publicités du programme de *Good Night, Bassington*. Elle apprit que le nouveau rouge de Revlon se nommait Œillet célibataire, qu'aucun homme n'oubliait un parfum de chez Corday (15, rue de la Paix, Paris)… Elle évita délibérément la page *Who's who in the cast*, qui résumait la biographie de chaque comédien de la pièce.

Elle n'avait aucune envie de lire une biographie rêvée d'Uli Styner.

Ni sa vie à elle, ni celle de sa mère, n'avaient été des vies de rêve. La sienne avait débuté à Manhattan, Kansas, comté de Fort Riley.

Le premier spectacle auquel avait assisté la jeune Wendy Balestrero était *La Petite Annie*. Une tournée d'amateurs. Un demi-dollar la place, un quarter pour les enfants. Wendy avait cinq ans.

Deux choses rendaient cette soirée-là terriblement unique. La première était que son père l'accompagnait. Elle le voyait si rarement. Il... *voyageait* tout le temps. La seconde était le Bijou Theatre de Manhattan, Kansas. Poussière et courants d'air. Sciure et trous de souris. Et *La Petite Annie*. Les chansons. Les velours chauffés. L'or endormi des plafonds... La petite Wendy aurait voulu rester là toute la vie. Toute la vie.

Manhattan repoussa le programme sur la table du Shoot the Likker, avec un plissement des ailes du nez comme un enfant pris de coliques.

Quand le rideau du Bijou Théâtre était retombé, ils avaient marché en silence, papa et elle, dans Main Street. Elle se cramponnait à ses doigts.

Il s'était arrêté tout à coup. Il s'était agenouillé, l'avait forcée à le regarder bien en face, et là...

(Manhattan aspira une lampée de son Shasta à la paille.)

... Et là, il lui avait expédié la plus belle gifle qu'elle eût jamais reçue.

– Pour que tu n'oublies jamais, dit-il d'une voix tranquille et tendre, la première fois où tu as mis les pieds dans un théâtre.

Le lendemain, il était reparti.

Manhattan se toucha la joue, piocha son paquet de Fatima. Sa main s'immobilisa sur son briquet. Sous la marquise de l'Admiral se tenait une silhouette qu'elle connaissait.

Dans un long manteau de velours lie-de-vin à la capuche bordée d'hermine, Eudora Flame venait de jaillir d'un taxi telle la reine de Blanche-Neige. Quelqu'un dans la salle émit un sifflement.

Eudora pénétra dans une petite allée parallèle qui menait, comme toutes les petites allées parallèles des théâtres, à l'entrée des artistes.

Manhattan fuma sa cigarette, droite sur sa chaise. Elle ne se leva pas lorsque, plus tard, les portes de l'Admiral déversèrent le flot des spectateurs de l'entracte. L'œil fixe et vide, elle termina très lentement son Shasta. Puis, longtemps après que la sonnerie eut retenti, que la foule eut redisparu à l'intérieur, elle se leva, paya et s'en alla.

La rue était tranquille, la nuit adoucie par les réverbères, le chuchotis des érables et des feuilles sèches par terre. Il faillit se tromper car les maisons se ressemblaient toutes dans son esprit encore peu familiarisé. D'autant que chacune avait la même citrouille allumée sur le perron.

Il localisa enfin la grille de Giboulée. Plusieurs fenêtres éclairaient la façade. Il devina les jeunes filles dans leurs chambres. Il aurait aimé se trouver à nouveau parmi elles, à écouter leurs fantaisies, à les regarder élucubrer.

Une lumière jaillit de la maison d'à côté, celle où «le monsieur veuf et passablement farfelu» habitait avec sa fille. Monsieur?... Jocelyn ne se rappelait plus le nom que Mrs Merle avait indiqué, sinon que c'était un nom bizarre... qui ressemblait au mot «bizarre» justement, et qui lui avait évoqué quelque chose, il ne se rappelait plus quoi. Mais quelque chose d'agréable.

– Excusez-moi, interpella une voix au-dessus de sa tête. Auriez-vous une louche ou une cuillère à salade?

Le réverbère le plus proche orientait aimablement son éclat vers une masse floue de cheveux qu'on essayait visiblement de maîtriser avec moult pinces, barrettes et rubans. Le profil était celui d'une fille d'environ son âge, peut-être plus jeune.

— Une louche à salade ? s'étonna-t-il.

— Non. Une louche *ou* une cuillère à salade. C'est pour les jambes de Charley.

Il y avait un handicapé, oh mon Dieu, peut-être un vétéran... Jocelyn, qui était au bord de l'éclat de rire, se réprima incontinent.

— Je vais voir ça. Je ne connais pas le contenu de tous mes tiroirs. Je suis nouveau par ici.

— Je sais, vous êtes le Français. N'importe quoi qui ressemble à une tige, précisa-t-elle. En bois, en fer, en ce que vous voudrez, du moment que c'est solide.

Il descendit ouvrir le studio à tâtons, mit un temps fou à repérer l'interrupteur. Il chercha autour de lui, fouilla bureau, commode, armoire... Rien qui ressemblait à une louche, une tige, ni même à un balai.

Enfin, sous le lavabo, derrière un panier d'osier préposé au linge sale, il aperçut un objet debout contre le mur. C'était un de ces débouche-évier à ventouse à l'usage des tuyauteries enrhumées. Celui-ci avait un manche à tête de girafe.

— Tenez. Est-ce que par hasard ce bestiau ?...

Elle était sortie. Près de la citrouille allumée, elle attendait sur le perron de sa maison, jupe trapèze, chandail pastel, ses socquettes blanches roulées sur des chaussures à lacets.

— Papa, appela-t-elle doucement par la porte entre-bâillée. Est-ce qu'une girafe peut faire office de louche ?

— Vous allez vous en servir pour la soupe ? s'inquiéta Jocelyn en glissant le débouche-évier à travers la grille.

— Non. Pour Charley Weaver.

Elle remonta les marches. En haut, elle agita l'objet.

— Merci.

— Qui est Charley Weaver ?

Mais sa porte était déjà refermée.

Il resta quelques instants à contempler le rictus tremblotant de la citrouille dans la nuit.

Il redescendit au studio. Qui lui parut toujours aussi avenant. Quelqu'un — Easter Witty ? Hadley ? — l'avait décoré d'une citrouille rieuse.

Il attrapa Adèle par l'oreille et s'étendit sur le lit. Adèle était sa plus ancienne copine, ils cohabitaient depuis qu'il était tout bébé et ils ne s'étaient jamais quittés, même pendant la guerre. Surtout pendant la guerre.

Il se redressa d'un bond, chercha son bloc de papier à lettres, secoua le réservoir de son stylo — plume Jif, cadeau d'adieu de Rosemonde.

Il s'installa au bureau et se mit à écrire.

Dans l'appartement du haut...

La vieille dame regarda les dernières feuilles d'érable dansotter en feux follets sous les réverbères. La rue lui faisait l'effet d'un cimetière aux mille minuscules morts, feuilles, brindilles, insectes, fleurs... L'automne lui donnait toujours ce genre de pensées, chagrines, enfantines, sur fond de spleen.

Elle laissa retomber le rideau et, s'aidant de sa canne, elle alla caresser le chat qui l'observait, debout sur le guéridon, puis mit en marche son électrophone Victrola. Le disque, souvent, était le même : *Mr Gallagher and Mr Shean*. Un air très à la mode à la belle époque où l'on se rendait en fiacre aux vaudevilles de Broadway, où le tramway était tiré par un cheval. Un air qui l'avait fait se tordre de rire et qui, dorénavant, la faisait simplement agréablement pleurer.

Dans un casier de son secrétaire, elle ouvrit, sans la déloger, une cassette tendue d'un brocart au carmin tamisé. Enfouis sous une multitude d'objets graciles — broches, plumes, miniatures de parfums, médaillons, tabatière en nacre... —, il y avait divers papiers, d'anciens programmes de théâtre.

Sous celui des Ziegfeld Follies, elle tira un menu de restaurant à l'en-tête doré du prestigieux Waldorf Astoria, daté de la préhistoire qu'Artemisia connaissait par cœur. Sur la première ligne, il était question de suprême d'asperges.

– Te rappelles-tu de ça, Nelson ? Ce premier soir ? murmura-t-elle. Je ne savais même pas à quoi ressemblait une asperge alors. J'ai demandé au maître d'hôtel si c'était comme le navet, et tu as éclaté de rire.

Elle se pencha vers le chat pour lui chatouiller du bout du nez le museau et les moustaches. L'animal lui offrit un sourire d'absolution.

La découverte de ce suprême d'asperges avait été le plus divin, le plus diabolique des éblouissements. À dix-huit ans, l'ingénue Artemisia n'avait jamais rien goûté de tel.

– Le chef est français, avait chuchoté son chevalier servant, comme si c'était la seule explication possible. Il la considérait avec indulgence, presque attendri, derrière sa lavallière en soie. Nelson Julius Macauley était alors un jeune homme splendide.

Ils avaient partagé bon nombre d'autres soupers par la suite. Chaque mercredi, tout le printemps où Nelson lui avait fait la cour et qu'elle flirtait à le rendre enragé, ils allaient dîner au Waldorf. Elle raffolait de ce satané suprême.

Nelson riait. Il finissait toujours par rire, même

lorsqu'elle lui brisait le cœur. Et le baiser qu'elle lui accordait à la fin de ces soirées, au fond de la calèche qui glissait sous les étoiles de Central Park, avait la perfection du suprême, et ce printemps-là en garda à tout jamais le goût.

Les années passant, elle avait fini par ranger les soupers du Waldorf parmi les souvenirs à jamais dissipés… jusqu'à l'arrivée du petit Français.

Sitôt que, l'autre soir, Easter Witty avait ouvert le bocal, le parfum avait bondi et lui avait saisi les poumons. Le cœur soudain débordant, Artemisia avait cru étouffer.

— Qu'est-ce qui vous arrive ? s'était exclamé Easter Witty dans un grognement qui cachait son inquiétude. Miss Artemisia…

Pendant quelques secondes, le Dragon avait été incapable d'articuler un mot. Puis elle avait repoussé la main qui tenait le bocal et toussé dans sa mitaine pour recouvrer sa voix.

— C'est un sortilège, avait-elle balbutié en détournant le visage. D'où cela provient-il ?

Le Victrola s'arrêta. Artemisia écarta le chat et remit le menu dans la cassette.

Ma bien chère Rosette,

Tu peux rassurer tout le monde et maman. Je suis arrivé et tout va au mieux. Embrasse-la bien, plusieurs fois même, ainsi que papa, les petites sœurs et Charlie. J'ai trouvé la barre de Toblerone dans la malle. J'ai décidé d'en déguster un triangle par mois. Comme il y en a huit, le dernier couronnera mon diplôme en juin prochain... s'il n'a pas fondu d'ici là.

En passant, dis à Steve que sa pension s'est révélée un repaire de filles. Enfin, tout s'est arrangé grâce à un bocal d'asperges. Il faut que je demande la recette à maman. Il y va de mon salut!

On m'a casé dans un studio à part et j'y suis bien. Mrs Merle, ma logeuse, ressemble à une théière anglaise, sa sœur, Miss Artemisia, à un grognard de Napoléon, et les autres pensionnaires à des canaris échappés de leur cage. On m'a fait un prix sur la chambre en échange de quelques sérénades au piano. Ma vie ici va être belle, je crois.

À ce passage de la lettre, Jocelyn dégourdit sa main en pressant à plusieurs reprises la pompe à encre de son Jif. Du regard il interrogea Adèle. Allait-il raconter à Rosemonde qu'une jeune fille avait déboulé dès le premier soir dans sa chambre pour l'embrasser sur la bouche deux fois ? Voilà qui épaterait.

Il prit une profonde inspiration.

J'ai eu aujourd'hui mon entretien avec le doyen de l'université, Mr Crawley. Je vais m'inscrire aux cours dès lundi. J'ai épluché la liste, c'est très alléchant.

À part ça, j'ai rencontré un drôle de pistolet au théâtre (oui, parce que j'ai mis les pieds dans un théâtre, dis ! Broadway n'est pas loin, je te raconterai). Ce type a mon âge, il conduit une décapotable, et son père est un roi de la brique qui connaît très bien le doyen. Une abracadabrante histoire de « fraternité » à laquelle je n'ai rien compris, une de ces obscurités américaines.

À cet endroit de la lettre, Jocelyn se dégourdit la main en se grattant l'occiput. Il interrogea la citrouille du regard. Allait-il raconter à Rosemonde sa soirée au Harlem Purple, la boîte de jazz où l'avait ensuite traîné Cosmo Brown ? Ils y avaient écouté une exquise demoiselle noire à la voix de miel, que tout le monde appelait Sassy, et qui lui avait chatouillé l'avant-bras tout le temps qu'elle était demeurée à table avec eux.

Il prit une très profonde inspiration.

J'espère que toi aussi tu te plais là où tu te trouves, même si je n'échangerais pas New York contre Plouharec. Mais je suppose que tu n'échangerais en aucun cas Plouarec contre New York. J'ai pensé à Édith cet après-midi devant un magasin qui ne vendait que des bas. En vente officielle, s'il te plaît! Pas au marché noir. Je lui en enverrai une paire dès que j'aurai trouvé un « job », comme ils disent par ici.

Il y a de la cucurbitacée partout par ici, figure-toi. Chaque 31 octobre, les Américains célèbrent un truc nommé Halloween. Il semble que ce soit sacrément quelque chose. Les vitrines sont toutes décorées de citrouilles découpées en forme de tête. Ce soir, je...

À ce tournant de la lettre, Jocelyn posa son stylo et se dégourdit les deux mains en les croisant derrière la nuque. Il interrogea Adèle du regard. Allait-il raconter à Rosemonde qu'il avait été interpellé en pleine nuit par une inconnue à socquettes blanches qui lui avait réclamé une louche pour les fesses d'un certain Charley Weaver?

Il prit une très, très profonde inspiration.

... ne vois plus rien à te raconter, sinon que je pense beaucoup à vous tous et à maman. Je suis impatient et heureux de commencer prochainement

à Penhaligon. Je vous embrasse tous bien, ainsi que maman,

Ton cher Jojo.

À ce stade de la lettre, Jocelyn rangea son stylo, but un verre d'eau et se déshabilla. Sa chemise transportait encore l'atmosphère enfumée du Harlem Purple. Il fourra ses vêtements dans le panier sous le lavabo. Il défroissa avec soin les plis de son pyjama avant de l'enfiler. Il se lava les dents, se coula entre les draps qui fleuraient toujours le savon en paillettes. Il s'endormit tout de suite.

8

Nice work if you can get it

Il s'éveilla avant l'aube sans le moindre souvenir de rêve, les deux chats (par quel re-tour de passe-passe...) lovés sur le patchwork entre ses mollets.

À cette heure, les pensionnaires devaient encore dormir. Linge propre et attirail de toilette sous le bras, il écarta la tenture du fond et ouvrit la porte qui communiquait avec la maison.

Sous une ampoule nue, Jocelyn découvrit un corridor, un escalier à son extrémité, des placards le long du mur. En haut des marches, une seconde porte.

Elle accédait au hall d'entrée. Sur le seuil, le laitier avait livré un casier que Jocelyn rentra et rangea, comme convenu, le long d'une plinthe. Il s'en trouva bêtement content. Ce geste l'associait aux rituels de la maison et faisait de lui un authentique habitant de Giboulée.

Il traversa la salle à manger où les couverts du petit déjeuner étaient déjà disposés. Easter Witty ou Charity devait les préparer chaque veille au soir. N° 5 sortit de sous la table, vint lui renifler les genoux et s'en retourna. C'était un chien fort poilu et d'une discrétion extrême.

Jocelyn entendit alors un craquement, ténu, léger, de parquet... Et comme il atteignait l'étage, il eut la sensation – tout était pourtant silencieux – d'un déplacement de l'air... Sur le palier, une chambre était ouverte. Jocelyn eut juste le temps de voir une jambe de pantalon disparaître par la porte entrebâillée... Et cette jambe, sans l'ombre d'un doute, était masculine.

Jocelyn se figea, main sur la rampe, entre surprise et embarras, cache-cache et curiosité. La situation était... confidentielle. Et un tantinet inconfortable. Une des pensionnaires recevait un amoureux... Arrivait-il ou partait-il ? L'esprit en mode Hercule Poirot, Jocelyn se glissa vers la salle de bain. La porte du hall était fermée de l'intérieur lorsqu'il avait rangé le lait. Et, de la salle à manger, il n'avait vu personne dans la cuisine. L'amoureux était donc déjà dans la place... Probablement avait-il voulu s'éclipser avant le réveil général mais, dérangé par Jocelyn, avait choisi de s'en retourner dans la chambre.

Cette chambre était la troisième à partir de l'escalier. Qui en était l'occupante ? Jocelyn n'avait pas encore toute la topographie en tête.

Il verrouilla la salle de bain en faisant obligeamment un peu de bruit, de façon que le galant clandestin sût que la voie était désormais libre.

La baignoire était du genre respectable. Même en faisant la planche, ses orteils ne touchaient pas le bout. Flottant, les yeux clos, il laissa ses souvenirs voguer vers hier soir et le Harlem Purple.

– Tu aimes le jazz ? avait demandé Cosmo en venant le cueillir en Buick à la sortie de son entretien avec le doyen de Penhaligon.

– Je ne sais pas, dit Jocelyn.

Après un escalier séquestré au fond d'une impasse de la 117e, ils s'étaient engouffrés dans un sous-sol surpeuplé. Des bougies fondaient sur des goulots de chianti. Les visages avaient tous la teinte ardoise des fumées de cigarettes, certains plus foncés que les autres. Des cartes à jouer ornaient les murs.

Il n'y avait pas de scène à proprement parler, juste

un rideau ouvert sous une voûte où patientaient un micro, un tabouret, une charleston, une basse et des cuivres. Quelque part dans la foule, des doigts accordaient les cordes de ce qui semblait être une mandoline.

Un bras se mit à piaffer dans leur direction. Cosmo pilota Jocelyn par le coude vers une table où les accueillit une bouche remarquablement orange.

– Hello !

– Hello, Ginger ! la salua Jocelyn en se laissant choir sur le pouf où Cosmo le poussait.

– Non, moi c'est Miranda, dit la bouche orange. Hello, *big boy*. Comment va ? continua-t-elle vers Cosmo.

Jocelyn battit des paupières à travers l'écran de nicotine. En effet, ce n'était pas Ginger. Il s'apprêtait à s'excuser mais Cosmo lui pinça vigoureusement le dos.

– Miranda, mon chou, enchaîna Cosmo, que sais-tu du programme de ce soir ?

– Sarah Vaughan. Connais pas. Et toi ?

– Elle chantait au Café Society. Retiens ça : ce sera une grande. Une voix, hmm, qui donne envie de coucher avec son vibrato.

– Fais gaffe à ton langage. (Elle désigna Jocelyn.) Le *bambino* est sorti de l'œuf il y a huit jours.

– J'ai dix-sept ans, dit Jocelyn, contrarié par son ton maternel et la petite toux imbécile qui commençait à lui picoter la gorge.

– Dix-sept ans ! Je corrige : il est sorti de son œuf ce matin. Espagnol ?

– Français, dit Cosmo.

– *Paree*, dit Jocelyn. Vous aussi, Miranda, vous aimez Tchekhov ? ajouta-t-il perfidement.

– Tchekhov ? Il est communiste ?

Un long jeune homme affublé d'un laconique chapeau brun vint les rejoindre. Dans les vapeurs de Lucky Strike, son visage était d'un gris plus soutenu que les leurs. La mandoline, c'était lui. Il la portait sous son bras arrondi, aussi délicatement qu'il eût tenu une cavalière par la taille.

– *Hi*, Drizzle, dit Cosmo.

– *Hi. Hi*, Carol.

– Mon prénom est Miranda, grogna la bouche orange.

– Voici Jo, coupa Cosmo. Guitare et piano.

– Aurons-nous le plaisir de vous écouter jouer ce soir ? demanda Jocelyn à Drizzle.

– Je n'oserais pas. À côté de Sassy Vaughan, j'ai l'air de Pan Pan le lapin.

Drizzle occupa nonchalamment ce qui restait d'espace sur un banc déjà très occupé. D'une chiquenaude, il infléchit son bref petit chapeau brun sur l'oreille.

– Drizzle, dit Cosmo, est le meilleur joueur d'ukulélé de New York.

– J'aimerais bien, riposta Drizzle. Il est grec, notre jeune ami ?

– Français, dit Cosmo.

– *Paree*, dit Jocelyn. Un ukulélé ? Cette drôle de petite guitare ? Je croyais à une mandoline.

– *Nope*, un ukulélé alto. Paris, hein ? La ville prodige où les Noirs se promènent, mangent, logent, font le marché ou de la musique avec leurs copines blanches sans plumes ni goudron ?

Jocelyn eut un sourire interdit.

– Mais, eh bien… Tout comme ici, en fait, dit-il en montrant la multitude autour d'eux où, hormis le museau orange de Miranda, les épidermes étaient uniformément brouillés par la tabagie.

Drizzle éclata de rire. Son rire était aussi immaculé que sa chemise, son regard noir comme sa cravate, la cravate effilée comme ses doigts.

– Ici, ce n'est déjà plus New York, *young* Jo. C'est encore moins l'Amérique.

– Il veut dire, traduisit Cosmo, que le Purple est un des rares clubs, comme le Café Society, qui traite les Noirs et les Blancs à égalité.

Dans un cercle de projecteur, le rideau s'ouvrit sur une très jeune femme en jupe argent et corsage de satin blanc. Elle se jucha sur le haut tabouret entre la basse et la charleston. Trois musiciens la rejoignirent sous les applaudissements.

– Bonsoir tout le monde, susurra-t-elle dans le micro. Mon nom est Sarah Vaughan et je suis heureuse de chanter pour vous, ce soir... Si on commençait par *Temptation* ?

Il y eut un brouhaha ravi, quelques sifflets d'allégresse. Jocelyn ne connaissait ni *Temptation* ni la chanteuse, mais il fut instantanément sous le charme. La voix, fraîche, précise et troublante, donnait envie de fermer les yeux et de... Oui, Cosmo avait tout à l'heure exprimé avec exactitude ce que cette voix vous faisait. Quelques couples se levèrent pour danser. Jocelyn ne toucha terre qu'à la fin de *Body and Soul*, l'ultime morceau qu'elle chanta.

L'eau de la baignoire était maintenant tiède, tendance froide, mais Jocelyn garda les paupières closes pour retenir quelques secondes encore l'enchantement de cette soirée enfuie.

Le clou avait été l'arrivée de la chanteuse à leur table. Ils l'avaient serrée entre Miranda et Jocelyn. Leurs coudes s'emboîtaient comme des cuillères dans un tiroir de buffet.

— Drizzle ! s'écria la chanteuse avec une pichenette espiègle sur le chapeau du jeune homme.

Jocelyn resta muet, moite de trac, tout le temps qu'elle demeura là, près de lui, à lui chatouiller involontairement l'avant-bras avec le sien. Le satin de son corsage était d'une incroyable douceur, son minois à la riche couleur chocolat, ses dents irrégulières dans la chair rose de ses lèvres lui donnaient l'allure d'une écolière en fugue.

— Le Café Society va fermer, dit Drizzle, funèbre.

— Barney ne méritait pas ça, soupira Sassy Vaughan. Quel gâchis. Quelle histoire.

— Quel gâchis ? Quelle histoire ? voulut savoir Jocelyn.

— Barney Josephson est le propriétaire du Café Society. Il a aussi un frère que la Commission des activités antiaméricaines a harcelé sur son appartenance au Parti. Il a refusé de répondre. N'a voulu dénoncer personne.

Le regard de Drizzle troua un tunnel obscur dans la fumée.

— Walter Winchell l'a fusillé d'une chronique incendiaire. Pas mal d'autres aussi. En quelques semaines la clientèle du Café Society s'est volatilisée. Barney va mettre la clef sous la porte.

— C'était le seul endroit, dit Drizzle, où Blancs et Noirs mélangés pouvaient venir voir Billie Holliday chanter *Strange Fruit*. Tu connais *Strange Fruit*, *young Jo* ?

— Je crains de ne pas connaître grand-chose à rien, désolé.

— *Black bodies swinging in the Southern breeze*, fredonna très doucement Sassy Vaughan. Elle se tourna vers Jocelyn. Êtes-vous canadien ?

— Français, dit Cosmo.

Il ajouta, après un temps :

— Paris.

— *Paree ? Hou là là là mais c'est magnifi-queu !* chantonna-t-elle. Tiens, pour la peine, je vais chanter *April in Paris*... OK, Jo ? Pour vous. Rien que pour vous.

L'avant-bras cessa ses ineffables chatouillis et repartit avec sa propriétaire de l'autre côté du micro.

> April in Paris, chestnuts in blossoms,
> holiday tables under the trees...

Jocelyn, dans sa baignoire, en pleine félicité aquatique, allongea une main par-dessus ses cheveux, tâtonna en quête de savon… Un choc sourd ébranla le plafond.

Il se redressa. Un second choc chahuta la rangée de flacons sur le rebord. En écho, il y eut un *plouf* dans l'eau, comme le saut d'une carpe dépressive. Le flacon de sels de bain coula à pic entre ses jambes.

Une stupéfiante auréole rose vif s'épanouit avec une lenteur de méduse, couvrit toute la surface, et un puissant parfum de fleur se répandit dans la pièce.

Jocelyn vida la baignoire, la rinça, rinça le flacon, se rinça trois fois. Il sentait toujours.

Forever Reseda, clamait l'étiquette sur le flacon.

Jocelyn fit coulisser la fenêtre qui donnait sur une arrière-courette, fit tournoyer sa serviette avec des sifflements de fronde afin de chasser l'air. Quelques cristaux têtus remuaient au fond du flacon, tels des vers coupés.

Là-haut, les coups redoublaient. Il se dépêcha de s'habiller et décampa pieds nus hors de la pièce. Dans le couloir, il stoppa net.

Elles étaient deux par terre : Page, assise, qui sautillait sur son derrière autour du palier en comptant. Et Chic, tête en bas, pieds à la verticale contre le mur dans la pose dite du poirier.

— Bonjour, dit Jocelyn, drapé dans sa dignité et ses effluves de réséda.

Manhattan sortit à cet instant, cheveux empapillotés, tenant un magazine.

Chic perdit l'équilibre et dut se rétablir sur ses pieds.

– Tout ce remue-ménage pour toi, *Lover Boy* ! dit-elle à Jocelyn. Mrs Merle a réclamé à Silas un déménagement chez le Cap'tain Bligh. C'est toi, Page, qui t'es arrosée de parfum ?

– Déménagement ? se hâta de demander Jocelyn. Diable ! Serait-ce le piano ?

– L'objet sera désormais dans le petit salon du haut. Tu peux d'ores et déjà te dégourdir les doigts, Mrs Merle rédige les invitations.

Chic mima la statue de la Liberté.

– Championne junior de gymnastique de Californie ! clama-t-elle fièrement. Barre, cheval-d'arçons, anneaux, corde.

Elle aligna trois roues spectaculaires d'un bout à l'autre du palier, avec un glorieux grand écart en apothéose.

– Pour ce que ça me sert, conclut-elle, debout et battant ses paumes sur son short. Quand je fais la-fille-de-juillet sur le calendrier Kellogg's, on me demande une seule chose : me coaguler.

Manhattan, qui s'apprêtait à réintégrer ses pénates, se ravisa.

— Tu ne voulais pas assister à une répétition ? demanda-t-elle à Jocelyn.

Il ne se rappelait pas le lui avoir demandé. L'intuition de cette fille était étonnante.

— J'y vais cet après-midi à 15 heures, ça te dit ?
— Mais… Oui bien sûr, j'adorerais.
— Il faudra simplement te faire discret dans un coin. (Elle sourit.) Je te présenterai au chorégraphe. Tu as de la chance, Mike Oanian adore la France et les Français. Je crois qu'il a, hum, libéré quelques jolies Parisiennes en 1944.

Elle griffonna l'adresse sur un papier qu'il plia menu dans son poing.

— Je me demande d'où vient cette odeur de réséda, dit-elle avant de s'enfermer dans sa chambre.

Il s'empressa de battre en retraite.

En tout cas, il avait éclairci une part du mystère. La chambre par laquelle il avait vu disparaître l'amoureux clandestin tout à l'heure était celle d'Ursula.

À l'étage, il trouva le piano d'Artemisia clopinant en zigzags au milieu du couloir. Attentifs, prudents, Mae West et Betty Grable suivaient sa progression depuis l'escalier.

— Un coup de main ? proposa Jocelyn à tout hasard.

Sans attendre, il se posta à l'avant et poussa à bras-le-corps.

– Hé ! protesta une voix. Pas si vite ! C'est un piano, pas la dépouille de J. Parnell Thomas... hélas.

Une longue silhouette mince se déplia. S'ensuivit un silence de sidération.

– *Young* Jo ?

– Drizzle ! s'exclama Jocelyn. Le fils d'Easter Witty, c'est toi ? Tu es Silas ?

– New York est décidément moins grand qu'un verre à vodka.

– Qui parle de vodka ? aboya une voix au fond du couloir. Vous n'allez pas vous enivrer avant d'en avoir fini avec tout ce tintouin ?

Drizzle-Silas fit, en direction de l'appartement d'Artemisia, son geste familier de pointer le pouce, et chuchota :

– Le Dragon m'a réveillé à l'aube pour déplacer son bazar. Pas encore, Milady ! continua-t-il d'une voix de stentor. Mais dès qu'on aura terminé, vous nous offrirez une goutte de ce Old Crow du Kentucky, seize ans d'âge, que vous planquez derrière vos romans à l'eau de rose, hein ?

– Espèce de mouchard, vous allez la boucler, oui !

Suivit une salve d'injures très illustratives. Tous deux se remirent à pousser le piano. Silas avait eu soin de loger des patins dessous, les glissements s'opéraient dans une relative suavité. Mrs Merle émergea du petit salon où elle venait de dégager de l'espace.

— Bonjour Jo. *Oh dear, dear,* croyez-vous qu'il faudra rappeler l'accordeur après ce remue-ménage ?

— Les pianos ne raffolent pas des randonnées, Mrs Merle. Je vais le tester.

— Mets-toi à l'ukulélé, conseilla Silas. Même bombardé par un A-26 Invader, il te jouera *Blue Hawaii* en mode swing.

Jocelyn se rappela que le fils d'Easter Witty avait fait la guerre du Pacifique. Son ironie pleine de rage venait-elle de cet enfer ? Sans doute. Mais pas uniquement. L'Amérique rêvée de Jocelyn attrapait, depuis ses rencontres avec Cosmo, une drôle de figure barbouillée, trouble, et plutôt perturbante.

Le piano casé, Jocelyn ouvrit le couvercle. Ses doigts égrenèrent les gammes. L'acoustique du lieu était agréable et intime. À travers la baie, le ciel était très bleu par-dessus le lierre et la brique de la petite terrasse. Il croisa le regard anxieux de Mrs Merle, il la rassura d'un sourire.

— Pas une fausse note.

Elle se cramponna, ravie, aux boutons de sa robe.

— Humez, chuchota-t-elle. Il flotte déjà ici un parfum... (Jocelyn opéra illico un recul.)... *crescendo con fuoco*. À partir de maintenant je baptise cet endroit «le Petit Salon de musique». N'est-ce pas merveilleux?

Silas leva les yeux au plafond avec un soupir qu'il ne cacha pas. Et qu'elle ne remarqua – ou ne releva – pas.

– Fils? appela Easter Witty à la porte. J'ai maintenant besoin de toi pour balayer ces saloperies de feuilles mortes sur le perron.

– Pas de grossièretés, Easter Witty, au nom du…

– Pourquoi je ferais ça? bougonna Silas.

– Ma foi, on n'a jamais vu un homme être assassiné parce qu'il passait le balai.

Le fils exécuta à l'adresse de Jocelyn un savant jeu de sourcils qui traduisit son impuissance face à cette mère inspirée. Ensuite de quoi il prit la fuite.

– Me demande si j'ai pas eu la main lourde sur le désinfectant? marmotta Easter Witty en humant de tous côtés avant de se résoudre à suivre Mrs Merle. Ça sent bigrement.

Jocelyn referma le piano. Il coulissa la vitre afin de respirer l'air de la terrasse – et exiler le réséda. Du linge séchait; on avait replié les chaises longues. Une sirène de police couinait au loin, en ondes, comme des tréfonds d'une vallée.

Un trottinement fit se retourner Jocelyn. Un petit lutin, debout au milieu de la pièce, l'observait.

– Oh. Hello, Ogden.

Jocelyn l'observa aussi. Il n'en avait pas vraiment eu le loisir jusqu'ici.

Ses yeux étaient pleins de cils et de douceur, sa salopette mal attachée. Jocelyn s'accroupit pour la reboutonner.

– Tu n'es pas avec tata Hadley ? demanda-t-il. Tu fugues ?

– Gala prowa tutwi, répondit l'enfant gravement.

– Vraiment ? s'écria Jocelyn. Oh mais, elle ne va sûrement pas tarder. La prochaine fois je te présenterai ma copine Adèle. C'est un renne beaucoup plus vieux que toi.

– Coplouwa biri chichou ?

– Oui, très gentille. Et bien plus aimable qu'un certain dragon que nous connaissons. Quel âge as-tu ?

– Ogden ! s'écria Hadley dans le couloir. Je te cherche partout. Viens, on va être en retard.

Elle était en manteau et secouait à bout de bras celui du petit. Lequel se détourna de Jocelyn à regret.

– Plouwou gleu hopa.

– J'aimerais tellement qu'il articule des choses sensées, soupira-t-elle. Pour quand il retrouvera sa mère.

– Plouwou gleu hopa est une chose sensée pour lui, dit Jocelyn. En y mettant un peu du nôtre, ça devrait l'être pour nous aussi.

– Il sait dire « chien ». Et il a prononcé « métro » l'autre jour. Mais c'était probablement par accident.

Elle tendit la main, le petit vint s'y agripper. Elle lui enfila une manche.

– Tu dis au revoir, Ogden ?

Le gamin plia et déplia trois fois sa menotte.

– Bijiwon !

– Bijiwon, Ogden, répondit Jocelyn.

Hadley entraîna l'enfant, mais finit par le soulever sous son bras pour dévaler plus vite l'escalier. 9 heures, nom d'une pipe… La nourrice lui jouerait encore ses grands airs. Hadley avait l'impression de passer son temps à cavaler. Comment se débrouillait-elle pour être toujours en retard, et partout ?

Dehors, il faisait beau mais frais. Elle prit la ligne de Brooklyn tout en cherchant le bonnet d'Ogden dans le sac mauve de chez Bonwit Teller où elle avait jeté ses affaires à la hâte. Elle le dénicha au moment où, dans un grand vent d'acier, déboulait l'express. Le trajet était assez long, et après il lui faudrait le refaire en sens inverse, mais Mrs Taradash était la seule nourrice qui prenait moins de 2 dollars par journée de garde.

La rame était pleine à craquer. Le regard de Hadley se posait sur chaque visage, machinalement, l'air d'y chercher une chose insaisissable. Au bout de sa main, Ogden avait disparu sous les paquets d'une voyageuse au col en fausse fourrure.

– Ogden ? Pardon madame, mon petit est...

Mais bouger était impossible. La dame à fausse fourrure descendit à la station après le tunnel, suivie par la moitié du wagon. Pourtant on était toujours aussi serrés. Hadley finit par réussir à enfoncer le bonnet sur la tête d'Ogden. À l'origine, c'était un bonnet marron morose acheté 38 cents dans une solderie de Little Italy. Hadley avait tricoté et cousu deux pompons jaunes sur chaque oreille, un pompon vert pomme sur le dessus.

Aucun siège de libre. Elle souleva dans ses bras l'enfant dont la petite main repoussa le journal déployé par le monsieur à côté, et qui lui grattouillait la joue. L'homme secoua sa page et reprit sa lecture.

– Ici, on est dans le métro, dit-elle à l'oreille du gamin. Tu sais dire « métro », n'est-ce pas, poussin ? Mé-tro...

– Wahalowa pupupu ?

– Bientôt, répondit-elle.

L'œil de leur voisin glissa au bord du journal pour les dévisager avec intérêt.

– Fais un bisou à ta... Tu me fais un bisou, mon cœur ?

Les pompons opposèrent un refus ferme. Elle rit

en silence de ce qu'elle avait failli dire. Elle se trouvait par bonheur dans une foule anonyme.

– Juste un, mon lapin. Un bisou tout doux. Non ? Tu ne veux pas ?

Le monsieur abaissa son journal, la face fendue d'un sourire.

– Moi, je veux bien, dit-il.

Hadley lui lança un *pffff !* d'impatience et tourna le dos. Ouf, on arrivait à Hoyt-Schermerhorn, sa station.

Il fallait marcher dix minutes. Ils atteignirent 1082 Elms Street avec plus d'un quart d'heure de retard.

– Désolée, Mrs Taradash. Le métro s'est arrêté dans le tunnel, mentit Hadley avec un petit rire de gêne. Vous savez comment c'est. Ils ne disent jamais pourquoi. Mais je paierai l'heure entamée, bien sûr.

– C'est que vous me devez beaucoup plus qu'une heure.

– Samedi, Mrs Taradash. Samedi sans faute, j'aurai reçu ma paie.

– Vous me l'avez déjà dit, Miss. Vous me l'avez même dit beaucoup de fois. J'en ai assez d'attendre. Au revoir, Miss.

– Mrs Taradash, s'il vous plaît… Je vous promets…

– Mulow api api ? gazouilla Ogden, intéressé par

les cabrioles d'un infime insecte à antennes vertes sur une brique.

Des pleurs éclatèrent à l'intérieur de la maison.

— Revenez quand vous aurez l'argent.

Mrs Taradash recula et claqua la porte.

— Mrs Taradash... s'il vous plaît.

Hadley resta plusieurs secondes le nez devant la porte close. Elle regarda sa montre, puis elle fit demi-tour en serrant la main du petit. Il protesta. L'insecte venait de rencontrer un copain aux mêmes antennes vertes et Ogden avait très envie de voir ce qui allait se passer.

Hadley tenta de réfléchir. Elle devait aller travailler, il lui était impossible de chercher une autre nourrice aujourd'hui. De toute façon il aurait fallu la payer d'avance, et ça aussi était impossible.

Il restait la solution de secours.

Ils refirent le trajet inverse. À Hoyt-Schermerhorn ils ratèrent l'express d'une volée de marches et durent attendre le suivant.

Une demi-heure plus tard, Charity leur ouvrit la porte de Giboulée. Hadley expliqua le problème en partie, passa sous silence les vrais motifs et raconta qu'un des enfants était contagieux.

— Bien sûr, Miss Hadley, dit Charity. Seulement

il faudra revenir sans faute à quatre heures, j'ai mon cours de couture.

Hadley repartit au pas de course en se promettant de lui trouver un petit cadeau.

Elle venait de perdre plus d'une heure pour rien, elle haïssait Mrs Taradash. Elle intercepta le tram qui la déposa quelques blocks plus loin, au coin de la 7ᵉ Avenue, devant Pennsy, le petit nom donné par les New-Yorkais à la gigantesque gare de Pennsylvania.

Lorsqu'elle passait devant, Hadley songeait que l'édifice serait encore là dans mille ans. Comme l'Empire State. Les humains, sûrement que non. Ils étaient tellement fourmis à côté, assez bêtes pour se faire la guerre et s'anéantir. Pennsylvania, elle, était indestructible.

Et, comme toujours en la voyant, Hadley étouffa de tristesse.

Elle s'engouffra avec douze minutes de retard dans le carrefour de la 8ᵉ et de la 33ᵉ au milieu des klaxons et de la foule qui galopait.

Cooper était déjà à côté de la guérite, sa casquette plantée de travers, son grand panier devant lui. Cooper vendait, sur une caisse debout sur le trottoir, des anneaux de bretzels enfilés sur des tiges en bois.

– Hello, Coop ! lança-t-elle en se débarrassant de son manteau. Les affaires marchent ?

Cooper Lipowicz, seize ans, était l'aîné d'une famille de sept enfants qui vivait de l'autre côté de l'eau, dans le New Jersey. Tous les matins, son panier sous le bras, il embarquait sur le ferry. Il le reprenait sitôt vendu le dernier bretzel. Son père était mort, étouffé par trois tonnes de ciment dans un accident de silo. C'est sa mère qui fabriquait les bretzels, elle également qui lavait et repassait chaque soir la même chemisette immaculée que son fils portait chaque jour.

– Du tonnerre, dit-il en montrant lugubrement ses tiges pleines.

Elle entra par l'arrière de la guérite et Cooper vint l'aider à déplier les auvents en bois et à les bloquer.

– Merci, Coop. Comment je me débrouillerais si tu n'étais pas là ?

– Tu rameuterais le premier échalas venu qui en profiterait pour te pincer les fesses, dit-il, retournant à sa caisse.

Elle rit, et nota avec satisfaction que la marchandise avait été livrée. Le pain de glace pour les boissons, les bouteilles, les pâtisseries... Elle déballa les doughnuts frais de leur carton, les disposa joliment derrière la vitrine. Elle cassa ensuite la glace au pic, la déversa dans le bac autour des sodas. À l'autre bout de la guérite, loin du frais, elle alluma le feu sous le gaufrier et sous la petite plaque pour les crêpes, et tout fut prêt. Là-bas, Cooper avait un acheteur, elle lui fit un clin d'œil.

Ils n'étaient pas concurrents. Ils partageaient souvent les mêmes clients à midi. Elle souleva le seau qui contenait la pâte.

Quatre années seulement la séparaient des seize ans de Cooper. Quarante-huit mois. Pour elle un siècle. Une vie. Il s'était passé tellement de choses. Quatre ans plus tôt, elle était une jeune fille de la banlieue de Chicago à la vie douillette et réglée, qui aimait la danse et suivait sagement, assidûment, les cours de Mr Kaznar depuis l'enfance. Puis un jour, au cinéma, elle avait découvert *Broadway Melody*, les jambes et les claquettes d'Eleanor Powell.

Un soupir jaillit en un sanglot sec de sa poitrine, malgré elle. Qu'aurait été sa vie si elle n'avait pas vu *Broadway Melody* ?

— Vous rêvez ?

Un monsieur à panama attendait devant la guérite. Il avait commandé quelque chose. Elle s'excusa, le fit répéter. Elle enroula les trois doughnuts qu'il choisit dans un rectangle de papier beige.

Après son départ, elle contempla le flot humain qui se répandait hors de la gare, reflet inversé du flot qui entrait par l'aile opposée. Hadley détailla chaque visage autour d'elle, c'était instinctif. Pressés, flâneurs, pensifs, préoccupés, heureux, excédés, amusés, son œil voulait les intercepter tous. Son cœur se mettait alors en suspens.

Elle sursauta. L'un d'eux passait à quelques pas. Pendant une demi-seconde, il fut dans le cadre de la guérite. Elle le connaissait. Où l'avait-elle déjà aperçu ?

Leurs regards se chevauchèrent mais l'autre glissa sur elle sans la remarquer. L'homme, vêtu d'un imperméable gris-bleu, disparut dans la multitude et la circulation. Elle versa une louche de pâte qui crépita comme du soda sur la plaque brûlante. Où diable l'avait-elle rencontré ?

Hadley se souvint subitement.

C'était le jeune homme à la ravissante cavalière, celui qui avait réclamé *Frenesí*, l'autre soir au club. À la lumière du jour, le blond de ses cheveux gagnait en caractère et son regard en singularité. Il semblait juste moins heureux que le soir du Social Platinium. Sans doute parce qu'*elle* n'était pas avec lui.

Hadley se glissa hors de la guérite pour embrasser le panorama de l'avenue. L'inconnu n'était plus visible.

– Tu cherches quelqu'un ? l'interpella Coop.

Elle revint à l'intérieur.

– Tu sais bien ! dit-elle, riant pour donner le change.

Elle jeta le pancake qui s'était mis à fumer sombrement, nettoya la plaque et versa une nouvelle louche de pâte dessus.

9

One, two, button your shoe

Page soupira discrètement. Elle attendait depuis dix minutes que Mr Schwartz, le professeur d'expression et de pantomime, veuille bien leur tourner le dos. Mais il était occupé à montrer à Ted, un des élèves, étendu sur le parquet, comment expirer tout l'air de ses poumons et s'aplatir jusqu'à ressembler à une sole dans le sable.

Page voulait s'éclipser, descendre à la cabine téléphonique, appeler Addison. Elle leva les yeux pour implorer les poutres et les tuyauteries apparentes. Les locaux de la School of drama étaient enfouis sous les combles de Carnegie Hall. Cela sentait la poussière de plancher, les coulisses, les acteurs disparus. Page en adorait l'aspect vieille école. Même si elle commençait à croire, avec certains de ses camarades, que l'avenir des nouveaux comédiens se jouait plutôt au jeune Actor's Studio.

Page regarda sa montre. Mr Schwartz était en train d'ouvrir une des hautes fenêtres en ogive sur les relents d'essence de la 52e. Il écartait les bras.

— Allons ! Respirez !

Le professeur tournait enfin le dos !

Page s'éclipsa. Dans le vieil escalier qui résonnait, elle croisa Anna Italiano, une fille aux grands yeux noirs passionnés qui vivait dans le Bronx.

— Qui te court après comme ça ? l'interpella Anna, souriant de toutes ses somptueuses et très blanches dents.

— Le Gros Méchant Lapin.

— Mâle ou femelle ?

— Pas eu le temps de voir !

Au passage, et en silence, Anna lui glissa un tract qui appelait à voter Truman, ainsi qu'un vieil exemplaire de *P.M.*, une feuille de chou très à gauche.

La cabine était occupée par Carol Hutch. Page attendit en s'éventant nerveusement avec la feuille de chou.

— Bon, au revoir ! disait Carol, épluchant les bouloches de son chandail (il s'en accumulait une petite pyramide à ses pieds). Bah, non, tu imagines bien... Oui, au revoir... Oh, je ne vais pas me gêner. Tu sais quoi ? J'y retournerai ! Bon, au revoir… Mais je n'ai certainem…

Page éclata.

— Dis-lui bonjour et par pitié va-t'en !

Carol bafouilla, estomaquée, abrégea avant de raccrocher en hâte, et de décamper en la foudroyant du regard.

Page respira trois fois, demanda le 40-458 à Tudor City et mit une pièce. Son cœur cognait à son estomac.

— Allô ? Je souhaite parler à Mr De Witt, s'il vous plaît… Oui, j'attends.

Elle se mordilla l'ongle du majeur, l'oreille collée à l'écouteur. Remit une pièce.

— Oui ?… Oh, très bien. Je rappellerai. Merci.

La quatrième fois aujourd'hui. Elle était prête à jurer qu'Addison était chez lui. Pourquoi faisait-il dire qu'il n'y était pas ? Le sang au ralenti, elle remonta. Le grincement des marches lui mit les nerfs à vif.

Le silence d'Addison lui faisait l'effet qu'une pierre coupante. Qu'avait-elle dit, fait, pour qu'il la snobe ainsi ? Est-ce parce qu'elle avait demandé de lui obtenir cette entrevue au Bloomgarden Office ? Avait-elle été trop insistante ? Il lui donnait pourtant l'impression d'aimer sa naïveté, ses gaffes, ses lacunes. *Exquise petite Page…*

Une heure plus tard, après le cours de maintien, Page fit une nouvelle tentative au téléphone. En vain.

Un haut-parleur martelait *Jump for Joy*. Manhattan repéra presque tout de suite le justaucorps noir et les jambières roses de Chic parmi la trentaine de danseurs en action. Elle lui fit un signe avant de courir endosser sa tenue d'exercices derrière le paravent.

Ernest Carlos était un danseur noir réputé, dont les cours à un dollar étaient fort prisés des aspirants Fred Astaire ou futurs Nicholas Brothers.

Après quelques échauffements, Manhattan battit la mesure et se jeta dans le shuffle step. Elle se débrouilla pour se retrouver à côté de Chic. Même si elle restait gracieuse, Chic n'était pas une danseuse, cela se voyait. Elle s'en fichait. Son corps de sportive avait besoin de bouger avant tout, et elle préférait faire des claquettes avec une amie que fréquenter des salles de gym anonymes.

Au bout d'une demi-heure, toutes deux firent une pause sur un des bancs contre le mur. Elles étaient en nage.

— Oublié ma serviette, haleta Manhattan.

Chic lui prêta la sienne.

— Tu fais une tête comme s'il y avait un clou dans ta chaussette.

— C'est un peu ça, éluda Manhattan en s'essuyant le front et la nuque.

Elles suivaient des yeux les enchaînés *step-stomp-stamp* de leurs camarades au rythme de *Back Bay Shuffle* d'Artie Shaw.

— J'ai rendez-vous au studio CBS tout à l'heure, dit Chic.

— Une publicité ?

— Des essais seulement. Pour la soupe Campbell's. Mes amygdales se révulsent déjà à la perspective des quarante boîtes de poireau-vermicelles qui les attendent.

— Si c'est bien payé…

— 40 dollars. Mais j'ai beau le seriner à mes amygdales, ça n'a pas l'air de les amadouer. Tu es libre cet après-midi ?

— Si c'est pour t'accompagner et te tenir la main, ma biche, désolée. Je répète au Ruby.

Chic haussa l'épaule, poussa un long soupir.

— Qu'est-ce que je fais ici ? dit-elle tout à coup.

— Des claquettes.

— Ici, à New York. Quand personne ne voudra

plus de ma tête pour glorifier des soupes, des insecticides ou des pâtées pour chien, je ferai quoi ?

— Tu te marieras et tu auras beaucoup de chiots, rit Manhattan. On reprend ?

C'est le premier *boyfriend* de Felicity Pendergast qui lui avait trouvé le surnom de Chic. Parce qu'elle pouvait s'affubler d'un blue jean de bûcheron Abercrombie & Fitch, ou d'un rideau de douche, ou de papier journal, elle gardait l'allure d'une princesse. Ses belles épaules de sportive, ses jambes musclées, elle les avait gagnées d'une enfance et d'une adolescence de gymnaste entraînée. Pour le reste, elle trichait un peu, comme tout le monde. Elle fonçait des cheveux qui possédaient au naturel une teinte passe-partout, mais avec sa coupe courte, insolente et nette, son regard au bleu foncé complexe et aiguisé qui toisait l'humanité sous l'horizontal d'une frange pleine, Chic était celle que l'on remarquait.

Elle s'en était aperçu le jour où, ayant emprunté un pull trop étroit à sa sœur, elle avait récolté en quelques heures douze invitations à aller au cinéma et autant à aller boire un soda au Juke's Café de Soledad, Californie. Elle avait quatorze ans. Le soir même, elle s'était observée, en culotte et soutien-gorge, dans la glace de son armoire et avait compris qu'il ne tenait qu'à elle de faire tourner la Terre sur son petit doigt. Il suffisait qu'elle le veuille, et elle décréta qu'elle le voulait.

Son père, son frère, sa mère travaillaient tous dans une des gigantesques orangeraies de la Salinas Valley. Felicity les voyait dormir peu, travailler beaucoup, rentrer en silence, manger en silence, écouter la radio en silence, se coucher en silence. Elle décida qu'elle aussi dormirait peu, mais parce qu'elle s'amuserait beaucoup, danserait follement, boirait du champagne et qu'elle vivrait riche.

Avant de partir à New York, elle rêvait des chambres vert et rose du très distingué Barbizon, hôtel de luxe réservé aux jeunes filles seules et huppées, à l'angle de la 63e et de Lexington. Joan Crawford, Gene Tierney, Lauren Bacall et d'autres stars, y avaient résidé. Pour y être admise, il fallait de la fortune et apporter trois parrainages de respectabilité.

Une Felicity Pendergast n'avait rien de tout ça.

Elle avait donc atterri à la modeste pension Giboulée en se donnant deux années avant de pouvoir louer son propre appartement. Il y avait de cela onze mois. Depuis, Chic enchaînait les *boyfriends* fortunés et les publicités. Elle eût préféré les *boyfriends* plus romantiques et les publicités mieux payées. Le chausse-pied de Romeo avait été le dernier épisode d'une série plutôt déprimante.

Elle débarqua seule au CBS Studio Building, au carrefour de Madison et de la 52ᵉ, avec de l'avance malgré une halte au bistro Louis Bergen où elle avait déjeuné avec Manhattan d'une omelette au poulet et de thé.

Elle exhiba sa convocation à l'accueil.

— Studio H bis. Suivez les flèches, ânonna la blonde au comptoir, en tourmentant le col en écureuil de son pull-over. Le museau effilé de l'animal pendait sur la laine rouge et roulait à l'envers chaque fois qu'elle décrochait un des interphones.

Chic n'eut pas besoin des flèches. Elle connaissait le CBS Building quasi par cœur, le H bis perchait au troisième. Les « bis » désignaient les petits studios, ceux qu'on réservait aux tests, aux sélections, aux activités secondaires. Elle rêvait de l'immense studio G à quatre cents places des grandes émissions télévisées. Elle s'y rendait parfois, en spectatrice, assister au *Ron Mulligan Show* ou à *Midnight in Broadway*.

Un jour elle serait de l'autre côté, face au public, sous les lumières.

Le renfoncement de couloir du H bis était occupé par un adolescent roux et pas très bien peigné, assis au milieu d'une rangée de chaises vides. Il fallait attendre.

Chic s'installa à côté de lui et eut le loisir de l'étudier de plus près.

– Dis donc, on ne s'est pas déjà vus ?

Le garçon la lorgna en biais.

– Possible. Mais c'est plutôt moi qui aurais dû dire cette phrase.

Malgré son air de chien battu à lunettes, il avait l'œil finaud et plutôt dégourdi. Le genre pâlichon qui ne payait pas de mine mais qu'on retrouvait un matin à la une du *New York Times* ayant inventé un prototype de bombe, ou décimé sa famille avec un plat de champignons, ou écrit le roman du siècle.

– J'ignore comment tu te débrouilles pour te faufiler, toi ! dit-elle. On te voit souvent rôder dans les radios, ici ou à NBC.

– La fille, en bas, à l'accueil, avec le… le…

Il tritura son cou de poulet où pointait une craintive pomme d'Adam.

– … avec l'écureuil ?

Il opina.

– Elle ne me voit jamais entrer.

Ses phalanges pianotèrent un swing silencieux sur son genou.

– Ils sont généreux, tous ces rongeurs, de se sacrifier pour réchauffer les humains, dit-il. Vous ne trouvez pas ?

Elle rit.

— Pourquoi traînes-tu par ici ? Tu veux devenir comédien ? Faire de la télévision ? Passer une audition ?

Il haussa ses épaules cartilagineuses. Il faisait onze ans mais en avait probablement deux de plus.

— Tu ne vas pas à l'école ? dit-elle au bout d'un moment.

— Si, si, répondit-il avec une hâte suspecte. La prof est malade aujourd'hui.

— À ton âge, on sèche généralement l'école pour aller au foot. Ou au cinéma.

— J'en viens. Du cinéma, je veux dire. Quant au sport, hum…

Il gloussa pour lui-même comme d'une blague privée, et pas spécialement drôle. Sa pâleur morose s'anima soudain.

— Je viens de voir *Le Garçon aux cheveux verts*. Vous l'avez vu ? Il y a Nat King Cole qui chante la chanson du film. Ça raconte l'histoire d'un garçon qui, euh… Ses cheveux poussent verts et, euh, il a des problèmes.

Lui aussi devait en avoir, et pas uniquement à cause de ses cheveux. Son visage s'éteignit. Il soupira vers le lumignon rouge au-dessus de la porte, comme s'il lui tardait d'entrer et de disparaître.

– Tu as bien des copains avec lesquels t'amuser ?

Ses paupières clignèrent. Elles avaient si peu de cils qu'elles paraissaient roses et maltraitées.

– Le plus souvent je ne m'amuse pas tellement. Et le reste du temps... ben, je ne m'amuse pas du tout.

Elle le détailla avec attention.

– Tu t'appelles comment ?

– Königsberg. Allen Königsberg.

– Felicity Pendergast, mais on dit Chic. Tu habites aussi New York ?

– Brooklyn. Vous êtes actrice, Miss Chic ?

– À peine. *Cover-girl*.

Le voyant rouge s'éteignit enfin. Elle se remit debout. Il resta assis.

– Tu n'entres pas ?

– Avec vous ? fit-il, de l'espoir plein la voix et les taches de rousseur.

C'était donc bien un resquilleur. Probablement un chasseur d'autographes. Chic hésita. Elle risquait le job, et les places étaient trop chères. Elle opta pour la prudence, le salua gentiment et entra.

Une femme frisottée vint prendre son nom puis la conduisit derrière une paroi dépolie, à une petite salle adjacente.

– Il est avec vous ? s'enquit la dame en désignant quelqu'un derrière.

Chic fit un quart de tour. Elle foudroya Allen Königsberg du regard. Le traître s'était faufilé à sa suite.

— Non, non, répondit-il à toute vitesse. Je suis avec ma grande sœur. C'est... C'est elle qui est en train d'auditionner, là-bas.

Menteur en plus. Chic fit les gros yeux et lui tourna le dos.

— Articulez : « *Ouvrez la boîte... hmmm... Campbell's, c'est déjà de la soupe !* »

Le réalisateur s'adressait à un mannequin en robe du soir jaune (la « grande sœur » malgré elle d'Allen Königsberg) debout derrière une table où s'amoncelait une pyramide de conserves à l'étiquette si familière.

Toutes ces Campbell's pleines... Chic sentit une crispation du côté de ses amygdales. Elle éprouva juste une petite consolation à noter qu'elle et le modèle étaient physiquement très opposées. Au moins, si elle ne remportait pas le job, elle ne passerait pas la nuit à ruminer, à se trouver lamentable, à s'interroger sur le détail qui avait joué en sa défaveur.

Un jeune technicien blond passa près d'elle, un spot sur l'épaule. Il s'arrêta pour que Chic puisse enjamber le câble.

— Pardon, chuchota-t-elle.

Il fit un mouvement de tête, avec un sourire

tranquille et délicat, presque absent. Tout ce qui se déroulait autour aurait pu avoir lieu en pleine forêt, dans un cabinet de dentiste ou sur la Lune, sans qu'il paraisse le moins du monde troublé. C'était l'impression qu'il donnait.

– La suivante est arrivée ?

Le technicien blond fit un signe à Chic. Elle crut qu'elle le gênait à nouveau et s'écarta, puis elle comprit que c'était son tour.

– Bonne chance, lui murmura-t-il.

Elle le remercia d'un sourire mais il s'était déjà éloigné.

Comme il s'agissait d'un *screen test*, l'équipe technique était réduite.

– Don Lewis, s'annonça le réalisateur. Miss Pendergast ?

– Felicity.

Elle était déjà renseignée sur ce qu'on attendait d'elle, elle écouta néanmoins les instructions du réalisateur.

Tandis que la femme frisottée lui appliquait fond de teint et poudre au pinceau, Chic aperçut Allen Königsberg à l'extrémité de la pièce, ses grosses lunettes écarquillées, ses mèches rousses, ses paupières chauves. Collé au mur, il évoquait une chouette immolée par un rituel vaudou.

Elle se plaça face caméra. L'accessoiriste décapsula une série de soupes. Un liquide gélatineux rouge sang dégorgea des boîtes. Chic détestait la tomate. Elle déglutit trois fois pour éloigner ses amygdales le plus possible de sa langue.

— *Hmmm... Campbell's. Ouvrez la boîte... C'est déjà de la soupe!*

Elle emplit une cuillère de soupe, l'éleva à hauteur des lèvres et simula l'extase.

— Ce n'est pas l'ordre exact du texte, Felicity, dit Don Lewis. Et avalez le contenu de la cuillère, s'il vous plaît. On reprend.

Clap. Clap. Clap... Chic absorbait la gélatine rouge. Elle eut bientôt des visions de boucherie, de chair crue. À la quatorzième prise, le cœur au bord des lèvres, elle entendit un brouhaha, puis l'exclamation sèche du réalisateur.

— Coupez.

Une pause, enfin. La frisottée avait apporté un verre d'eau. Chic se rinça la bouche, mais fut incapable d'avaler. Elle chercha autour. Où recracher ça? Devant elle, une des boîtes était toujours à moitié pleine de rouge.

Personne ne regardait. Chic cracha dans la soupe et respira. Le technicien blond était en train d'orienter les caches d'un projecteur. Elle croisa son regard, posé sur elle, rieur, plein de compassion. Penaude, elle lui retourna une mimique navrée.

Une voix aiguë leur cloua les tympans.

— Je lui ai pourtant dit cent fois ! C'est pas le cinéma ni la radio qui lui donneront à manger.

Sous l'œil consterné de l'équipe, une petite femme pointue était en train de secouer l'oreille gauche d'un Allen Königsberg figé, bras pendants, dans une douleur silencieuse.

— Ne le frappez pas, il a des lunettes ! dit quelqu'un.
— Eh bien, il ne les a plus ! répliqua la dame en faisant valser l'objet du nez du jeune Königsberg. Et je le frappe si je veux, c'est mon fils ! Je le corrige parce que je le crois à l'école, et où je le retrouve ? Hein, tête de bois ? C'est pas chez CBS que tu seras pharmacien ! Son père n'arrête pas de lui redire : « Pourquoi tu veux pas devenir pharmacien ? Les gens sont plus nombreux à aller à la pharmacie qu'au cinéma. » Tu préfères être pauvre, bourrique ? Devenir un Dillinger ? Un Capone ? Va au cinéma, va à la télévision, va à la radio, va, va.

— Madame, vous ne devriez pas être ici, répétait l'accessoiriste.

— Qu'est-ce qu'on fait d'eux ? On a du boulot jusqu'aux cheveux, se lamentait Lewis.

— Dis à ta maman que tu regrettes, répétait la

frisottée à Allen Königsberg comme si elle s'adressait à un neveu arriéré. Dis « je regrette ».

Les paupières chauves papillotèrent.

– La seule chose que je regrette, marmonna le garçon, dents serrées, c'est de ne pas être quelqu'un d'autre.

Mrs Königsberg se jeta sur lui pour… on ne sut jamais quoi, car le technicien blond l'intercepta par le poignet et la stoppa de son seul regard clair.

– C'est votre fils, madame, dit-il calmement. Soyez tendre avec lui.

Ce fut murmuré d'un ton uni, si paisible que la mère, stupéfaite, garda la bouche ouverte.

– Soyez tendre, répéta-t-il.

C'est lui qui l'était.

Le réalisateur, le caméraman et l'accessoiriste soulevèrent Mrs Königsberg par les aisselles et l'emmenèrent fermement avec son rejeton vers la sortie. Après quoi on boucla le studio au verrou.

Don Lewis épongea une suée imaginaire sur son front.

– Pause-café ! dit-il.

Mais les amygdales de Chic récusaient farouchement tout supplément de liquide. Elle se dénicha un siège, à l'écart, au calme.

Elle se promit de surveiller à l'avenir les couvertures des magazines. Allen Königsberg réapparaîtrait un jour sur celles du *Time* ou du *Saturday Evening Post*, elle en était convaincue*.

Durant un instant, Chic chercha quelque chose autour d'elle. Se rendit soudain compte que ce n'était pas quelque chose, mais quelqu'un. Elle voulait féliciter le technicien blond, le remercier pour le gosse. L'apercevant, elle se redressa, mais il s'éclipsait hors du studio, du matériel sous le bras. Elle se rassit, se sentant un peu bête.

– Prête ? demanda Lewis en surgissant, un gobelet à la main. Au travail.

Elle mit dignement le cap sur les potages en boîte.

– Si vous tombez sur mon estomac, soupira-t-elle, soyez aimable de me le faire parvenir.

La répétition n'avait pas commencé. Manhattan mena directement Jocelyn vers Mike qui étudiait des croquis au milieu d'un rang, sur un dossier de fau-

---

* Allen Königsberg, alors âgé de 13 ans, devint gagman à 15 ans, puis scénariste, puis un célèbre cinéaste sous le nom de Woody Allen.

teuil. Elle lui présenta Jocelyn qui venait de France (*Paree*, précisa à voix basse Jocelyn).

Le chorégraphe leva un sourcil narquois. Manhattan rosit. Il prenait Jocelyn pour son petit ami.

– Tu espères te rincer l'œil, hein ? dit-il à Jocelyn. Bah... Crois-moi, après quatre heures d'exercices, une jambe n'est qu'un truc qui sert à tenir debout. Du moment qu'il ne dérange personne, dit-il en retournant à ses dessins. Dépêche, cocotte, on n'est pas en avance.

Manhattan laissa Jocelyn s'installer au fond de la salle puis courut dans les coulisses. Mike donna le top de départ.

Toutes les dix secondes, Jocelyn se pinça le menton et les joues, afin de s'assurer que c'était bien lui, Jocelyn Brouillard, qui se trouvait là, à Broadway, à suivre les numéros de claquettes de ces vingt jeunes filles plus sensationnelles les unes que les autres.

Manhattan elle-même se métamorphosait en une sorte de diablesse offerte tout entière à la danse. Elle sautait, rebondissait, rayonnait... Elle était saisissante.

Noyé dans la pénombre, Jocelyn se pelotonnait dans le velours de son siège tel un embryon dans sa niche organique, les yeux dévorant tout. Invisible, il se sentait avalé, submergé par cette nuit lumineuse.

Des éclats de voix l'arrachèrent soudain à sa suave

hypnose. Le piano stoppa. Les talons des danseuses cessèrent de marteler.

Une extraordinaire créature avait surgi parmi les girls. Elle, elle n'était visiblement pas une girl. Dans son manteau de plumes blanc et doré, elle donnait l'impresssion d'un oiseau à bec rouge, fabuleux et inquiétant.

— Que voulez-vous, Eudora ? s'exclama Mike.

— Quand cette musique de bastringue aura cessé, rétorqua le flamboyant oiseau, peut-être pourrais-je enfin répéter mon numéro ?

Le chorégraphe franchit l'allée, d'un bond fut sur la scène.

La *chorus line* fut parcourue d'un long frémissement. On soupira, on leva les yeux au ciel, on attendit l'orage le poing sur la hanche. Deux girls s'assirent à même les planches pour se masser les chevilles.

— Je ne vois pas comment les filles pourraient danser sans musique. Ou répéter sans piano.

— Et moi je ne vois pas comment je peux chanter avec le tintamarre de ce cogneur de touches.

Manny pâlit. Le couvercle de son piano claqua.

— Lui ou moi ! cria Eudora.

— Moi ou elle ! hurla Manny, en un écho bizarre.

La stupeur dura un court instant.

— C'est assez. Je pars ! éclata soudain Manny.

Cette pimbêche peut avoir toute la place qu'elle veut pour bouger son gros...

Il attrapa son veston pendu sur un des miroirs inclinés, fit face à toute la troupe incrédule.

— Je ne souffrirai pas une insulte de plus de cette dinde. Adieu.

Sous l'œil atterré de tous, Manny monta droit au bureau de la comptabilité où il se fit remettre le solde de sa semaine de travail, puis il quitta le Ruby Horseshoe.

Mike Oanian s'effondra dans un fauteuil, une main sur le front. Le chorus se confina dans le silence. Seule Gloria Lee se hasarda à quelques assouplissements sur une rambarde en fer.

— Il faut absolument un pianiste.

— Bennie Gomez était disponible le mois dernier. Il l'est peut-être encore. Il y a aussi Fats Lennox, s'il n'est pas en tournée. On fait une liste ?

— Dénicher un pianiste de répétition en période de répétitions ? ricana Mike. C'est vouloir se pincer le nez avec les doigts de pied.

— Moi j'y arrive ! lança Gloria Lee depuis la rambarde. C'est facile.

Elle s'arc-bouta pour toucher sans effort son gros orteil avec le nez.

— Essayons.

— De se pincer le nez avec ?...

— De se dégoter un sacré bon sang de pianiste ! cria Mike.

— Si c'est pressé... Moi, je connais un pianiste.

Manhattan s'était avancée tout au bord de la scène, le bras en écran pour se protéger des lumières.

— Je connais un pianiste, répéta-t-elle, se mordillant la lèvre. Il n'a jamais accompagné de répétitions, mais je crois qu'il pourrait faire l'affaire. Il faut juste qu'il soit d'accord.

Mike sauta sur ses pieds.

— On fera tout pour qu'il le soit. Il est libre ? Tout de suite ? Le job est à lui. Où est-il ?

De Manhattan, on ne distingua qu'un sourire. Derrière la rampe, le verre de ses lunettes avait l'aspect du papier-calque.

— Ici. Ou plutôt là-bas. Au fond de la salle. Jo ?... Jo, peux-tu te rapprocher, s'il te plaît ?

10

Pennsylvania six five oh oh oh!

Un travail. Un *job*.

Cotton Hodiak, le patron du Ruby, lui avait même versé une avance de 15 dollars à la signature du contrat. Jocelyn apprit ainsi que les salaires étaient payés chaque jeudi, non à la quinzaine comme à l'usine de son père. Pour lui, ce salaire serait de 31 dollars.

– Date de naissance ? griffonna Hodiak.

Sa paupière de tortue offensée, dormant aux trois quarts sous la fumée aubergine de son cigare, cachait, dessous, une prunelle vive ; elle traquait chacun des gestes de Jocelyn, chaque expression.

– Je suis né le…

— Laisse tomber. Va, signe ça si tu veux. Ou fais-le signer par un de tes parents...

— Mes parents sont en Fran...

— Qui tu veux j'ai dit. Veux rien savoir. Du moment que tu sais taper le piano pour remuer les filles.

Jocelyn exhiba son contrat à Manhattan qui languissait dans le couloir.

— 37 dollars ! lut-elle. Le pingre.

Encore étourdi, il balbutia :

— Je croyais que c'était 31.

Il prit note que les Américains oubliaient la barre de leur 7 manuscrit.

— Tu n'es pas fâché ? dit-elle, anxieuse. Tu ne penses pas que je t'ai forcé la main au moins ? Tes études... J'ai lancé ça sans trop réfléchir.

Il montra les 15 dollars.

— Au contraire. Je regrette que ces répétitions ne durent pas plus longtemps. Je m'inscrirai aux cours de l'après-midi.

Dans le hall, Mike Oanian tapa sur l'omoplate de Jocelyn.

— Tu vas voir. Les jambes les plus sublimes sont des baguettes qui font un putain de boucan.

Il frotta du bout de l'index l'arête aplatie de son nez de boxeur.

— Encore merci, Jo, dit-il. Tu nous tires une drôle

d'épine du pied. Viens tôt demain. On a des choses à régler.

Dehors, c'était la 43ᵉ Rue. Manhattan tendit la main à Jocelyn. Il sentit son ossature fine et ferme sous le jersey du gant.

– Tu rentres avec moi à Giboulée ?
– J'ai des courses à faire, dit-elle.
– Je porterai tes paquets.

Elle le remercia d'un sourire.

– Je ne proposerais pas à mon pire ennemi de faire les boutiques avec moi.

Il la regarda s'éloigner vers la 5ᵉ Avenue et prit la direction du nord.

Un contrat d'un mois à 37 dollars par semaine. 148 dollars pour faire le pianiste. En francs, ça faisait... quelques perspectives. La vie redevenait indulgente. Et belle.

Il flâna, le nez en l'air. Quand il le baissait, c'était toujours pour un nouvel étonnement. Les poubelles qui étaient différentes. Les trottoirs moins hauts. La vapeur qui s'échappait d'une grille par terre. Les pharmacies qui proposaient des sorbets au comptoir. Les guérites où l'on vendait des pâtisseries et des sandwiches inattendus. Les escaliers de fer, en zigzag sur des façades qu'il n'avait vues qu'en noir et blanc dans les films, vivaient enfin en couleurs.

Il resta vingt minutes en compagnie d'une bande de gamins, à regarder des écrans de télévision dans une vitrine. Il n'en avait jamais vu autrement qu'en photo.

Et il y avait les *supermarkets*. Il entra dans l'un d'eux, nommé Brautigan, et il s'émerveilla des allées vastes comme des rues, où l'on pouvait se servir librement sur d'interminables étagères en ligne. Les clients, majoritairement des clientes, poussaient de petits chariots en fer qu'elles emplissaient de boîtes et de bouteilles... Il tomba en arrêt devant des sachets. Il y était question de purée de pommes de terre. En flocons ? Il secoua un sachet. À quoi pouvait bien ressembler de la patate en poudre ? Et de la soupe de tomates en conserve ? L'alimentation américaine était une vraie pochette-surprise.

Il acheta une boîte de mouchoirs... en papier. Kleenex en était le drôle de nom. Il sortit de sa poche son propre mouchoir, de batiste, beige à carreaux bruns, ourlé à la main, avec encore les plis du repassage soigné de sa mère. Les autres étaient des feuilles blanches, minces et molles ; on pouvait apparemment les jeter après mouchage. Il en glisserait dans sa prochaine lettre à sa mère. Voilà qui étonnerait, là-bas...

Il s'arrêta pour écouter un violoneux qui jouait

We're in the Money sur le trottoir devant le Madison Square Garden. L'homme jeta des regards furtifs autour de lui, cessa de jouer et ouvrit son étui à violon. L'étui était rempli de tracts pour l'élection présidentielle. Il en glissa un à Jocelyn. Ensuite de quoi, comme si de rien n'était, il se mit à jouer *Bésame Mucho*. Le tract n'était pas signé mais il engageait à voter pour Wallace et les travailleurs. Jocelyn fit un signe pour remercier. Il trouvait tout cela plutôt amusant.

Vers la 72ᵉ Rue, Broadway est coupé par une pelouse. Sur un des bancs autour, quelqu'un avait abandonné une ancienne édition du *New Yorker*. Sous les feuilles de platane qui chutaient doucement dans l'air ambré. Jocelyn s'assit pour lire. Le journal parlait du blocus de Berlin, du tout jeune État d'Israël, du boxeur Marcel Cerdan, mais ce qui le bouleversa fut la lecture d'une nouvelle intitulée *Un jour parfait pour le poisson-banane* d'un écrivain qu'il ne connaissait pas.

Il la relut deux fois, et demeura un long moment sur le banc, parmi les feuilles qui pleuvaient en une impalpable giboulée rousse. C'était, oui, un jour exactement parfait pour lire ce poisson-banane.

— Hep ! fit la voix. Hep !

Au bow-window de la maison d'à côté, comme dans un cadre, se tenait la jeune fille de l'autre nuit. Celle avec le nom bizarre qui ressemblait au mot « bizarre », et qui avait fait filer le Lapin d'Alice sous le nez de Jocelyn lorsque Mrs Merle l'avait prononcé la première fois. Un nom qui évoquait une chose plaisante, qu'il avait sur le bout de la langue, mais qui fuyait, fuyait pour l'instant.

Comme ce n'était plus le halo mesquin du réverbère qui lui frappait les joues, ni celui d'une citrouille, mais la gaieté d'un soleil plein d'entrain, son apparition fut une suite d'éclatantes révélations.

D'abord la queue-de-cheval, volontaire, débordante d'ardeur. Puis les barrettes multiples et multicolores. Les incisives écartées d'un rire frondeur. Les yeux étouffés de cils épais.

— Charley Weaver a besoin de ta girafe un jour ou deux encore. Papa aimerait te remercier de vive voix.

Elle écouta quelqu'un à l'intérieur, revint à Jocelyn.

— Papa demande si tu as le temps de prendre quelques feuilles séchées dans de l'eau chaude ?

Elle se penchait si fort que la moitié supérieure de son corps basculait presque hors du bow-window.

— Tu n'es pas obligé, lança-t-elle à mi-voix. Entre nous, je comprendrais si…

— On t'entend, *bobby soxer*! cria la voix dans la maison.

— Je serais ravi de prendre le thé avec vous, dit Jocelyn. S'il s'agit bien de thé.

— Papa appelle ça comme ça. Je descends ouvrir.

Elle réapparut bientôt au bas du perron voisin, de l'autre côté de la grille, dans sa jupe trapèze brune, socquettes blanches roulées sur les chaussures. Ses cheveux et ses yeux avaient une couleur qui rappelait à Jocelyn celle du miel des châtaigniers de Saint-Illieux, très foncé, avec une vibration dedans, une trace de courroux, comme si les abeilles y avaient laissé un peu de leur bouillonnement, de leur effervescence.

Elle le fit monter dans un salon où un pick-up jouait en sourdine une drôle de musique mélancolique. Jocelyn se retrouva entouré par une assemblée de personnages vêtus de couleurs vives qui l'observaient, fixes et silencieux.

— Des… marionnettes? s'écria-t-il, l'instant de surprise passé (quelques-unes étaient grandeur nature).

— Des automates. La marotte de papa. Papa? Voici le pensionnaire français de Mrs Merle, euh… c'est quoi ton nom?

– Jo Brouillard.
– Dido. Dido Bezzerides.

À l'annonce du patronyme, le Lapin d'Alice fila tel l'éclair d'un bout à l'autre de la pièce, où il s'évapora.

– Jo, continua Dido, voici Prospero que je suis la seule à appeler papa. Jusqu'à preuve du contraire.

Un des automates, qui lisait dans un fauteuil, se leva soudain et sa fervente tignasse se détacha du groupe inanimé. Il vint enfermer la main de Jocelyn dans les siennes et la serra avec une cordialité… douloureuse. Jocelyn remua ensuite discrètement les doigts pour rétablir la circulation.

– Hello Jo, dit Prospero Bezzerides. L'eau du thé est en train de chauffer. Grâce à toi, Charley Weaver échappe au lumbago. Voilà des jours, le pauvre bougre, qu'il cherche où poser les fesses.

– Vous m'en voyez, euh, ravi, fit Jocelyn, perplexe. Mais comment diable un débouche-évier à tête de girafe sert-il à ?…

On le conduisit vers un mannequin moustachu, chapeauté et en culottes à bretelles, qui brandissait un verre en plastique dans sa main gauche et *agitait fixement*, en souriant, un shaker à cocktails derrière son bar en carton peint.

– Charley Weaver, barman ! clama Dido. Tu vois, là, son derrière ? On l'a calé sur la tête de la girafe.

C'est-à-dire sur ton débouche-évier. Le malheureux s'écroulerait sinon.

— Je n'ai pas fini de lui confectionner son tabouret de bar, alors en attendant... Ainsi, Jo, tu nous arrives de France ?

Mr Bezzerides poursuivit en français :

— Je suis resté un bout de temps à Marseille. Assez pour apprivoiser un peu votre langue.

— Vous la parlez magnifiquement, s'écria Jocelyn.

Il fut étonné de l'espèce de gratitude qu'il ressentait tout à coup à parler sa langue maternelle avec quelqu'un qui la comprenait.

— J'ai tout suivi, affirma Dido. Je parle également le français.

— La *bobby soxer* se vante un peu, chuchota le père. Sa grammaire n'a que deux années de lycée.

— *La cigale ayant chaanté tout l'été se trouva fort dépourvoue quand la bise fou venoue...* J'ai du mal avec les « u ».

— Dido est une Américaine certifiée. Elle est née ici.

— Pas vous ? s'enquit Jocelyn.

L'accent oriental de Prospero Bezzerides laissait supposer que non.

— Il a vécu en Turquie mais il est né à Thessaloniki, en Grèce.

Jocelyn désigna le disque qui tournait.

— Est-ce de la musique grecque ?

— Un tango turc. Ibrahim Özgür and the Park Hotel Orchestra. Özgür était le Rudolph Valentino d'Istanbul, le Carlos Gardel du Bosphore.

Dido fit une mimique de tendre moquerie.

— *Çok Agladim*, c'est le titre de la chanson. Ça veut dire «J'ai tellement pleuré»...

— Et moi tellement dansé là-dessus, continua le père dans un murmure.

— Ça donne une idée du contenu! sourit Dido. Au cas où l'armée de violons ne t'aurait pas mis sur la voie, Jo.

— Tu as un père sentimental. Et ta mère était folle de tango, *bobby soxer*. La meilleure danseuse de *tangolar*. Elle et moi, on était les rois des salons de danse du Pera Palace.

Prospero ferma un instant les yeux, la théière au bout des doigts.

— Dido ne jure que par ce jeune crooner, reprit son père avec malice, ce Frank Sinatra. Entre nous, question violons, il n'est pas en reste.

Il versa l'eau de la bouilloire. Sa belle tête touffue lui donnait l'extravagance tranquille d'un géomètre fantasque, d'un professeur Cosinus ou d'un Albert Einstein. Mais le classer dans la catégorie «passablement farfelu» à l'instar de Mrs Merle?

— C'est votre métier? Faire des automates?

Tout en tournant une cuillère dans la théière, Mr Bezzerides fit signe à Jocelyn de s'asseoir. Le fauteuil était mou, languide comme un bon fauteuil se doit d'être. Jocelyn poussa un soupir de confort comblé, et prit la tasse qu'on lui offrait.

— Papa est projectionniste au cinéma du Pennsylvania Hotel, expliqua sa fille. Tu connais le Pennsylvania Hotel, bien sûr ?

— Pas du tout.

— Non ? Il est si célèbre pourtant. À cause du swing fameux que Glenn Miller y a composé... Oh, tu l'as forcément entendu ; le titre, c'est le numéro de téléphone de l'hôtel.

Elle arrondit les mains sur une trompette imaginaire et entonna à tue-tête :

— *Tou dou lou dou... Pennsylvania Six Five Oh Oh Oh !*

Jocelyn éclata de rire. Le thé était vert foncé, sa rugosité houspillait la langue, il n'en avait jamais bu d'aussi fort, mais il l'aima.

— En France, on a été privés de films américains toute la durée de la guerre, dit-il. Ils ont commencé à réapparaître sur les écrans seulement après la Libération.

— Tu as échappé à un million de navets, déclara Mr Bezzerides, quelle chance ! Mais quelle chance aussi de découvrir tous les autres... Les trésors.

– Je me dépêche ! s'écria Dido en repoussant sa tasse à demi pleine. Le train part dans une heure.

– Tu as le temps. La gare n'est pas si loin.

– C'est moi qui apporte les banderoles.

– Tu pars en voyage ? demanda Jocelyn.

– Pas du tout. Le dramaturge Adrian Novak embarque tout à l'heure pour Washington où la Commission des activités antiaméricaines l'a convoqué. Nous serons sur le quai de la gare pour lui manifester notre soutien.

– Nous ?

– L'Association des élèves de l'Ellery Toyfell High School pour la Libre Parole, dont je suis la vice-présidente.

– Sois prudente. Je ne tiens pas à aller te chercher au poste de police.

– Pas d'inquiétude, papa. Regarde.

Elle déroula trois rouleaux de toile rangés entre une Esmeralda et un groom en livrée.

WE LOVE YOU ADRIAN

NOUS SOMMES TES AMIS

VIVE ADRIAN NOVAK

— Aussi banal que n'importe quel comité d'accueil. Que pourrait-on nous reprocher ? Mais Adrian Novak saura qu'il n'est pas seul.

Elle roula les toiles ensemble.

— Nous irons ensuite au Slasher, discuter de notre stratégie de soutien aux Dix.

— Les Dix... de Hollywood ? s'enquit timidement Jocelyn.

— Ah ! On en parle donc aussi en France ? Eux sont à un pouce d'être jetés en prison. Oh, j'enrage que mon pays se comporte de façon infamante envers un humain simplement parce qu'il a le bon goût d'avoir une opinion politique.

— Ils sont communistes ?

— Et après ? réagit-elle avec vivacité. Va-t-on reprocher à Roosevelt d'avoir été l'allié de l'URSS pendant la guerre ? À ce compte-là, lui aussi on le traînerait dans la boue, et on le jugerait s'il n'était pas mort.

Jocelyn leva ses paumes en bouclier.

— Du calme. Ici, en Amérique, on a l'impression que « communiste » est un gros mot.

— Je ne le suis pas, et je déteste M. Staline qui affame les Berlinois et joue les gros bras alors que nous avons signé la paix, mais je refuse que mon pays use des mêmes procédés qu'un tyran !

Elle enfila un manteau à gros carreaux bleu marine et blanc, avec véhémence, comme elle aurait revêtu une armure, puis un béret rose et un foulard assorti.

— Il y a du vent, dit-elle à son père. N'oublie pas ton écharpe et ton chapeau quand tu sortiras.

Elle lui déposa un baiser sur la joue et pivota vers Jocelyn.

— Voudras-tu m'accompagner soutenir Novak à la gare ?

Mr Bezzerides émit un *Ttt ! Ttt !*

— Ce serait une belle imprudence. Le FBI envoie des espions à ce genre de manifestation, tu sais bien. Tu es citoyenne américaine, *bobby soxer*. Moi aussi. Mais s'il est repéré, notre ami qui est, lui, un « invité » de notre pays, pourrait être renvoyé sur-le-champ.

Dido regarda son père, regarda Jocelyn.

— Tu vois, soupira-t-elle. J'ai raison de les haïr. Mais papa a raison. Les G-Men de Mr Hoover sont peut-être embusqués derrière un érable, dans cette rue même. Va leur expliquer que tu es venu boire le thé et écouter du tango turc chez les Bezzerides.

Elle repêcha ses rouleaux qui venaient de tomber, les cala sous le bras et s'éclipsa dans un claquement de porte.

Aussitôt et sans crier gare, le Lapin d'Alice se matérialisa. D'un air goguenard qui dévoilait ses grandes dents, il lorgna Jocelyn qui fixait la porte. « Oui, oui » susurra le Lapin à son oreille. « C'est ça ! Les deux premières syllabes de ce drôle de nom bizarre claquent bel et bien comme un baiser. »

Un baiser indubitablement.

– Tu reprendras bien un thé ? proposa Prospero sans remarquer le trouble de son jeune invité. Il me reste du temps jusqu'au prochain tomber de jupons de la malheureuse Margie. Raconte-moi, mon petit Jo, ce qui t'a donné le goût de l'Amérique.

11

You're a sweet little headache

Quelques soirs plus tard, étendu tout habillé sur l'édredon en patchwork, doigts croisés sous la nuque, Jocelyn observait une minuscule araignée à califourchon sur une moulure. Sa soirée était libre. S'il allait toquer à la porte des Bezzerides ?

Il avait revu Dido une fois. Ils avaient partagé, la semaine précédente, une séance de cinéma au Pennsylvania Hotel où Prospero leur avait projeté, pour eux tout seuls, deux films coup sur coup. *L'Exilé* avec Douglas Fairbanks Junior – ils avaient trépigné au duel final, dans le moulin hollandais ! –, ainsi qu'un navet avec une patineuse au drôle d'accent que Dido, à la sortie, ne cessa de s'amuser à imiter.

Sur la 6ᵉ Avenue, après, ils s'étaient acheté des

châtaignes grillées dans des cornets en papier journal. Dido avaient toujours des chaussettes roulées, son béret rose, et des gouttes de pluie sur les cils.

Elle lui parlait de base-ball avec l'accent de la patineuse.

— Quand il fera beau, Jo, je t'emmènerai à Ebbets Field voir un match, promit-elle. Ou au Yankee Stadium.

Quand il fera beau est une perspective lointaine quand on est à la moitié du mois de novembre. Le sourire de Jocelyn fut en réalité un soupir.

— Je ne connais rien et ne comprends rien au base-ball, dit-il. Les règles m'ont l'air plutôt nébuleuses.

Elle avait ri, la bouche pleine de châtaignes.

— Je t'expliquerai tout avec condescendance.

Là-haut, la petite araignée trimait dur. Elle escaladait, prenait des mesures, tricotait, cavalait...

Des silhouettes rampaient sur le mur du couloir. Celle de Mamido tenait une bougie au-dessus de sa tresse en couronne. Il ne connaissait aucune des trois autres. Il y avait un enfant, un garçon, de l'âge de Marcelline, cinq ou six ans. Mamido chuchotait, Jocelyn ne parvenait pas à entendre ce qu'elle disait.

Qui étaient ces visiteurs ? Ils avaient l'air d'être descendus du grenier, la trappe dans le plafond était entrouverte.

Leurs ombres disparurent par l'escalier, l'éclat de la bougie trébucha encore un moment sur les fougères de la tapisserie, laissant derrière le silence. C'était la pesanteur de ce silence qui le tirait habituellement du sommeil. Mais cette fois il s'était réveillé avant.

Mistigri ronflait en rond sur l'édredon en toile de Jouy. Que faisaient ces gens dans le grenier ? Ne sortaient-ils que la nuit ? Vers où ? Se cachaient-ils le jour ? Pourquoi ?

Une sonnerie réveilla Jocelyn dans un sursaut. Il était à la pension Giboulée, il s'était endormi. La petite araignée là-haut était allée se coucher, l'heure du dîner était passée et c'est le téléphone qu'il entendait, quelque part dans la maison, par-delà le plafond du sous-sol. *Drrr. Drrr. Drrr...*

... Drrr. Drrr. Drrr...
Page jaillit de la salle de bain en négligé lavande

et se cogna à Etchika qui déboulait de leur chambre. Elles dévalèrent ensemble l'escalier.

— C'est pour moi. C'est peut-être important.

— Si c'était important, ce n'est pas toi qu'on appellerait.

Etchika la première happa l'écouteur du téléphone mural.

— Vous avez mis le temps! lui lança une voix jeune et masculine. J'ai pu me couper cinq fois les ongles, je commençais à manquer de doigts.

Etchika éloigna le téléphone et beugla vers les hauteurs :

— Chiiic! Ton frère Jimmy! Longue distance.

— Aouch! gémit Jimmy dans l'écouteur. C'est un tympan qu'il va me manquer maintenant. Qui est à l'appareil? Hadley? Page? Ursula?

— Devine. Je suis merveilleusement belle, grande, intelligente et j'entretiens une liaison secrète avec Errol Flynn.

— Euh... Daisy Duck?

— Adieu... Pluto.

— Coin, coin. Je t'ai reconnue, Etchika!

Chic accourut en pyjama, peignoir dénoué, captura le téléphone. Etchika remonta dans sa chambre écouter la suite d'*Une soirée avec Dick Powell*.

Page resta un moment pensive, puis elle gravit à

son tour l'escalier, lentement. Elle n'avait pas envie d'écouter la radio ce soir. Ce qu'elle voulait, c'était un appel d'Addison, entendre sa voix, ses compliments qui n'en étaient pas. L'odieux faisait exprès, depuis leur dernier souper, de jouer à l'invisible, au sourd et au muet.

— À cette allure-là, l'interpella à mi-chemin Easter Witty qui descendait, même le saint Escargot vous rattrapera.

Elle perçut la tristesse de Page et s'adoucit.

— Vous aussi vous aimeriez changer de pieds, hein ? Les miens je les sens plus. Allons, qu'est-ce qui se passe avec les vôtres, ma belle ?

Nul ne pouvait résister à un interrogatoire d'Easter Witty, mais Page n'avait aucune envie de s'épancher. Elle vit apparaître avec soulagement Manhattan et Ursula que toutes ces allées et venues, et les clameurs de Chic au téléphone, avaient attirées. Manhattan en pyjama à rayures qui lui donnait des airs de garçon, Ursula avalée par la pivoine géante d'un de ses peignoirs japonais bien-aimés qu'elle prétendait avoir continué à porter même après l'attaque de Pearl Harbor.

— Personne n'a vu le petit Français, ce soir ? leur chuchota Easter Witty. Je crois bien qu'il n'a pas eu son dîner. Il aura oublié l'heure.

— À moins que le pouvoir répulsif du rognon ne…

L'œil d'Easter Witty fit ravaler à Etchika la fin de sa phrase.

D'un air de dédain, elle ouvrit une porte au rez-de-chaussée et rejoignit ses quartiers. Les filles s'entre-regardèrent.

— Tu sais qu'Easter Witty a les rognons chatouilleux.

— N'empêche. Je n'ai pas touché à sa satanée fricassée et mon estomac crie famine.

— Le mien aussi. Je me suis contentée de saucer avec le pain.

— J'ai une idée ! s'écria Chic.

Dix minutes plus tard, Jocelyn entendit trois petits coups clandestins à la porte du fond. Il finissait de boutonner son duffle-coat avec l'idée de dîner d'un chien chaud au coin de l'avenue. On frappa à nouveau et de la même façon. Il tira la tenture et ouvrit.

— Tu allais sortir ? Nous aussi.

Elles étaient cinq. Chic, Manhattan, Page, Etchika et Ursula, en trench-coats ceinturés, gants et chapeaux. Il baissa les yeux, les releva, éberlué. Dessous, elles avaient gardé pyjamas et chemises de nuit !

– On descend chez Salvatore di Capri manger une pizza. À Greenwich Village. Ça te dit ?

– Euh... Une pizza ?

– On y va avec Gilda.

– C'est que...

– On te ramènera.

– Je suis habillé... je risque de me faire remarquer. Qui est Gilda ?

Elles rirent. Il se sentait toujours nigaud quand elles riaient en le regardant comme ça.

– Et pour tout avouer, poursuivit-il, je n'ai jamais mangé de cette... pizza.

– Il ne connaît pas la pizza !

– Pas de pizzeria à Paris ? Zou, tous à Greenwich ! Chez Salvatore.

Elles le poussèrent joyeusement vers la rue, il ne résista pas beaucoup ; au reste, elles ne lui laissèrent pas le choix.

Leur petite troupe hilare et gloussante se faufila le long de la grille en direction de l'avenue, avec une discrétion très relative. Jocelyn nota que la façade des Bezzerides était plongée dans le noir. Tirés, les rideaux des bow-windows. Ça tombait bien ; il eût été embarrassé, même un peu contrarié, d'être surpris filant à l'anglaise avec les filles de Giboulée.

⭐

Dans l'appartement du haut...

Par l'étroite fenêtre du couloir, le vieux Dragon, aperçut les jeunes filles et Jocelyn qui sortaient à la queue leu leu. Lorsqu'elle comprit qu'ils détalaient en douce, Artemisia gloussa en coin. Ces écervelés croyaient probablement être discrets...

Elle avait fugué, un soir, du pensionnat où sa sœur Celeste et elle-même étaient élèves. Elle avait alors l'âge du petit Français. Elle s'était habillée en garçon parce qu'elle savait qu'elle ne pourrait pas aller très loin sinon.

Une troupe de théâtre ambulant avait débarqué en ville. Artemisia avait fait le mur juste après le dîner.

Elle avait traversé le pollen qui baignait le parc du pensionnat. C'était un chaud crépuscule de mai, aux senteurs d'abeille, de sucs et de miel.

Le front contre la vitre, la vieille dame suivit des yeux le petit Français et ses cinq complices jusqu'à leur disparition à l'angle de la rue. Sous leurs trenchs, les filles portaient des tenues de nuit.

Artemisia étouffa la chose qui voulut subitement sortir de sa poitrine et dont elle ne savait si c'était un rire ou une plainte.

⭐

Gilda était garée dans le bloc voisin. C'était une Chevrolet Master à deux portes, sobre et plutôt laconique. Elle appartenait à Etchika.

– Modèle 1942, dit-elle tandis que Jocelyn en faisait le tour avec curiosité. La dernière fabriquée par temps de guerre.

– Trahie par sa couleur neurasthénique et ses enjoliveurs dépressifs, nota Chic.

– Pendant la guerre, expliqua Manhattan à Jocelyn, le chromé n'était autorisé que sur les pare-chocs. Rien ne devait briller la nuit, on peignait tout. Vert caporal, bleu officier, brun torpille.

– Il faudra que je pense à redonner une physionomie de paix à ma Gilda. Jaune ananas. Turquoise. Ou framboise. Tu grimpes, Jo ?

– À six ? Mais cette auto n'a que quatre pl...

Il fut empoigné, tassé à l'arrière, avec Page, Chic et Ursula.

– Hardi petit ! lança Ursula à leur chauffeuse. Avez-vous remarqué que « Hardi petit ! » est toujours la bonne décision à prendre ?

Une chevelure brune balaya les narines de Jocelyn, une blonde ses lobes d'oreilles. Gilda démarra.

— Flûte, j'ai oublié que je m'étais démaquillée, soupira Chic en lissant ses gants. Heureusement, depuis août ma peau est à peu près présentable.

Jocelyn coula un regard vers elle. Elle avait du rouge sur les lèvres et sa peau était divine. Elle se tourna pour lui sourire, ingénue et charmante. Derrière, les lumières de la ville embrassaient les vitres.

Gilda stoppa pour laisser traverser deux messieurs en fracs et chapeaux claque. L'un d'eux aperçut le conglomérat féminin à l'intérieur de la voiture. Il ralentit, jeta une phrase à son compagnon. Tous deux bifurquèrent droit vers Gilda.

— Ho ho ho, fit Ursula. Laurel et Hardy ont repéré les Filles du docteur March.

Le plus mince, figure accorte, vint toquer à la portière. Etchika baissa gracieusement la vitre.

— Une petite place pour nous ? demanda-t-il. On vous invite toutes au Stork Club.

— Nous sommes déjà accompagnées, dit Ursula, suave.

— Jo est notre chevalier servant officiel, dit Chic avec une mutine envolée de doigts. Pas vrai, Jo ?

L'homme distingua Jocelyn cerné par les chapeaux, les épaules, les parfums, les genoux.

— Un pour cinq ? dit-il. Il n'a pas choisi celle qu'il voulait accompagner le plus ?

— Nous choisirons pour lui ! lança Etchika en remontant la vitre.

Jocelyn sourit en silence. Il les aimait toutes, quant à lui. La part énigmatique de Manhattan, l'aplomb de Chic, l'ingénuité de Page, la vivacité d'Etchika, l'étrangeté d'Ursula, Ursula qui osait braver les lois de Giboulée en recevant un amoureux secret dans sa chambre.

Il dégusta donc la première pizza de sa vie chez Salvatore di Capri. Cela ressemblait à du pain chaud, se mangeait avec les doigts, était bon marché et absolument exquis.

— Ne dis pas à Salvatore que sa pizza est à se pâmer, il la passerait à un dollar, chuchota Etchika.

— J'ai entendu ! s'écria Salvatore dont la toque dépassait avec peine du comptoir. Trouvez-m'en d'aussi bonnes à 40 cents ailleurs !

— Des Moines, Iowa. Il y a six mois, on en faisait de délicieuses à 25 cents.

Salvatore s'accouda au comptoir — c'est-à-dire qu'il cala ses courts triceps sur le bord — pour toiser la fanfaronne.

— Libre à vous. Payez 12 dollars de train et allez à Des Moines, Iowa, acheter votre pizza à 25 cents.

Après un coup de torchon hautain à son épaule droite, il s'en retourna à son four à bois.

– Fais un vœu, glissa Page à Jocelyn. Une première fois, c'est comme une étoile filante.

Il avait englouti trois parts à lui seul en se faisant la réflexion que la chose pourrait un jour avoir un grand succès en France. Il fit le vœu de… mais c'était un secret.

– Aucune envie de rentrer, déclara Page. Elle retroussa une narine mélancolique au-dessus de son assiette vide. Quelqu'un a une idée ?

– On pourrait manger une glace chez Walgreens.

– Apprendre le mambo au Sugar Foot. C'est une nouvelle danse.

– Il y a *Le Trésor de la Sierra Madre* au Topaz.

– Prendre un somnifère et aller au lit ? soupira Manhattan.

– Tais-toi, rabat-joie.

– J'ai répétition demain. Jo aussi, maintenant qu'il est notre pianiste.

– Rentre si tu veux.

– En pyjama ? En métro ?

Ursula leva le nez vers la pendule à forme de pizza. Elle claqua le bout de sa langue.

– Hé… Bientôt l'heure du deuxième entracte sur Broadway !

Elles échangèrent des sourires de chenapans, sauf Manhattan qui gonfla les joues puis les dégonfla avec un *pfffff* d'épuisement.

— Veux-tu finir la soirée au théâtre, Jo ?

— J'ai peur que non. Il me reste juste de quoi payer mon ticket de retour si je rentre seul.

Elles rirent de bon cœur. Etchika lui tapota les cheveux.

— Tu ne débourseras pas un sou. Tu vas voir, c'est très amusant.

— Il est au-delà de tard, insista Manhattan.

— Pauvre Jo, dit Page en l'ignorant. Il a besoin d'explications.

Pendant que Manhattan commandait un café d'un air irrité, on se délecta à raconter au naïf chevalier servant les façons d'entrer gratis au théâtre à la faveur des entractes.

— Raconte, Page. Raconte à Jo le jour où tu t'es infiltrée au Lyceum pour voir ton grand amour Ronald Colman dans l'acte IV de *For Teatime, Darling*.

Page cala sa joue sur un poing.

— Ce soir-là, dit-elle en toupillant gravement une de ses tresses sur son auriculaire, est le soir où j'ai appris le sens sépulcral du mot « frustration ». Je suis entrée telle une reine dans le théâtre. Non, comme un saumon plutôt. J'ai baissé la tête et j'ai fendu le flot. Dans l'allée d'orchestre, je cherche élégamment mon mouchoir, le temps de localiser le siège inoccupé qui n'attend que moi... Accessoire dramaturgique très important, le mouchoir. Essentiel même. Je m'installe enfin, emplie du triomphe légitime du succès âprement gagné. Les lumières baissent, le rideau se lève sur l'acte final. Et là...

Elle mouilla son index pour y coller une miette de pizza qui subsistait dans l'assiette d'Ursula, la croqua avec chagrin.

— Et là?... dit Jocelyn.

— Ronald Colman était mort. Poignardé à l'acte précédent. Je n'ai pu que contempler sa forme chérie, vénérée — mais allongée — sous une bâche funèbre. Et n'assister à sa résurrection qu'au moment du salut final.

— *Requiescat in pace*, Ronnie, soupira Ursula. Tu l'auras vu quand même.

— Courage et allons-y. Tous les acteurs ne meurent pas au dernier acte.

— On est trop nombreux, reprit Manhattan entre deux gorgées de café. Un dîner avec Cary Grant qu'on se fera repérer dès l'entrée.

— Henry Fonda dans *Mister Roberts*? C'est à l'Alvin Theatre, je crois.

Jocelyn se figura la tête de sa mère s'il annonçait qu'il avait vu jouer le grand Fonda, en chair et en os. Il ouvrit la bouche pour souscrire... Mais Ursula et Page avaient déjà vu la pièce.

— *Red Gloves* de Jean-Paul Sartre se jouera à partir de décembre. Avec ton compatriote Charles Boyer, Jo. Patience.

Bonté divine, Charles Boyer. Édith et Rosemonde seraient vertes. New York prenait des airs de piscine poissonneuse où la pêche ne pouvait être que miraculeuse.

— *Red Gloves*? objecta Chic. L'existentialisme n'est supportable qu'à Paris en compagnie d'une bouteille de bordeaux.

— Tu ne connais même pas Paris, ricana Ursula.

— Ni l'existentialisme. Mais assez bien le saint-émilion.

— Repérer et éjecter, regimbait Manhattan. Avec nos pyjamas et nos chemi…

— Non! J'ai un tuyau! s'écria Etchika, la pupille toute brasillante d'une subite illumination. Orville!

— …

— Orville. Caissier à l'Admiral Theatre. Je le connais. On joue *Good Night, Bassington* de Thomas B. Chambers. Si ce n'est pas complet, il nous laissera entrer. Orville m'adore. Depuis le jour où je lui ai donné du « Gros Nounours » en sortant d'une audition. Vous verrez, il ressemble vraiment à un ours.

— Pour Orville-le-Nounours, hip hip…

— Cap sur l'Admiral, amiral! jeta Ursula à tue-tête.

– Jo, tu viens n'est-ce pas ? Toi aussi Manhattan ?
– Pressons. L'entracte va sonner. Manhattan ! Manhattan… Qu'est-ce qui t'arrive ?
– Rien. J'ai renversé cette imbécile de tasse. J'essuie ma chaussure, et je vous rejoins.

12

Swingin' till the girls come home

Gilda la petite Chevrolet filait, obéissant à l'escarpin et à l'œil de sa propriétaire.

– Une déviation ! cria Chic alors qu'ils abordaient le quartier de Tudor City.

Gilda grogna et ralentit, embrouillée. Allait-on tout rater à cause d'un panneau idiot de déviation ?

– Ce quartier m'enchante, soupira Page. On a l'impression d'un retour vers le passé, dans l'Old England. Non ?

Elle se garda de révéler qu'un de ces immeubles cossus, le Holden Building, abritait l'appartement d'Addison De Witt. Les filles auraient demandé, l'œil égrillard, si d'aventure elle était déjà allée chez lui et toute cette sorte de choses... Évidemment non, Page ne serait jamais montée seule chez un monsieur seul. Elle n'avait fait que lire sa carte de visite... puis flâner, un ou deux après-midi, dans les parages.

— Ça ne me dit pas où je dois aller, pesta Etchika. Si on doit retourner sur nos pas, je ne garantis pas que Nounours puisse encore nous faire entrer.

— Contournons par la berge, proposa Manhattan. Par Turtle Bay.

Elle semblait soudain moins fatiguée, nota Jocelyn, et aussi désireuse que les autres d'arriver à l'heure au théâtre.

— Il y a les travaux du futur bâtiment des Nations unies, ajouta-t-elle, mais à cette heure-ci il n'y aura personne.

Le fleuve sous la lune charriait des colliers de perles. Grues, chaînes, poulies, barges hissaient leurs squelettes au-dessus de bâtisses démolies.

— L'an dernier, murmura Ursula, il y avait encore les abattoirs, ici. Quand on était petits, on se faufilait, mes frères et moi, pour voir les animaux sortir des camions. Il y avait des inscriptions sur les bâches, *Oklahoma, Kansas City*... Avec leurs Stetson, les types avaient tous l'air de sortir d'un western.

Ursula était la seule New-Yorkaise du groupe. Elle était née à Bayside au fin fond du Queens.

— L'ONU ! s'écria Jocelyn en apercevant le chantier. Ce sera donc ici ? Quel espoir immense, n'est-ce pas ? Je veux dire, après… *tout ça*.

Les filles gardèrent le silence. Elles avaient presque oublié que le petit Français venait d'un pays longuement occupé par l'ennemi… Ce qu'il nommait si pudiquement *tout ça*, c'étaient les nazis, les bombes, les avions vert-de-gris qui faisaient peur, la faim qui rongeait, les humains traqués, déportés, torturés… Manhattan lui prit la main.

— Peut-être qu'il n'y aura plus jamais la guerre, dit-il. Avec l'ONU. Les pays discuteront d'abord, ici, au bord de l'East River, ils chercheront à se mettre d'accord… À deux pas de la 42e Rue.

Il se sentait infime molécule dans le chaudron mondial. Il libéra doucement sa main.

— 42e Rue toujours invisible. Cet entrepôt… On est déjà passés devant, non ? grogna Etchika.

— Si les grands de ce monde ne s'entendent pas, reprit Page, ils seront à un jet de chique d'une comédie musicale de Cole Porter ou d'Irving Berlin. Ils trouveront ça tellement magnifique qu'ils arriveront bien à la conclusion qu'il vaut mieux chanter que se massacrer.

— Boh, dit Ursula, sinistre. Les humains aiment trop la guerre.

— Et moi j'aimerais avoir un plan ! hurla Etchika. On tourne en rond.

Elle décocha deux jurons fleuris, et… miracle !

– La 42e ! braillèrent-ils en chœur.

Gilda klaxonna, soulagée de retrouver la civilisation, ses injures aux portières, ses relents d'essence, sa foule qui cavalait n'importe comment. Elle se gara presto à l'ombre d'un reposant amas de poubelles. Ses deux portes s'ouvrirent d'un coup, les six occupants jaillirent comme des diables – à majorité diablesses – qui se mirent à galoper sur le trottoir illuminé, Jocelyn en tête, les filles renouant leurs trenchs, rajustant en hâte gants et bibis.

Il s'arrêta une ou deux fois, pour réduire la distance qui les séparait, stupéfait de constater combien le satin et la soie donnaient à la partie visible de leurs vêtements de nuit des airs de tenues de soirée. Tout est dans le chapeau et les gants, conclut-il in petto. Avec son duffle-coat, finalement, il était le moins *habillé* !

Sous la marquise de l'Admiral subsistait une poignée de spectateurs qui achevaient une cigarette ou une conversation. Quand ils arrivèrent, la sonnerie de fin d'entracte battait le rappel. Etchika fila droit à la caisse sous le nez du portier. Sitôt qu'il la vit, Orville surgit de sa boîte en verre, la face fendue d'un large sourire.

Etchika déploya la vaste artillerie de ses charmes. Elle les rejoignit ensuite, rose et essoufflée, comme si elle venait de bretailler avec les douze chevaliers de la Table ronde.

— Deux places au huitième rang, trois au douzième, et un strapontin isolé près de la scène, débita-t-elle à toute vitesse. Je l'ai invité à prendre un verre après le spectacle. Dépêchons.

Ils pénétrèrent dans la salle éclairée à la seconde où cessait la sonnerie.

Jocelyn ignorait tout d'un strapontin de théâtre, mais dans le métro parisien il savait que ce n'était pas le siège le plus confortable. En outre, les jeunes filles préféreraient certainement rester groupées entre elles. Son choix fut donc rapidement fixé.

D'un pas assuré, Etchika entraîna Ursula vers la huitième rangée. Toutes deux s'installèrent dans les fauteuils comme si elles les avaient toujours occupés.

— Je prends le strapontin, chuchota Jocelyn.

— Non, moi! souffla Manhattan, un éclat dans les yeux.

Sa main pressa son poignet, sèche et péremptoire. Il insista en silence, son regard clama «je suis un gentleman, je prends le strapontin». Manhattan passa devant lui, le bousculant presque. Sans hésiter elle prit place sur l'unique strapontin libre en contrebas de la scène.

Chic, Jocelyn et Page occupèrent (et dans cet ordre) les places vacantes au bord du 12e rang, ce qui ne dérangea personne. Si Jocelyn put ôter son duffle-coat, aucune des filles ne quitta évidemment son trench. Elles se contentèrent de poser, avec des sourires immatériels (une interprétation comme une autre de l'élégance) gants et chapeaux sur leurs genoux croisés.

La lumière baissa, la salle fut un court instant dans le noir, puis la scène s'ouvrit comme le jour perce une grotte.

Jocelyn n'avait jamais vu un rideau de théâtre se lever. La sensation fut insolite, comme une troisième paupière, un troisième œil. Sa gorge se noua, ses doigts se tordirent.

Sur le strapontin, Manhattan aussi tordait ses doigts. Pas à cause du lever de rideau. Pas directement du moins. Elle avait vu quantité de pièces depuis *La Petite Annie*, le soir où son père lui avait donné cette gifle devant le Bijou Theatre, gravant sur sa joue le souvenir de ses noces avec le théâtre.

Là où elle était, Manhattan touchait presque les planches. Elle distinguait l'ombre chinoise de la rampe, le souffle des comédiens, le frottement de leurs talons sur le bois, le trait de noir sur les sourcils, le fard sur la peau. Pour rien au monde elle n'aurait échangé son strapontin contre un fauteuil.

Sur scène, l'homme fit son entrée.

Debout côté jardin, immobile, en smoking et lavallière de soie. Il y avait quelque chose de tendu dans sa personne, qui se propagea aussitôt vers le public. Manhattan ignorait ce qui s'était passé aux actes précédents, mais cette tension n'était pas liée à l'histoire. L'acteur Uli Styner portait en lui des turbulences que son habit de soirée travestissait et endiguait tel un barrage d'acier.

Lorsqu'il parla, elle n'entendit pas intelligiblement les mots car son esprit ne pouvait se fixer que sur une seule chose : c'était la première fois, depuis la gifle originelle à la sortie du Bijou Theatre, dans Main Street de Manhattan, comté de Fort Riley, Kansas, qu'elle revoyait son père en chair et en os, qu'elle entendait sa voix depuis qu'il avait filé en les abandonnant toutes les deux, sa mère et elle.

L'annonce de la venue de Clark Gable mit en émoi le Social Platinium et les nerfs de Milton Toresca ce soir-là. Les oreilles battant au vent de sa précipitation et de son acrimonie, il fonça sur ses *cigarette girls* dès qu'elles pointèrent le nez hors des vestiaires.

– Ho, ho, marmotta Wanda entre ses dents, *Abbott and Costello meet Frankenstein...*

— On annonce Mr Gable pour neuf heures. À neuf heures, je veux tout le monde sur le pont !

— *Yes, sir.*

Quand il eut disparu, Wanda émit un discret caquètement.

— Je plains sa mère de n'avoir jamais eu d'enfant, soupira Peggy.

— J'attends les résultats du Sweapstake irlandais, dit Wanda en arrangeant le taffetas sur le postérieur de Peggy. Le voisin de mes parents a un tuyau. Imparable, m'a-t-il affirmé. Si je gagne, je vous donne la moitié.

— Merci, Wanda. Tu n'as pas parié beaucoup j'espère ?

— Non. Seulement tout ce que j'ai.

Peggy pivota pour vérifier son nœud dans la glace.

— Clark Gable arrive trop tard dans ma vie, déclara-t-elle. Vous savez garder un secret ?

— Jamais jusqu'à ce soir, mais laisse-moi prouver que j'en suis capable, dit Wanda.

— Il s'agit de Jack ? demanda Hadley.

Peggy tendit brusquement sa main gauche, dévoilant le saphir d'une bague. Elle eut droit au double cri de ravissement qu'elle escomptait.

— Tu lui as dit oui ? demanda Hadley d'un air d'envie, à la fois heureux et mélancolique.

— Mmm, fit Peggy, modeste. Fiancés depuis midi.

– Fiancée, c'est mieux que mariée, assura Wanda. C'est le moment où tu peux encore dire non, et quoi qu'il arrive... tu conserves la bague.

Le Social Platinium était bondé. La rumeur qu'une star hollywoodienne s'y invitait avait jeté une sorte d'arc électrique dans la salle. Les hommes se redressaient dans leurs smokings, les femmes au-dessus de leurs décolletés. La plupart des couples dansaient, l'orchestre jouait *La Carioca*.

– Allumettes, cigares, cigarettes...

Une dame d'un certain âge, solitaire, fit signe à Hadley, lui acheta des cigarillos en laissant un *quarter* de pourboire.

– Qu'est-ce qu'ils fabriquent tous avec leur tête? demanda-t-elle en désignant les couples qui cariocaient en se touchant le front.

– De la télépathie? suggéra Hadley en riant.

– Oh! On devine très bien leurs pensées...

Son cigarillo exhala une fumée nostalgique. Dans un élan de sympathie, Hadley lui fit cadeau d'un gardénia.

– Est-il exact que Rhett Butler sera des nôtres ce soir?

– Le bruit court, lui répondit Hadley, l'air mystérieux.

– Formidable. On va enfin savoir s'il portait ou non un dentier dans *Autant en emporte le vent*.

Au bout d'une heure on commença à servir le souper. Le plateau de Hadley était presque vide, mais la bandoulière lui sciait la clavicule. Elle se rendit au lobby pour changer sa courroie d'épaule et se réapprovisionner.

Au comptoir du vestiaire clients, Nell était en train de classer les souches des tickets. Nell était la *hatcheck girl* du Social Platinium.

— Un type m'a déchiré ma jupe, geignit-elle en montrant son ourlet.

— Quelqu'un que tu aimes beaucoup, j'espère ? dit Wanda en faisant irruption.

— Il ne s'en est même pas aperçu. Très mignon, mais avec un air... comment dire... d'avoir posé sa tête sur la chaise à côté.

— Ho ho ho, avertit Wanda qui avait vue sur le couloir. *Harpo, Groucho and Chico meet the Mummy !*

Toutes s'affairèrent en silence, Nell avec une pose bizarre pour masquer son malheureux accroc.

Mr Toresca les gratifia d'un regard qui leur donna envie de courir s'abriter derrière un mur de pierre, puis il s'engouffra par une porte.

— Pour nous avoir à l'œil, chuchota Wanda. En réalité il ne va nulle part.

— Il y va drôlement vite en tout cas.

— Allez, au boulot.

Hadley s'en fut arpenter le carré d'or, aux tables les plus chères. Elle s'arrêta brusquement.

Le nœud papillon n'était pas rouge ce soir, mais gris, et de travers. L'inconnu fixait le verre qui tournait entre ses doigts. À part cela, c'était toujours un homme amoureux. Amoureux, seul, et malheureux d'être seul.

Hadley détacha un gardénia du plateau et, avec le sourire, alla le lui offrir. Il battit des paupières comme si elle lui jetait une poignée de poussière.

— Je l'agrafe à votre revers? proposa-t-elle gentiment.

Il était jeune, vingt et un ou vingt-deux ans, donnait l'impression de dériver sur une barque dont il avait égaré les avirons. Il bredouilla quelque chose, prit la fleur qu'il tritura, indécis quant à ce qu'il devait en faire, finit par la poser sur la serviette blanche pliée à côté de l'assiette où les hors-d'œuvres étaient intacts, puis chercha machinalement dans ses poches un billet qu'il défroissa sur la table.

Une *cigarette girl* voyait rarement un billet de 200 dollars, même au Social Platinium.

— Je suis désolée, murmura-t-elle. Je n'ai pas de monnaie, je vais devoir…

— Gardez tout.

Le sourire fila, fortuit, sur son visage comme un animal agile et obstiné, et un peu fatigué.

Le gardénia valait un dollar. Que signifiait un pourboire de 199 dollars ? Hadley croisa le regard au brun délicat.

— Gardez tout, répéta-t-il, et mariez-vous.

Il tira un étui à cigarettes en argent de l'intérieur de sa veste. Elle lui donna une pochette d'allumettes.

— Je reviens.

Du milieu de la salle un brouhaha s'éleva. Les têtes se tournèrent vers la petite agitation qui désorientait soudain l'entrée. Une excitation contenue palpita parmi les convives, les danseurs, le personnel ; et l'orchestre loupa un dièse. Au bras d'une belle femme souriante, escorté de quelques amis, Mr Gable venait de faire son apparition, enjoué, portant l'habit avec classe et cordialité, l'air de tout à fait ignorer qu'il était l'épicentre de l'émoi général.

Peggy vint rejoindre Hadley non loin de l'épicentre.

— *My gosh*... Je vais peut-être rompre avec Jack finalement.

Elle aperçut les 200 dollars dans la main de Hadley.

— Mais aucun homme ne sera jamais aussi séduisant que ce bout de papier-là. Qu'est-ce que tu fiches avec ça ?

— Je vais voir Colley.

Colley le caissier lui remit la monnaie sans paraître le moins du monde impressionné.

– J'espère que le pourboire sera dodu, dit-il simplement.

– Vous seriez étonné! dit Hadley en repartant.

On avait attablé Mr Gable et ses amis à l'abri des attentions, et l'orchestre caracolait sur *Puttin' on the Ritz*.

– Voici, dit Hadley à l'inconnu. Vos 199 dollars.

– Je vous ai dit de tout garder.

– Merci. Mais non merci.

Elle allait faire demi-tour. Ses doigts lui encerclèrent le poignet.

Il la fixait intensément. Il ne flottait plus. Comme s'il venait de récupérer un de ses avirons perdus et savait désormais où naviguer.

– Mademoiselle, murmura-t-il, la fille idéale pourrait bien vous ressembler.

– Bon courage, alors. Je ne suis pas le modèle courant.

Il ne faisait que la dévisager, mais elle eut la sensation d'un décorticage. En quelques secondes elle vit son visage se métamorphoser, se défroisser, s'éclairer de raisonnements mystérieux. Elle sentit qu'elle en était le cœur, mais... en quoi?

Il consulta sa montre.

— Oh. Vous vous méprenez. Il ne s'agit pas de moi, enfin pas directement. Mademoiselle... Voulez-vous *gagner* ces 200 dollars en échange d'un service ?

— Ma mère m'a recommandé de prendre garde aux loups de New York, riposta-t-elle, mi-docte, mi-désinvolte.

Il se redressa, subitement impatient.

— Écoutez, gracieux Chaperon rouge, je crois vraiment que vous allez pouvoir m'aider. Laissez-moi vous expliquer.

Sur un non définitif, elle quitta la table.

— Cigares, allumettes...

— Tu sais évidemment qui est ce beau ténébreux ? susurra Wanda à son oreille vingt secondes plus tard. Elle fit mine de régler les lanières de son plateau, coula un œil discret vers ledit ténébreux.

— Clark Gable ?

— *Tttt*. Ne joue pas ta Scarlett. Je cause du garçon que tu viens de rembarrer. Un habitué.

Hadley fit une moue d'ignorance indifférente.

— Les petits tubes verts avec l'éléphant rouge ! Qu'on voit à millions dans toutes les pharmacies d'Amérique et de la planète Mars.

— Tu parles du Bicarbonax ?

— Et d'un tas d'autres choses, aspirine, bromure, laxatifs, antiseptiques...

— Ton beau ténébreux se nomme Bicarbonax?

— Jay Jameson Tyler Taylor III, de Tyler Allied Chemistry Laboratories. Ils ne possèdent que 7,40 dollars de moins que les Rockefeller.

— Il veut m'offrir 199 dollars...

— Tu parles d'une tuile.

— ... pour que je lui rende je ne sais quel obscur service.

— À ta place, je m'informerais avant de l'envoyer balader.

— Ma mère m'a déjà très bien informée.

— N'importe quelle fille pas trop sotte donnerait un bras pour qu'un type pareil s'intéresse à elle.

— Je ne crois pas que mon bras l'intéresse.

Wanda émit un grognement.

— Va te repoudrer. Un nez qui brille comme un lampion, ça empêche de réfléchir.

Pour le nez-lampion elle disait vrai, Hadley put le constater sur l'abat-jour doré d'une applique. Pour le reste...

Peut-être Jay Jameson Tyler Taylor avait-il réellement besoin d'un service. Mais qu'une Hadley Johnson, *cigarette girl* la nuit, vendeuse de doughnuts le jour, puisse être d'un quelconque secours au rejeton des grands laboratoires Allied Chemistry ? Inimaginable.

Sans compter la règle n° 1 du Social Platinium qui interdisait toute familiarité entre le personnel et la clientèle.

— S'il veut se sentir plus léger, qu'il prenne une pincée de son Bicarbonax, ce pauvre garçon riche. Je cours éteindre mon nez.

Dix minutes plus tard elle ressortait, le nez mat, dans le couloir des toilettes dames. Un bras la fit pivoter sur quatre-vingt-dix degrés.

— Mademoiselle, dit Jay Jameson Tyler Taylor III, vous êtes la solution à mon problème. Non, s'il vous plaît, écoutez-moi. Après seulement, vous me répondrez par oui ou par non... Y a-t-il un endroit où l'on serait tranquilles pour parler ?

— La chambre froide aux cuisines ? proposa-t-elle d'un ton sec.

De quel droit ce gosse de nanti lui volait-il son temps au risque de la faire renvoyer ? Son sourire, imprévu, penaud, implorant, la désarma pour de bon.

— Décidément oui, vous êtes la bonne personne. Écoutez-moi d'abord, par pitié, ensuite vous déciderez ce que vous ferez. Venez.

Dans le grand hall, il donna son ticket de vestiaire à Nell qui lui remit son pardessus sans cacher son étonnement. Hadley haussa les épaules pour lui signifier qu'elle n'y était pour rien. Elle frémissait à l'idée que Mr Toresca surgisse.

– Croyez-vous sérieusement que je vais abandonner mon poste et me faire renvoyer juste parce que vous l'avez décrété ? gronda-t-elle à voix basse.

Sans répondre, il jeta son pardessus sur un bras, laissa un pourboire à Nell et emporta Hadley par le coude. Otto leur tint immédiatement la grande porte. Lui aussi fort surpris. Sous la marquise, elle réussit à se libérer.

– Croyez-vous sérieusement que je vais me promener en ville en tenue de *cigarette girl* ?

– Mettez ça.

Le pardessus engloutit Hadley. Les taxis patientaient le long du trottoir. Jay Jameson Tyler Taylor ouvrit le premier de la file. Elle se retint de toutes ses forces à la portière.

– Le kidnapping est passible de la chaise électrique, dit-elle.

Il la lâcha. À nouveau, cet air sans boussole, éperdu, presque misérable.

– Croyez-vous sérieusement que je sois en train de vous kidnapper, mademoiselle ? Je vous emmène voir mon grand-père.

Elle battit des paupières, médusée.
— Il va mourir.

Les premières minutes s'égrenèrent dans un total mutisme. Jay Jameson Tyler Taylor parce qu'il brûlait une nouvelle cigarette, Hadley pour rassembler le peu d'esprits qui lui restaient. Finalement, la voix plus ténue qu'à l'ordinaire, fatiguée, mais assez ferme néanmoins :

— Où allons-nous, Mr Taylor ? interrogea-t-elle.

S'il fut surpris de l'entendre prononcer son nom, il ne le montra pas.

— Chez Nelson Julius Macauley, mon grand-père. À Maxfield Parrish Square, entre Park Avenue et la 87ᵉ. Comment vous appelez-vous ?

— Hadley Johnson.

— Il est temps que je vous raconte tout, Miss Johnson.

Il n'est plus temps de rien, Mr Tyler Taylor, pensa-t-elle amèrement, je viens de perdre mon travail.

Elle ravala ces paroles qui évoquaient un de ces mélodrames écœurants qu'affectionnaient Mrs Merle et Etchika, où l'on pleurait en noir et blanc sans dignité.

Il se mit à parler, très bas.

– C'est assez simple au fond. J'étais... fiancé. Presque fiancé. Je... Eileen a rompu avant que je puisse la présenter à la personne que j'aime et admire le plus au monde, mon grand-père Nelson. Il est très malade, il garde le lit depuis des mois. Il voulait absolument la connaître, nous donner sa bénédiction avant de... partir. Ces derniers temps, c'est devenu impérieux. Il n'a cessé de réclamer sa venue. Elle s'est toujours dérobée, à cause de... oh, de motifs trop complexes à vous expliquer tout de suite. Il y a deux jours, l'état de grand-père s'est aggravé. J'ai parlé au médecin ce matin, le pronostic n'est guère... Grand-père a peu de temps devant lui, quelques jours, quelques heures. Quand je lui ai rendu visite aujourd'hui, la seule phrase que le vieux cheval a réussi à murmurer c'est : « Tu me la caches parce qu'elle est trop belle, hein ? » C'est bien de lui ! Il est vrai qu'Eileen est incroyablement belle... Je l'ai appelée aussitôt après pour la supplier. Je l'ai suppliée, et suppliée, jusqu'à me dégoûter de m'entendre.

Il jeta la cigarette par la vitre entrebâillée, sa main erra sur ses paupières. Il souffla.

– Voilà.

Hadley contemplait ses bottines comme s'il

s'agissait d'objets étrangers déposés là en consigne, sur le sol du taxi. Étonnée de ne pouvoir se concentrer en cette minute que sur l'inconfortable bosse que faisait ce bon-sang-de-nœud-en-taffetas sous ses fesses. Étonnée de ne s'en être jamais préoccupée auparavant. Sans doute parce qu'une loi du Social Platinium interdisait aux *cigarette girls* de s'asseoir.

Elle tentait de comprendre ce que Jay Jameson Tyler Taylor essayait de lui dire. Elle voyait qu'il souffrait, qu'il était meurtri à deux endroits du cœur, parce qu'il aimait un grand-père qu'il allait perdre et parce qu'il aimait une personne qu'il avait perdue.

Mais ce qu'il attendait de Hadley Johnson, Hadley Johnson se refusait à l'envisager.

Il lui agrippa brusquement les poignets, avec passion, bouleversé, son nœud papillon tête en bas.

— Ça le briserait d'apprendre qu'Eileen m'a... que nous ne sommes plus... Je ne veux pas qu'il parte le cœur dévasté, vous comprenez ? Pour lui, je vous demande, je vous implore... Soyez ma fiancée pour ce soir, Hadley.

13

A lovely way to spend an evening

Un vieux *doorman* chamarré, casquette à liséré d'or, gantelets jaunes, les salua et poussa pour eux les battants de verre du 779 Maxfield Parrish Square. On entendait au loin sur l'avenue les automobiles chuinter sur les feuilles chassées par Central Park. Hadley passa les bras à l'intérieur des manches du pardessus.

Sur les marbres de l'ascenseur elle resserra les pans autour de ses jambes tandis que le liftier, chamarré lui aussi, et droit comme l'index, les emmenait vers la lune.

La cabine s'ouvrit d'un glissement sur un palier qui avait déjà des airs d'appartement. Tapis pourpre, glace d'airain, ottomane de velours, plante pointue dans un seau en cuivre, plafond lointain. Hadley se fit l'effet d'une créature soudainement miniaturisée.

Avant de sonner à la grandiose et unique porte, Jay Jameson Tyler Taylor murmura :

– Appelez-moi Jay Jay, ça simplifiera les choses.

Hadley acquiesça, sachant qu'elle s'arrangerait pour ne pas l'appeler du tout. Elle se sentait la mouche dans la maison de poupée des géants, la dernière des sept erreurs dans le dessin du supplément du samedi.

Une femme à chignon gris leur ouvrit puis s'effaça.

– Comment va-t-il, Mrs Bauer ?

– Il est très faible. Jamais il ne l'a été à ce point. Je retourne le voir.

Elle avait les yeux secs et brillants de celle qui a veillé tard, ou vient d'essuyer des larmes.

– Venez, Hadley, dit-il.

Elle lui emboîta le pas, embarrassée par ses bottines, par l'épaisseur des tapis sous les bottines, le pardessus trop long. Ils traversèrent des pièces vastes, vides et tamisées, franchirent des marches à échos, des corridors inhabités. Son hôte avançait vite. À un moment, il disparut au détour d'une galerie. Elle s'arrêta, perdue, oubliée au milieu de tentures et de piliers en pierre, avec la tentation de faire demi-tour. Il réapparut.

– Tout va bien ?

— Ou… i. Je me demande seulement si l'on devra traverser le Rio Grande avant d'arriver à destination.

Il revint sur ses pas, la prit par les doigts.

— Je vais trop vite, pardon. Bien sûr, vous ne connaissez pas.

Non, en effet, elle ne connaissait ni n'avait jamais rien connu de tel. À Giboulée, le tour de sa chambre était plié en douze pas.

— On va d'abord aller à la garde-robe, dit-il. Nous chercherons une tenue plus… conforme, et je vous ferai un résumé ce qu'il vous faut savoir.

Au détour d'une salle de bain qui brillait comme un aéroport, la garde-robe se révéla, impressionnante de portes, de cuivre et de miroirs. Jay Jay ouvrit un panneau, puis un autre. Leurs reflets s'additionnèrent, se répandirent d'un miroir à l'autre. Ils étaient deux, donnaient l'impression d'être cent, les vêtements à l'intérieur étaient mille, les chaussures à peine moins – et en paires.

— Que voulez-vous porter ?

— Co… Comment voulez-vous que je le sache ?

— Il le faut pourtant. Ces habits appartenaient à mes sœurs. Elles n'habitent plus ici.

Les sœurs couraient-elles donc le monde toutes nues en ce moment ? Hadley avait du mal à se figurer que l'on pût abandonner une telle quantité de robes sans se sentir orpheline. Il fourragea entre les cintres, les housses, puisa fébrilement un tutti frutti de robe abricot, de blouse citron, d'ensemble cerise, de jupe amande... Un vrai banquet.

Le vertige la prit, comme au troisième étage de Bergdorf Goodman à la saison des soldes. À la différence que là-bas elle se bornait à lire les étiquettes.

Elle se décida finalement pour un tailleur pied-de-poule au gris raffiné, à jupe droite, parce qu'il lui rappelait Lauren Bacall à la fin d'un film avec Bogart, elle en avait oublié le titre. Elle se souvenait seulement du petit pas de danse malicieux de Bacall, dans un tailleur analogue, juste avant le panneau « Fin ». Elle choisit de sobres escarpins en suédine beurre frais (le festin continuait). Elle restitua le pardessus, puis elle entreprit de défaire son nœud en taffetas.

Comme il l'observait, un bras ballant, l'autre portant le pardessus, elle dit ironiquement :

– En général, c'est le moment où les garçons sifflent.

Il plongea aussitôt dans la penderie à la recherche d'on ne sait quoi.

– Habillez-vous derrière ce paravent, dit-il. Nous pourrons continuer à parler.

À l'intérieur du paravent tendu de damas rose poudre, elle trouva un tabouret à fronces ivoire où elle put s'asseoir pour délacer ses bottines.

— Je vais, lui dit de l'autre côté la voix de Jay Jay Tyler Taylor, tenter de résumer celle que vous êtes censée... remplacer.

Elle l'entendit prendre une longue respiration.

— Eileen... Eileen a mon âge, vingt-deux ans. Quel est votre âge, Hadley?

— Vingt ans.

— Bon Dieu, il faut que je cesse de vous appeler Hadley. Et ce n'est pas simple. C'est si bizarre, si inconfortable de devoir dire «Eileen» à quelqu'un qui se prénomme Hadley, n'est-ce pas. Mais passons. Vingt ans... La différence ne devrait pas se remarquer. Si?

— Je peux me vieillir avec un chignon.

— Grand-père en a déjà un. Celui de Mrs Bauer.

Il prit un temps de réflexion.

— Eileen travaille chez Hamond & Schuyler, la maison d'édition. Elle est très cultivée, lit énormément. Son travail consiste à éplucher les manuscrits, à repérer les futurs auteurs de best-sellers. C'est elle qui a découvert Curt Lennard. Vous connaissez, bien sûr? Son roman *Ne tirez pas sur le soleil* s'est classé plusieurs mois en tête dans *Playbill*. Avec Eileen on allait au Gotham Bookstore, juste pour le plaisir de voir les gens l'acheter. Après ce succès, Hamond & Schuyler l'a propulsée responsable éditoriale. C'est exceptionnel à son âge. Eileen est quelqu'un d'exceptionnel, avec un avenir exceptionnel.

La voix se tut. Hadley se dressa sur la pointe des pieds. Elle aperçut le jeune homme, par-dessus le paravent, qui tournait pudiquement le dos alors que, à l'abri du rempart en damas rose, elle n'avait de visible que ses cheveux.

– Est-ce que je devrais raconter tout cela ? demanda-t-elle ingénument.

– Non. Bien sûr que non. Sauf si grand-père vous sollicitait, ce qui est impossible, il est bien trop faible. Contentez-vous d'être… ce que vous êtes. Vous lui plairez, j'en suis certain.

– Vous l'aimez beaucoup, n'est-ce pas ?

Le silence fut si court que c'en fut à peine un.

– Je l'aime plus que mon père, avoua-t-il.

– Il doit vous aimer beaucoup aussi.

– Grand-père se tracasse énormément pour moi. C'est la raison de votre présence ici ce soir. Je veux le rassurer, que son âme soit apaisée quand… si…

– Il vit seul dans cette grande maison ? enchaîna-t-elle car il n'arrivait pas à terminer sa phrase.

– Avec Mrs Bauer, l'infirmière, et trois domestiques. Auparavant on en possédait toute une escouade, quand toute la famille au complet habitait là. À leur mariage, mes sœurs sont parties, l'aînée en Californie, l'autre à Savannah. Au moment de la guerre, mes parents se sont violemment fâchés avec grand-père à cause de... Bref, on a déménagé. Ils ne se voient plus depuis six ans, je suis le seul à conserver des liens avec lui.

– Ils ne savent pas qu'il est malade ?

Elle l'entendit soupirer.

– Oh si. Ils le savent. Très bien même.

Elle quitta son abri, habillée, pieds nus. Il se tourna pour la considérer assez longuement.

– Vous êtes parfaite. Laissez vos cheveux, grand-père est un drôle de pistolet qui abhorre les chignons. Vous trouverez les bas, hum, en haut. Un de ces tiroirs je crois.

Elle trouva, et réintégra le paravent pour les enfiler. Une paire de Kayser en maille de soie d'une finesse fantomatique – *avant-guerre quality*, certifiait la pochette noire. « Les bas, affirmait Chic, moins il y en a, plus ils sont chers. » Ceux-ci coûtaient au moins 4 dollars l'once.

Elle fut prête.

Corridors. Salons. Un escalier qu'ils n'avaient pas encore emprunté. Et toujours personne nulle part. Mrs Bauer elle-même avait disparu.

Ils parvinrent enfin à un vestibule dans les hauteurs, assez sombre. Devant une porte, une table roulante en merisier supportait flacons, lotions, coton, seringues, comprimés, pilulier sur un plateau d'argent.

– Une minute. Je crains que… qu'il ne faille…

Plongeant la main dans la poche, il fit apparaître un petit écrin carré, de velours sombre, qu'il ouvrit.

– … mettre ceci. Elle n'a jamais servi. Ne vous sentez pas obligée, se hâta-t-il d'ajouter.

Elle fixa la bague. Son cœur s'était mis à sautiller comme un petit ballon fou.

– Si cela vous embarrasse, je trouverai une excuse. Mais ce sera plus plausible avec une bague, n'est-ce pas ?

Elle demeurait muette, il s'inquiéta :

– Ça va ?

Elle avala sa salive.

– Ne dit-on pas, articula-t-elle faiblement, que ça porte malheur de porter une bague de fiançailles lorsqu'on n'est pas la fiancée ?

– N'est-ce pas plutôt à propos des robes de mariée ? Mais en ce cas, les actrices de cinéma et de théâtre qui jouent les fiancées ou les mariées auraient toutes reçu les plaies d'Égypte.

Hadley n'était pas superstitieuse, elle se fichait des maléfices ou sornettes annoncés. Un visage venait simplement de s'imposer entre elle et la bague.

Elle prit le bijou, hésita encore avant de lentement le glisser à son annulaire gauche. Il allait parfaitement. Hadley lissa la jupe autour de ses hanches. Tout allait de ce côté-là aussi. La seule magie qui la dirigeait désormais, c'était les 200 dollars que Jay Jay Tyler Taylor lui avait promis.

Mrs Bauer vint leur ouvrir, un exemplaire de *Forever Amber* à la main. Elle marqua discrètement sa page avec le pouce et les fit pénétrer dans une antichambre vert anglais.

– On a l'impression qu'il vous attendait.

Elle s'éclipsa. Hadley se rapprocha de Jay Jay, leurs doigts se cherchèrent, instinctivement s'entrelacèrent.

Les fiancés d'un soir entrèrent côte à côte dans la chambre.

Au Shoot the Likker, Orville Schoonmaker le caissier de l'Admiral Theater, avait les joues roses, les yeux presque aussi roses, et un bouton de col qui n'avait manifestement qu'un désir : s'évader de sa boutonnière. Nounours abordait allègrement les rivages de son troisième martini-olive sans laisser aux glaçons le loisir de fondre.

Jocelyn guettait, captivé, ledit bouton dudit col en ourdissant des paris sur le moment où il dégringolerait dans le martini-olive. Page et Etchika retenaient des bâillements. Chic avait secrètement retiré ses escarpins pour procéder à de délicats étirements des muscles de ses mollets sous la table, et un, et deux, et trois. Quant à Ursula, elle scrutait la cerise de son cherry-soda avec l'expression d'extase d'une groupie de crooner au concert de son idole.

Manhattan écoutait Orville en suçant une rondelle de citron. Et en posant des questions qui n'avaient pas forcément l'air de questions.

– Aussi doué qu'il soit, ce Uli Styner me fait l'effet d'être un sale type, dites.

– Bah, le bonhomme est un génie, dit Orville. Ils le disent tous sur Broadway. Les critiques. Les génies, on leur pardonne tout, pas vrai ?

Il faisait étouffant au Shoot the Likker. Les filles conservaient leurs manteaux pour cause de port frauduleux de pyjamas, enviant Jocelyn qui avait tombé le duffle-coat. Deux ou trois autres filles au bar semblaient dans la même situation ; l'une arborait même des bigoudis-papillottes sous un foulard imitation Hermès.

Jocelyn découvrait la *root beer*, qui n'était pas du tout une bière en dépit du nom, mais un pittoresque et attrayant soda à la salsepareille. Il entamait son second verre.

— Polonais ? lui demanda Orville.

— Français, dit Jocelyn.

— *Paree*, susurra Ursula en envoyant le son d'un baiser à la cerise de son soda.

— Un Polonais ne boit jamais la *root beer,* fit remarquer Chic. Il cire ses chaussures avec.

Jocelyn baignait dans la béatitude, sous l'escorte de jolies filles en vêtements de nuit clandestins.

Il se sentait la peau de Christophe Colomb et d'Amerigo Vespucci. L'impression d'être *dans le courant*, en plein milieu, de vivre l'inédit du monde ; et cet inédit ne pouvait se produire qu'ici, à New York, il en avait maintenant la certitude.

— Vous devez en voir défiler, des stars, dit-il.

— Tout le temps ! L'autre soir, c'était Fredric March. Très propre.

— Propre ? dit Page en entrebâillant l'œil qu'elle venait de fermer.

— Propre. Pas comme ce communiste, c'est quoi son nom déjà, qui tuait Veronica Wood dans ce western... Sais plus. Et Maurice Chevalier, tiens, très propre lui aussi. Pour un Français. Sans offense, hein, mais les Français, ils boulottent des machins pleins de bave, pas vrai, Atika ?

– Uli Styner est sûrement très propre, lui, reprit Manhattan en mordant l'écorce de sa rondelle.

L'acidité la surprit. Elle se pinça le nez, si fort que la peau mit du temps à reprendre sa couleur normale.

– Impeccable ! dit Orville. Des chaussures astiquées comme l'or, je vois ma tête dedans.

– Hum, faut-il s'en réjouir ? grommela Ursula, toujours à l'attention de la cerise.

– On dit qu'il voit souvent cette artiste... *exotique*, cette, euh, Eudora Machin-Chouette, continua Manhattan en lâchant au fond de son verre le squelette du citron. Qu'il est extrêmement lié avec elle.

– Qui ça ?

– Uli Styner. Avec Eudora Machin-Chouette.

Orville se pencha vers eux – et accessoirement vers les deux centimètres de martini-olive qui résistaient au fond de son verre – avec une mine d'espion délivrant un microfilm.

– Eudora Flame, oui. La strip-teaseuse. Une satanée tigresse. Roulée comme une Cadillac jalouse. Tiens, aujourd'hui même...

Il agita des yeux colorés vers le plafond où des poupées de sorcières narguaient la clientèle sur leurs balais suspendus.

— ... elle s'est débarrassée de l'assistante aux costumes. Au prétexte qu'elle n'aimait pas le regard que la fille posait sur son génie. Virée debout, l'assistante.

— Il est tard, non ? fit Etchika.

Elle fit un signe vers Frankie au comptoir pour qu'il prépare l'addition.

— Virée ? répéta Manhattan. L'assistante costumes ?

— Renvoyée. Congédiée. La chef costumes est en déplacement pour un show à Atlantic City, mais à son retour ça va chauffer, je vous le dis.

Frankie apporta la note.

— Elle revient quand ? demanda Manhattan en ouvrant son sac.

— Qui ça ?

— La chef costumière.

— Aucune idée. Moi, mes oignons, c'est la billetterie.

La main d'Orville Schoonmaker fit un geste indéterminé vers ses poches.

— Laissez, Orville. Vous êtes notre invité.

Ils partagèrent l'addition. Sur le trottoir, Orville se répandit en remerciements et les quitta à regret. Sa silhouette dodelinante de vieil ourson fut bientôt engloutie par la foule et les illuminations.

— Ouf, souffla Etchika. Je me demandais quand

tu cesserais de le relancer sur Styner, Manhattan. J'ai cru qu'on allait y passer la nuit.

— Et que les martini-olive finiraient par nous coûter autant que nos six places plein tarif, dit Chic.

À un bloc de Times Square, ils tombèrent sur un attroupement. Les éclats de magnésium d'appareils photo mirent aussitôt les filles en alerte. Une vedette devait sortir de chez Sardi's ou du White Way ! Elles se mirent à courir en riant, Jocelyn à leur suite. L'air sentait le caramel.

Ils se faufilèrent dans des interstices d'épaules, de manteaux, de sacs, avec une virtuosité d'asticots à l'intérieur d'un fromage.

Quelqu'un bouscula Jocelyn. Il entendit qu'on s'excusait et il se tourna pour rassurer la personne d'un sourire. Il vit un couple en tenue de soirée. La femme avait la trentaine racée, un pan de cheveux lisses qui lui cachait un œil. L'homme, trait de moustache, regard acéré, s'excusa à nouveau avec un accent Nouvelle-Angleterre. À la vue des jeunes filles, il toucha poliment son chapeau, un homburg élégant et complètement passé de mode. Il pivota ensuite, menton haut, pour chercher un taxi par-delà la cohue... Son œil revint sur Page et marqua un arrêt. Il l'avait reconnue à contretemps.

— Bonsoir, Page, dit-il.

Elle, l'avait reconnu bien avant qu'il leur adresse la parole. Elle plongea les poings dans ses poches, ramena les pans de son imperméable.

— Bonsoir, Addison.

Elle était rouge, raide, et paraissait consternée. Chic donna des coups de coude aux filles les plus proches. Aucune n'avait encore jamais rencontré le célèbre Addison De Witt, mais toutes connaissaient son portrait en vignette qui illustrait ses chroniques dans le *Broadway Spot*.

Un taxi jaune freina au bord du trottoir. Addison souleva à nouveau son homburg pour les saluer toutes, glissa le bras sous celui de sa compagne, et tous deux s'engouffrèrent dans le taxi. La portière claqua et la voiture fendit le tohu-bohu en direction de l'avenue.

— Ça va ? dit Manhattan en remarquant la pâleur de Page.

— Parfaitement bien. Il est temps d'aller se coucher, non ?

Page frissonnait. Elle suivit les autres, deux pas en arrière. Quelle malchance. Addison… Addison dont elle espérait un signe depuis des jours, un appel, et… voilà. Ils se retrouvaient nez à nez, elle fagotée en souillon, la chemise de nuit escamotée sous un vieux imper, à peine maquillée, avec ses tresses de nuit qui lui donnaient quinze ans. Lui exhibant à son bras cette beauté à un œil. À l'unisson, question âge, pensa-t-elle méchamment, et douloureusement.

Quelques gouttes commençaient à tomber. On renonça à Gilda coincée par les embouteillages et le flot des noctambules, et l'on se précipita à l'abri dans le métropolitain. Jocelyn fit remarquer que le métro de New York avait l'odeur de la cacahuète. Elles reniflèrent en riant et durent admettre que ce n'était pas faux. Et celui de Paris ? Quel parfum ? s'enquit Ursula comme si elle parlait d'une glace. Il réfléchit, finit par répondre qu'il ne pouvait pas savoir puisqu'il le pratiquait depuis l'enfance, l'odeur s'était certainement fossilisée dans ses narines et dans ses gènes.

La pluie avait cessé quand ils retrouvèrent l'air libre. Ils regagnèrent la pension, sa façade fermée aussi noire qu'une bouche ouverte.

Après les avoir remerciées pour cette baroque et improbable *pyjama party*, Jocelyn réintégra son sous-sol, et les filles leurs chambres avec les mêmes fausses prudences qu'à l'aller. Etchika, qui partageait Zéphyr avec Page, envoya valser chapeau et trench, se déchaussa et se mit illico au lit puisque, dessous, l'habit était déjà opérationnel ; elle s'endormit sitôt qu'elle toucha l'oreiller.

Page s'enferma dans la salle de bain. Elle se sentait suffoquer. Elle s'assit sur le tabouret, le dos au miroir, défit ses tresses, et s'effondra en sanglots.

★

Au nord de la ville, dans un immeuble luxueux de Maxfield Parrish Square, un jeune homme agenouillé au pied du lit d'un grand-père aimé pleurait lui aussi, le visage dans ses mains, ses mains dans l'édredon.

Hadley derrière lui, au milieu de la vaste chambre, écoutait, immobile, ces sanglots que rien ne semblait pouvoir stopper.

Elle s'éloigna à reculons, sur la pointe des pieds. Devant l'immense porte close elle glissa la bague de fiançailles hors de son doigt, la posa sur le livre qui était sur la console, *Histoires de fantômes* d'Ambrose Bierce.

Elle-même se sentit très fantôme en traversant l'antichambre, et lorsqu'elle tourna et tourna de longues minutes parmi les pièces et les longs couloirs solitaires pour retrouver son chemin... Mrs Bauer, cachée quelque part dans cet invraisemblable appartement, téléphonait au médecin qui devrait constater le décès de Nelson Julius Macauley.

Hadley reconnut enfin la galerie du grand hall,

la porte de sortie. Elle fut seule dans l'ascenseur, le liftier avait terminé son service mais le *doorman* vint lui ouvrir, avec le même geste de ses gantelets qu'à l'aller, et lui souhaita le bonsoir.

— Je vous appelle un taxi, Miss ?
— Merci. Je vais marcher.

Lorsqu'elle eut tourné l'angle du square et retrouvé la 5ᵉ Avenue, le vent chuintait toujours dans les feuilles mortes de Central Park, et ce fut comme une boucle, un retour au point de départ de cette singulière soirée.

À leur entrée dans la chambre de Nelson Julius Macauley, Hadley avait été saisie par la chaleur, accrue par les tentures aux ramages touffus. Aucun souffle d'air, à part celui, sifflant, qui filait hors des lèvres ouvertes du vieillard couché. Leurs mains accrochées l'une à l'autre, ils s'étaient avancés vers le lit.

Le vieil homme livide reposait, presque englouti, au creux d'un empilement d'oreillers froissés. Une sueur un peu aigre perlait sous ses cheveux indigents.

À leur approche, il avait lentement soulevé les paupières. Ses doigts avaient esquissé un geste, aussitôt flétri sur l'édredon.

— Ne bouge pas, Daddynel, chuchota Jay Jay. Ne parle pas. Je voulais te présenter... Voici ma...

Sans lâcher Hadley, il s'était penché pour embrasser le front blanc.

— Voici Eileen, avait-il réussi à murmurer. Dont je... t'ai tellement parlé.

Le sifflement avait cessé. Le vieux Nelson avait levé un bras fragile, ses phalanges avaient entouré le poignet de la jeune fille. Elle avait eu la sensation émouvante, effrayante, d'une feuille sèche, sans poids, fripée, craquante, aux nervures en relief. La feuille avait caressé la bague.

— Eileen... avait chuchoté sa voix à la surprenante clarté malgré sa faiblesse. Heureux de vous rencontrer. Enfin.

Ses oreilles étaient d'une minceur de pétales.

— Moi aussi, avait-elle chuchoté. Moi aussi, Daddynel. Je suis heureuse de vous voir.

Il avait respiré profond, comme pour s'emplir d'une force qu'il avait préservée pour ce seul instant.

— Je finissais par croire... qu'Eileen était une jument. Depuis qu'il a dix ans, Jay Jay ne jure que... par ses fichus canassons.

Ils avaient ri, tous les trois, très bas, presque en silence.

— Vous savez monter à cheval vous aussi ?

La main de Jay Jay avait averti la sienne, d'une brève mais forte pression. Les seuls chevaux qu'elle connaissait étaient ceux des policiers montés à Central Park.

– Oui, avait-elle menti sans ciller. J'adore les chevaux.

Hadley marchait. À hauteur de la 86e, une pluie vaporeuse cerna la ville. Le métro était loin, elle se résolut à héler un taxi.

– Fin de boulot ? demanda le chauffeur après qu'elle eut indiqué sa destination.

– Oui. Non. Enfin, pas tout à fait.

– Texas, hein ? Parce que c'est une réponse de Texan, ça.

Il lui sourit dans le rétroviseur. Il tenait le volant d'une manière inhabituelle.

– Perdu la moitié d'une main à la guerre, expliqua-t-il, croisant son regard. La guerre et la jungle. J'ai eu de la chance, d'autres y sont restés. Mais ayez pas peur, hein, je conduis pas une Bugatti.

– Vous étiez... en Birmanie ?

– Non. Dans une île dont on n'a jamais entendu parler. On se tuait pour un talus, un morceau de plage, un rocher... Me suis démoli la main pour reprendre un bout de ruisseau dans une île que personne ne connaît. On évite Times Square ? C'est la sortie des spectacles.

Elle acquiesça, n'avait pas très envie de parler. Elle renversa la tête, ferma les yeux.

– Vous êtes jolie, avait murmuré le vieux Nelson. Si fraîche. Si seulement j'avais cent ans de moins...

Ils avaient ri à nouveau, toujours très bas comme s'il était en train de dormir. Mais il était éveillé, malgré les longues pauses où ses paupières s'affaissaient. À un moment, son regard à la noirceur pâlie, gommée, avait fixé Hadley, presque avidement.

– Vous l'aimez, n'est-ce pas ? Vous aimez mon petit Jay Jay ?

Elle avait ravalé sa salive, le sourire trébuchant, et essayé de gagner une seconde avant de répondre, le cou fléchi, dans un souffle :

– Beaucoup.

– Lui aussi. Il me l'a dit déjà. Il me le dit souvent. Vous serez heureux, n'est-ce pas, mes enfants ?

L'air sortait de plus en plus mollement de sa poitrine.

– Eh bien... Qu'est-ce que vous attendez ? avait-il soudain demandé dans une impatience fragile. Des fiancés... ça s'embrasse.

Hadley Johnson et Jay Jameson Tyler Taylor s'étaient entre-regardés, patauds, affreusement gauches.

– Qu'attendez-vous ? Qu'attendez-vous donc ? avait répété le vieil homme.

Sa tête incolore, jusqu'ici imperceptiblement

levée, avait roulé sur le côté des oreillers. Sous ses paupières mi-closes, il guettait, attendait. Alors, Hadley s'était inclinée vers le jeune homme et avait posé sa bouche sur la sienne.

Elle avait senti sa surprise, puis son bras, d'abord hésitant, qui se fermait autour d'elle, de ses épaules. Jay Jameson Tyler Taylor avait des lèvres très douces, très délicates. Ils s'étaient écartés sans se regarder.

– Elle t'a laissé... du rouge... sur la lèvre, avait souri le vieux Nelson, les yeux murés derrière ses paupières.

Il avait continué à sourire, de sorte qu'ils ne s'aperçurent pas tout de suite qu'il avait cessé de respirer.

– Soirée compliquée ? fit la voix du chauffeur.

Hadley rouvrit les yeux en sursaut, se redressa sur la banquette.

– Pourquoi ?

– D'abord vous faites une mine comme si vous mangiez une cuillerée de miel de rose, juste après on a droit à la grimace d'Edward G. Robinson quand il reçoit une rafale de plombs dans le ventre.

Elle fut incapable de sourire.

– Assez compliquée, oui, murmura-t-elle.

Il leva sa main dévastée pour embrasser ensemble le Destin, la Fatalité et la Philosophie.

– Bah. Le principal c'est d'avoir la vie et le travail.

La vie. Oui, bien sûr. Le travail ?...

– Je viens de perdre 200 dollars, dit-elle.

Le chauffeur sifflota. Admiratif ou navré, elle ne sut.

– Mince. Vous avez misé sur le mauvais cheval ?

– On peut dire ça, dit-elle dans un soupir.

Elle avait complètement oublié – et si elle y avait pensé, comment réclamer 200 dollars à un homme qui sanglote ? Tout comme elle avait oublié de se changer et de restituer le tailleur pied-de-poule. Sa tenue du Platinium était restée là-bas, derrière le paravent rose. Elle avait décidément tout faux.

– En réalité je ne les ai jamais vraiment eus, dit-elle. On arrive, tournez à gauche.

N'y comprenant goutte, l'homme tira sur sa casquette mais s'abstint poliment de questionner. Il freina devant Giboulée. La rue était déserte, uniquement occupée par la pluie. À la portière le chauffeur agita sa main valide avec la monnaie.

– Gardez-la, dit-elle. Faites-vous bâtir une piscine en forme de cœur.

Elle gravit le perron en courant, la main en parapluie.

– Je ferai des longueurs en pensant à vous ! cria-t-il.

Son taxi disparut sous la pluie en crachant un jet de feuilles mortes.

Dans une chambre voisine, Page entendit Hadley rentrer. Elle ne dormait pas.

En temps habituel, elle se serait levée pour aller à sa rencontre. Elles seraient descendues dans la cuisine papoter autour d'un thé ou d'un cacao. Mais ce soir Page ne voulait voir personne, ni parler.

Elle ignorait que Hadley n'en aurait pas eu envie non plus.

14

Don't fall asleep

Charity avait laissé sa porte entrebâillée. À la seule clarté du palier Hadley se glissa dans la chambre. La jeune bonne dormait, bras par-dessus tête, de part et d'autre de l'oreiller, comme si le sommeil était entré par surprise et l'avait mise en joue.

Sur la pointe des pieds, Hadley gagna le sofa où était endormi Ogden. Doucement, elle le souleva avec la couverture qui l'empaquetait tel un sucre dans son papier. Il sentait le lit chaud, la sueur lactée des bébés. Elle ressortit en silence, emportant l'enfant chez elle, de l'autre côté de l'escalier. Elle alluma la lampe de chevet qu'elle prenait soin de couvrir d'une étoffe pour en émousser l'éclat, et se déchaussa. Le parquet eut la fraîcheur d'une flaque d'eau magnanime.

Elle coucha l'enfant, s'agenouilla près du lit et

l'écouta dormir un long moment. Puis elle alla ouvrir l'armoire, s'accroupit pour en tirer une boîte dissimulée tout au fond. Dans leur cocon de chamoisine, ses chaussures de claquettes reposaient côte à côte, le ventre renflé de papier de soie, sages comme deux oiseaux endormis.

Elle les souleva avec précaution. Dessous, il y avait une petite carte de visite et un cahier beige, aux pages bossues, couvertes d'une écriture haute et noire. Habituellement leur lecture avait le pouvoir d'apaiser Hadley. Leurs mots étaient les lumières d'un train par une nuit d'hiver. Mais ce soir…

Elle referma la boîte et rangea tout avant d'aller s'abattre sur le lit. Les larmes jaillirent de ses yeux et lui emplirent le nez. Elle prit un bout de la couverture et jeta un gémissement dedans.

Oh mon Dieu! murmura-t-elle, la figure dans la laine. Où es-tu, Arlan… Où es-tu…

HADLEY
JANVIER 1946

– Première fois que vous voyagez sur le *Broadway Limited* ? demanda la jeune femme assise dans le fauteuil à côté.

Hadley acquiesça en souriant.

– Je dois avoir l'air niaise, dit-elle, mais, oui, c'est la première fois que je quitte ma ville et ma maison. La première fois que je vais à New York, la première fois que je vais me laver les dents dans un train, la première fois que je vais y dormir. La première fois que... tout !

Les canapés et les fauteuils du wagon panoramique étaient tous occupés. Par les baies en rotonde, l'hiver des collines défilait comme sur un écran. La locomotive fonçait pour devancer les nuages sombres avec l'idée, semblait-il, qu'un coin de ciel bleu attendait ailleurs. La dame rattrapa sa petite fille qui venait de plonger sur la moquette à la suite de sa poupée Brenda.

– Nous descendons à Van Wert, déclara-t-elle en calant fillette et poupée sur ses genoux. Mon mari vient d'être démobilisé, nous le retrouvons là-bas, chez ses parents.

– Oh. Quel bonheur ce doit être pour vous.

– Je suis heureuse, oui. En même temps j'ai un peu... un peu le trac, j'avoue. Quatre ans qu'on ne s'est pas revus avec Rudy. Millie était encore toute petite quand il est parti faire la guerre en Europe.

Elle porta la main à son chignon enrobé d'une résille, caressa le nœud de velours qui ornait. Des cernes ombraient ses yeux bruns d'une tendre mélancolie.

– Pourquoi cela ? questionna Hadley de sa voix menue. Pensez à sa joie d'enfin embrasser sa femme, de serrer son enfant. D'être avec sa famille. De rentrer... vivant.

La femme épousseta les miettes d'un cookie sur la manche de sa fille.

– Bien sûr. Mais ça n'empêche pas de ruminer... Le temps a passé, n'est-ce pas. Sans lui pour moi. Sans moi pour lui. La dernière année il était à Paris... Enfin, espérons que tout ira bien. Et vous ? reprit-elle sur un ton qu'elle s'efforça plus léger. Vous allez vous installer à New York ?

Hadley s'épanouit.

– Peut-être. Non, je suis sûre ! Je suis danseuse. Le mois dernier, Mr Kaznar, mon professeur de danse, m'a obtenu un rendez-vous au Beryl Hamford Office.

Comme la jeune maman opinait sans paraître spécialement impressionnée, elle s'empressa d'expliquer.

— Ils produisent des spectacles. C'est très dur d'y être accepté. Mais quand vous entrez dans l'écurie Hamford, vous êtes assuré d'avoir du travail, souvent dans des shows prestigieux. Vous avez sûrement entendu parler de *Red Tip Toes* ? C'est eux. Ça va devenir une comédie musicale à la MGM.

— Eh bien, c'est en effet quelque chose, dites-moi. Fêtons cela, voulez-vous ? Trinquons à vos succès futurs.

— Et à la fin de la guerre. Et au retour des maris ! Je m'appelle Hadley Johnson.

— Alma Malden. Tu as soif aussi, Millie ?

Elles commandèrent un Seven Up, un cherry et un sirop d'orgeat au barman qui, veste immaculée, nœud papillon noir, se tenait debout à l'étincelant comptoir dans l'arrondi du wagon. Il restait une guirlande de Noël suspendue à l'étagère des verres, et *« Happy New Year 1946 ! »* en lettres d'or sur l'acajou du comptoir. L'année était neuve de cinq jours et quelques heures. C'était la première semaine du cinquième mois de paix.

Le ciel noircissait. La locomotive avait beau galoper ventre à terre, la masse foncée des nuages galopait plus vite encore, et semblait impossible à distancer. Des flocons épars commençaient à tomber. Les conversations se firent plus douillettes.

Dans le moelleux de son siège et le battement amorti du train, sirotant son Seven Up, Hadley contemplait avec un ravissement muet les fauteuils Morris en schintz bleu, la voûte d'or sombre, la peluche de la moquette, le cuivre satiné des parois. Elle était dans une boîte à bijoux. Alma lui sourit.

— Ces Pullman sont tellement romantiques, n'est-ce pas ? Rudy et moi avons pris le *Chief* pour notre voyage de noces en Californie. Une cabine double. Trois jours… Un rêve. Il y avait Cary Grant et son épouse parmi les passagers. Vous imaginez ça ? Ils occupaient trois suites. Une moitié de voiture ! Rudy se moquait un peu, il disait que même riche, on ne peut dormir que dans un lit à la fois. Au dîner, nous les avions à une table à côté. Cary Grant était aussi beau et charmant que dans ses films…

Elle confisqua le verre d'orgeat que la jeune Millie tentait de faire avaler à sa Brenda.

— Rudy m'a promis qu'on revoyagerait. Dans des jours meilleurs…

— Ils sont déjà meilleurs ! s'écria Hadley, pleine

d'allant. La guerre est finie, et vous allez retrouver Rudy, et je vais devenir une star à Broadway! conclut-elle dans un rire. J'ai réservé une modeste *roomette*, mais pour moi ce voyage est d'ores et déjà…

Un conte de fées. Le mot paraissait nigaud. Elle ne dit pas non plus que ses parents avaient fait un emprunt pour le lui offrir, leurs économies ayant été fortement ponctionnées par les soins à Loretta, sa sœur qui avait eu la tuberculose.

– Vous êtes vraiment jeune, dit Alma Malden.

– Moins jeune que votre petite Millie!

Alma tira un petit bristol de son sac.

– Tenez. Si jamais vous passez par Van Wert, rendez-nous une petite visite… Sérieusement, New York ne vous effraie pas?

– New York me terrifie!

Alma replaça Millie sur ses genoux. La fillette n'était pas bavarde, même avec sa poupée. De temps à autre pourtant, Hadley interceptait ce regard intense des enfants qui ne perdent pas une miette du monde qui les entoure et qui souvent les oublie. Elle était coiffée de deux macarons de cheveux châtains collés sur les oreilles et tenus par du ruban écossais assorti à sa jupe.

– Mais, reprit Hadley en rangeant la carte de visite dans son sac à main, je suis forte, sérieuse et… pleine de conviction.

✭

Sous l'éclairage au doux orangé de la *roomette* F et les ronrons du train qui la berçait dans ses bras affectueux, Hadley somnolait. On frappa à la porte.

– Chef de cabine ! Je vous installe le lit, Miss ?

Elle reboutonna son cardigan et ouvrit. L'homme la salua d'une pichenette à la casquette. Il brandissait une espèce d'ouvre-boîtes. En un tour de passe-passe, il déverrouilla la couchette et le lit jaillit comme d'une conserve, draps blancs lissés, édredon tiré.

– Quel prodige ! s'écria-t-elle, épatée.

– Yep, dit-il, flegmatique. La Pennsylvania Railroad a bâti le même modèle pour ses employés. Sauf que j'y ai pas ma Marjorie dedans. Avec elle n'importe quel lit est une œuvre d'art.

Il avait de longues joues généreuses, des cheveux gris, la mine un peu fatiguée. Elle rit en lui glissant un *quarter*.

Il montra la sonnette s'il y avait le moindre souci, la radio encastrée, lui remit un menu en disant qu'on servait le dîner dans la voiture-restaurant à partir de sept heures, que la truite y était, paraît-il, fameuse. Nouvelle pichenette à sa casquette avant de s'en aller toquer à la *roomette* voisine.

Un tunnel. Hadley s'enveloppa dans un plaid et parcourut les pages théâtre du *New York Times* acheté à l'Union Station de Chicago avant son départ. Un parfum de ce qui l'attendait à l'est ; de ce que serait peut-être sa vie dans la grande ville.

Le tunnel disparut dans une respiration, la nuit souffla ses flocons à la fenêtre. Les fils des poteaux télégraphiques volaient telles des chauves-souris vers la vitre, reculaient d'un bond avant de la toucher.

Comme Alma Malden, Hadley avait le trac. Elle ne s'était jamais séparée de sa famille. Elle fêterait ses dix-huit ans le mois prochain. Sans eux.

Elle se leva pour ne pas se laisser submerger. Elle se changea, mit sa robe bleu marine, le petit collier de perles de sa mère, et sortit. Elle heurta quelqu'un qui était appuyé à la paroi du couloir, côté porte.

– Oh, excusez-moi ! s'exclamèrent-ils en même temps.

Il y eut l'inévitable et ridicule pas de deux que font deux voyageurs pour se laisser la place dans un couloir de train. Durant un instant elle ne vit que le beige d'un uniforme militaire. À la fin elle se mit à rire et leva la tête. Le jeune soldat était très blond. Il riait lui aussi.

– Je passerais volontiers le reste de ma vie à danser avec vous, dit-il. Mais…

Un rebond du wagon les jeta l'un sur l'autre. Elle se raccrocha à sa manche. Une voix, plus loin, s'esclaffa :

— Sans ses pieds, Arlan serait un excellent danseur.

Elle aperçut un second soldat derrière, moins grand, brun, hilare.

— En réalité ce n'est qu'une vile stratégie pour séduire les jolies filles, ajouta-t-il, l'air hardi.

Elle s'efforça d'adopter un petit ton distant pour s'adresser au soldat blond.

— Puis-je avancer, s'il vous plaît ?

Il s'écarta perpendiculairement. Elle sentit la chaleur claire de son regard tandis qu'elle le dépassait. Elle espérait avoir l'air hautain d'Aggie Bigelow, première de la classe à la St Mary School.

— Stratégie à revoir, hein mon gars ? gloussa le brun quand elle le dépassa à son tour.

— N'écoutez pas ce balourd, mademoiselle, dit le blond.

— Remercie-moi plutôt ! se récria l'autre. J'ai brisé la glace !

— Et tu n'as plus qu'à te noyer dessous. Idiot.

Elle bifurqua dans le virage qui accédait au soufflet de séparation des wagons. Là, elle vit Millie, seule, sa poupée serrée contre son manteau. Le front collé à la vitre de la porte, l'enfant scrutait la nuit de neige.

– Qu'est-ce que tu fais là toute seule, Millie ?

– Je suis pas toute seule, fit l'enfant en montrant Brenda.

– Ta maman va te chercher.

– Je compte les lumières qui passent. Je sais compter jusqu'à seize.

– Magnifique, mais sais-tu où est ta maman ?

– Elle prend sa douche dans la salle de bain. (Elle désigna un wagon invisible, loin.) C'est quoi après seize ?

– Dix-sept. Veux-tu que nous allions ensemble l'attendre ?

Hadley lui tendit la main. Millie réfléchit.

– Non. Je reste.

– Cette enfant m'a l'air d'avoir du caractère.

Le soldat venait de les rejoindre. Elle vit mieux son visage ouvert, le blond très clair de ses sourcils, son sourire attentif et gentil.

– Du caractère ? répéta Millie. C'est bien ou mal ?

– Bien pour toi. Moins bien pour les garçons. Vous êtes de la même famille ?

La petite fille pouffa comme si c'était la chose du monde la plus saugrenue. Il lui tendit la main.

– Viens. On te ramène à ta maman.

— Qui est-ce ? lui demanda Millie en montrant le soldat.

— Arlan, dit Hadley sans réfléchir.

Elle se mordit l'intérieur de la joue, se demanda ce qu'il allait penser qu'elle eût si bien retenu son prénom lancé tout à l'heure par le copain hilare. Elle lui jeta un coup d'œil par-dessous. Il ne paraissait ni surpris ni en tirer une vanité particulière, ni l'avoir remarqué même.

La fillette médita un instant. Puis elle pivota sur elle-même contre le battant. Elle leva la main pour saisir celle du soldat. Mais elle fut stoppée. La martingale de son manteau resta crochetée à la poignée de la porte. Avant que Hadley puisse l'avertir, la petite tira. Alors, dans un rugissement de vent, de neige et de ferraille, le train s'ouvrit.

En un centième de seconde suffoquant, Hadley perçut trois choses. Arlan qui se projetait sur Millie. Les ténèbres hurlantes qui les happaient. Le cri qu'elle poussa.

L'instant d'après, elle les vit dehors, accrochés au battant mobile, plaqués par les rafales et la vitesse infernales. Une explosion de cheveux entra dans la bouche d'Arlan. Un des macarons de Millie venait d'éclater dans les tourbillons.

— Prenez-la ! hurla-t-il.

Hadley avait le souffle coupé. De quoi parlait-il ?

— Tenez-vous à cette barre ! Prenez la petite ! Je ne peux rien lâcher !

Un sursaut du convoi la jeta sur la paroi, à un pas du gouffre vociférant. Elle aperçut des gerbes d'étincelles rouges sous le monstre, son souffle terrifiant lui brûla les poumons. Dans un bruit de succion, une chaussure quitta son pied et partit comme une balle dans le trou noir.

Suspendu à la porte qui pivotait et tressautait, Millie cramponnée à sa veste, Arlan écarta les doigts dans sa direction. Trop loin. Oh mon Dieu, trop loin. Hadley était glacée.

La petite se mit à sangloter dans l'uniforme qui l'écrasait.

— Tiens bon, ma puce ! dit le soldat.

Luttant contre la tempête et le fracas, Hadley s'arc-bouta pour agripper la rampe, puis le bras, puis le corps de Millie. Un instant d'éternité, la vie ne dut la vie qu'à cette rampe. Un coup de poignet puissant propulsa l'enfant et sa poupée à l'intérieur du wagon. Hadley les reçut entre ses bras et le choc la projeta à terre. D'un bond, Arlan fut dedans et claqua la porte. Il les releva ensemble, les serra contre lui.

Ils restèrent comme ça, immobiles et transis, sans

parler, encerclés par les battements sourds du train qui roulait.

Le bras d'Arlan glissa, retomba loin. Le jeune homme s'accroupit près de l'enfant.

— Ta poupée a l'air d'aller, on dirait. C'est quoi son nom ?

— Brenda.

— Et toi ?

— Millie.

— Comment ça va, Millie ?

— J'ai eu peur.

Il eut un rire qu'on n'entendit pas.

— Moi aussi, dit-il. Très peur. Dis-moi, Millie, tu sais garder un secret ?

— Des fois. En tout cas je n'ai jamais raconté que Wally Driscoll avait un…

Elle ferma la bouche.

— Avait un ?… chuchota-t-il.

Elle sourit d'un air malin. Une de ses incisives était en train de repousser, petite ligne blanche de quelques millimètres au milieu des autres dents.

— Je ne peux pas le dire puisque c'est un secret.

— Et tu as raison, bravo. Mais cette fois il s'agit de notre secret, un secret qui nous concerne tous les trois, toi, moi, et mademoiselle…

— Hadley.

— Hadley. Il faut promettre de ne pas parler à ta maman de ce qui vient de se passer. Pas tout de suite. Plus tard si tu veux, un jour. Aujourd'hui ça gâcherait son voyage et lui ferait beaucoup de peine d'apprendre que tu as failli... que tu as fait des claquettes sur le marchepied du train.

— Mais, protesta Hadley, sa mère doit savoir que c'est grâce à vous que...

— Pourquoi ? J'ai fait pire à la guerre. Croyez-moi, il n'y a pas lieu de le claironner sur les toits. Tu promets, Millie ? Croix de bois ?

— Croix de fer.

Elle leva le bras de sa poupée en l'air.

— Brenda le jure aussi.

Il se remit debout, secoua des restes de flocons sur sa veste, flanqua quelques tapes à son pantalon.

— Je te cherchais ! s'écria son camarade en débouchant du couloir.

— Mon ami Stan, dit Arlan. Qui arrive toujours après la bataille.

Il posa l'index sur les lèvres avec un clin d'œil à Millie. La fillette opina, très pénétrée de son serment.

— Tu sais quoi ? dit Stan. Ils ont un barbier dans ce tortillard. Et un bureau avec secrétaire. Tu peux dicter tes mémoires de guerre, mon grand. Le hic : c'est *un* secrétaire. Mais je vois que...

Il avisa le pied sans chaussure de Hadley.

— Que… quoi ? dit Arlan en soupirant au plafond.

L'autre fut sur le point de répondre, mais se borna à un haussement d'épaules.

— J'ai appris trois trucs à l'armée, déclara-t-il. Trois trucs essentiels. Faire pipi avant toute manœuvre. La boucler. Et manger quand c'est l'heure. Dont acte.

Il envoya un bruit de baiser en direction de son ami avant de s'engouffrer dans le soufflet qui menait à la voiture suivante.

— Viens, dit Hadley en saisissant Millie. On va recoiffer ce macaron qui se prend pour Veronica Lake, et moi je vais me trouver une autre paire de souliers.

Elle leva les yeux.

— Merci, dit-elle. De tout mon cœur.

Il la rattrapa par le poignet. Il souriait mais ses yeux clairs gardaient quelque chose de sérieux.

— Vous… conseilleriez quoi à un garçon affamé et seul qui déteste manger seul ?

— Vous n'êtes pas seul, rit-elle. Il y a votre ami Stan.

Il se gratta la nuque avec une mimique.

— J'ai mangé tous les jours pendant quatre ans avec Stan. Et autant de temps que je n'ai pas partagé la table d'une jolie fille. D'une fille tout court, d'ailleurs.

Le temps d'une hésitation, elle se mordilla la joue.

— Je sais, dit-il avec son sourire, c'est une responsabilité. Vous serez celle qui m'aura fait revenir à la civilisation.

Elle capitula.

— 20 heures 15 ? proposa-t-elle. Au restaurant ?

— J'y serai à 20 heures 14.

Elle emmena Millie en clopinant sur son pied nu.

Il avait dû arriver bien avant 20 heures 14 : son jus de tomate était entamé aux deux tiers.

La voiture-restaurant était bondée. La neige lançait des crachats blancs sur les vitres et la radio *It Had to Be You* en sourdine.

Dès qu'il la vit, il fit un signe joyeux. Il avait changé de chemise, de cravate, et arborait sa casquette d'uniforme. Il s'empressa de l'ôter lorsqu'il se leva pour avancer une chaise. Il avait dû aussi passer chez le barbier, il sentait le savon frais.

— Cette robe vous va très bien, dit-il.

Elle s'était changée aussi, il l'avait remarqué. La robe était d'un velours écureuil avec un col en dentelle. Elle avait relevé ses cheveux châtains, gardé le collier de perles. Il rangea sa casquette, attendit qu'elle fût installée pour se rasseoir. Ils se dévisagèrent un moment. Elle se détourna vers leurs reflets dans la vitre. Même assis il la dépassait d'une tête, avec les épaules.

— Comment va notre jeune équilibriste ?

— Je l'ai rendue à sa mère après l'avoir débarbouillée et recoiffée. Elles sont descendues à Van Wert. Millie avait déjà tout oublié je crois bien. Vous savez, j'étais à deux doigts de relater toute l'histoire à sa...

— Elle finira par l'apprendre. J'ai commandé du champagne.

— Quelle folie ! C'est...

Elle faillit dire « trop cher », ou « probablement du marché noir », mais se tut. Elle allait passer pour provinciale, ou pingre, ou puritaine.

— Je dois vous avouer une chose, dit-il, solennel. Je n'ai jamais bu de champagne, excepté avec Cary Grant et Katharine Hepburn au cinéma.

— Moi aussi ! rit-elle.

Elle se sentit plus à l'aise. Le serveur noir, tout en blanc, se présenta, avec carnet et crayon.

— Qu'avez-vous de vraiment très très bien ? lui demanda Arlan.

– Pour débuter, le consommé *julienne* est généralement très apprécié, *sir*.

– *Julienne*?

– Un assortiment de légumes coupés en fins bâtonnets mijotés dans un bouillon de…

– Pas mal. Et?…

– Et des tomates *printemps, sir*.

– *Printemps*? Du français aussi, non?

Le serveur fit la traduction, puis la description du filet de bœuf *Montaigne*, de la truite *à la meunière*, des côtelettes *à la Vatel*, des pommes qui étaient *Châtelaine*, ou *Duchesse*, ou *Lyonnaise*…

– En résumé, dit Arlan, si je prends en français le filet *Montaigne* et les pommes *Lyonnaise*, je mangerai en anglais un steak avec des patates sautées?

– Précisément, *sir*.

– Va pour le steak patates.

Arlan lui fit un clin d'œil. Le serveur le lui retourna… avant de se recaler dignement dans son costume immaculé. Hadley choisit la truite. La commande emportée, ils échangèrent un sourire.

– Désolé. Je n'étais pas en France durant les combats mais en Birmanie. Le filet *Montaigne* ne court pas la jungle.

– Vous êtes resté là-bas toute la guerre?

– Une bonne partie. Je serai démobilisé dans

deux mois, mais il y a encore pas mal de boulot à finir. Je reviens d'une permission de Noël. Demain je rejoins mon unité à Baltimore. L'Atlantique est bourré de mines et d'épaves de U-boats allemands. Il va falloir nettoyer. Après on naviguera enfin en paix. Peut-être. Et puis retour chez les humains. Mais parlez-moi, jolie humaine. Quel miracle vous a placée dans ce *Broadway Limited* avec moi ?

Depuis le début elle se demandait si elle lui révélerait qu'elle était danseuse. Aurait-elle l'air d'une fille sérieuse ? L'arrivée du champagne la dispensa d'une réponse.

– À la plus belle fille de ce train. À la chance que j'ai eue de la rencontrer. À celle que j'ai de dîner en sa compagnie.

Son regard l'enveloppa comme une couverture chaude. Elle baissa le sien, le cœur martelant comme une cloche, et trinqua. Dans la rumeur des conversations, le cristal eut un tintement de triangle dans un orchestre symphonique.

– Notre premier champagne à tous les deux. Et ensemble. On fait un vœu ?

L'alarme d'un passage à niveau fila en éclair sonore dans la nuit. À l'extérieur, une bande de titans blagueurs se livrait à une bataille de boules de neige, des feux d'artifice blancs éclataient aux fenêtres.

– Eh bien ? dit-il.
– Quoi donc ? dit-elle.
– Pourquoi vous trouvez-vous dans ce train ?
– Je vais à New York chercher du travail.
– Je pourrais vous aider, peut-être. Je connais un peu de monde. Et quand je serai de retour, si vous aviez besoin d'un coup de main...

Les plats arrivèrent. Il attendit qu'elle commence.
– Vous êtes new-yorkais ?
– Pur jus. J'étais à Fort Wayne seulement pour Noël, chez mon frère ; il possède une laverie. Jamais allée à New York ?

Elle s'essuya les lèvres à une pointe de la serviette blanche.
– Jamais.
– Dans quoi travaillez-vous ? reprit-il.
– Je suis... bibliothécaire.

Pas totalement un mensonge. Elle avait travaillé trois étés avec Miss Everly à la bibliothèque municipale de Wheelingville où elle habitait. Pas un pur mensonge, non. Mais le rouge lui monta du cou au front.
– Bibliothécaire !

Il lâcha ses couverts, posa le menton sur son poing et se mit à la contempler comme un mathématicien contemple le résultat d'une équation extraordinaire. Elle se réfugia dans le dépeçage de sa truite. À la radio, l'orchestre d'Artie Shaw jouait *Dr Livingstone, I Presume.*

– Je savais que nous étions faits pour nous rencontrer, dit-il. Je... Parce que... enfin, j'écris. Oh, un peu.

– Vous écrivez ?

Elle aurait tout imaginé, excepté cela. Selon Miss Everly, les écrivains absorbaient autre chose que du jus de tomate, traînaient des mines de suppliciés, ou des barbes, ou les deux, et souvent ils étaient morts. Ils grillaient en enfer et ne ressemblaient pas à des anges qui vous dévoraient des yeux à une table du *Broadway Limited* comme si vous étiez Gene Tierney.

– Qu'écrivez-vous ? dit-elle, ayant avalé sa bouchée avec difficulté.

– Pour le moment, pas grand-chose. Je me suis longtemps exercé dans le journal du lycée. La dernière année on a monté une pièce que j'avais écrite. Une pauvre bouillie. Puis des articles dans un bulletin de banlieue. Des sornettes, toujours. Je passe aux choses sérieuses, la guerre m'a au moins décidé à ça. Je suis sur un...

Il se tut et trancha son steak. Des balises bleues et rouges figèrent des éclats brefs sur les murs brillants, saisirent leurs visages par surprise comme des flashes de photographe.

– Votre truite ? dit-il.
– Délicieuse. Vous êtes sur un ?...
– Tout va bien, madame ? Tout va bien, monsieur ? vint s'enquérir le maître d'hôtel.

À cet instant précis, le train hurla et tout plongea dans le noir. Artie Shaw et le Dr Livingstone partirent en vrille, les roues cessèrent de tourner dans un crissement de détresse. Hadley eut le temps de stopper le vol plané du champagne et de sa truite. Quelques objets chutèrent, un verre se brisa. Un monsieur cria.

Durant deux très longues minutes, le wagon entier sembla vouloir à tout prix jeter ses passagers les uns sur les autres. On se cramponnait aux tables. Enfin, dans un silence de tombe, le train s'arrêta.

Un silence de tombe... C'est la sensation que l'on eut tout d'abord, après les pulsations des roues, les grincements des bogies et le brouhaha des dîneurs. Mais bientôt un autre bruit enfla, une sorte de clameur diffuse, un grondement qui venait frapper, ébranler le wagon.

– Le blizzard, dit quelqu'un dans l'obscurité. Nous sommes en pleine tempête.

Arlan alluma son briquet. Sa main chercha celle de Hadley sur la table. On perçut un discret tumulte du côté des serveurs et du maître d'hôtel. Leurs ombres disparurent puis réapparurent avec allumettes et bougies.

— Un dîner aux chandelles, murmura Arlan. Ça rend le champagne forcément meilleur, non ?

Il souriait sous la flamme, les doigts de Hadley entre les siens. L'intendant fit irruption, paumes levées, tel le Messie sur l'eau.

— *Ladies and gentlemen*... Suite à la violente tempête, il s'est produit une rupture de câble dans la zone de Harrisburgh. La Pennsylvania Railroad vous présente ses plus vifs regrets et vous assure de faire tout son possible. Nous aussi. Que ce dîner reste un moment de quiétude.

Mais ce ne fut guère possible. Quelques voyageurs inquiets regagnèrent leurs cabines, d'autres au contraire les quittèrent pour trouver refuge au bar ou au lounge. Un monsieur chauve, qui prenait sa douche au moment du black-out, débarqua, éperdu, en peignoir, parmi les habits et les robes de coktail. Le personnel, irréprochable mais dépassé, dispensait chandelles, allumettes et paroles lénifiantes. Le *Broadway Limited* se mit bientôt à ressembler à une salle des pas perdus.

Ils virent leur serveur errer dans l'allée comme une âme au purgatoire avec la tranche de pudding qu'on lui avait commandée, mais les dîneurs s'étaient volatilisés. Arlan l'allégea charitablement de l'assiette.

– Fourré aux raisins, cédrat, cerises confites, grommela l'homme. Notre chef l'a flambé au brandy. Merci, *sir*, c'est aimable à vous. Le glaçage est à la…

– Parfait, dit Arlan. Enfin un truc en anglais. Pour vous ! dit-il en tendant l'assiette à Hadley.

– Merci. Pas tout de suite.

Ils décidèrent de quitter les lieux.

– Hé ! s'écria Stan en les croisant dans le soufflet embouteillé. Je te cherchais, mon gars. Quand je vais raconter ça à Rhode Island, ma femme ne va pas me croire…

– Oh ? fit Arlan en tenant le plus horizontalement possible l'assiette de pudding au-dessus de leurs têtes. On se marie donc à Rhode Island ? Comment expliques-tu que c'est le plus petit État du pays ?

L'autre lui expédia une bourrade. Deux jeunes femmes, une rousse, une blonde, se frayèrent un chemin entre eux.

– On se connaît, non ? leur demanda Stan en fermant les yeux sur le sillage de leur parfum.

– Non, répliqua l'une d'elles. N'en soyez surtout pas désolé !

Sa compagne lui envoya son coude.

– Sois plus aimable, veux-tu, réprimanda-t-elle tout bas. Il vient de faire la guerre.

Stan haussa un sourcil téméraire et leur embraya

le pas à contre-courant de la cohue. Dans le couloir, la file indienne progressait à pas de canard. Hadley et Arlan atteignirent enfin la cabine F.

— Vous aussi vous avez une *roomette* ? demanda Hadley.

Il fit non, le bras toujours en l'air, l'assiette à l'horizontale.

— Vous avez sûrement vu ces affiches ? Avec l'image du soldat ? « *They come first* »... Les militaires sont encore prioritaires. On nous fait même un prix sur le Coca-Cola, cinq cents la bouteille. Écoutez... Je vous échange cette *roomette* contre ma cabine double. Vous y serez plus à l'aise. J'ai dormi avec les crocodiles, vous savez.

— Certainement pas. Quelle idée... Ma cabine est très confortable. Au reste, mes affaires sont déjà déballées. Mais c'est très gentil à vous.

— Vous entrez ou vous sortez ? grogna quelqu'un derrière.

Ils se plaquèrent contre la porte. On défila sous leur nez.

— Bon, dit-il. Emportez au moins le dessert, alors.

Elle prit l'assiette, respira avec délice l'orange et le cédrat.

— Le pudding, dit-elle, c'est ma maison. Maman en fait toujours à Noël. Papa prétend qu'il y a deux catégories de puddings. Celui de ma mère et les autres... Qu'y a-t-il ?

— Rien. J'adore lorsque vous dites « pudding ».

— Vous vous moquez de moi.

— Dites-le encore.

— Je ne répéterai certainement pas « pudding » !

Ils éclatèrent de rire. Une dame, aussi dodue que son bibi en roue de fromage, les fusilla du regard. Ils se tassèrent contre la porte pour lui laisser la place. Arlan pressa son bras autour des épaules de Hadley, et l'y laissa bien après que la dame fut passée.

— Hadley...

Quelque chose monta en elle comme une flamme. Elle leva le visage. Il la fixait en silence.

— J'ai du noir sur le nez ? murmura-t-elle, vacillante. Pourquoi me regarder comme ça ?

— Vous regarder comment ? chuchota-t-il en inclinant la tête.

— Comme... vous êtes en train de le faire.

Son nez la frôla du côté de la tempe. Un petit garçon qui se faufilait en se tortillant s'arrêta, se planta face à eux en pointant le doigt.

— Tu fais comme Rob ! C'est un embrasseur de filles lui aussi.

Arlan poussa un soupir, se pencha pour lui chiquenauder une narine.

— Qui est Rob ?

— Mon grand frère. Il a une casquette militaire comme la tienne.

Et il fila, petit poisson glissant, entre les jambes des passagers. Arlan soupira de nouveau. Il tourna la poignée, laissa entrer Hadley dans la cabine, resta sur le seuil.

— Bonne nuit, dit-il. Hadley.

— Bonne nuit, Arlan. Merci pour ce dîner.

Elle s'enferma, resta un moment appuyée au battant.

Elle s'éveilla d'un saut, frigorifiée, dans un silence sépulcral. Il n'y avait toujours ni lumière ni chauffage. Mais le blizzard avait cessé. À tâtons elle dénicha la bougie et le briquet qu'on leur avait distribués avant le coucher avec la couverture supplémentaire.

Le choc d'une masse remua le wagon, suivi de quelques autres. Sans doute ce qui l'avait réveillée. Elle entendit des voix s'élever dans le couloir. Elle enfila un chandail, sa robe de chambre, ses pantoufles et sortit. Quelques passagers circulaient, emmitouflés eux aussi ; eux aussi munis de bougies auxquelles ils se chauffaient les doigts.

— Pas de courant avant demain matin, dit quelqu'un. Cette fichue météo paralyse tout.

— Ils sont en train d'accrocher une locomotive diesel au convoi, expliqua une dame. Pour nous tracter jusqu'à une gare.

— Quelle gare ? ronchonna un monsieur, dont les oreilles enfouies faisaient des bosses en forme de poudriers sous son bonnet de laine.

— Quelque-Chose-Junction, l'informa-t-elle aimablement.

— La gare la plus proche ! lança le chef de cabine qui arrivait avec une torche électrique. Elle est à neuf miles seulement et nous pourrons tous nous y réchauffer.

— Pourquoi pas New York ? Si cette locomotive nous conduit au diable, pourquoi pas à destination ?

— Trop chétive pour le grand *Broadway Limited*. Elle ne résisterait pas ! laissa tomber le chef de cabine, cabotin.

Un tunnel blanc filait hors de sa bouche, splendidement parallèle au faisceau de sa torche.

— Regagnez vos cabines, messieurs-dames, et habillez-vous chaudement.

Hadley obéit. Elle souleva un coin du store pour glisser un regard. Le train reposait telle une longue cuillère au cœur d'un gigantesque sorbet.

Elle se pelotonna sous les couvertures et patienta à la lueur de la bougie. Elle se dit qu'elle devait ressembler à un lapin de Beatrix Potter au fond de son terrier, et, malgré ses orteils qui viraient stalactites, la pensée était réconfortante. Terriblement réconfortante, aussi, la petite boîte posée sur la tablette. Dans leur écrin en carton doublé de chamoisine : ses chaussures de claquettes. Deux petites fortunes cousues sur mesure ; avec elles aux pieds, Hadley pouvait voler. Après chaque séance de danse, elle les brossait, les enduisait d'une crème spéciale, les lustrait. Ensemble, elles allaient conquérir Broadway.

Le train se remit à rouler. Ce n'était plus la vitesse alerte et radieuse d'avant, plutôt un glissement asthmatique, un peu navrant. New York était loin…

Une demi-heure plus tard, Hadley était rhabillée, en manteau, bonnet et manchon fourrés, pleine de regret de n'avoir aucun pantalon dans ses bagages. Le train ralentit. Des lumières, enfin, enfin ! Elle remonta le store.

La gare était minuscule. « Furnace Junction » annonçait un panneau. De bon augure pour se réchauffer. Et il y avait un brasero tentateur à la porte de la gare. Mais auparavant, il y avait le quai où le sorbet atteignait un mètre de haut.

Hadley quitta la *roomette* en emportant sac à main,

vanity case et, sous le bras, la boîte avec ses chaussures de claquettes. Son autre main resta à l'abri dans le manchon.

Un air qu'il eût été impossible d'imaginer plus glacial – mais qui l'était – s'engouffrait par le wagon ouvert. Ce fut une nouvelle bousculade. Car si tout le monde se précipitait, à la frontière du marchepied un mur de glace barrait la route et coupait court à la fanfaronnade. Une escouade de pompiers avait été appelée.

Hadley laissa passer un vieux couple qui mit un temps infini à descendre. La dame et son carton à chapeau furent, pour finir, enlevés entre les bras d'un pompier.

– Jim! s'exclama-t-elle, ravie, tandis qu'on l'emmenait vers les lumières du quai. Le dernier jeune homme à m'avoir fait franchir une porte dans ses bras comme ça, c'était toi. Tu te rappelles?

Avec répugnance Hadley avança un bout de pied sur le marchepied. Elle considéra la masse molle et glacée dans laquelle elle allait devoir, dans une seconde, noyer cinquante centimètres de chevilles et de mollets, de genoux peut-être. Elle frissonna. Fixa les flammes du brasero, là-bas, pour se donner le courage. Lentement, elle descendit une marche.

Son corps devint soudain incroyablement léger,

il décolla. Il s'envola par-dessus la masse blanche, traversa les glaces, flotta tranquillement dans le vent polaire, jusqu'à la porte de la gare où, tout en délicatesse, il vint atterrir au pied du brasero.

Elle n'avait pas semé de souliers cette fois. Ni son sac. Ni le vanity case. Ni le manchon. Ni sa précieuse boîte. Elle battit des cils, un peu sonnée, se demanda tout de même par quel phénomène...

– Il m'arrive de jouer les tapis volants, lui chuchota Arlan à l'oreille. Je crois que ce pompier m'envie, m'en veut, de l'avoir devancé. On entre ? Je trouve le fond de l'air très frais pour ma part.

Il portait un pardessus brun sur son uniforme, sa casquette, son duffel bag de l'armée et des gants de cuir. Le brasero faisait valser des lueurs heureuses dans ses yeux. Elle le suivit à l'intérieur, mollets secs.

La petite gare de Furnace Junction était perdue quelque part au milieu des collines de Pennsylvanie qui avaient plutôt – nota un quidam érudit – des allures de Transylvanie en cette nuit doublement blanche. En tout cas il y faisait chaud.

Le chef de gare, tiré du lit par un coup de fil de la hiérarchie, était un petit homme à l'épaisse moustache rousse, à l'air débordé. Et, débordé, il l'était, autant que moustachu et roux.

– Mon nom est Jasper Humbledore. Je suis le

chef de cette gare, dit-il d'un ton de chef de gare. Je viens de m'entretenir avec la direction du Milton Hotel, l'unique hôtel de Furnace Junction, il est très bien. Les draps y sont changés tous les jours. Mesdames et messieurs les passagers et personnel du *Broadway Limited*, vous y serez hébergés cette nuit, aux frais de la Pennsylvania Railroad, petit déjeuner compris. Patientez ici, un véhicule va venir pour vous déposer au Milton.

La chose dite, Jasper Humbledore disparut par une petite porte et personne ne le revit jamais.

— Hilton ? fit la dame au bibi en roue de fromage. Ils ont donc un Hilton, ici ?

Maintenant qu'elle était au chaud, Hadley, ses paquets sur les genoux, commençait à trouver tout cela assez drôle. Ils s'assirent sur un banc, côte à côte, le duffel bag entre les pieds d'Arlan.

— Que cachez-vous dans cette boîte ?

— Un trésor, dit-elle avec la moue qui convenait pour l'empêcher de se montrer plus curieux. Vous avez perdu votre ami Stan ?

Il désigna du menton un coin de la gare. Stan, plein d'entrain, bavardait avec la rousse et la blonde de tout à l'heure. Toutes deux étaient ensachées dans des pelisses en fourrure. À intervalles réguliers, Stan frictionnait les mains de l'une ou de l'autre.

— Stan adore sa femme, murmura Arlan.

— Et séduire toutes les autres, on dirait.

Il ôta sa casquette, fourragea ses cheveux, la remit.

— En avril 43, le sergent Stanley Russell a traversé douze kilomètres de jungle birmane pour atteindre notre hôpital de campagne… Ça lui a pris trois jours et demi parce qu'il portait sur ses épaules le caporal O'Connor qu'une grenade avait troué au ventre… Le caporal O'Connor est mort le surlendemain. Quant au sergent Russell, on l'a amputé de deux orteils.

Il parlait doucement, d'un ton uni, comme s'il lui racontait *Jack et le haricot magique*. Hadley resta silencieuse.

— Je vous ai fâchée ? demanda-t-il au bout d'un moment.

Elle voulut lui répondre que non, bien sûr. Au lieu de quoi, elle dit :

— Un peu. Vous auriez pu demander la permission avant de me soulever du marchepied comme un sac de linge.

— Il y avait urgence. Vous vous changiez en bonhomme de neige.

— Merci, dit-elle en se tournant pour qu'il voie qu'elle était en train de sourire. Et vous avez aussi la gratitude inconditionnelle de mes souliers. Deux paires sacrifiées au cours d'un seul voyage, c'eût été beaucoup.

Et même peut-être trois, pensa-t-elle gaiement en serrant sa précieuse boîte. Il jeta un œil à la pendule coiffée de guirlandes et de bannières aux inscriptions *« New Year 46! Year of peace! »*. Il était exactement minuit.

– Hello Cendrillon, dit-il dans un murmure. Et il étendit le bras pour l'attirer à lui.

Elle laissa sa joue rouler. Son pardessus grattait un peu, sentait la neige, et autre chose, de rude, d'obscur. La guerre peut-être.

Le véhicule annoncé par Jasper Humbledore était une voiture à cheval. Deux chevaux exactement, qui halaient une carriole en bois vidée de son foin estival, et autour de laquelle les naufragés du *Broadway Limited* – cabines de luxe, *roomettes*, ou simples compartiments – s'agglutinèrent avec félicité.

Un être, vêtu de peaux et de fourrure, mi-ours mi-incertitude, brandissant rênes et badine, sauta dans la neige en bottes. Sous la toque en loup, sa voix musclée ordonna :

– Doucement ! Un par un ! Il y aura de la place pour tout le monde. On fera deux bordées au besoin.

La gare se vidangea aux trois quarts, pour s'emplir d'une subite sérénité. Un effet de marée basse instantanée. Hadley et Arlan étaient restés sur le banc.

— Vous devriez partir avec eux, dit-il, mais sans notable conviction.

Elle dodelina, la tête toujours posée sur l'épaule du pardessus. Une lassitude miséricordieuse l'envahissait. Elle s'endormit.

Un peu plus tard, la caresse d'Arlan sur sa joue la tira du sommeil. La carriole était revenue.

L'hôtel Milton de Furnace Junction, Penn-Transylvanie, n'avait rien d'un Hilton. Il était beaucoup mieux. Les pierres et les corniches de sa façade de guingois étaient une consolation, les violettes de ses rideaux de cretonne n'étaient plus tellement violettes, preuve qu'on les lavait souvent, et les coussins en forme de bidet de ses gros fauteuils en bois attestaient qu'on aimait s'y asseoir.

Cerise sur le gâteau : la grande cheminée où d'énormes tronçons flambaient avec des pétillements enthousiastes.

L'être en bottes et toque de loup, à la voix musclée, qui avait piloté la carriole, se débarrassa de ses peaux et fourrures une fois dans le lobby.

— Bienvenue au Milton de Furnace Junction.

La créature, qui arborait la cinquantaine, des yeux dorés, un chandail moutarde et un pantalon anis sur une silhouette agréablement consistante, annonça qu'elle s'appelait Peggy et qu'elle était la patronne des lieux. Elle héla un Taddeus et un Numa qui déboulèrent avec tasses et théières fumantes qu'ils servirent aux naufragés congelés, muets, et sincèrement obligés.

Peggy Milton se posta derrière le comptoir de réception. Son œil aigu avisa l'uniforme et le duffel bag.

— Les militaires ont encore la priorité. Êtes-vous seul, *sir* ? demanda-t-elle à Arlan.

Il s'avança.

— Eh bien, on pourrait faire l'économie d'une chambre si je partageais celle du sergent Russell qui a dû arriver avant. À quel numéro est-il ?

— Le sergent Stan Russell ? Petit, brun, et plutôt joyeux drille ? Hum, il semble que l'économie soit déjà faite, dit-elle en consultant son registre avec un imperceptible frémissement qui devait être un sourire.

— En ce cas, se hâta-t-il de poursuivre, embarrassé d'avoir provoqué ce sourire, je peux attendre. Il y a ici des enfants et des personnes épuisées.

Il laissa la place à un couple avec leur petit garçon. Il reconnut le frère de Rob-l'embrasseur-de-filles. Ses parents remercièrent vivement. Arlan retourna s'asseoir près de Hadley qui se tiédissait les doigts à sa tasse, face au feu, et il plongea avec elle dans la contemplation des flammes. Un des tronçons s'effondra dans un bruit d'écume et de la vapeur rose.

– Ça me rappelle les vacances, l'hiver, murmura-t-il. Quand on rentrait de longs après-midi de glissades en luge. Les goûters avec mes frères. Ma grand-mère Etty nous préparait son infusion aux aiguilles de pin. Elle y mettait du sucre, de la mélasse. Ça brûlait. Ça ressemblait à du bonbon fondu. Pour éloigner les rhumes, disait-elle. Elle en buvait avec nous.

Il se renversa dans le coussin, sourit au plafond où dansottaient des rennes dorés sur des fils dorés. Il souffla vers eux mais ils étaient trop loin.

– Après ça, ses baisers sentaient le sapin de Noël.

Il posa les talons sur son sac.

– Elle est partie... Je me trouvais en Birmanie.

Hadley posa son thé sur les genoux et lui offrit sa main. Il la prit, la pressa très fort contre sa poitrine, paupières closes. Elle murmura quelque chose. Il rouvrit les yeux. Elle souriait aux rennes du plafond.

– Pardon ?

— Pudding, répéta-t-elle.
Il rit, lui baisa le creux du poignet.
— Merci.

Peggy Milton avait l'esprit rationnel. À l'été 1937, elle avait résisté à un congrès de trente-deux éleveurs texans, en 39 à un ténor italien qui avait chanté *Lucia di Lamermoor* toute la nuit sous sa fenêtre. Elle dirigeait son petit palace de province avec pragmatisme et la tête froide.

Lorsque arriva le tour des deux derniers passagers du *Broadway Limited*, il restait deux chambres libres, pas une de plus. Après cela, tout le monde serait casé, elle pourrait accrocher « complet » à la porte et elle irait se coucher.

— C'est à vous. Vous avez été patients.

Elle les avait surnommés in petto « les petits fiancés ». Tout en notant qu'elle ne les avait pas vus s'embrasser.

Peggy était fatiguée, elle savait qu'elle ne pourrait dormir que jusqu'à l'aube, et l'aube, c'était dans cinq heures. Son esprit avisé remarqua cependant la singulière lenteur avec laquelle le jeune couple venait vers elle. Ils avançaient, eût-on dit, à reculons. Après pareil périple ils auraient dû courir se reposer, non ?

Peggy, que le métier avait depuis longtemps éclairée sur les sinuosités du cerveau et les zigzags du cœur humain, en un clin d'œil comprit pratiquement tout de la situation. Pas les détails, bien sûr, qu'elle ne possédait pas, mais l'essentiel.

Elle donnait vingt-deux, ou vingt-trois ans au garçon. Il faisait plus, mais elle avait constaté que la guerre offrait aux *boys* une prime de trois ou quatre années de trop. Ça tenait à presque rien, un pli de la lèvre, un tombé de l'épaule.

La petite, elle, frôlait ses dix-huit ans, dans un sens ou dans l'autre.

— Démobilisé, hein ? dit-elle à Arlan en arrachant une fiche à son bloc.

Il laissa choir son sac, secoua la tête.

— Dans deux mois. Je rejoins ma base demain à 4 heures... Si ce fichu train arrive jamais.

— Si vous êtes pressé, il y a le 5 h 52 pour Philadelphie. Là, vous pourrez attraper le *20th Century* qui arrive à Grand Central autour de 10 heures demain matin.

Il secoua de nouveau la tête. Il n'était pas si pressé. Elle l'aurait parié.

— Pacifique ?
— Birmanie.
— Ça crachait dur aussi là-bas, hein. Fred, mon

petit frère... Il est mort à Okinawa. Votre nom, je vous prie ? enchaîna-t-elle en baissant le nez sur la fiche et ne regardant personne.

Le temps parut s'effilocher entre les cliquetis de tasses et de soucoupes que Taddeus était en train de débarrasser.

– Votre nom, répéta-t-elle.

– Johnson, souffla Hadley la première.

Le stylo de Peggy Milton oscilla d'une infinitésimale hésitation. Quelque chose qui fut peut-être un doute, pas tout à fait un scrupule

– Mr... et Mrs ? s'enquit-elle doucement.

– Mr et Mrs Johnson, dit Hadley.

Il referma la porte. Ils restèrent un instant sans bouger, sans se toucher, à simplement respirer. Puis il l'aida à retirer son manchon et son manteau. Il conserva son pardessus. Il laissa le duffel bag par terre et regarda la chambre. Elle était grande, sans fioritures, avec des meubles vieux mais bien cirés. L'armoire carrée, la table octogonale, le miroir penché, un bureau comme dans le Sud, deux fauteuils fraîchement retapissés.

– Voulez-vous utiliser la salle de bain ? demanda-t-il.

Elle hocha la tête, les doigts serrés sur son sac et sur le vanity. Dans la salle de bain, elle s'aspergea la figure, se frictionna les joues et le front, et s'examina dans le miroir.

Elle pouvait encore quitter cette pièce, descendre réclamer à Peggy Milton la dernière chambre libre. Mais elle savait qu'elle n'allait pas le faire.

Elle retira ses bas, sa robe, garda le collier et sa combinaison, remit son cardigan par-dessus. Elle lâcha ses cheveux, les peigna, les attacha à nouveau. Elle s'en retourna dans la chambre.

Il s'était déchaussé et avait pris place, habillé, dans un des deux fauteuils. Ses jambes étaient étendues sur celui d'en face, croisées l'une sur l'autre, le pardessus en couverture. Il avait les yeux clos.

Elle traversa la pièce sur la pointe des pieds. Après une hésitation, elle ôta son cardigan qu'elle plia au pied de l'édredon et se glissa en silence à l'intérieur du lit.

La nuit se pressait, noire, contre la fenêtre.

Elle rejeta drap et couvertures et se leva. Le jour rampait, à peine une goutte de lait dans l'encre de la nuit. Hadley se tint à la fenêtre. Ce n'était pas l'aube du tout, mais la clarté de la neige. Elle regarda sa montre. Elle n'avait dormi qu'une demi-heure.

Arlan, que le sommeil avait jeté n'importe comment en travers des fauteuils, était un assemblage cubiste de bras, de jambes et de pardessus roulé.

Elle alla empoigner l'édredon sur son lit ainsi qu'un des oreillers, elle disposa le premier sur le grand corps en désordre, glissa l'autre sous la tête renversée sur le dossier du fauteuil.

Elle vit soudain qu'il était éveillé. Il la fixait.

– Vous devez être tellement mal, installé de cette façon, chuchota-t-elle. C'est-à-dire pas installé du tout ! On dirait que vous avez été ejecté de la grande roue.

Il demeurait silencieux.

– Je suis désolée, c'est à cause de moi. Mon mensonge idiot. On vous aurait mis dans une autre chambre sans quoi. Tranquille, et dans un vrai lit.

Il émit un gloussement, fit une mimique qui lui remua le nez.

– J'ai dormi avec les crocodiles, rappela-t-il tout bas. Mais vous n'êtes pas un crocodile, alors je ne dormais pas.

– Écoutez…

Elle réfléchit à ce qu'elle voulait dire.

– Il n'y a pas de raison. Venez sur le lit. L'un prendra l'édredon, l'autre la couverture.

Ses jambes quittèrent le fauteuil et il se retrouva d'aplomb, en position assise. Il gloussa derechef.

– Mr et Mrs Johnson, dit-il à mi-voix.

Il se bouscula les cheveux à deux mains et pouffa.

– Mr et Mrs Johnson !

Il s'esclaffa à grand bruit. Elle l'imita.

– Fofolle, va... Mr et Mrs Johnson !

Il saisit un coin de l'édredon pour y enfouir le fou rire qui le gagnait. Elle attrapa l'autre coin pour étouffer le sien qui commençait.

– Chhh. On va réveiller Peggy.

– Et les éclopés du *Broadway Limited*.

– Tout l'hôtel Milton !

– Tout Furnace Junction !

Il se coiffa le crâne avec l'oreiller, prit le ton de la dame au bibi en fromage :

– *Hilton ? Ils ont donc un Hilton par ici ?*

Puis, l'index en moustache, la voix d'outre-tombe :

– *Mon nom est Jasper Humbledore. Je suis le chef de cette gare !*

Ils se tordaient, s'étouffaient. Cela dura un petit moment. L'un se calmait, il fixait l'autre, et tout repartait. Se regarder était comme se chatouiller.

– Venez ! dit-il à la fin. Là. Ici.

Il tapotait ses genoux.

— Venez, répéta-t-il dans un souffle.

Elle s'installa, n'hésita presque pas avant d'enrouler son bras autour de lui. Elle avait le visage par-dessus le sien.

— C'est votre nom ? Johnson ?

— Hm. Hm. Et le vôtre ?

— Bernstein.

Sur le cou, ses cheveux taillés ras étaient une brosse douce.

— Hello, chuchota-t-elle. Hello, Mr Arlan Bernstein.

— Hello, Miss Johnson.

Elle sentit une brise fraîche lui dégager le cœur.

— Pourquoi avez-vous dit cela ? demanda-t-il encore.

— Quoi donc ?

— Mr et Mrs Johnson.

Elle ne put répondre, elle ne savait pas.

— Je ne connaissais pas encore votre nom, dit-elle lorsque sa main glissa sur elle, de son genou vers sa hanche.

Elle le regardait. Malgré la nuit, ses yeux incroyablement clairs.

— Pudding, murmura-t-elle.

Il prit sa nuque.

— Embrasse-moi, crocodile.

✯

Le *Broadway Limited* qui arrivait habituellement à 8 h 40 du matin fit une entrée bravache à Penn Station avec presque sept heures de retard. On n'avait jamais vu ça.

La clameur océanique de la gare les cueillit au quai numéro 17. Stanley flanqua une tape dans le dos d'Arlan.

– Je dois passer à l'USO avant. On se retrouve au train ?

– À tout à l'heure, répondit Arlan.

Hadley devina que la visite au bureau militaire de l'USO était une excuse, que le sergent Stan Russell avait le tact de les laisser seuls. Elle lui sourit.

La valise de Hadley au bout du bras, son duffel bag à l'épaule, Arlan lui agrippait très fort la main. Son express partait à 16 h 10. Ils avaient quarante-cinq minutes.

La gare était une ogresse ; ses escaliers, des colosses ; ses halls, des cathédrales. Hadley dérapa sur une marche de l'escalier mécanique, Arlan la rattrapa. Elle s'excusa, confuse, fixant la rampe qui roulait à la même vitesse qu'eux comme s'il s'agissait d'un individu peu fiable. Elle parut à Arlan soudain très petite, toute menue.

– Première fois que tu montes là-dessus ?

Elle opina en riant. Au sommet, elle se cramponna à sa manche et sauta de la même façon qu'elle l'eût fait d'un ruisseau. Ils entrèrent sous la gigantesque voûte centrale. Avant, il lui embrassa les cheveux.

« Trains pour Baltimore » annonçait un panneau avec une flèche. 15 h 27 disait l'horloge noire pendue dans les airs.

Il n'avait pas neigé à New York mais une bise glaciale montait de la mer. Ils traversèrent le parvis des bus Greyhound, bifurquèrent vers la 33ᵉ Rue, se réfugièrent dans un café qui s'appelait le Pennsy from Heaven et qui jouxtait le Pennsylvania Hotel.

Il y avait du monde, mais après l'étourdissement de la gare ce fut un havre. 15 h 32.

Ils s'installèrent sur la banquette face à la pendule, près d'une dame à cheveux blancs qui était séparée d'eux par un panier plat en jonc recouvert d'un foulard imprimé de harpes vertes. Ils commandèrent du café. La dame à cheveux blancs se désincrusta de la banquette avec peine. Sa grosse jupe de laine était entaillée par les faux plis d'une station assise prolongée. Elle mit un nickel dans le juke-box rouge et rose qui démarra *Don't Fall Asleep*, et elle revint s'asseoir devant son vermouth-cassis en fredonnant, lèvres closes.

Arlan sortit un carnet de sa poche, déchira une page où il écrivit vite, mais avec soin, quelques lignes.

— Mon adresse à New York et le téléphone où tu pourras m'appeler. Pas trop tard le soir, c'est celui de ma gardienne. J'habite le West Side. Mon bateau sera de retour au début du mois de mars.

Il posa le papier sur la nappe, se pencha vers Hadley. Il mit ses deux paumes sur elle, sur ses cheveux, ses oreilles, ses joues.

— Je serai là et, oh Hadley, Hadley, dit-il ardemment à voix basse. Tu seras là toi aussi, ma douce, n'est-ce pas ?

Elle ferma les yeux, embrassa les doigts qui caressaient sa bouche.

— Oui, dit-elle dans un souffle. Je serai là, Arlan.

Leur voisine se mit à chantonner à l'unisson du juke-box :

Don't fall asleep and dream you're Gable,
Don't fall asleep, I'm young and able

15 h 39. Arlan découpa une deuxième page vierge au carnet, la tendit avec son crayon.

— Écris ton adresse.

— Je ne la sais pas par cœur, dit Hadley. C'est une pension. Attends.

Elle piocha son agenda dans le sac, recopia l'adresse et poussa le papier vers lui au moment où arrivait le plateau des cafés.

— Hé, Midget ! lança la serveuse à la dame à côté. Tu as tout vendu aujourd'hui ?

L'autre fit non de la tête, but une gorgée de vermouth-cassis sans cesser de fredonner.

I'm a girl who knows what love means

— Les doughnuts, dit la serveuse à Arlan, c'est un cadeau de la maison aux uniformes.

I don't need Lubitsch when I do my love scene

— Les meilleurs du coin, précisa-t-elle.

Elle refoula sac à main et papiers sur le côté, passa le chiffon, prit le sucre sur l'autre table et le disposa devant eux avec la soucoupe de doughnuts. D'un signe discret, elle montra la vieille dame au panier, se tapota le front.

— Hé, Midget ! Un autre vermouth ?

L'autre fit oui, toujours dans sa chanson. La serveuse repartie, Midget parut s'apercevoir de leur présence. Elle souleva le foulard aux harpes qui masquait le panier. Quelques fragiles bouquets de violettes s'y trouvaient alignés. Elle prit le temps de choisir, avant de tendre un bouquet par-dessus la table ; sa manche fit basculer le sac sur la nappe. Le bouquet roula devant Hadley. La dame lui fit signe de le garder.

— Merci, madame.
— Midget.

Arlan chercha de la monnaie pendant que Hadley fixait les violettes à son manchon. Midget prit les pièces et se remit à chantonner.

> Forget the charm of Greta Garbo
> And keep your mind on me

Hadley plia la feuille avec l'adresse d'Arlan et s'empressa de la ranger à l'intérieur de son sac, entre les pages de son agenda. Arlan glissa la sienne dans son portefeuille.

> Oh please please... don't fall asleep

15 h 48. Ils n'avaient pas touché aux doughnuts et leurs gobelets étaient à moitié pleins. Arlan laissa un demi-dollar sur le plateau, et ils ressortirent vers Penn Station dans l'aquilon de janvier. Ils se réfugièrent derrière une colonne dont le socle dépassait

leurs épaules. Sur leur droite et sur leur gauche, la foule ondulait tel un fleuve.

Il ouvrit son pardessus pour qu'elle se blottisse. Il l'embrassa, et l'embrassa encore.

— Tu sais à qui je pense ? chuchota-t-il. À Rob.

— L'embrasseur de filles fou ?

— Si ce sale gosse n'avait pas été là, je l'aurais fait plus tôt.

— Quoi donc ?

— T'embrasser.

— Tu n'aimes pas les enfants ?

— Je les adore. J'en veux quatre. À la maison, on est cinq.

Elle fit la grimace.

— Tu penses qu'une femme est faite pour rester chez elle, élever les enfants et passer la main dans les cheveux de son mari qui rentre fatigué ?

— Je veux que ma femme soit heureuse, et si son bonheur c'est avoir une moitié d'enfant, va pour la moitié d'enfant ! Mais, ajouta-t-il en l'étreignant, je veux bien que tu me passes la main dans les cheveux tous les jours, mon amour.

Et il lui passa merveilleusement la main dans les cheveux. Les violettes au manchon jetaient leur parfum exquis. Elle se promit de lui avouer par écrit qu'elle était une bibliothécaire qui dansait beaucoup. Elle aurait le temps, là ils ne l'avaient pas.

Ils se tournèrent vers l'horloge. 16 h 00.

Ils dévalèrent le grand escalier sans se lâcher, galopèrent sous les portiques en fer qui ressemblaient à des morceaux de tour Eiffel. Après un dernier escalier, ils se retrouvèrent face aux grilles des quais et à une marée d'uniformes. Un haut-parleur annonça un numéro de voie.

Le cœur de Hadley tomba dans un trou. Elle leva vers Arlan une figure éperdue. Il l'embrassa au milieu d'autres couples qui s'embrassaient. Une jeune femme en uniforme de la Croix-Rouge distribuait des pommes et des cartes postales. Des paroles volaient autour, dans les vapeurs et l'écho, *Écris dès que tu arrives,* et puis des *Reviens vite* et des *Pense à nous,* et *N'oublie pas le costume chez le teinturier…*

– Deux minutes ! mugit le contrôleur à la grille.

Arlan déboucla fébrilement la courroie de son duffel bag, sortit un cahier à la couverture beige, aux pages sinueuses car il avait dû voyager beaucoup. Il jeta en hâte :

– Tiens. Je te le confie… Ce sont des nouvelles, je les ai écrites tout au long de cette guerre. Dans de drôles d'endroits parfois.

Elle hésita, puis les serra tous les deux, Arlan et le

cahier. C'était un vrai, beau cadeau. Quel honneur il lui faisait.

— Je te le rendrai à ton retour, balbutia-t-elle, soudain chavirée par le sentiment d'une grande responsabilité.

Elle le rangea dans son sac.

— Je veux que tu lises, dit-il. Je te le demande.

— Départ ! beugla le contrôleur. Et il siffla.

— Je lirai.

— Fais-moi plaisir.

Elle l'étouffa de ses bras.

— Tout ce que tu veux.

De l'index il lui leva le menton, sa bouche articula un mot en silence. Elle rit comme on s'étouffe.

— Pudding, murmura-t-elle. Pudding. Pudding.

Une lumière rouge s'alluma, une sonnerie grelotta. Le contrôleur laissa passer des retardataires, la grille roula sur son rail et claqua. Hadley vit le duffel bag remonter le quai à toute allure, puis Stan qui trépignait à une portière, Arlan qui disait adieu en haut du marchepied. Elle envoya des baisers et agita le bras, et bientôt ne vit plus rien du tout.

Elle empoigna sa valise et tourna aussitôt le dos à la grille. Elle sortit en laissant derrière les colonnes et les aigles de pierre de l'ogresse. Elle s'arrêta devant une échoppe de cordonnier pour vérifier l'adresse de la pension dans son agenda. Pension Giboulée. 78ᵉ Rue. Avant de repartir, elle respira les violettes.

Sur la 7ᵉ Avenue, près d'une guérite qui sentait le pancake, elle s'arrêta devant un garçon qui vendait des bretzels enfilés sur des piques en bois. Elle lui demanda comment on se rendait à la 78ᵉ Rue.

– Est ou Ouest ?

Elle vérifia dans l'agenda. L'adolescent la détailla des cheveux aux souliers.

– Nouvelle dans le quartier, hein ?

– Ça se voit tant ?

Il leva les yeux au ciel, cracha son chewing-gum.

– À peine. Alors ? Est ou Ouest ?

– Ouest.

– Ils ont supprimé le tram de ce côté, mais il reste le métro.

– Le métro ? répéta-t-elle avec une grimace. Je n'ai pas encore l'habitude, j'ai peur de me perdre. On ne peut pas y aller à pied ?

Il sifflota, montra la valise, les paquets.

– Avec ça ? Prenez plutôt le bus qui remonte à Columbus, ça vous rapprochera. La station est juste derrière, sur la 34ᵉ. Hé, vous perdez un papier.

Elle ne l'avait pas vu tomber. L'adresse d'Arlan ! Elle la ramassa vivement, le cœur battant.

– Oh merci... Merci ! C'est un papier très important.

– Une lettre de votre amoureux ?

Elle sourit, enfouit le papier plié dans son poing, le poing dans son manchon. Elle huma une nouvelle fois son bouquet.

– Comment tu t'appelles ?

– Coop. Vous n'avez pas répondu.

– Non, ce n'est pas une lettre. Merci mille fois, Coop.

Elle se dirigea vers la 34e. Dans le bus, elle posa la valise dans l'allée devant elle. Où avait-il dit qu'il habitait ? Le West Side. Elle tira le papier du manchon, lut l'adresse.

Et la relut sans comprendre. Elle regarda au dos. Il n'y avait rien. Elle lut à nouveau le recto. Ce n'était pas l'adresse d'Arlan mais celle de la pension où elle était en train de se rendre. C'était son écriture à elle. Le papier où elle avait écrit sa propre adresse pour lui.

Elle fouilla les pages de l'agenda, le secoua à l'envers sur ses genoux. Il ne contenait aucun autre papier. Elle vérifia dans son manchon, dans son sac, glissa la main dans les petites poches intérieures... Il avait dû rester sur la table du Pennsy from Heaven avec les gobelets à café. Elle se dressa d'un bond.

— Hé! fit le contrôleur qu'elle croisa avec sa machine. C'est deux *dimes*. Glissez-les dans la fente, là.

— Je descends, dit-elle.

— Mais êtes montée, donc vous payez.

Le bus marquait l'arrêt mais elle dut rester à bord pour s'acquitter du billet. Refoulant des larmes de détresse, elle réussit à débusquer vingt cents dans son sac mais fut forcée d'attendre l'arrêt suivant pour se ruer dehors. La tour du *New York Times* se hissa face à elle. Elle se précipita en sens inverse avec ses bagages.

Elle s'engouffra hors d'halcine au Pennsy from Heaven, courut à la serveuse qui ne comprit rien à ce récit de papier et d'adresse tant Hadley bredouillait.

— Souvenez-vous! J'étais avec un soldat. Vous lui avez offert des doughnuts...

— Je me souviens bien. Il était joli à regarder. C'était votre fiancé?

— Oui. Non. Est-ce que vous avez trouvé un papier avec une adresse? Sur la table? Par terre?

— Juste noté que vous n'aviez rien mangé et presque rien bu. Mais un papier? Non. C'est moi qui ai débarrassé, j'aurais remarqué.

Elles allèrent inspecter sous la table. Un monsieur avait pris la place de Midget et mangeait seul un hamburger. Il souleva son plateau à la demande de Hadley. Elle scruta le carrelage sur un large périmètre, ramassa un ou deux papiers froissés, des additions jetées par les clients.

Elle ressortit sur l'avenue, avec un sentiment de désastre.

– Vous vous êtes trompée de direction ? l'interpella le garçon aux bretzels.

– Oh, Coop... Est-ce que je n'aurais pas perdu un second papier tout à l'heure ? En même temps que l'autre ?

– Celui de votre agenda ? Je n'en ai vu tomber qu'un seul.

Malgré tout elle arpenta les alentours. Elle retourna même à l'intérieur de la gare, refit le trajet jusqu'aux grilles du quai, repassa devant l'échoppe de cordonnier. Mais elle savait que ce n'était pas la peine.

Elle s'affaissa sur le rebord en marbre de l'escalier mécanique. Une douleur lui hachait doucement la poitrine.

Cela avait dû se passer lorsque la serveuse avait apporté les cafés et les doughnuts. Hadley se rappelait qu'elle avait repoussé les deux papiers sur le côté afin de passer le chiffon et disposer le plateau.

Ou bien au moment des violettes. Midget avait bousculé son sac.

Quelle que fût la raison, l'un des papiers avait glissé par-dessus l'autre, dans un ordre inversé. Hadley s'était empressée de ranger celui qu'elle croyait écrit par Arlan, et Arlan avait pris celui qu'il croyait écrit par elle.

Mais c'est tout le contraire qui s'était passé. Chacun avait emporté sa propre adresse.

– Vous avez besoin d'aide, Miss? s'enquit une dame noire avec un balai et une grande éponge.

Hadley vit un soldat endormi sur la pierre de l'escalier, son calot avait basculé sur son duffel bag. Elle secoua la tête, remercia la dame d'une voix morte, et s'en alla avec sa valise et ses paquets.

1948
AUTOUR DE THANKSGIVING

15

The skeleton in the closet

Manhattan quitta la pension sans déjeuner, très longtemps avant son rendez-vous. Elle contourna le Muséum d'histoire naturelle pour pénétrer dans Central Park.

Elle longea le lac jusqu'à la statue de Hans Christian Andersen. Là, elle s'assit pour observer les enfants et les écureuils. Elle trouva qu'ils se ressemblaient beaucoup. Leurs fins petits doigts recroquevillés avaient des gestes identiques pour tout attraper vers leurs museaux pointus. Avait-elle, enfant, été un écureuil elle aussi ?

Elle ressortit du Park par la 5e Avenue et descendit jusqu'à la 43e Rue.

Après avoir décliné son nom à l'entrée des artistes, elle emprunta l'escalier en fer qu'on lui indiqua. En haut, elle ralentit le pas. L'œil d'acteurs morts dans leurs cadres noirs au mur la suivit jusqu'au couloir des loges.

Une jeune fille attendait déjà, debout à la porte. Elle était un peu plus âgée que Manhattan, plutôt jolie, extrêmement élégante avec sa veste pied-de-coq bordeaux, ses escarpins rouges à nœud de velours plat. Manhattan la salua. À la porte de la loge était inscrit « Uli Styner » en lettres blanches.

La jeune fille se leva pour aller boire à la fontaine d'eau. Elle proposa un gobelet à Manhattan.

– Hope Churchett. J'arrive de Punxsutawney. Je m'intéresse beaucoup à la mode et au théâtre. J'ai obtenu ce rendez-vous grâce à mon oncle qui connaît le régisseur de l'Admiral Theatre.

Manhattan sourit poliment et se présenta à son tour. Ce fut plus bref.

– Vous connaissez aussi quelqu'un au théâtre ? s'enquit Hope Churchett.

Comme Manhattan lui répondait qu'elle n'y connaissait absolument personne, elle parut rassurée.

La porte de la loge s'ouvrit sur une femme à la jeune quarantaine, dont les cheveux roux et courts étaient rassemblés au sommet de sa tête, à la façon d'une flamme. Elle les fit entrer. Son visage était amical.

— Uli ? dit-elle. Voici nos candidates.

Manhattan laissa Hope Churchett la précéder. Elle vit Uli Styner pivoter sur sa chaise. Le dragon couleur bronze au dos de son peignoir s'inscrivit plein cadre sous les ampoules du miroir de loge.

— Willoughby ? dit-il à la femme rousse. Choisissons ensemble, voulez-vous ?

Son œil noir effleura à peine Manhattan, très vite capté par la silhouette impeccable de Hope Churchett. En retrait derrière ses lunettes, Manhattan put étudier le grand homme.

— Willoughby, dit-il, est notre habilleuse en chef. Elle seule peut décider du choix de sa future collaboratrice.

Mais il fut rapidement évident que Willoughby ne déciderait pas seule, que Styner y mettrait son grain de sel.

— Qui êtes-vous ? leur demanda-t-il.

— Hope Churchett.

— Manhattan Balestrero.

Il rit, d'un beau rire d'homme de théâtre, passant de grands doigts dramatiques sur le dessus de sa chevelure gominée où rien ne bougea. Sous sa fine moustache au noir absolu, il avait les dents hautes, carnivores, glorieuses.

— Vous entendez ça, Willoughby ?

Il se frotta les paumes l'une contre l'autre. Cela produisit un son de buvard sec.

– Peu m'importe que vous soyez Hope Churcheon ou Manhattan Bellezzo. Recommençons. Mesdemoiselles qui entrez ici, qui êtes-vous vraiment ?

– Je suis diplômée de la Shirley Moretti's School of Paintings, débita Hope Churchett. J'ai effectué un stage cet été chez Saks, à l'étage de, euh, eh bien... des corsets féminins.

– Oh, fit-il en repivotant nonchalamment vers le miroir où il les scruta – scruta, plus exactement, la belle harmonie corporelle de Miss Churchett –, j'ignorais qu'il existât des corsets masculins !

Il parut se plonger dans une austère méditation. Manhattan aurait juré qu'il réprimait un fou rire.

– C'est-à-dire... balbutia Hope Churchett, déstabilisée.

Le reflet de Styner la lorgna comme un matou adulte lorgne une chatonne de six mois. La rousse Willoughby soupira avec discrétion.

– Uli... gronda-t-elle tout bas d'un ton de reproche.

Il l'ignora, affectant une sorte d'amabilité lasse.

– Or donc, reprit-il. Qui êtes-vous *exactement* mesdemoiselles ?

– Une jeune fille qui désire avec ardeur travailler dans ce milieu du théâtre si fascinant ! dit Hope

Churchett, retrouvant lyrisme, poil de la bête et sens du cliché.

Le sourire d'Uli Styner pointa, aussi mince que ses lèvres. Il fit une brusque volte-face vers Manhattan. Elle se raidit. Depuis leur entrée, c'était la première fois qu'il lui prêtait attention. Ses pupilles étaient pratiquement invisibles tant les iris étaient noirs.

– Et vous ? Qui êtes-vous ?

Elle ressentit une vraie colère face à un tel cabotinage. En même temps elle s'étonna de l'étrange instinct qu'avait cet homme pour lui poser, à elle, une telle question. Quelle serait sa réaction si elle répondait franchement : «Je suis la gamine que tu as giflée devant le Bijou Theatre il y a quatorze ans»?

– Je l'ignore, dit-elle. Mais je dois bien être quelque chose.

Il marqua une pause. Une lueur d'intérêt rôda soudain dans l'obscurité de ses yeux.

– Quelque chose de boutonné jusqu'au col, en tout cas, dit-il.

Elle réprima le geste de toucher machinalement son col de manteau, et s'efforça de soutenir son regard. Il détourna le sien le premier.

– Willoughby ? Que pensez-vous de nos jeunes postulantes ?

— La même chose que vous, j'imagine, riposta tranquillement Willoughby.

Pendant que Willoughby interrogeait Hope Churchett, Manhattan observait Styner qui ouvrait un étui à cigarettes en ivoire et acajou. Il avait de grandes mains robustes, du poil qui sortait de la manche, à la naissance du poignet. Son élégance venait de sa gestuelle. Uli Styner avait sévèrement combattu le rustique en lui. Elle se souvint de l'impression qu'elle avait eue quand il avait débarqué sur scène l'autre soir ; d'une force primitive bridée dans un smoking.

Manhattan, subitement, n'éprouva qu'une seule envie : que la porte de la loge s'ouvre — et vite — afin de prendre ses jambes à son cou... La porte de la loge s'ouvrit.

Un long jeune homme à lunettes, d'une vingtaine d'années, fit irruption. Il brandissait l'édition du soir du *Broadway Spot*, grande ouverte entre ses poings.

— Uli ! s'écria-t-il. Il faut lire ça.

La manche exécuta un vibrato pourpre et agacé dans l'espace.

— Je te présente Miss Hope Church et Miss...

— Churchett, corrigea Hope Churchett dans un roucoulement.

— Comme il vous plaira, chère Hope, susurra Styner. Reuben Olson, souffre-douleur, punching-ball, accessoirement mon secrétaire.

Il oublia de présenter Manhattan. Le nouveau venu, nullement offusqué d'avoir été retoqué souffre-douleur et punching-ball, plia le journal à la bonne page et le tendit à Styner.

— Lis-le, toi, ordonna l'acteur dans un nouvel essor de manches.

Reuben Olson hésita.

— Je ne suis pas sûr que ces demoiselles...

— Le *Broadway Spot* n'est pas le rapport Kinsey, Reuben. En outre, tu les auras tellement émoustillées qu'en sortant d'ici elles iront droit l'acheter pour le lire... Je parle du *Broadway Spot*.

Le sourire de Styner conservait sa minceur de carte postale. Il s'amusait beaucoup. Le secrétaire souffla bruyamment, avant d'amorcer sa lecture.

— « Hier soir la star de Broadway, Uli Styner, nous a offert avec *Good Night, Bassington* un véritable festival de son talent qui est immense... bla bla bla... »

— Ils ont vraiment écrit bla bla bla ? coupa négligemment Styner.

Il avait ouvert une boîte de *cold cream* et massait avec sollicitude le dessus de ses doigts massifs.

— J'arrive à ce qui nous intéresse : « Il est regrettable que le grand Uli Styner choisisse de jouer des auteurs à la couleur politique embarrassante pour lui. Après Budd Schulberg, ou la stalinienne Lillian Hellman, le voilà qui joue du Thomas B. Chambers dont on connaît l'action virulente au sein du très à gauche Syndicat des dramaturges. De là à conclure que Mr Styner partage leur goût pour la peste communiste, il n'y a qu'un pas qu'il ne tient qu'à lui de nous convaincre de ne pas faire. »

Reuben Olson referma le journal dans un claquement. Uli Styner acheva de se masser méticuleusement les mains avant de revisser le couvercle du *cold cream*. Quand il leva la tête, il souriait.

— Ce n'est pas Addison De Witt qui a écrit ça, n'est-ce pas ?

— Non. C'est signé Walter Winchell.

— Tant mieux. Je n'aime pas me fâcher avec mes vieux amis. Winchell... ma foi, je m'en fous.

— Est-ce vrai, Mr Styner ? demanda soudain Hope Churchett. Êtes-vous... Êtes-vous ?...

Sa jolie bouche avait égaré un peu de sa teinte rose.

— ... communiste ? dit-il avant de partir d'un rire fracassant.

Durant quelques instants, ses dents éclatantes emplirent l'espace du miroir.

Il se leva pour lui saisir la main, y promena un long baisemain lascif.

– Adieu, chère Hope... Je vous regretterai.

La jeune fille recula vers la porte.

– Restez, Balestrero, ordonna Uli Styner d'un ton sec.

Reuben Olson ouvrit la porte. Hope Churchett fit demi-tour et sortit. Manhattan vit qu'elle retenait ses larmes. La porte refermée, Styner croisa brièvement le regard de Willoughby avant de revenir à Manhattan.

– On ne sait toujours rien de vous, Balestrero. Hormis, donc, que vous êtes boutonnée jusqu'au col.

Elle le regarda bien droit. Elle défit son bouton de col.

– Mon père m'a donné le goût du spectacle, dit-elle d'un ton égal. S'il a été communiste, il ne l'a jamais dit et je m'en fiche. À part cela, j'ai besoin d'argent et il semble que travailler soit la manière la plus directe d'en gagner.

Willoughby gloussa. Le secrétaire fit un pas de côté afin, sans doute, de mieux la détailler. Elle le vit mieux elle aussi. Reuben Olson avait une bouche laide et spirituelle. Son regard foncé était plus retors que sa voix. Il ressemble à un jeune Lincoln, pensa-t-elle. Obscur et intelligent.

– Pouvez-vous commencer demain ?

– Bien sûr, dit Manhattan.

– Je vais demander à Irene Veidt de faire votre contrat, dit Willoughby. C'est notre productrice.

Manhattan savait parfaitement qui était Irene Veidt. Reuben alla rouvrir la porte. Manhattan tendit la main à Willoughby, puis, hésitante, à Styner. Elle redouta le baisemain. Mais l'acteur eut le bon goût – ou l'intuition – de le lui épargner, et se contenta d'une poignée qu'elle trouva ironique et assez franche. Reuben Olson, quant à lui, se borna à un laconique salut.

Dehors, elle se hâta de gagner le coin de la rue, courant presque. Elle s'arrêta devant une armurerie, dut prendre appui à la vitrine. La tête lui tournait. Elle réalisa qu'elle recommençait seulement à respirer de façon normale.

Elle traversa Times Square en direction de Penn Station. Le bandeau lumineux des actualités défilait en suspension dans le jour gris sur la façade du *Times* :

Affaire Whittaker Chambers : le célèbre journaliste qui a livré le nom de son ancien camarade communiste Alger Hiss, dément que ce dernier soit aussi un espion soviétique... La star Gene Tierney hospitalisée pour dépression nerveuse à Hollywood...

Manhattan ralentit à l'angle de la 33ᵉ.

Dans sa guérite en bois, Hadley servait des doughnuts à deux jeunes marins en blanc. Manhattan acheta un expresso à l'*automat* devant la gare – Hadley ne vendait pas de café – puis rejoignit la guérite. Son amie l'aperçut et lui fit un signe des paupières. Manhattan attendit sur le côté.

Hadley roulait les doughnuts dans le sucre glace d'un air absent. Quand les marins eurent payé, Manhattan s'accouda au rebord.

– Ça n'a pas l'air d'aller…

Hadley eut un sourire tendu.

– J'ai été licenciée du Social Platinium. Mr Toresca a simplement dit que… il n'y avait pas assez de travail pour trois. Deux *cigarette girls* suffisent. J'étais la dernière arrivée, tu comprends.

Manhattan sut qu'elle mentait. Avec Hadley c'était facile à deviner. Manhattan se demanda pourquoi elle le faisait.

– Wanda m'a fourni une adresse où l'on recrute des taxi-girls. *Ten cents a dance*… fredonna-t-elle avec amertume. Le tarif a doublé depuis la chanson.

– Tu ne vas pas faire ça! se récria Manhattan, atterrée. Hadley! Tu es une danseuse épatante, bien meilleure que nous toutes, et ce n'est pas une chose que j'aime avouer! ajouta-t-elle avec un sourire. Mais ne va pas gâcher ton talent pour gagner deux *dimes* par danse.

Elle s'interrompit, une idée lui venait.

– Je vais quitter le Ruby. Je peux parler de toi à Mike Oanian, c'est le chorégraphe. Tu me remplacerais dans le chorus, qu'en dis-tu ? Je vais lui dire que tu es la fille qui a dansé avec Fred Astaire. C'est payé 45 dollars la semaine.

Hadley prit le temps de servir un garçon qui vint lui acheter un soda en balançant son sac de base-ball. Lorsqu'il fut parti, elle répondit :

– Je ne danse pas depuis plus de deux ans, Manhattan. Une danseuse qui cesse de danser, ce n'est plus une danseuse.

– Reprends des cours. Travaille, ça reviendra.

– Je n'en ai pas le temps. Ni les moyens. Je n'ai pas payé Mrs Merle depuis des lustres. Ni la nourrice. Ni Charity qui garde Ogden. Je dois de l'argent au monde entier.

Elle s'était mise à piler de la glace à petits gestes durs.

– Mais toi, reprit-elle, pourquoi abandonner ton job ? Tu ne vas pas arrêter la danse toi aussi ? dit-elle, brusquement sévère. N'est-ce pas ?

Manhattan souffla dans son gobelet. La peau de ses joues se détendit sous la vapeur chaude.

– Pas pour longtemps. J'aime trop ça. De combien as-tu besoin ? demanda-t-elle, les cils baissés.

Hadley rangea le bol de glace avant de nettoyer le comptoir d'un coup de chiffon mouillé.

– Tu es gentille. Non.

Un groupe de touristes californiens débarqua de la gare, et elle dut s'affairer. Manhattan termina son café.

Tout en versant la glace pilée dans des gobelets pour les Californiens, Hadley la regarda disparaître au feu rouge. La fille qui avait dansé avec Fred Astaire allait se retrouver taxi-girl... Elle n'avait pas osé avouer à Manhattan qu'elle commençait le soir même.

16

What is this thing called love?
(This funny thing called love...)

Ma bien chère Rosette,

Le temps file, n'est-ce pas? Mon mois d'essai est dépassé depuis belle lurette (j'ai englouti mon deuxième triangle de Toblerone) et toujours aucune information sur mon avenir à Giboulée. Je fais donc le mort. Keep calm, play piano, et motus.

Je suis heureux que ta retraite à Sainte-Annaïg-de-l'Ange se déroule paisiblement, mais où trouves-tu le courage de te lever à 4 h 30, toi qui étais toujours bonne dernière à te réveiller? Surtout pour faire des prières! Ne deviens pas trop sérieuse. J'aimais bien lorsque tu flirtais avec tous les garçons des Petites-Écuries, et que ça m'obligeait à raconter des fariboles à Jean et à Jacques pendant que tu te faisais peloter au ciné par

Paul ou Pierre. Oh non, ne change pas trop, s'il te plaît, ma Rosette.

À l'instant où je t'écris, ma porte s'entrebâille et... devine qui entre ? N° 5, le petit chien d'Ursula, une des pensionnaires. Les filles prétendent qu'il pue, moi je trouve qu'il sent le chien. Quoi de plus rassurant ? Celui-ci n'a qu'un défaut, on ne sait jamais par quel bout lui causer. Tu crois lui caresser l'échine et tu t'aperçois que c'est son derrière.

N° 5 rendait régulièrement visite à Jocelyn. Le chien d'Ursula était un être réservé et affable, qui passait son temps sous les meubles. Chic était convaincue que le FBI se servait de lui pour véhiculer des micros espions. Certes, parmi tous ces poils, ces oreilles qui pendaient, la queue en chignon de mariage, les cachettes ne manquaient pas.

Il vint s'étendre sous le bureau, tout contre les talons de Jocelyn.

L'Amérique a un nouveau président depuis début novembre. Enfin, c'est le même, Mr Harry Truman. Mais cette fois il a été élu. Avant, on l'avait mis là parce qu'il était le vice-président à la mort de Mr Roosevelt.

À l'annonce du résultat, tu aurais vu cette tempête de joie ! Et ce défilé sur la 5ᵉ Avenue ! Les gens aux fenêtres jetaient des pluies de confettis et des carrés de papier par milliers, l'air en était rempli, la chaussée recouverte, on marchait comme sur un matelas. La grand-tante Simone aurait ronchonné : « Qui c'est qui va nettoyer tout ça ? »

À ce propos, il s'est passé un truc vraiment tordant !

Un grand journal, le « Chicago Daily Tribune » a publié avant tout le monde la victoire de Mr Dewey, l'adversaire républicain... La bourde ! Tu imagines ? Maintenant tout le pays se paie la tête du « Chicago Daily Tribune ». À sa décharge, Il faut dire que Mr Truman était donné grand perdant. Son élection a été une surprise pour tous, même pour ses amis. Entre nous, les règles électorales américaines sont aussi casse-tête que leur base-ball, je n'ai toujours rien compris ni aux unes ni à l'autre. Ni à leur étrange football d'ailleurs.

Comme je te le disais dans ma dernière lettre, je suis pianiste de répétition le matin et étudiant l'après-midi. Penhaligon a un « campus » très agréable, des pelouses où l'on peut flâner, des pavillons où l'on travaille.

— Seuls les garçons sages tiennent leur journal intime ! Les vilains n'ont pas le temps.

Silas était arrivé par le fond, portant le Zenith bicolore petit modèle que Mrs Merle avait promis de prêter à Jocelyn.

— J'écris à ma sœur.
— Ho, ho. Jolie sœur ?
— Oui.
— Je peux lui écrire aussi ?
— Elle prépare son noviciat dans un couvent. Ma sœur veut être sœur. Elle a rencontré Dieu après avoir été un vrai cœur d'artichaut.
— Dieu est un légume comme un autre, ma mère en consomme beaucoup elle aussi. Tiens, ta radio. Avec ça, tu écoutes *Quitte ou double* et tu deviens millionnaire. Fais-moi penser à réclamer mes dix pour cent si tu gagnes. J'ai remplacé la lampe, on dirait du neuf. Elle a quel âge ?
— Qui ?
— Ta sœur.
— Comme moi. On est jumeaux.
— Non ! Jumeaux ? Tu as une jumelle, toi ? Cachottier, va. Vous vous ressemblez ?
— Un peu. Rosemonde est blonde avec de grands yeux noirs, veloutés. Comme... comme ceux d'une vache.
— Les vaches ont les plus magnifiques yeux du monde, opina Silas, gravement. Je crois vraiment que je vais écrire à ta sœur.

Jocelyn tapota son Jif contre le pavillon de son oreille gauche.

– Il y avait toujours une nuée de garçons derrière elle. *Bzzz bzzz*. Des mouches autour d'une grenadine. Ou d'une vache. Et puis, voilà... Elle est passée de l'autre côté du cheval. Si je peux dire.

Il laissa s'inviter une hésitation, mais finit par ne rien dire du tout. Silas avait installé la radio, mais semblait avoir envie de rester.

– C'est bien, la vie en France ? demanda-t-il à brûle-pourpoint, et d'une façon qui désarçonna quelque peu Jocelyn.

– Eh bien... pas mal. Quand ce n'est pas la guerre. Pourquoi ?

– J'aimerais bien voir comment c'est, un pays où les Noirs peuvent manger dans les mêmes restaurants que les Blancs.

Jocelyn réfléchit.

– Si tu peux payer, pas de problème. Mais comme la plupart des Noirs là-bas sont aussi pauvres qu'ici, on n'en voit pas énormément au restaurant, en fait.

– Moi, j'irais. Je serais riche. Je coucherais avec Josephine Baker.

Silas fit rouler son chapeau, en une gracieuse cabriole, de l'épaule à ses doigts.

– Tu as une petite amie, Drizzle ? interrogea Jocelyn.

– Ouais. Une folle dingue qui me rend raide

dingue. Avant elle, ma vie sentimentale, c'était l'estomac d'une chèvre. Le chaos. Je me disais : rendre une fille heureuse, c'est magnifique... Mais pourquoi laisser toutes les autres malheureuses ? Et puis voilà. Elle est arrivée. Et toi ?

— Non.

— Quoi, non ?

— Aucune petite amie. Elle fait quoi ?

— Qui ? Ah... Elle chante. Sa voix... Je l'écouterais toutes les heures du jour et de la nuit. Elle serait déjà célèbre si elle n'était pas si cinglée. Elle aussi, des fois, elle passe de l'autre côté du cheval. Mais, qu'est-ce que tu veux, elle me fait rire. Jo, une fille qui rigole et qui te fait rigoler, c'est irrésistible.

— Elle chante où ? Tu pourras m'y emmener ?

Silas pratiquait volontiers le regard biscornu, mais celui qu'il jeta à Jocelyn à cette seconde fut le plus biscornu de tous. Il s'esclaffa, bras croisés, un pouce appuyé sur la bouche, comme avait dû s'esclaffer le type qui avait découvert le poil à gratter.

— Peut-être, dit-il, énigmatique. Un jour.

Silas brancha la radio qui prit le temps de chauffer avant de propulser quelques crachouillis jazzistiques.

— Et Cosmo ? Tu la connais, sa vie sentimentale ? questionna Jocelyn.

— Lui ? fit Silas en bricolant les boutons du Zenith.

Cosmo ne tombe pas amoureux, il sort avec des bouches orange ! Tu entends ce piano, mon gars ? Il s'appelle Thelonius Monk, et personne ne joue jamais comme ça. Écoute.

Jocelyn écouta.

– Comment tu trouves ? fit Silas.

– Cinglé aussi. Dérangeant pour un type qui adule Chopin comme moi. Mais impressionnant, j'avoue.

Silas lui ébouriffa les cheveux, la face épanouie.

– *I love you, Frenchy.* Je t'emmènerai le voir au Minton's Playhouse un de ces soirs.

Après son départ, Jocelyn essuya sa plume avec un Kleenex – la merveilleuse invention ! même s'il n'osait pas encore se moucher dedans...

Il se remit à sa lettre.

À la radio, la musique avait cessé, c'étaient les actualités. Jocelyn remua ses dix doigts et approvisionna son Jif. Pour se donner le temps de réfléchir à ce qu'il allait écrire, il haussa le volume du Zenith.

... Après avoir reconnu devant la Commission des activités anti-américaines qu'il avait été communiste jusqu'en 1938, Whittaker Chambers, le célèbre journaliste du *Time*, avait livré le nom d'Alger Hiss. Il l'accuse désormais d'être un espion de l'URSS...

Jocelyn n'avait encore jamais parlé à Rosemonde de sa rencontre avec Dido et Prospero Bezzerides.

… a fait l'effet d'une bombe. Un espion au cœur de l'administration fédérale ! Car Alger Hiss a travaillé au Département de la Justice de notre pays, il fut un proche du président Roosevelt sur des dossiers internationaux top secret. L'accusé dément catégoriquement être ou avoir été un agent soviétique…

Comment – mais comment ? – raconter à une sœur qui va épouser Dieu, qu'il était allé écouter du tango turc chez une demoiselle à queue-de-cheval et socquettes blanches roulées sur les chaussures, qu'il avait croqué en sa compagnie des châtaignes brûlantes dans des cornets en papier journal, vu un film de patineuse séparé d'elle par seulement cinq centimètres, et que ses yeux possédaient l'obscurité du miel de Saint-Illieux ? Comment ?

Il était allé chez les Bezzerides.

Prospero lui avait ouvert, un fin pinceau de peinture bleue au bout des doigts.

Jocelyn espérait qu'il le ferait entrer.

– Dido est là ?

– Ma foi non, dit Prospero. Elle est vice-présidente de son association comme tu sais. Ça prend plus de temps que d'être secrétaire d'État à la Défense de ce pays. Mais je lui dirai que tu es passé.

Jocelyn agita l'encre dans le Jif et s'inclina sur la feuille.

Figure-toi qu'après Halloween les Américains ont encore une fête pour passer le temps jusqu'à Noël: Thanksgiving. C'est le quatrième jeudi de novembre. Jeudi soir dernier, donc, toute la pension s'est réunie autour d'une dinde qui avait l'air d'un veau (Mrs Merle avait dû fournir de son engrais à chrysanthèmes au fermier!), jusqu'à la vieille Miss Artemisia qui est descendue de sa montagne pour nous faire l'honneur de sa présence! Quand j'ai vu qu'on servait la volaille avec des pommes et de la confiture, j'ai tiqué. Du sucré avec du salé, c'est plutôt bizarre, hein? D'autant que la confiture était à la citrouille! Oui, tu as bien lu: à la citrouille. Tu me connais, je suis bien élevé... Eh bien, passé la première bouchée, assez baroque, c'était... bon. Je me suis dit que c'était l'image de l'Amérique que j'avais là, sous les yeux et dans la bouche, un pays moitié sucré et moitié salé.

Sucré, salé, et démesuré. Dinde comme un veau, chrysanthèmes à crinières de lion... Pantagruel avait migré de ses bords de Loire pour devenir citoyen américain.

Jocelyn se sentait des fourmis dans le poignet. Il alla se faire couler un verre d'eau, l'oreille orientée vers la radio.

... Le sénateur de Californie, Mr Richard Nixon, membre de la Commission, assure que tout sera mis en œuvre pour débarrasser l'Amérique de la vermine communiste. Et maintenant écoutons *I'm in the Mood for Love* avec Breez, le ventilateur qui fait moins de bruit qu'une mouche, Breezzzz...

— Je te dérange, Jo ?

Il faillit lâcher son verre.

— J'ai frappé, s'excusa Page. Tu n'as pas entendu avec la radio.

Il éteignit le Zenith et sourit à la jeune fille. Avait-elle encore quelque baiser en mal de répétition ? Depuis, remarqua-t-il tout à coup, cette fameuse soirée théâtre en pyjama, Page avait renoncé à ses tresses repliées qui lui allaient si joliment, pour adopter une sorte de chignon bas qui lui donnait l'allure dramatique et pénétrée des étudiantes qu'il croisait sur le campus de Penhaligon.

— J'ai besoin de ton aide.

Elle affichait un air strict dans sa robe à manches longues (à la néanmoins plaisante teinte chameau), avec faux vison à l'encolure et aux poignets. Par bonheur une ceinture canari jetait à la face du monde la finesse de sa taille. Elle portait aussi un carnet rouge serré sur le cœur, un crayon derrière l'oreille.

— J'ai décidé de reprendre mes cours de français du lycée, dit-elle, vaguement confuse Je… n'étais pas très bonne. On se demande comment vous, les Français, vous arrivez à apprendre votre langue.

— Avec du mal, dit-il gentiment. Et souvent pas très bien.

Il posa le Jif, recouvrit d'une feuille vierge sa lettre à sa sœur.

— J'ai là une liste, dit-elle. Impossible de trouver les équivalents anglais. Je te lis : « Pisser dans un violon », « Des vessies pour des lanternes », « Mener en bateau ».

Il écarquilla les yeux. À toutes fins utiles, il alla quérir son dictionnaire bilingue.

La demi-heure se déroula en déductions, inductions, suppositions, traductions. Il s'avéra que les interrogations de Page pouvaient, dans l'ordre de sa liste, se résoudre en anglais par « pisser dans le vent », « croire que la lune c'est du fromage vert » et « faire passer par l'allée du jardin ». Ils trouvèrent cela fort désopilant, et passèrent la demi-heure suivante par terre, à traquer d'autres de ces expressions qui vous dérident une grammaire.

Elle referma le carnet où elle avait consigné ses notes.

— Merci mille fois, Jo, dit-elle avec un soupir satisfait. C'était gentil.

— Pourquoi veux-tu tant apprendre le français, Page ?

Il y avait dans la question de Jocelyn une suspension que Page n'entendit pas.

— Ça... peut servir pour jouer des pièces françaises, non ? dit-elle.

Une pensée secrète voila son regard moucheté.

— C'est tout ? fit-il, un tantinet dépité.

— Et pour lire les menus des grands restaurants ! ajouta-t-elle avec un entrain un peu forcé.

— C'est à cause de cet homme ? dit-il doucement. Celui qui nous a bousculés le soir du théâtre, quand on attendait les autres ? J'ai vu qu'il te regardait. Tu le connais ?

Elle serra le carnet rouge contre sa poitrine, remit le crayon derrière son oreille.

— Je ne me rappelle pas. Merci pour ton aide, Jo. Je veux dire *Jocelyn*, rectifia-t-elle avec l'accent français et dans un rire concis. *Bye...*

Il crut qu'elle allait fondre en larmes. Peut-être le fit-elle, Jocelyn ne put le savoir car elle s'était dépêchée de quitter la pièce.

Il assit Adèle devant lui sur le bureau et reprit sa place. Il caressa N° 5 toujours couché sous le bureau, du bout des orteils. Dans cinquante minutes il avait cours d'analyse musicale. Il relut sa lettre, décida qu'elle était terminée. De toute façon il n'avait plus envie d'écrire. Il conclut :

Je te serre fort et t'embrasse bien. Embrasse tout le monde, surtout maman,

Ton Jojo

Il entendit, au loin, la sonnerie du téléphone. Trente secondes après, Charity accourait lui annoncer que c'était pour lui.

Après sa leçon de français, Page galopa à l'Ethel Barrymore où l'attendait une nouvelle audition. À l'entrée du théâtre elle percuta la suave mollesse d'un manteau de vison. Elle fit un pas de côté et reconnut la ravissante en rose qui avait auditionné pour *Rosalinda* le même jour qu'elle. Elles se sourirent. Grace l'avait également reconnue.

— Vous venez pour *Attendre la tempête*, vous aussi ? s'enquit Page.

— Éjectée ! fit l'autre, mi-chagrine, mi-légère. Je n'ai même pas franchi la première sélection. Comment s'est passé *Rosalinda* pour vous ? Moi, j'ai tout raté.

— Moi aussi. J'y croyais pourtant. Je n'ai même pas osé l'avouer à Manhattan et Jo, vous savez, les deux amis qui m'accompagnaient ce jour-là.

— Le jeune Français, je me rappelle ! s'écria Grace avec une joie charmante. J'ai l'impression, reprit-elle, que les théâtres ont désormais en tête de distribuer ces nouveaux comédiens de l'Actor's Studio.

— On dirait que c'est un mouvement général dans le théâtre, en effet. On devrait peut-être s'y inscrire...

— Hou ! Je préfère la bonne vieille méthode à La Méthode, rétorqua la gracieuse Grace. À vrai dire, je crois que je suis moins faite pour le théâtre que pour l'écran. Mon professeur à l'école de théâtre ne cesse de me seriner que je n'ai pas de voix.

— Vous seriez une reine, au cinéma, j'en suis persuadée, dit Page, sincère. Vous êtes si ravissante, Grace.

— C'est très aimable à vous. En fait, je pensais à la télévision. On y tourne de plus en plus et c'est très bien payé savez-vous ? Voudriez-vous y faire un essai ? Ils recherchent du monde.

Le regard de Page ne pouvait s'empêcher d'errer vers le vison. Grace Kelly portait en outre un éblouissant bracelet d'émeraudes. Avec cette fourrure et ce bijou, n'importe quelle autre aurait eu l'air d'une fille entretenue. Sur elle, les émeraudes avaient simplement l'air de vouloir être ses yeux.

– Je préfère me consacrer au théâtre, dit Page. Mais j'y penserai. Vous résidez dans une pension, vous aussi ?

– Au Barbizon. Le seul endroit qui pouvait convaincre papa de me laisser venir seule à New York !

Le Barbizon. Cette tanière de luxe pour jeunes filles de l'aristocratie américaine. Page passa à la trappe le nom de l'honorable Giboulée.

– Passez m'y voir un de ces jours ! fit Grace dans une imitation malicieuse de la nasillarde Mae West. Les chambres sont vert et rose. Vous verrez, on s'y amuse follement. Les garçons n'y sont pas admis... Alors, bien sûr, l'endroit les attire comme un aimant.

Elle rit, et son rire fut délicieux. Page n'avait pas remarqué jusqu'ici son menton carré, la mâchoire robuste. La délicatesse de ses traits masquait cet infime défaut. Elle songea que sous ses dehors graciles et raffinés, la demoiselle était aussi résolue qu'un blindé allemand. Chic était aussi de cette trempe-là.

Elles deviendraient des actrices célèbres, des stars peut-être, Page n'en avait pas l'ombre d'un doute.

Elle se sentit désagréablement envieuse. Quelle fraîcheur lumineuse dans ce « très aimable à vous » ! Et cette imitation à la fois cocasse et sophistiquée de Mae West !...Bien que du même âge qu'elle, Grace Kelly était le genre de fille dont devait raffoler un Addison. Brillante, racée, connaissant la place des couverts, et devisant à propos d'une tranche de haddock aussi exquisément que sur le dernier film de Barbara Stanwyck.

– Je vous rendrai visite à l'occasion, dit Page d'un ton misérable.

– Oui, s'il vous plaît. J'y tiens. Il faut que j'y aille, c'était un plaisir. Bonne chance, Page. *Et haut les cœurs !*

En plus, elle parlait français.

L'audition d'*Attendre la tempête* fut annulée car, au bout de vingt-cinq minutes – Page n'était pas encore passée –, une panne plongea entièrement le théâtre dans le noir.

À deux heures et demie, Page ressortit en compagnie de Luke, un élève de sa classe de théâtre. Il était dévolu aux rôles de jeunes premiers et affectionnait les grands cols ouverts qui allaient avec. Même les jours où, comme aujourd'hui, un vent glacial soufflait sur New York.

— Ça tombait à pic, cette panne d'électricité, dit-il joyeusement, je ne savais pas mon texte. On va se réchauffer quelque part ?

Luke était un garçon charmant, à l'humour charmant, aux manières charmantes. La mère de Page l'eût adoré. Page le trouvait sans intérêt.

— Je n'ai pas le temps, improvisa-t-elle platement.

Après avoir marché un moment à travers la bise polaire qui montait de la rivière, elle bifurqua vers l'East River, face au vent qui lui mit des larmes dans les yeux et lui fit un bien douloureux. Au bout de la 40ᵉ Rue, elle tourna, tourna encore, se retrouva devant le petit square qu'elle connaissait bien. Elle était dans Tudor City. Le square dans le froid était désert, amer, enseveli sous les feuilles rouillées.

Elle leva la tête vers les treize étages du Holden Building, tortueux et gothique, ressemblant assez à Addison De Witt. Elle fixa les dernières baies vitrées, tout là-haut.

Brusquement, qu'il puisse sortir et la surprendre l'horrifia et la couvrit de frissons. Elle rentra la figure dans son col et fonça en direction de Lexington.

17

Alone together

Jocelyn maudissait Charity. Et maudissait Dido.

Il était transi, il avait la goutte au nez, et il avait oublié son mouchoir. Il s'essuya discrètement à sa manche, la goutte se reforma quasi instantanément.

En outre, il devait avoir à l'œil ce Jeffrey autour duquel ne cessaient de tournicoter les filles de Toyfell High, Dido en tête ! Jeffrey était le président de l'Association des élèves de l'Ellery Toyfell High School pour la Libre Parole dont elle était la vice-présidente. Dido n'avait jamais mentionné son nom jusqu'ici.

– Peux-tu venir nous prêter main-forte ? lui avait-elle enjoint au téléphone.

Il avait été surpris. Pas tellement par la question. De se sentir si heureux d'entendre le son de sa voix.

– Tout ce que tu veux, *bobby soxer*, avait-il gaiement répliqué.

Malheureuse phrase... Qui avait lâché les monstres de l'excès, de la pléthore et des débordements.

— Pas le temps de t'expliquer mais rendez-vous dans vingt minutes devant le Woodward Hotel. Merci, Jo !

— Où est-ce ? s'était-il exclamé à la seconde où elle coupait.

Il alla s'informer auprès de Mrs Merle qui était en train de gorger d'engrais, pour la deuxième fois cette semaine, et malgré la température qui baissait vertigineusement, ses pieds de chrysanthèmes plus éblouissants que jamais. On eût dit les griffons des légendes.

— Le Woodward ? dit-elle, le majeur appuyé sur son chapeau de jardinage. C'est sur Broadway, vers la 55e. Oh, Jo, j'y pense... C'est à propos de ce mois d'essai... J'oublie toujours de vous en parler.

Elle choisissait mal son moment. Mais...

— Oui ? dit-il.

Elle rit, un peu congestionnée.

— Il ne tiendrait qu'à moi, il n'y aurait aucun problème, vous le savez. J'apprécie que cette maison ait retrouvé sa musique. Nous jouions souvent, avec Artemisia... Il y a de cela si longtemps...

— Oui ?... répéta-t-il, haletant.

— Artemisia n'a pas pris de décision, c'est pour cela que je ne vous en ai pas parlé plus tôt. Elle voudrait d'abord... Elle aimerait...

— Oui ? soupira-t-il. Mrs Merle, vous allez me faire mourir.

— Son poker ! dit-elle dans un chuchotis et avec un regard de soupçon aux chrysanthèmes qui, en effet, penchaient étrangement l'oreille vers eux. Elle vous invite à la prochaine partie... qui aura lieu un de ces soirs.

À la manière dont Mrs Merle l'articula, il comprit que ce « elle vous invite » était expressément remplaçable par « elle vous ordonne ». La nouvelle était un cataclysme, et secoua Jocelyn tout entier. La vieille corneille allait s'apercevoir qu'il avait menti, s'était vanté, qu'il jouait comme un bleu. Car il n'était jamais allé au-delà des deux malheureuses parties disputées avec le cousin Vivian et trois copains de lycée – une équipe aussi novice que lui.

Y aurait-il des représailles ? Il avait eu tant de chance jusqu'ici qu'il n'avait même pas envisagé de solution de repli.

Il réalisa soudain que quitter Giboulée était une pensée proprement insupportable. Il déglutit.

— J'y serai, dit-il avec un laborieux sourire.

— Oh, euh... dit-elle en lui touchant le bras. Tenue un peu plus que correcte exigée. Artemisia y tient.

— ...

— Un costume sobre suffira. Je vous prêterai un des nœuds papillon de Finlayson. Mon défunt époux, précisa-t-elle, voyant qu'il se demandait qui était Finlayson. On ne joue pas d'argent! avait-elle crié tandis qu'il prenait ses jambes à son cou pour filer au rendez-vous de Dido.

Les poings dans son duffle-coat, Jocelyn battait donc une semelle frigorifiée devant le Woodward Hotel. L'Association des élèves de l'Ellery Toyfell High School pour la Libre Parole venait soutenir Elina Berliner, une dramaturge connue pour ses pièces engagées, que la Commission des activités anti-américaines, l'HUAC, convoquait le surlendemain à Washington.

Jocelyn aurait échangé mille fois le poker d'Artemisia contre une séance devant l'HUAC.

En débarquant devant le Woodward, il comprit vite qu'il servait de bouche-trou. Trois membres, de ce que Dido nommait «leur groupe d'action», terrassés par la bronchite, avaient renoncé à venir. Il était là pour grossir les rangs.

— Tu as déjà lu du Berliner? lui demanda une jeune fille à capuche rouge.

Elle portait des socquettes blanches comme toutes les autres.

— Non, dit Jocelyn. C'est bien?

— Chair de poule, dit-elle.

Elle avait les dents en désordre mais bien blanches, un nez que le vent vif et froid assortissait à sa capuche.

— Français ? dit-elle.

— *Paree*, dit-il.

— Tour Eiffel ! s'écria-t-elle.

— Et statue de la Liberté ! dit-il.

— Rhonda, dit-elle en lui broyant la main.

— Jo, dit-il.

Elle ne s'avoua pas vaincue.

— À ses débuts à Broadway, dit-elle en verve, Gene Kelly habitait dans cet hôtel. Un deux-pièces kitchenette.

— Il avait de la chance. J'occupe un studio dans un sous-sol.

Rhonda lui tourna le dos sur un sourire incertain.

Ils étaient au total une douzaine, tous porteurs de pancartes clouées à des manches de râteaux ou à balais : « Soutenons Elina Berliner », « Non aux auditions », « Non aux délations », « Liberté de pensée en Amérique ». Les filles gravitaient autour de ce Jeffrey qui portait le badge « Président » au col de son chandail.

Ledit président fonça tout à coup vers Jocelyn, brandissant une espèce de chasuble en carton, fendue au sommet pour passer le cou. Jeffrey était un garçon maigre au long cou mélancolique, aux sourcils ténébreux, avec des cils féminins qui lui veloutaient l'expression. Le genre que les filles trouvent beau. Jocelyn dut convenir qu'il l'était.

— Tu as la bonne taille. Peux-tu mettre ça sur toi et te poster à l'entrée de l'hôtel ? dit-il à Jocelyn.

Il l'aida à enfiler le carton. Jocelyn se retrouva homme-sandwich, avec une inscription côté ventre et une autre côté dos. Il se posta donc à l'entrée du Woodward. Sa carapace de carton avait au moins le mérite de stopper les assauts du vent.

Enfin, Dido parut s'apercevoir de sa présence. Un sourire agitait le miel de ses yeux.

— Merci d'être venu, Jo, dit-elle. Elle baissa d'un ton, roula un œil furtif autour d'eux. Tu vois le type au journal, là-bas ? Et l'autre dans la cabine téléphonique ?...

Elle arrondit les lèvres et articula sans le son : FBI.

— Euh, dit Jocelyn. Ton père ne disait pas qu'en tant que résident étranger on pouvait s'attirer, euh, des ennuis à ce genre de rassemblement ?

Elle balaya la question d'un haussement d'épaules.

— Jeffrey dit qu'en cas de problème tu n'as qu'à te réfugier à ton ambassade. C'est un territoire français. On ne pourra pas venir t'y chercher. Tu savais ça ?

— Ah oui ? Euh, non, bredouilla-t-il. Tu es sûre, ces types sont du FBI ?

Elle mit un doigt sur les lèvres et repartit avec sa pancarte.

— Hé ! lui cria Jocelyn. Depuis l'ambassade, comment fait-on pour aller au port prendre le bateau ?

Elle n'entendit pas.

Il y eut un mouvement diffus. À deux cents mètres, une sorte de vague noire déboucha subitement du point d'horizon de la 55e.

Jocelyn hurla une phrase en direction de Dido. Elle se retourna, vit, et se figea.

Jocelyn se mit à courir, tout en arrachant la chasuble qui ne voulait pas le quitter et qu'il dut déchirer et semer sur le bitume sans cesser de courir.

La vague progressait. On voyait maintenant les bâtons, les battes, les barres, hérissés comme des mâts sur une armada de navires pirates. Jocelyn attrapa Dido par le bras.

— Il ne faut pas rester !

— Je reste ! dit-elle.

Une sirène de police mugit au bout de la rue, vers l'avenue des Amériques. La vague prit de la vitesse et déferla tel un rouleau. Agrippant Dido de toutes ses forces, Jocelyn l'entraîna à l'opposé, vers Broadway.

— Je reste, je t'ai dit ! haleta-t-elle.

Elle jeta un regard par-dessus l'épaule. Où étaient

les autres ? Trois hommes à casquettes brunes et battes de base-ball les prirent en chasse.

Il se courba en deux, elle l'imita, toujours au galop. Juste avant le croisement de Broadway, alors qu'ils tournaient la tête pour localiser leurs poursuivants, ils heurtèrent de plein fouet une bouche d'incendie. La culbute leur coupa le souffle et les envoya à plat ventre entre une Pontiac et une camionnette de livraison.

— Ça va ? demanda Jocelyn en se relevant.

— Merveilleusement, souffla Dido, par terre, une manche dans le caniveau. Je passerais ma vie ici.

Il l'aida à se relever, en se disant qu'on s'amusait et qu'on se réchauffait enfin. Il repêcha le béret rose qui avait roulé, le fourra dans sa poche. Les trois casquettes brunes gagnaient du terrain.

Le nez sur les portes arrière de la camionnette, Jocelyn aperçut un interstice. Il glissa le doigt... c'était ouvert.

— Vite !

Ils grimpèrent d'un bond à l'intérieur, et claquèrent les battants. On n'y voyait rien.

— Qui sont ces gars ? fit Jocelyn, en reprenant son souffle.

— Des traqueurs de *commies*. Des casseurs. Des bruns. De sales types. Avec ce qui se passe en ce moment, ils ont de quoi se distraire. On est où ? chuchota Dido.

— Aucune idée, et toi ?

— Comment veux-tu que je sache ? Je t'ai suivi.

— N'en parle à personne surtout. (Il rit.) Comment tu trouves l'endroit ?

— Climatisé.

Il faisait en effet un froid de banquise à l'intérieur de la camionnette, bien plus intense qu'à l'extérieur. C'était étroit, ou extrêmement encombré par on ne savait quoi. Il y flottait l'odeur insolite et familière des écorchures aux genoux.

Les voix de leurs poursuivants devinrent atrocement audibles. On entendait leurs battes quand ils les cognaient par terre, les tapaient contre un mur ou sondaient les voitures.

— T'es sûr Jack ? cria l'un. Ils étaient par là ?

Jocelyn et Dido se ratatinèrent comme de petits bouddhas contre des masses froides et molles qui pendaient derrière. Impossible d'étendre les jambes. À tâtons, Dido tenta de se caler plus confortablement.

— Tu es assise sur mes côtes, protesta faiblement Jocelyn.

— C'est donc toi, Jo ? chuchota-t-elle avec un rire.

— Je me le demande.

— Pardon, dit-elle, en remuant pour s'installer autrement.

— Waldo ? criait une deuxième voix au-dehors. Doivent être planqués sous les bagnoles !

On les entendit faire le tour de chaque véhicule, très proches. Un coup ébranla le flanc de la camionnette. Les battes leur servaient d'antennes de détection. De bâtons de sourciers. Le fou rire de Jocelyn fut sur-le-champ refoulé par le poids qui comprimait sa cage thoracique.

— Tu es toujours assise sur mes côtes, gémit-il tout bas.

— Excuse-moi.

— C'est rien. J'ai juste pris la sale habitude de respirer.

— Si seulement, ronchonna Dido en réitérant son petit remue-ménage, les garçons pouvaient procurer autant de bien-être qu'un bon vieux coussin de fauteuil.

Justement. Quelque chose de fondant, de moelleux était en train de prendre appui sur la joue de Jocelyn. Un peu plus haut, la voix de Dido s'exclama « oh, pardon ! ». Il comprit qu'il s'agissait de ses seins, appuyés, là, tendrement contre sa joue, comme de petits agneaux. Il se mit à transpirer, malgré le froid qui commençait à engourdir.

— Qu'est-ce que tu fabriques ? s'étrangla-t-il.

— Je renoue mes lacets. Si jamais on devait se remettre à courir...

— Tu aurais dû mettre des escarpins et une tenue de soirée, gloussa-t-il niaisement.

Il dit cela pour produire un son. Parce que sinon, il en était sûr, elle aurait entendu le marteau de son cœur, son cœur qui était en train d'étouffer et frappait à sa poitrine pour demander qu'on ouvre.

— Désolée, dit-elle. Je n'ai qu'une jupe marron et des souliers à lacets.

— Chacun sa croix, expira-t-il en remerciant le ciel qu'il fît aussi noir.

Un bref éclat de jour perça la nuit de la camionnette, tel un flash. Une chose tomba à leurs pieds, puis ce fut à nouveau la nuit. Mais pendant ce quart de seconde où les portes s'étaient entrouvertes, leur cerveau enregistra l'image fugitive du contenu de la camionnette. Dans un même élan de panique, leurs doigts s'agrippèrent, tels des lutins effrayés.

Sitôt après on entendit des cliquetis métalliques.

— On est enfermés ! jeta Jocelyn, effaré. On hurle ? Il faut sortir !

— Avec les autres teigneux qui attendent dehors ?

— Mais on ne peut pas rester ! gémit-il. Tu as vu dans quoi on est ?

– J'ai vu, dit-elle, lugubre. Si tu as des allumettes ou un briquet, on pourrait faire un barbecue. Mais je n'ai pas pensé à prendre le sel avec moi.

– Et moi je ne fume pas.

Il se redressa, aspira un grand coup et se mit à crier à l'aide. Seulement personne ne put entendre car au même instant le moteur pétarada, et le camion frigorifique à viande commença à rouler. C'était un très vieux camion très bruyant.

Une minute de consternation plus tard, Dido tenta une remarque apaisante :

– Ce n'est pas plus mal. On s'éloigne de nos chasseurs de prime.

Ajoutant une autre, plus inquiétante :

– J'espère juste que ce camion ne part pas faire une livraison en Floride. Note que la Floride est une perspective pas si désagréable quand on est enfermés dans un véhicule réfrigéré.

Sauf à attendre que la camionnette s'arrête, il n'y avait plus grand-chose à faire. Jocelyn sortit de sa poche le béret dont le rose pour l'heure était couleur des ténèbres.

À l'aveuglette il l'approcha vers là où il entendait Dido respirer. Il lui effleura le nez, les yeux, arriva aux cheveux où il plaça le béret. Les coudes de Dido le heurtèrent quand elle enfonça le béret par-dessus ses oreilles. Jocelyn releva sa capuche de duffle-coat et croisa les bras autour de lui en faisant *brrrr...*

Ils restèrent un moment sans parler, accroupis côte à côte en une sorte de tas engourdi. Dido s'était mise à grelotter. Elle se frictionna les mollets et tira les plis de sa jupe jusqu'à ses chevilles.

– On a peine à croire qu'on est sous la même latitude que Naples, grommela Jocelyn.

– Attends l'été! riposta-t-elle en essayant de ricaner (mais ce n'est pas chose aisée quand on claque des dents).

Une phrase se forma dans l'esprit de Jocelyn, des mots qui parvinrent ensuite à sa bouche où il prit le temps de les tourner sept fois – et même huit.

– Ferme les yeux, dit-il. Ferme les yeux, Dido Bezzerides, et imagine que mon duffle-coat est un genre de Floride portative où tu viendrais te réchauffer.

La réponse, d'abord, ne fut que grelottements et claquements. Puis:

– Es-tu en train de me proposer de me blottir contre toi, Jo Brouillard? demanda-t-elle.

Sans attendre, elle fut dans ses bras. Il la sentit qui se nichait, se roulait en boule au creux du duffle-coat, et il l'écouta souffler sur ses poings comme pour y attiser des braises.

– Oui, chuchota-t-il, c'est ce que je voulais dire, Dido Bezzerides.

Il répéta exprès son nom entier, ce drôle de nom bizarre dont les deux premières syllabes émettaient, dans sa langue, un baiser. Il se le répétait encore mentalement tandis que le camion filait et les confinait dans la gêne enchantée d'une promiscuité empêtrée mais bienheureuse.

– Je me demande ce que font les autres, soupira-t-elle. Il était convenu qu'en cas de problème on se réfugiait tous à l'intérieur de l'hôtel et qu'on alertait la police. Je suppose que c'est ce qu'ils ont fait.

Un virage les inclina et voulut les rapprocher davantage. Ils ne luttèrent pas contre lui. Les claquements de dents s'espaçaient. Jocelyn ajusta le coin de son menton sur un bord du béret. La laine picotait.

– Ça me rappelle pendant la guerre… commença-t-il.

– À Paris ?

– Non. On était partis se mettre à l'abri à la montagne. Papa était prisonnier en Allemagne et maman s'est retrouvée seule avec nous cinq. Elle avait peur que Paris soit bombardé. Alors on est allés chez Mamido et Papido, en Auvergne. À Saint-Illieux.

– Tes grands-parents ?

– Oui. On les appelle comme ça parce qu'ils se

prénomment tous les deux Dominique. C'est drôle, hein ?

— Hilarant. C'était loin de Paris ?

— En plein milieu du pays. En temps normal, il faut une grande journée de train pour y arriver. Mais là on avait mis quatre jours. Tu le sais peut-être, la France était coupée en deux. Au nord, la zone occupée par les Allemands, au sud, la zone dite libre. Beaucoup de gens essayaient de fuir la zone occupée pour le sud. Certains, après, tentaient de gagner l'Espagne ou le Portugal, pour se rendre ensuite aux États-Unis ou en Amérique du Sud.

— *Scintille où ?* articula Dido. C'était en zone libre ?

— Saint-Illieux, corrigea-t-il. Qui ne scintillait pas plus que ce camion.

Il lui fit répéter plusieurs fois le nom, mais elle finit par renoncer.

— Oui, en zone libre, reprit-il. Pas mal de gens, là-bas, cachaient des fugitifs, des Juifs surtout. Au début, je ne comprenais pas tout, j'avais dix, onze ans. Mais je sentais, je devinais du secret, des choses dont on ne devait pas parler…

Jocelyn remua ses doigts gourds, rencontra ceux de Dido sur le duffle-coat, après une hésitation il les laissa posés dessus.

— Chez Mamido et Papido, je me réveillais chaque nuit. À la même heure. Quand j'ouvrais les yeux, pourtant, et que j'écoutais, la maison était silencieuse; alors je me rendormais. Mais une fois, je me suis réveillé un peu avant... Il y avait des lumières sous la porte de ma chambre. Je me suis levé pour entrouvrir... J'ai vu ma grand-mère, tenant une bougie, et des gens que je ne connaissais pas. Ils sortaient du grenier...

— Qui c'était ? interrogea Dido, haletante.

— Sois patiente, laisse-moi raconter comme je veux. Il y avait un monsieur, de l'âge de mon père. Et trois enfants. Deux petits et une fille d'à peu près mon âge.

— Tu es tombé amoureux d'elle.

Jocelyn souffla bruyamment et fit semblant de cesser de parler.

— Mais raconte ! s'impatienta Dido. Qui étaient ces personnes ? Elles se cachaient ?

Jocelyn, qui mourait d'envie de continuer, continua :

— Ils attendaient que vienne leur tour pour partir, qu'un passeur de la Résistance puisse les conduire à un point donné, plus au sud. Là, un autre passeur prenait la relève, et ainsi de suite, jusqu'aux Pyrénées. Tu sais ce que sont les Pyrénées ?

— *Pire nez ?* Aucune idée.

— Les montagnes qui servent de frontière avec l'Espagne. Bref, c'était compliqué, très long et vraiment dangereux. Sauf que, ce que je te raconte là, je n'étais pas du tout censé le savoir à ce moment-là. Le matin, tout de go, je demande à Mamido qui sont les gens que j'ai vus, la nuit dernière, sortir de notre grenier... Elle en a lâché la poule qu'elle était en train de plumer! Ça faisait comme un oreiller crevé par terre. Elle n'a même pas pris le temps de ramasser ni de balayer, elle m'a saisi par les joues et m'a chuchoté : « Ne parle de cela à personne. À personne, tu entends ? » Alors, je n'ai plus rien dit. Rien du tout. Même pas à ma sœur Rosemonde. À personne. Jusqu'au jour où...

Jocelyn se mit soudain à renifler fort.

— C'est ça... Voilà. Ça sent comme à Saint-Illieux, ce camion. La même odeur de bête morte.

— Jusqu'au jour où ?...

— C'était longtemps après. Un matin, au mois de mai. J'étais censé être à l'école, mais M. Valette, l'instituteur du village, nous avait renvoyés chez nous parce que certains élèves avaient la varicelle. Mes petites sœurs étaient dans une autre classe. Édith et Rosemonde sont allées chez leur copine Monique...

— Tu as combien de sœurs ?

— Quatre.

— Tu as de la chance, dit Dido, rêveuse. J'aurais adoré.

— J'adore aussi... parfois. Édith, c'est l'aînée. Après, c'est moi et Rosemonde. On est jumeaux.

— Toi ! Tu as une sœur jumelle, toi ?

— Et un petit frère. Le seul né après la guerre. Maman dit que Charlie est l'enfant de la paix, qu'il ne connaîtra jamais la guerre et ne sera jamais soldat. Il vient de faire ses premiers pas.

— Cachottier, chuchota Dido. Tu as une jumelle et tu n'en parles jamais...

Silas lui avait fait la même remarque. Croyaient-ils tous qu'il cachait Rosemonde ? Donnait-il cette impression ? Il était fier de sa sœur pourtant, de sa Rosemonde si brillante. Elle était sa camarade, son alter ego, son compagnon d'armes. Même si maintenant il y avait cette douleur secrète lorsqu'il pensait à elle, parce qu'elle ne serait plus jamais sa grande complice... Que quelque chose d'elle n'était plus là, ne le serait plus jamais.

— Eh bien ? reprit Dido. Continue.

Il replia et déplia un genou, le temps de revenir à ses moutons, de les rassembler un peu.

— Ce jour de mai, je m'en retourne donc seul de l'école, poursuivit-il. La maison était vide, mes grands-parents absents. Je vais dans la cuisine me préparer une tartine. Il y avait notre chat Mistigri. Dis-le, ça : Mis-ti-gri.

– *Mister Gray*, répéta docilement Dido.

– Mouais. Je donne du lait à Mistigri. Et juste quand je me retourne pour ranger le pot, je vois cette fille…

– La jolie dont tu es tombé amoureux ?

– Je n'ai pas dit qu'elle était jolie.

– Mais elle l'était.

– Oui. Très jolie. Mais vieille. Au moins treize ans.

– Ça n'empêche pas. En quatrième année de primaire, j'étais raide folle de Tommy Abernathy qui avait sept mois de moins que moi.

Jocelyn fit *pfffff* en roulant les yeux au ciel, c'est-à-dire vers la voûte du camion.

– Elle se croyait seule. Moi aussi. On s'est fixés, tétanisés, puis elle a fait demi-tour sans un mot, pour courir vers l'escalier. Mistigri l'a rattrapée avant moi, au premier étage. Et là, qu'est-ce que je vois ? Les deux autres enfants, avec le père. Les gens de la nuit. Entassés dans l'espèce de débarras sans fenêtre que Mamido fermait toujours à clef. C'était plus petit que cette camionnette. La pièce avait été transformée en bureau. C'était grand ouvert. Pour respirer, tu comprends. Les gamins étaient assis et drôlement sages, pour des petits. Comme si on leur avait dit qu'après la porte les attendait un grand méchant loup. C'était exactement ça, du reste. Le monde, pour eux, c'était le Grand Méchant Loup à ce moment-là. Leur père était en train de leur apprendre les multiplications. Et tu sais quoi ? Il ne leur faisait pas réciter bêtement. Non. Pour ça, il avait découpé des petits bateaux en papier de toutes les couleurs. Il s'appelait Atticus Feyder. C'était un homme exquis, patient, très bon. Il était prof de maths et de physique dans la vie d'avant. Atticus avait un don précieux, un pouvoir inouï : il te faisait comprendre les équations les plus ardues, les problèmes de physique les plus tordus. Avec lui, c'était comme jouer, faire des tours de magie. Tu imagines ? Découper des bateaux de couleurs pour faire apprendre les tables de multiplications !

— J'aurais dû le rencontrer, fit Dido d'un ton rêveur.

— Jusque-là j'étais un élève pas vraiment exceptionnel. Grâce à lui, j'ai adoré apprendre. Voilà. Tous les jours, après l'école, je montais au débarras. Il me dénichait des problèmes qu'il me présentait comme des rébus, des jeux, des tours de passe-passe. Il avait toujours une idée extravagante. Il m'a appris aussi à jouer aux échecs. Je m'amusais énormément. Ça l'amusait aussi, je crois.

– Et la fille ? La jolie vieille dont tu étais amoureux.
– Elle s'appelait Marianne.

Le moteur ralentit. Ils redressèrent la tête. Mais ce n'était qu'un feu rouge. La camionnette se remit bientôt à rouler.

– Il va vraiment en Floride, dit Jocelyn d'un ton funèbre.

Elle lui donna une bourrade.

– Ne change pas de sujet.

– Marianne jouait du piano. Jusque-là, ça lui était interdit, à cause du bruit. Elle en était affreusement malheureuse, ça lui manquait. Mais à partir du moment où le reste de la famille a fini par être dans le secret, son père l'a autorisée. À une condition : que je me trouve toujours près d'elle quand elle jouait. C'était LA condition.

– Je ne comprends pas, murmura Dido.

Il devina qu'elle fronçait les sourcils. Il eut terriblement envie de lui toucher le front, pour vérifier.

– On avait convenu d'une stratégie, reprit-il. Si un passant ou un visiteur venait à demander qui jouait au piano, Marianne devait vite se cacher dans le grand coffre installé exprès à côté, de sorte que l'on croit que j'étais seul au clavier. Mais ça n'est jamais arrivé. Et puis on mettait la sourdine. Toute la journée Marianne m'attendait. Elle m'attendait pour enfin pouvoir jouer de son piano bien-aimé. Si j'étais en retard, elle me houspillait.

– Les garçons adorent quand une fille les attend.

– Jamais je n'avais entendu quelqu'un jouer comme elle jouait ! *Au clair de la lune*, sous ses doigts, vous arrachait les larmes du cœur.

– *Okley dela loune ?* ânonna Dido en français.

– Tu ne connais pas ?

Jocelyn lui fredonna le premier refrain, le seul qu'il connaissait, le seul que tous les enfants de France connaissent.

– Ça dit quoi ? demanda-t-elle. Et puis non. Raconte-moi plutôt votre premier baiser avec cette Marianne, ça me fera dormir.

– On ne s'est jamais embrassés, stupide. On faisait de la musique, juste de la musique. À Paris, je prenais des cours depuis que j'avais six ans, chez mademoiselle Aubouin. Un pensum. Je m'y ennuyais comme un rat dans son trou, soupira Jocelyn. Avec Marianne, ça a pris une autre tournure... Elle me stimulait. J'essayais de la rattraper, de faire mieux. Il me fallait l'épater. La musique est devenue notre passion. Un sport acrobatique et terriblement excitant. On l'avait appelée Marianne en signe de gratitude. Parce que la France les avait accueillis quand ils étaient arrivés de Hongrie. Marianne avait un rêve : devenir concertiste, donner des récitals dans les grands Opéras du monde. Sans elle je n'aurais jamais osé songer à vouloir devenir pianiste moi-même. Tout cela a duré presque une année.

Jocelyn fit une pause. Au bout de ses chaussures, ses orteils devenaient glaçons, mais il n'avait pas envie de bouger.

– Tu n'as pas froid aux pieds ?

– Je ne sais pas, répondit Dido, tout bas. Je ne les sens plus. Continue.

– Les Feyder avaient passé l'été à attendre un passeur. Mais il y avait eu des sabotages, des représailles... La région était quadrillée. Ça n'a pas été possible. Ensuite, l'hiver, c'était encore moins facile de circuler. Dans ce pays-là, l'hiver peut devenir un piège. Il est arrivé qu'un paysan cherche sa ferme des heures dans le blizzard et qu'on le retrouve mort, deux jours après, enseveli à trente mètres de chez lui... Tu imagines ?

Dido émit un *hum hum*, suivi d'un soupir.

– Atticus et ses enfants ont dû attendre le printemps. Je ne me rendais pas compte, j'avais tellement l'habitude qu'ils soient là... Et un jour de mars, ils étaient partis. Disparus. Je suis rentré de classe, le débarras était clos. Mamido m'a dit que le passeur les avait emmenés, le rendez-vous avait été tenu secret. Et... voilà. Je ne les ai jamais revus.

Il se tut quelques instants.

— Cette nuit-là, reprit-il, je n'ai pas fermé l'œil. J'espérais entendre leurs pas, j'attendais la lumière sous ma porte... Aujourd'hui, dit-il après un soupir, ils doivent se trouver en Argentine, je suppose. Ils en parlaient souvent. J'ai trouvé le mot d'adieu de Marianne sous le couvercle du piano, avec aussi la signature d'Atticus. Le départ s'était fait dans la hâte, ils étaient désolés qu'on n'aie pas pu se dire au revoir, ils m'embrassaient, Marianne me remerciait. C'est seulement l'an dernier que Papido a pu m'avouer que le passeur les avait embarqués à la place d'une famille qui se cachait dans une grange à quarante kilomètres de là, et que les Allemands avaient découverte et venaient de fusiller...

La tête de Dido roula lourdement sur la poitrine de Jocelyn, sa respiration était profonde.

— Hé ! s'alarma-t-il. Il ne faut pas dormir ! Il se mit à lui bouchonner les biceps avec vigueur. On meurt de froid sinon !

— Laisse-moi mourir, grommela-t-elle, ensommeillée. Je sens que je vais aimer ça.

Pris de panique, il se rassit... Juste à l'instant où le camion stoppa. Ce qui réveilla Dido.

Tous deux se redressèrent, leurs crânes cognèrent une masse flasque... Ils rentrèrent la tête dans le cou.

Il y eut de nouveaux cliquetis de serrure. Les portes s'ouvrirent. Ils clignèrent des yeux de renardeaux qu'on réveille.

Par-dessus son blouson de laine quadrillé rouge et noir, l'homme qui les dévisageait portait un chaperon de boucher dont le blanc éclatant faisait ressortir ses yeux noirs et sa peau qui l'était autant.

— Eh bien! s'écria Dido, recouvrant son énergie. Si on descendait du manège?

— Qu'est-ce que vous fichez là-dedans? s'exclama l'homme. Vous êtes des copains aux trois paltoquets de tout à l'heure? Ceux avec les battes?

— Ah non! fit-elle en se remettant debout parmi les carcasses qu'elle s'efforçait de ne pas regarder. Ceux-là voulaient plutôt nous faire notre fête.

Le boucher les regarda descendre, sa face ronde submergée de perplexité.

— Drôle d'endroit pour flirter et bécoter, marmonna-t-il.

— On ne flirtait pas et on ne bécotait pas! rétorqua Jocelyn avec dignité. Votre camion était le seul refuge à notre liberté de parole. Merci mille fois de l'avoir laissé ouvert, acheva-t-il avec un large sourire.

Ils le saluèrent et filèrent vers les lumières qui brillaient à cent mètres.

– Houston Street, reconnut Dido. Greenwich Village.

Dans ce quartier, les rues étaient moins bien alignées, plus crochues, les immeubles plus provinciaux ; le linge pendait aux fenêtres. Après la chambre frigorifique, la température ambiante parut presque humaine, mais le vent d'est rappela vite que l'hiver était sur le pas de la porte.

– Je regrette la Floride, soupira Dido en resserrant son écharpe.

Phrase qui perdit Jocelyn dans un abîme de conjectures. Parlait-elle de la Floride-Floride ? Ou bien du duffle-coat ?... Pourquoi diable les filles s'exprimaient-elles par énigmes ? Aux moments importants en plus ?

Ils trouvèrent une épicerie et son bar en chêne. La porte refermée, la chaleur du poêle à charbon les enveloppa avec l'affection d'un vieil oncle de retour du Brésil.

Il y avait deux autres clients. Un monsieur assis au bar, une mallette sur les genoux, qui buvait son expresso comme s'il s'agissait d'un vieux cognac. Sur la banquette du fond, une dame à cheveux blancs somnolait en fredonnant l'air qui passait à la radio. Ils s'assirent non loin d'elle et commandèrent des cacaos.

C'était petit, et l'on n'y voyait pas très bien à cause de la poussière et des insectes qui s'empilaient sur le lustre plat, mais l'endroit était amical et intime avec ce poêle, les étagères de conserves à étiquettes multicolores, les publicités sur les plaques d'émail, les bocaux de fruits au sirop, les paquets de céréales rangés comme des romans.

– On aurait dû emporter un gigot du camion, nota Jocelyn. On se serait fait un repas complet.

Il se sentait... comme jamais il ne s'était senti. Sa tête, son cœur, son ventre lui semblaient sur le point d'éclater. Dido ôta son écharpe et son manteau à grands carreaux. Son nez avait l'air d'un radis tout juste sorti du réfrigérateur (et c'était presque le cas) – rose, humide et frais, il donnait envie de croquer.

– Dido... c'est un diminutif, n'est-ce pas ?
– Oui, soupira-t-elle.
– C'est quoi ton vrai prénom, Dido ?
– Tu ne te moqueras pas ?
– Promis.
– Theodora.
– Comme l'impératrice de Byzance ?
– Tu connais ? s'étonna-t-elle. Une idée de papa.
– Une excellente idée. Theodora...

Pourquoi n'avait-il jamais remarqué ce grain de

beauté qui illustrait l'angle gauche de son front ? Le voyait-il maintenant à cause du rose du béret ? Ou parce qu'il n'avait jamais vu Dido dans un cadre de céréales et de fruits au sirop ?

Il avait envie d'encore lui dire... un tas de choses. Mais tout lui arrivait en désordre, comme dans des cartables remplis par le dernier de la classe.

Le patron apporta les cacaos. Avec un soupir de bien-être, Dido encercla la tasse de ses deux mains. Jocelyn ressentit l'envie brûlante, et terriblement aventureuse, de poser les siennes autour. Pour s'empêcher, il détourna la tête.

Son regard tomba sur le panier que la dame aux cheveux blancs avait posé sur la banquette. Un foulard imprimé de harpes vertes en couvrait le contenu. La dame fredonnante lui sourit, puis sourit à son vermouth-cassis. Il pensa qu'elle avait l'air un peu folle. Elle balançait la tête avec la chanson.

– Theodora, reprit-il. Il faut que je te dise... plein de choses. Mais je ne sais pas où commencer. Je voudrais...

Le patron haussa le volume de la radio. Du coup, leur voisine éleva la voix, son index swinguant sur le bord de la table au rythme du grand orchestre d'Artie Shaw. Jocelyn se mordit les lèvres, sentit le sel de sa sueur sous la langue.

What is this thing called looo-oove?
This funny thing called love?

— J'aimerais que l'on se connaisse mieux, soupira-t-il.

— Que l'on se raconte notre vie? sourit Dido avec une grimace qui la fit loucher. Tu viens de le faire.

— Non... Non, bien sûr, dit-il, freiné dans son élan (et déjà découragé qu'elle fût si peu sérieuse).

Is there anybody who can solve this mystery-iiii?
What is this thing called looo-oove?

— Tu préférerais, je suis sûr, murmura-t-il boudeur, que ce soit Jeffrey à ma place.

— Oh Jo! soupira-t-elle au-dessus de son cacao. Ne sois pas si juvénile!

— Un jour parfait pour le poisson-banane, grommela-t-il.

— Quoi?

Il ferma les yeux. Il parlait trop, disait n'importe quoi.

Je vais les rouvrir, songea-t-il. Dans deux secondes je vais rouvrir les yeux et, oh mon Dieu, si je vois sur son visage cette expression de chipie moqueuse qu'elle sait si bien faire quand... Je...

Il les rouvrit. Dido Bezzerides ne riait pas, elle ne se moquait pas non plus, mais le fixait, grave, l'air de ne simplement pas comprendre où il voulait en venir.

Tell me why should it make a fool of me-iiii?
Whaa-aat is this thing called loooove?

La dame au panier se tracta soudain en crabe sur la banquette, dans l'intention visible de réduire la distance qui la séparait d'eux. Elle poussait son panier devant elle.

– Violettes ? proposa-t-elle.

– Non, dit Dido.

Le temps d'une gorgée, Jocelyn dévisagea la vieille femme. Il reposa son cacao, soudain rayonnant.

– Oui ! s'écria-t-il.

Fouillant fébrilement ses poches, il dénicha quelques piécettes et acheta un petit bouquet que la dame fixa au béret rose à l'aide d'une épingle tirée de sa manche.

– Merci, madame, fit Dido.

– Midget.

– Merci Midget, dit Jocelyn, éperdu de gratitude.

Il s'en voulut d'avoir pensé qu'elle était folle. Et quand bien même, grâce à elle il faisait un cadeau à Dido.

La chanson était finie. La dame souleva alors son panier, quitta la banquette en abandonnant le fond de son vermouth-cassis, et sortit. Elle leur adressa un salut d'amitié à travers la vitrine avant de s'effacer dans la nuit.

— C'est mignon tout plein ce violet sur ce rose, bougonna le patron quand il leur apporta la note.

Il donna une pichenette au béret et repartit, l'air ronchon.

Dido sourit à Jocelyn.

— Je t'écoute, Jo. Tu disais avoir plein de choses...

Il ne savait plus. Les cartables s'étaient refermés sur leur fourbi de mauvais élève.

— *Hofff*, fit-il en partant à la recherche de son portefeuille. Oublie ça. Je dis de ces sottises parfois...

18

Have you got any castles, baby?

À 15 heures, dans le métro qui la ramenait de la 125e Rue, Chic songea que si la journée se poursuivait comme elle avait débuté, le mieux était de boire une tisane et d'aller se coucher.

Cela avait commencé à 8 heures, dans une foire professionnelle de la banlieue de Newark. Chic s'était réveillée à l'aube. Chose quasi surhumaine car elle avait dansé (fort mal) toute la soirée de la veille, et jusque fort tard, avec l'héritier d'un magnat du bouchon en liège.

La foire avait lieu sous un chapiteau. On affecta Chic au secteur des grille-pain en duo avec une dénommée Patsy.

Pour 30 dollars la matinée, on leur donna à porter une courte robe à bustier jaune, un tour de cou en strass, des talons aiguille et, nanties de cette armure, elles étaient censées parler des machines en démonstration. Chic en savait à peu près autant sur un grille-pain que sur un char Patton, mais comme elle était consciencieuse, elle éplucha chaque ligne de la brochure.

Ensuite... ce fut un enfer de cinq heures. Outre que la température du chapiteau passa insensiblement de celle d'une glacière à celle d'un four, les représentants et hommes d'affaires trouvaient naturel de peloter leurs cuisses plutôt que les appareils électriques. Elle eut droit à leurs sourires, aussi lestes que leurs mains, et à leurs remarques astucieuses :

– Je brûlais de vous rencontrer, mademoiselle.

– Mademoiselle, ne me laissez pas sur le gril...

– Je me consume déjà pour vous.

Et ainsi de suite. À une heure, démoralisée, frissonnante, elle empocha les 30 dollars, remit jupe et chandail, s'enveloppa dans son manteau en vigogne et déguerpit, abandonnant la pauvre Patsy – qui, elle, avait signé pour la journée – et haïssant plus que jamais les foires professionnelles.

Elle repartit dans Newark glacial et désert pour regagner le bac de la 125ᵉ Rue.

À Giboulée, elle ne trouva personne. Elle commençait à se déshabiller pour aller, assurément, se coucher, lorsque le téléphone sonna. Elle descendit décrocher. C'était Ernie Culkin. L'héritier du roi du bouchon en liège. Il ne dansait pas très bien, et sa conversation aurait fait bâiller de torpeur une huître, mais après cette journée asphyxiante, la voix d'Ernie fut une aspirine.

— Hello, Felicity ! dit-il. Je n'ai cessé de penser à vous. Que diriez-vous d'aller ce soir à l'El Morocco ?

Elle serait allée dans le Bronx. Mais le luxe de l'El Morocco était une perspective évidemment plus radieuse.

— Oh, euh, Felicity ?...
— Oui ?
— Mettez votre robe rouge. J'adore le rouge.

Elle raccrocha, soudain très gaie, en se disant qu'elle avait le temps de faire un tour au salon de beauté du Great Northern Hotel. Il fallait bien que les 30 dollars de la foire servent à quelque joie. Elle avait un pied dans l'escalier quand le téléphone sonna à nouveau.

C'était Vallie, son agent.

— Comment sont tes cheveux ?
— Noirs et propres.
— Courts ?
— Vallie ! Tu m'as vue la semaine dernière. Même avec le monstrueux engrais à chrysanthèmes de Mrs Merle...

— Hein?

— Rien. Courts, oui.

— Présente-toi à CBS, studio D bis. La fille s'est désistée. Une séance photos pour un shampooing aux œufs. Tout de suite.

— J'y vais... Pourquoi la fille s'est-elle désistée?

Vallie avait raccroché. Chic soupira. Tant pis pour le salon de beauté. Elle irait après, si la séance ne durait pas trop longtemps...

Elle dura deux heures. Deux enfers dans une seule journée... Chic n'avait plus envie d'aller se coucher mais d'être morte.

— Vous avez un sèche-cheveux? s'enquit-elle, calme, lorsque tout fut terminé.

Deux heures en peignoir, à s'immerger la tête dans une bassine d'eau, à la relever, clic-clac, les yeux grands ouverts et souriants sous un shampooing qui lui rongeait les paupières. Elle se demandait si elle n'avait pas préféré les soupes Campbell's. Dans la bassine ondoyaient des bosses de mousse d'un rose écrevisse. Shampooing aux œufs, disaient-ils. De quelle couleur était la poule?

Le photographe, un garçon fringant, au polo fringant, proposa de l'inviter à la cafétéria. Elle répondit poliment qu'elle n'avait ni soif ni faim. Un pur mensonge.

Quand elle fut sèche, elle se rhabilla, remit gants et manteau. Le photographe, fringant toujours, vint lui renouveler son invitation. Si la cafétéria ne la tentait pas, on pouvait aller au Chincherinchee, c'était à deux pas.

Chic imaginait assez clairement ce que pouvait être un endroit appelé Chincherinchee. Et tout aussi clairement ce que serait la suite de la soirée. Elle avait vraiment mal aux yeux.

— Pourquoi l'autre fille s'est-elle désistée ? s'enquit-elle sur le seuil.

— Euh. Elle était blonde, fit le photographe, vague.

— Et ?...

— Et le shampooing est très rose.

Dans les couloirs de CBS, elle partit en quête d'un miroir, une vitre, quelque chose, pour vérifier que ses cheveux n'avaient pas importé un rose intrus... L'héritier du bouchon en liège aimait le rouge. Mais quid du rose écrevisse ?...

Elle stoppa devant l'affiche sous verre du film *Notorious*, et s'en rapprocha. Elle dandina du nez sous le nez d'Ingrid Bergman, cligna des paupières. Ne voyait-on pas un reflet écrevisse, là, sur la tempe ?

— Qu'est-ce que vous cherchez ? s'enquit une dame serviable, en venant coller ses narines sous celles de Cary Grant.

— Voyez-vous des reflets ? interrogea Chic.

— Eh beh… Je vois les nôtres. Quel est le problème ?

— Mes cheveux sont roses comme un œuf, n'est-ce pas ?

La dame la toisa, son œil circula de haut en bas, puis elle s'éloigna, la bouche pincée en bec de gallinacée. Décidément.

Chic fit un pas pour mieux se voir. Une figure à lunettes vint alors s'incruster dans le premier O de *Notorious*. La seconde d'après, une autre figure apparut, au milieu du deuxième O. Avec le T central, tel un bec, l'ensemble forma pendant un instant l'étrange physionomie d'un hibou compassé. Chic pivota avec un léger hoquet.

— Allen Königsberg ! s'écria-t-elle. Tu sèches encore l'école ?

L'œil roux du jeune Königsberg jubila du plaisir d'être reconnu — pour autant qu'un coker morose puisse jubiler — par une aussi jolie fille. Le cheveu brillantiné, cravate noire, il ressemblait à un grand chiot maigre qui sort du toilettage.

— Je viens aider mon pote Whitey, après les cours. Chic. Whitey. Vous vous connaissez ?

Elle salua Whitey en plissant les yeux, pas uniquement à cause du shampooing.

— On se connaît, dit-il doucement, avec un léger sourire.

Elle se souvenait parfaitement de lui.

— Mais oui ! s'exclama-t-elle avec un temps de retard étudié. C'est vous qu'on voit voler au secours des fils qui ont des mères, euh, intempestives...

Le jeune technicien portait des câbles enroulés à l'épaule comme l'autre fois, une batterie électrique sous le bras, et toujours ce sourire doux et distrait, ce ton paisible qui donnait l'impression qu'il était loin de là où il se trouvait en réalité.

— Vous êtes venue tourner une autre publicité ? demanda-t-il.

— Des photos. L'enfer m'a offert 60 dollars aujourd'hui. Connaîtriez-vous un paradis pas loin où l'on puisse boire n'importe quoi de brûlant ?

— Rusty ? dit-il au jeune Königsberg. Tu vas avec mademoiselle à l'Ukrainian ? Je n'ai pas fini, je dois encore ranger le matériel au sous-sol. On se retrouve après.

— Allons-y plutôt ensemble, proposa-t-elle. On vous attend.

Au local des accessoires électriques, elle s'assit à côté d'Allen sur d'énormes bobines de fil en cuivre pendant que Whitey s'affairait. Le garçon sortit un jeu de cartes.

— Tirez-en une sans me la montrer. Remettez-la, et battez.

Elle obéit. Il battit le jeu à son tour, fit mine de se concentrer, puis exhiba triomphalement le valet de trèfle qu'elle avait choisi.

— Bravo ! dit-elle. Tu veux donc devenir magicien ?

— Je veux devenir beaucoup de choses. Magicien. Réalisateur. Tarzan. Spiderman. Clarinettiste. Écrivain. Pédicure. Chapeau de Humphrey Bogart. Mais la vie sera trop courte.

Elle interpella Whitey qui ouvrait un placard.

— Ce gosse a décidément tout compris.

— Rusty est trop intelligent, dit-il en casant une caisse d'ampoules sur une étagère. L'avantage c'est qu'il peut s'amuser à faire l'imbécile.

— Ma cousine Hetty est la preuve vivante que l'inverse est absolument impossible, rétorqua le jeune Königsberg.

Chic éclata de rire, tout en suivant du regard

Whitey qui s'était rapproché. Il était bien plus jeune qu'elle ne pensait, avec un profil d'une bouleversante douceur. Il s'essuya les mains.

– Ta mère ne va pas s'inquiéter, Königsberg ? demanda-t-il.

– Elle prend le thé chez sa sœur. Elles vont causer de la famille. Ça me laisse tranquille au moins trois jours.

– Permettez ? Je prends une douche de cinq minutes. Attendez-moi là-haut.

Tous deux remontèrent attendre Whitey dans le hall marbré. À l'accueil, la blonde à col d'écureuil mort avait été remplacée par une blonde à col de lapin tout aussi mort.

– Il est sympa, dit Allen Königsberg.

– Qui ça ?

– Mon pote Whitey. On l'appelle Whitey à cause de ses cheveux clairs. Lui, des fois, il m'appelle Rusty. À cause des miens.

– Le garçon aux cheveux verts aurait pu être roux, hein ?

– Vous aimez les roux ?

– C'est la plus magnifique couleur qui soit. Et c'est une fille à cheveux roses qui te le dit !

– J'ai demandé si vous aimiez les roux, pas si vous aimiez le roux.

De son petit air malin, il lorgna les courts cheveux noirs de Chic qui ourlaient insolemment sur les oreilles. Il gloussa.

— C'est vrai, dites. On voit des reflets roses. Ça vous va très bien. On va vous appeler Pinky.

Whitey reparut. Il avait troqué sa tenue de travail contre une veste ardoise et un pardessus anthracite qui faisaient paraître ses cheveux plus pâles encore.

Ils allèrent à l'Ukrainian Tea Room, un café plutôt bohème où ronronnaient un poêle à bois et un grand samovar empli de thé noir. Ils s'assirent en rond autour d'une tablette acajou sous un plafond cramoisi.

— Vous venez souvent ici ? interrogea Chic en se tournant vers Whitey.

On leur apporta des mugs fumants et des petits gâteaux au seigle. On entendait, en fond, *Les Yeux noirs* au violon.

— Quelquefois, répondit-il. Le soir, je vais surtout au Polish Folk Hall. Le thé y est encore meilleur. Ils le servent dans des verres. Avec du pickle.

Ils sirotèrent leur thé en silence. Chic avait faim. Elle songea, en dévorant un petit gâteau, que c'était le premier moment qu'elle aimait de toute cette décourageante journée. Elle n'avait plus mal aux yeux.

— Tu ne sembles pas apprécier le monde réel, jeune Königsberg, reprit-elle, mais reconnais que c'est le seul endroit où l'on peut se faire servir un thé bouillant quand il fait froid, et des gâteaux quand on a faim.

Elle dégagea ses épaules de son manteau dans un long soupir de bien-être, laissa s'affaisser le manteau au bas du dossier. Il faisait bon. Elle croisa brièvement le regard décoloré de Whitey. Ce qu'elle y lut la troubla.

Il ne la voyait simplement pas. Felicity Pendergast, dite Chic, n'était pas habituée à se découvrir élément invisible dans les yeux d'un homme.

— Tu es allé au cinéma aujourd'hui ? demanda-t-elle au jeune Allen qui, lui, la couvait de toute l'ampleur de ses bésicles.

— J'avais cours de clarinette. Mais hier j'ai été voir *La vie est belle*. C'est James Stewart qui…

Il se mit à relater le film par le menu.

— Ce serait bien, conclut-il, si notre ange gardien descendait comme dans le film pour nous filer un coup de main. Il endormirait ma mère pendant deux jours par exemple.

— Je ne suis pas sûre que j'aimerais tomber nez à nez avec mon ange gardien, dit-elle. Ça voudrait dire que je suis morte. Comme ton James Stewart dans le film.

— Il ressuscite. Sans blague, vous aimeriez être immortelle ? Imaginez l'ardoise que vous auriez chez votre couturière ! En outre, ajouta-t-il, si vous aviez déjà passé une soirée chez mon oncle, vous sauriez qu'il existe pire que la mort.

La buée recouvrait ses lunettes et ses yeux sérieux. Elle éclata de rire.

— Tu devrais écrire des gags pour la radio ou la télévision.

— J'en ai des cahiers pleins.

Elle se tourna vers Whitey qui se taisait. Dans le mouvement, son écharpe glissa, découvrant ses épaules. Elle le vit sourire pour la première fois, mais ce fut en direction de sa montre.

— Il est tard, Königsberg, dit-il. Il te faut reprendre le chemin de Brooklyn si tu ne veux pas que ta mère...

— Il n'y a qu'une demi-heure de métro d'ici à Midwood.

— Hé ! s'écria Chic en écarquillant les yeux sur la montre de Whitey. Il est *vraiment* tard !

L'héritier du bouchon en liège ! El Morocco... Mon Dieu, mon Dieu, elle devait se préparer ! Pourvu qu'il aime les cheveux roses, elle n'avait plus le temps de les rincer. Elle repoussa sa chaise. Whitey se leva et l'aida à remettre son manteau.

— Vous avez rendez-vous avec votre petit ami ? voulut savoir Allen Königsberg, les lunettes égrillardes.

— J'ai un… bridge. Avec mes co-pensionnaires. Merci pour le thé.

— J'aimerais être un espion, dit Allen Königsberg. Un G-Men !

Il lui retint les doigts un peu trop longtemps. Il avait la paume fébrile et moite des adolescents timides et audacieux.

— Tu serais obligé d'avaler des microfilms, nota Whitey tout en serrant la main que Chic lui tendait. Ton estomac ressemblerait au sixième étage de Macy's.

Sa poignée de main fut, elle, rapide mais amicale. Il attendit que Chic s'éloigne pour se rasseoir. Elle quitta l'Ukrainian Tea Room et s'engouffra dans l'hiver new-yorkais.

Elle ne se rappelait pas que Bouchon dansait si mal. Chic eut une pensée nostalgique pour Romeo Vivaldi. Qui offrait des chausse-pieds, certes, mais savait ce qu'était un swing.

Elle délaissa la piste pour aller s'effondrer le plus

gracieusement possible sur la banquette en zèbre de l'El Morocco. Bouchon – Ernie Culkin de son vrai nom – lui tendit un verre de vin blanc. Elle fit non du geste.

— Je suis mineure, rappela-t-elle. Je ne voudrais pas couler cet établissement historique.

Il s'esclaffa. Rire donnait à son cuir chevelu la particularité fascinante d'onduler d'avant en arrière. Cela bougeait également lorsque Ernie réfléchissait, même si la chose était moins fréquente. Bouchon n'était pas vilain, si on aimait le type Jack Carson. Il paraissait trente ans, n'en avait que vingt et un.

Deux Cubains en smoking s'étaient mis à danser frénétiquement au milieu de la piste, emportant leurs cavalières dans une symétrique extase.

Bouchon avala son vin blanc, leur jeta un coup d'œil par-dessus l'épaule.

— Qu'est-ce qu'ils ont, ces Sud-Américains, que nous n'avons pas ? soupira-t-il.

— Des dictatures.

Le cuir chevelu bringuebala violemment, sous l'œil aimanté de Chic.

— Felicity, dit Ernie Culkin en posant une grande patte sur son fin poignet. Chère Felicity... Ne désirez-vous pas aller dans un endroit plus tranquille ?

Oui, pensa-t-elle. Sans vous.

— Non, répondit-elle, j'adore l'El Morocco.

— Je vous sens moins alerte ce soir... ou c'est une idée ?

Ce n'était pas une idée. C'était la fin cohérente d'une journée désolante. Presque désolante.

— Aujourd'hui a été un peu rude, dit-elle. Pardonnez-moi, Bou... Ernie.

Les Cubains avaient fini. Bouchon s'inclina devant elle.

— M'accorderez-vous cette danse ?

— Ma foi, qu'ai-je à perdre ?

Par bonheur c'était une conga, il suffisait de faire une queue leu leu avec les autres danseurs. Les pieds de Bouchon eurent le mérite de rester derrière elle. Quand ils revinrent à leur table, Chic but deux verres coup sur coup. Son œsophage fit une vrille dans sa poitrine. Heureusement, cela ne se voyait pas.

— Si ma tête explose, dit-elle à Bouchon, vous viendrez m'identifier ?

Le cuir chevelu se déchaîna comme une forêt de bambous en plein typhon.

— Vous êtes si drôle, Felicity ! Je vous adore.

— Je préférerais que vous m'offriez de quoi manger, Bou... Ernie. J'ai très faim.

— Mais... vous disiez il y a cinq minutes que vous ne pouviez rien avaler.

— C'était il y a dix minutes. Pas cinq. Maintenant j'ai faim.

Il fit signe à un maître d'hôtel qui se précipita avec le menu.

Pendant quelque temps, elle se sentit parfaitement bien… jusqu'à ce qu'elle entende Bouchon commander une côte de bœuf. Elle eut la subite vision du jus rouge éructé par les boîtes Campbell's, au building CBS.

— Permettez, murmura-t-elle en se levant brusquement. Je dois… me repoudrer.

Elle fila à travers la salle, faillit heurter la dame pipi qui lustrait le marbre des vasques ; elle s'excusa, s'enferma dans les toilettes et vomit.

Lorsqu'elle revint à table, un bon quart d'heure après, Bouchon l'examina, consterné.

— Vous êtes livide.

— Je crois qu'il vaudrait mieux que je rentre, je dois couver une grippe.

Sous l'auvent azur de l'El Morocco, l'air froid lui restitua ses couleurs. Il proposa de la raccompagner jusqu'à la pension. Elle l'arrêta d'une main sur son bras, secoua la tête.

— Merci infiniment Ernie, je vais rentrer seule.

Il se pencha pour l'embrasser, elle le devança, posa un baiser sommaire sur sa joue.

— Merci pour tout, dit-elle. Portez-vous bien, Ernie.

Elle s'installa dans le taxi que le voiturier venait de lui appeler. Ernie donna un billet au chauffeur et passa la tête par la portière ouverte.

— Vous ne m'avez pas dit adieu, dit-il. Je suppose ça signifie que nous nous reverrons.

— Je ne dis jamais adieu, répliqua-t-elle, fatiguée, rassemblant les plis rouges de la robe sur ses chevilles.

— Au revoir, Felicity... Je vous aime beaucoup.

La portière claqua. Elle se renfonça dans son siège avec une envie de pleurer, sans savoir si c'était de soulagement ou...

— Eh bien? s'impatienta le chauffeur. Je vous aime beaucoup moi aussi, je vous aimerai encore plus si vous me dites où vous allez!

Elle n'hésita qu'une fraction de seconde.

— Vous savez où se trouve le Polish Folk Hall?

19

Mister Gentle and Mister Cool

Jocelyn n'avait jamais vu l'homme qui vint ouvrir.

– Bonsoir, je viens pour...

– Je sais pourquoi vous venez, dit l'homme avec un accent italien languissant et en dévoilant ses molaires en or.

Ses cheveux lustrés tombaient en pointe dans le cou. Il portait un costume d'alpaga à rayures tennis, et un nœud papillon lui aussi. Bleu pétrole. Celui (à hibiscus) de feu Finlayson Merle démangeait Jocelyn au menton. Il n'avait pas osé repousser l'offre de Mrs Merle, mais dans la glace, après se l'être noué au cou, il se fit l'effet d'un de ces flacons de parfum que l'on ficelle d'une faveur avant d'offrir.

– Severio Ercolano, dit l'Italien.

– Jo Brouillard, répondit Jocelyn, impressionné

qu'un homme puisse ressembler aussi parfaitement à l'idée qu'il se faisait d'un mafieux.

Il n'avait pas revu l'appartement d'Artemisia depuis le soir où il avait débarqué avec malle et valise à Giboulée. Des bras énergiques avaient refoulé sièges, meubles et encombrants contre les murs. La chambre avait des airs de mer Rouge au passage des Hébreux. Au milieu, autour de la table étirée d'une rallonge, étaient déjà assis les invités.

À l'apparition de Jocelyn, Silas déploya un de ses jeux de sourcils alambiqués.

– On t'attendait, Jo.

Cravate de soie et fedora incliné sur le front, Silas portait avec une élégance inouïe la veste ample des jazzmen. Face à lui, une maîtresse femme, tout en frous-frous blancs, une orchidée dans le chignon, tirait sur un fume-cigarette.

– Easter Witty ! s'exclama Jocelyn. Vous êtes magnifique !

– Il y a trois moments dans la vie où vous devez être beau, déclara-t-elle, solennelle. À votre mariage. À votre mort. Et quand vous devez saisir le sourire de la fortune.

– Et quand on se fait tirer le portrait ! ajouta l'homme aux molaires dorées.

– À ton âge et au mien, rétorqua Artemisia, on

se fait plus souvent radiographier que photographier, Erco.

Jocelyn dut regarder deux fois pour s'assurer qu'il s'agissait bien d'Artemisia. Elle resplendissait telle une comète. Sous les bijoux agglutinés à son cou, à ses oreilles, à ses bras, comme des poignées de clous à un aimant, elle arborait un sari en lamé vermeil, des châles de soie emmêlés, des mitaines écarlates ; ses faux cils étaient plus épais que des chardons. Elle fumait un cigarillo.

— Allons Mitzi, lui répondit Severio Ercolano de sa voix moelleuse. Le printemps à cette table, c'est toi.

— Un printemps très vieux, très avare, et plein de soupçons, grogna-t-elle.

— Épouse-moi, roucoula-t-il. Je te ferai faire du cinéma. Je connais Louis B. Mayer.

Easter Witty s'esclaffa dans ses dentelles. Artemisia darda son œil caustique sur Jocelyn.

— Le jeune homme avec la plate-bande autour du cou semble impatient de jouer... Alors, jouons. Stud poker, ça vous va ?

Silas fit un clin d'œil à Jocelyn qui prit place auprès de lui.

— Qui est le donneur ?
— Erco, comme d'habitude.

Easter Witty alla ouvrir une boîte. Elle était remplie de petits chocolats enveloppés dans des papiers métallisés multicolores. Elle en aligna un certain nombre par couleur au centre de la table.

– Un doré vaut 100 dollars, un argenté 50, un rouge 20, un bleu 10 dollars, annonça Severio Ercolano comme s'il énumérait des noms de parfums ou de liqueurs rares.

– Vous ne semblez pas à l'aise, *Little* Jo, remarqua Artemisia, le cigarillo au garde-à-vous au coin de sa bouche. Vous n'aimez pas les chocolats ? Réjouissez-vous. Avant, on misait des corn-flakes ou du pop-corn. C'est votre massif de fleurs amovible qui vous gêne ?

Jocelyn tortilla du cou. La vieille belette voyait juste. Le nœud papillon de feu Finlayson enflammait sa pomme d'Adam.

Severio Ercolano renifla le paquet de cartes avant de les battre à gestes étourdissants. Entre ses doigts virtuoses qui n'avaient plus rien de languissants, les cartes bruissaient comme des ailes de pigeons, les coins claquaient avec des bruits de baisers. Ce type devait jouer du piano, nota in petto Jocelyn en se mordillant la lèvre. Méfiance.

La première partie fut gagnée par Silas. La suivante par Ercolano.

— Vous savez jouer du piano ? demanda à brûle-pourpoint Jocelyn à l'Italien, à la fin d'une partie.

On entamait la deuxième heure de jeu. Jocelyn avait perdu tout le temps. Il ne lui restait que trois chocolats, deux rouges, un bleu. 50 dollars. Tout en distribuant les nouvelles cartes, Severio sourit d'un air affectueux.

— Paire de reines. Valet sur le roi. Je joue uniquement *O sole mio* sur le concertina de ma grand-mère Gelsomina. Paix à ton âme, *Nonna*. Dix, flush possible.

Silas ronronna une espèce de rire. La porte de la chambre s'ouvrit soudain, en un glissement silencieux. N° 5 apparut, suivi d'une petite silhouette en chandail bleu. Jocelyn qui faisait face à la porte les vit trottiner vers eux.

— Ogden ! s'écria-t-il à mi-voix, qu'est-ce que tu fais ici ?

— Viou chapahu, répondit l'enfant en secouant une oreille du chien.

— Qu'est-ce que tu fabriques là, marmouset ? s'exclama Easter Witty en se tournant. Tu devrais être au lit !

— Les tripots sont interdits aux mineurs ! jeta Artemisia.

Elle écrasa son cigarillo avec des ronchonnements.

– Je suis mineur, fit remarquer Jocelyn.

Easter Witty voulut prendre le petit sur ses genoux, mais il se tortilla sur ses frous-frous comme sur un toboggan et finit par glisser à terre.

– Il a dû échapper à Charity, dit Silas. On continue la partie ?

– Ça t'arrangerait qu'on l'arrête, hein ? grimaça sa mère. 10 dollars.

– Mazichon lala glucgluc, dit Ogden en escaladant la cuisse de Jocelyn.

– *Glück glück* ? répéta Ercolano. Ce gamin peut nous porter la *buona fortuna*... ou la poisse.

Ogden étendit la main sur la table et rafla 100 dollars sous la forme d'un chocolat doré, ôta le papier et l'enfourna. Il se pelotonna ensuite entre les bras de Jocelyn et se mit à observer les cartes que celui-ci tenait. N° 5 aurait visiblement aimé se pelotonner aussi, mais Jocelyn stoppa l'invasion en lui tapotant ce qui semblait être sa tête. Conciliant, le chien se coucha en travers de sa chaussure droite. Artemisia ralluma un cigarillo.

– Vous voulez tuer ce gosse aux poumons frais ? fit Silas, indigné.

– On ne l'a pas invité, répliqua-t-elle, impassible. Tu te souviens, Erco ? Le poker à Times Square en 1945 ? Le jour où l'on attendait que le zipper lumineux sur la façade du *Times* annonce la reddition de l'Allemagne ? Je relance de vingt. Dix mille personnes le nez en l'air sur Times Square ! On a fait quinze pokers pour passer le temps.

– Je me souviens, Mitzi. Je passe, dit Ercolano.

– On a ratiboisé de 30 dollars ce type grimé en Hitler vaincu, continua-t-elle. Il s'était dessiné des balafres au rouge à lèvres, enroulé un pansement autour de la tête. Après, on est tous montés avec lui sur le toit de l'Hotel Astor jeter des confettis.

– Je suis les vingt, dit Easter Witty en misant. Tu fais quoi, Silas ?

– Je me couche.

– Moi, reprit Easter Witty, ma plus belle partie de poker, c'était pendant les émeutes en 43. À Harlem. Les flics n'ont jamais eu le dernier mot. L'un d'eux doit encore avoir à la cuisse droite l'empreinte de mon cageot de betteraves. Vous suivez aussi, monsieur Jo ?

– Ça n'a pas empêché cette année qu'ils nous passent d'un coup le ticket de métro de 5 cents à 10 ! grommela Silas. Jo ? Tu n'as pas répondu.

– Je suis, dit Jocelyn en espérant que sa voix ne tremblait pas.

Il déglutit. Il vérifia pour la énième fois la main

qu'il possédait, n'en revenant pas d'avoir subitement une telle chance. Il avait presque une couleur. Presque un flush. Il réfléchit à ce que pouvait détenir Artemisia et Easter Witty... Blotti sur ses genoux, Ogden s'était endormi. *Glück*, pensa Jocelyn. *Buona fortuna*. Continue, Ogden, s'il te plaît.

– Mais notre plus belle partie, poursuivait Artemisia, ç'a été contre ces nazis, dans la 86e Rue. Tu te rappelles, Erco ? La dérouillée qu'on leur a collée avec tes copains siciliens de Hoboken ?

– Je me rappelle, Mitzi.

Elle alluma un autre cigarillo, son œil charbonneux à demi fermé.

– En octobre 39. Un mois après que les Frenchies et les Angliches avaient déclaré la guerre, les fascistes du Bund Party défilaient sur la 86e Rue Est ! Drapeaux, croix gammées, tout le tintouin. Ils avaient des camps d'été aryens dans le Connecticut, organisaient des meetings au casino de Yorkville. Sans oublier leur barnum au Madison Square Garden, en février... Je relance encore. Vingt. Tu te rappelles, Erco ?

– Je me rappelle, Mitzi.

– Comment il s'appelait, déjà, leur chef ? Celui qui avait bossé sur les chaînes de montage chez Ford et qui s'est retrouvé bombardé représentant du Führer à New York ? Allez, donne, Erco.

— Sept sur la reine. Kuhn, Fritz Kuhn. Paire de neuf. Son nom était Fritz Kuhn. Le soir, il allait en douce écouter la musique dégénérée au Swing Club. Valet, quinte possible.

— Vous faites quoi, *Little* Jo ? susurra Artemisia en braquant sur lui des yeux comme des phares.

Derrière ses cartes et la fumée du cigarillo, on ne distinguait que le vert de ses iris étincelants.

— Je réfléchis, répondit Jocelyn d'un ton uni.

Le nœud de feu Finlayson Merle lui embrasait le menton. Il passa le pouce dans son col. Il transpirait. Il avait une quinte flush. Ahurissant. Il se retenait de se pincer. Artemisia avait-elle deviné ? Contre son estomac, Ogden ronflait légèrement et bavait un peu.

— Ces salopards avaient pignon sur rue. Une boutique dans la 92ᵉ Est, enchaîna-t-elle. *Mein Kampf* en vitrine. Brassards nazis. Tout leur bazar en vente libre. Ici ! En Amérique ! Des svastikas partout. On réfléchit toujours, *Little* Jo ?

Jocelyn poussa la totalité de ses chocolats vers le milieu de la table. Easter Witty siffla.

— Vous n'y allez pas de main morte. Qu'est-ce que vous avez donc qui vous rend si audacieux ?

Il pria pour qu'elle n'ait pas de roi et qu'Artemisia n'ait pas de trèfle. Il pria pour qu'Ogden ne se réveille pas.

— C'était le bon temps, hein, Erco ? On jetait des bennes d'ordures devant leur boutique. Je suis les cinquante du petit Jo.

— Oui, Mitzi. Le bon temps. Si tu m'épouses, on en aura encore, du bon temps. Je te ferai rencontrer Louis B. Mayer, tu seras une reine de Hollywood.

— Ahhh... Si seulement les hommes pouvaient être aussi intelligents qu'un cabochon en diamant! répliqua-t-elle avec un rire proche du grognement. Ne dis pas de sottises, Erco... Ce que je regrette de mon passé, c'est sa longueur. Je relance.

Jocelyn l'admira de bluffer avec autant de sang-froid et de panache. Car elle bluffait, il en était presque sûr. Le cigarillo fumait à gros bouillons.

— Si c'était à refaire, soupira-t-elle, je referais les mêmes sottises... Mais beaucoup plus tôt!

La cuisse de Jocelyn s'ankylosait sous le poids du petit. Mais il s'interdisait de bouger. Ogden réveillé, la *glück* et la *buona fortuna* se feraient la malle, à coup sûr. Severio distribua. Jocelyn reçut sa carte... et ses cheveux se dressèrent.

Il avait désormais une quinte flush et il aurait fallu une gigantesque malchance pour qu'elle le batte. Si elle avait une royale par exemple, ce qui était possible, mais hautement improbable.

— OK, articula Jocelyn en détachant chaque

lettre. Je n'ai plus de chocolats. Alors, je mise... Je mise mon séjour ici. À Giboulée.

Il s'essuya les doigts, les appuya sur le rebord de la table afin que personne ne les vît trembler. Sous les lourdes petites fesses d'Ogden, son quadriceps commençait à fourmiller.

— OK, répéta Artemisia, soudain galvanisée.

Son excitation avait monté d'un cran. Jocelyn eut l'impression de vaciller au bord d'une falaise un jour de grand vent.

Easter Witty abattit son brelan avec un soupir. Lentement, Artemisia étala son jeu en arc de cercle Elle avait une main plutôt belle : un carré. Mais... pas de royale ! Jocelyn expira en silence et étala nonchalamment sa quinte flush.

La vieille dame ne cilla pas. Elle tira sur son cigarillo, souffla une bouffée vers lui. Jocelyn fit éventail avec ses doigts en retenant une toux.

— Sans joie, pas de malheur, dit-elle. Sa voix contenait la plus grande douceur du monde. Joie au jeu... Malheur au cœur.

La flèche atteignit sa cible et transperça Jocelyn avec le sourire de Theodora Bezzerides. Le vieux hibou savait où piquer.

Severio Ercolano rayonnait, montrait à tous ses dorures dentaires. Il promena un baisemain lyrique sur les doigts d'Artemisia, avant de glisser à Jocelyn :

— Si tu veux l'arc-en-ciel, accepte d'abord la pluie.

Il avait perdu. Artemisia avait perdu. Il se versa un bourbon frétillant pour fêter ce signe évident de leur *buona fortuna* en amour.

— Doucement avec ça, Erco, susurra Artemisia. Il y a de l'eau, là-dedans.

Silas se pencha vers Jocelyn, lui flanqua une tape dans les côtes.

— Eh, tu restes avec nous. Tu serais resté de toute façon. On ne t'aurait pas laissé repartir. N'est-ce pas, Milady ?

— Va au diable, riposta Artemisia avec un aimable sourire.

Elle se leva pour poser un disque de Dick Powell sur le Victrola.

> I'm goin' shopping with you...
> To buy a dress or two... and a new chapeau

Le remue-ménage tira Ogden du sommeil. Il regarda autour de lui, harponna 50 dollars, retira le papier métallisé, et goba le chocolat d'un coup.

— Poker, articula-t-il distinctement en glissant

des genoux de Jocelyn pour attraper l'oreille de N° 5.

C'était dans Midtown, et le genre d'endroit débonnaire, primitif et joyeux, que Chic fuyait généralement comme la peste.

Il y avait beaucoup de monde, ça sentait la saucisse sèche, la vodka et la sueur. Une sueur très familière, que Chic associait à ses parents, à leur retour à la maison après les douze heures de labeur forcené à l'orangeraie.

Dès qu'elle fit son entrée au Polish Folk Hall, avec sa robe de soirée rouge et sa petite cape en castor, parmi une foule où chacun semblait se connaître et où elle ne connaissait personne, Chic sut qu'elle dépareillait. Elle prit nonobstant l'air naturel pour avancer vers le bar.

— *Halo!* fit le barman. *Jak sie masz?*
— Bonsoir, dit-elle. Connaissez-vous Whitey?

Elle répéta le nom deux fois, mais elle ne reçut qu'une mimique d'ignorance. Elle interrogea deux ou trois autres personnes, sans plus de résultat. Elle s'assit dans un coin, fronçant les sourcils. Whitey avait pourtant laissé entendre qu'il fréquentait souvent l'endroit.

Un jeune homme en costume marron, à cravate orange, vint lui adresser la parole en polonais. Elle comprit qu'il l'invitait à danser. Là-bas, sur le carrelage en damier du centre de la salle, tambourinait une polka enragée. Elle secoua la tête, mais le jeune homme insista, finit par la prendre d'autorité par la taille et l'emmena dans la danse.

Son cavalier avait une vingtaine d'années, une figure plaisante, la coiffure en brosse, le nez joliment épaté, une bouche dodue.

Elle enchaîna trois polkas, une mazurka, une valse. Les pans de sa robe rouge pirouettaient autour de ses jambes, parfois autour de celles de son cavalier. Ils riaient, sans se parler, hors d'haleine. Jamais elle n'aurait imaginé pouvoir s'amuser sur ces danses démodées.

– Toi… boire verre avec moi ? demanda-t-il à la fin.

Il avait les yeux clairs comme la plupart des gens qui se trouvaient là. Elle dit non.

– Manger ?

Elle dit encore non, vaillamment, car son dernier vrai repas était le petit déjeuner pris à l'aube, avant la foire professionnelle. Elle ne comptait pas le grignotage des petits gâteaux au seigle à l'Ukrainian Tea Room avec…

– Vous connaissez Whitey ?

Whitey ? répéta-t-elle plusieurs fois. Son danseur

fit la moue. Si elle disait qu'elle cherchait un garçon aux cheveux blonds et aux yeux bleus par ici, il éclaterait de rire. Au reste, comment dire blond et bleu en polonais ? À bout de souffle, elle fit signe qu'elle voulait se reposer. Il repartit danser avec une autre. Elle se retourna et aperçut Whitey.

Il était assis de côté, sur un tabouret à une table haute, il parlait avec une petite rousse à nez retroussé.

Chic prit une longue inspiration.

– Bonsoir, dit-elle en se plantant face à lui.

Il cessa de parler, se tourna. S'il fut étonné, il le cacha bien.

– Bonsoir, dit-il. Comment êtes-vous arrivée là ?

– Sans difficulté particulière.

Mais avec impatience, pensa-t-elle. Tout paraissait simple soudain. Comme ce lieu. Elle se trouvait là où elle désirait être depuis qu'elle les avait quittés, lui et le jeune Königsberg, à l'Ukrainian Tea Room. Elle salua la petite rousse dont le sourire était plein de jolies dents minuscules, et qui se laissa glisser de son tabouret. Sa main fila mollement, en caresse, sur la manche de Whitey avant de les quitter.

– Elle peut rester, dit Chic, satisfaite de se retrouver en tête à tête avec lui. Je ne chasse personne.

– Sarina est impressionnable. Je vous en prie, asseyez-vous.

Il lui montra son verre de thé, comme une question. Elle acquiesça. Il prit la commande d'un geste au serveur.

— Et vous ? Je vous impressionne ? demanda-t-elle.

— Non.

Une valse viennoise, douce et aquatique, remplaçait la polka. Il s'était rasé depuis l'Ukrainian, il portait une cravate pastel, une chemise blanche. Elle en ressentit un peu de dépit. Il se comportait comme un ouvrier le dimanche. Elle connaissait trop bien ce genre de rituels. Whitey représentait décidément tout ce qu'elle évitait.

— Vous aimez la nourriture slave ? demanda-t-il.

— Possible, dit-elle. Je ne la connais pas. Vous êtes polonais ?

— Mes parents sont nés là-bas. Vous voulez dîner ?

Elle serra les paupières à la façon d'une prière.

— Je-meurs-de-faim, scanda-t-elle à mi-voix.

Combien de fois avait-elle pensé cette phrase ce soir ?

On leur servit de petites saucisses fumées escortées de concombres aigres-doux, des foies de volaille hachés, du raifort, du pain parfumé au cumin. Elle goûta à tout, trouva tout délicieux et clôtura par une gelée de fruits à la crème fouettée.

Whitey sourit. Pas à sa montre cette fois. Il lui souriait.

– Je crois que vous aimez la nourriture slave, dit-il.

Il y avait de plus en plus de monde, les tables étaient bondées. Elle eut une pensée douce pour Bouchon qui lui avait soufflé l'idée de la robe rouge.

– C'était très agréable, ce repas, dit Whitey.

– Oui. Et c'est de votre faute.

Son danseur à cravate orange et lèvres dodues revint pour l'inviter. Elle secoua la tête.

– Merci. Je suis fatiguée, dit-elle, lui offrant son plus irrésistible sourire en guise de consolation.

Il repartit en haussant une épaule fataliste. Elle le vit inviter une jeune fille en jupe jaune safran. Elle se tourna vers Whitey.

– On danse ?

– Il y a deux secondes, vous étiez fatiguée.

– C'était il y a quatre secondes. Pas deux. Je ne le suis plus.

C'était une autre valse, gaie et plutôt forestière. Il se leva et l'entraîna vers la piste, arrondit le bras autour de sa taille. Elle se laissa guider, les doigts au milieu des siens. Elle sentait sa respiration sur son front. La danse finie, quand elle rouvrit les paupières, les lumières étaient des étoiles filantes au plafond, et elle avait la même sensation que lorsque, petite, elle quittait la balançoire. Elle se retint à sa veste pour retourner s'asseoir. Elle rit, sans raison particulière.

— Whitey... Vous êtes-vous déjà promené, la nuit, l'hiver, dans Manhattan ? Les lumières du pont de Queensboro, Wall Street vide comme un dimanche matin, Chinatown, l'Empire State ?...

— Non. Et vous ?

— Je ne suis pas folle... Mais je veux bien essayer ! dit-elle dans un nouvel éclat de rire.

Il paya, et ils sortirent. Après les fumets moites du Polish Folk Hall, le froid leur coupa le souffle.

— Si on remettait cette visite de Manhattan *by night* à une prochaine fois ? dit-il, vaguement narquois. Quand vous aurez troqué ce foulard qui vous sert de robe contre des vêtements de ski, par exemple.

Elle vint se blottir contre lui. Il garda les mains dans son pardessus.

— Parce qu'il y aura une prochaine fois ? murmura-t-elle.

Elle fourra ses mains dans les poches du pardessus. Elle sentit ses poings fermés. Elle renversa la tête, se haussa sur la pointe de ses escarpins, mit un baiser sur ses lèvres froides, le dévisagea en silence.

— Pourquoi ? demanda-t-il.

Elle ôta ses mains, pouffa, le nez dans le castor.

— Si vous ne devinez pas pourquoi, c'est que je m'y suis mal prise. Faut-il que je recommence ?

Généralement c'est elle qui freinait les élans des soupirants.

— Vous n'auriez pas dû me donner ce baiser, dit-il.

— Bon. D'accord. Je le reprends.

Preste, elle lui en planta un second sur le menton. Il la repoussa, comme on repousse un bébé qui vous agrippe trop longtemps un doigt, pas fâché, ni agacé, avec une gentillesse vaguement encombrée.

— Vous êtes amoureux de Sarina ? dit-elle. C'est pour ça ?

Il fit signe à un taxi qui s'apprêtait à les dépasser et qui freina de justesse. Whitey ouvrit la portière. Elle demeura sans bouger.

— Vous allez attraper une pneumonie, dit-il.

Il la poussa doucement par le coude. Elle se dégagea, referma la portière et se tint droite sur le trottoir, sa robe rouge claquant sous la bise.

— Ho ! cria le chauffeur en sortant le cou. La prochaine fois que vous allez nulle part, prenez le métro !

Le moteur ronchonna, le taxi détala comme un gros hanneton.

– On dîne ensemble demain soir ? demanda-t-elle.

– Pourquoi ?

– Pourquoi, pourquoi... Parce que j'aurai sûrement faim demain soir ! Et peut-être envie de danser aussi.

Whitey se réchauffa enfin d'un sourire. Ce qui ne l'empêcha pas d'intercepter un autre taxi qui pointait le bout de son nez jaune. Elle songea que, décidément, ce soir cette ville n'était pas fair-play avec elle, qui lui balançait tous ses taxis libres à la figure, alors qu'elle savait si bien les cacher lorsque vous en attendiez vraiment un.

Chic capitula.

– Columbus 5-083, lança-elle à Whitey avant de s'engouffrer à l'intérieur. C'est le téléphone de la pension où j'habite. Columbus 5-083.

Ses poings à nouveau confinés dans le pardessus. Elle baissa à toute vitesse un tiers de la vitre avant que le chauffeur démarre, sa frange noire et ses yeux bleus s'exposèrent par l'ouverture en rectangle.

– Je me doutais, lança-t-elle, que vous étiez différent des hommes d'un mètre quatre-vingt-cinq que je connais.

Elle agita un au revoir avec l'extrémité du castor,

remonta la vitre pendant que la voiture repartait. Elle se tourna vers le pare-brise arrière.

Whitey marchait dans la direction opposée.

20

Perfidia

C'était la pause.

Dans un soupir de délivrance, la *chorus line* du Ruby se disloqua et s'égailla autour de la scène. Des filles allèrent s'abattre par terre à même les planches, d'autres dégagèrent des chaises rangées à l'envers sur les tables de la salle pour y caler leurs talons à la place.

– Tout va bien ? demanda Manhattan en touchant l'épaule de Jocelyn.

Il arrêta de jouer.

– S'il me voyait, M. Laugalette, mon prof d'harmonie du Conservatoire, se retournerait dans son étui à violon. Mais tout va terriblement bien, oui.

Toute la matinée Manhattan avait semblé préoccupée, l'air en suspens.

– Et toi ? dit-il.

Mike Oanian, là-bas, descendait d'une chaise en chassant la craie de ses manches.

– Ça va, répondit mollement Manhattan.

Elle quitta Jocelyn pour se précipiter vers le chorégraphe resté seul.

– Un problème, Manhattan ? demanda-t-il.

Elle se tint devant lui, comme ankylosée.

– Mr Oanian, dit-elle en ravalant sa salive. Je… dois quitter le spectacle.

Derrière le piano, Jocelyn eut un sursaut. La face de boxeur de Mike se fronça dans une interrogation inquiète. Manhattan se lança, se dépêchant de parler parce qu'elle redoutait une sollicitude qu'elle ne méritait pas.

– Mon père, dit-elle. Il faut que j'aille le voir. C'est important. Je voulais vous dire ça ce matin, mais c'était… vraiment compliqué.

Et vraiment difficile. À l'aube d'une nuit où la quête du sommeil avait ressemblé à un combat de boxe, Manhattan se demandait encore si elle serait capable. Si elle aurait assez de cran pour braver et vivre chaque jour la présence, la figure, le regard, d'un père qui ignorait qu'elle était sa fille.

– Ton vieux est malade ? interrogea le chorégraphe.

Elle remua vaguement la tête et les épaules pour

éviter le mensonge frontal, composer avec sa conscience qui ne faisait pas la fière. Malgré ses colères et ses impatiences, Mike Oanian était un chic type.

— Eh ben! On ne peut pas dire que tu arranges mes affaires, poulette. Après le pianiste, voilà mon chorus qui se débine. Que veux-tu que je te dise? Pars au chevet de ton vieux. Combien de temps? Bien sûr, tu ne peux pas savoir... Je vais avertir Cotton, qu'on te remplace.

Il répéta «Qu'est-ce que tu veux que je te dise» deux fois, mais sans les points d'interrogation.

— Merci, Mr Oanian.

Jocelyn rattrapa Manhattan en coulisses.

— Qu'est-ce qui se passe? chuchota-t-il. Tu laisses tomber le spectacle?

Ce matin, dans l'autobus qu'ils avaient pris ensemble, elle ne lui avait parlé de rien.

— Je t'expliquerai, Jo, dit-elle à mi-voix. Pas ici.

— Rien de grave?

Elle répondit non en silence et monta se rhabiller. Quelques minutes plus tard, en manteau, elle empruntait la sortie des artistes. Elle n'avait dit au revoir à personne.

— Manhattan!

Jocelyn, derrière elle, lui tendait quelque chose, un petit paquet plat.

— Tiens, dit-il, en se léchant une lèvre comme s'il y avait un reste de confiture volée. Voilà des lustres que je dois te donner ça. Pour te remercier.

— Me remercier, Jo ? De quoi ?

— Grâce à toi, je suis désormais payé pour faire quatre heures par jour ce que ma mère m'a toujours interdit de faire : lorgner les jambes des filles. D'ailleurs, ce sont des bas.

Le visage crispé par un drôle de sourire bancal, Manhattan prit le paquet à ruban doré.

— J'espère que c'est la bonne taille, dit-il.

— Merci, Jo, dit-elle d'une voix étouffée. C'est adorable.

Elle retira ses lunettes pour lui plaquer une bise sur la joue.

Dans une pièce de théâtre française, ou l'un de ces romans avec complots, trahisons et vengeance, on aurait dit qu'elle était « dans la place ».

Depuis quinze jours qu'elle travaillait dans les coulisses de l'Admiral Theatre, Manhattan avait peu croisé Uli Styner. Ses tâches étaient assez ingrates. À midi elle préparait les costumes des acteurs pour la lingère. Quand ils revenaient nettoyés, Manhattan les repassait, les suspendait sur des cintres à l'abri dans des housses en tissu. Elle vérifiait auparavant chaque couture, boutonnière, ourlet. S'il y avait une déchirure ou un bouton absent, elle recousait, raccommodait. Une heure et demie avant la représentation, tout devait être prêt. Arrivaient alors les comédiens, qu'elle aidait à revêtir leurs tenues de scène. Auparavant, elle avait passé l'après-midi à l'atelier costumes où elle assistait Willoughby.

Sa blouse grise d'assistante, qui lui donnait des allures de gouvernante répudiée, convenait à merveille à Manhattan. Elle se fondait dans les décors, les rideaux, la pénombre des couloirs.

Elle aimait beaucoup Willoughby. L'habilleuse en chef, personne aussi simple que sa coiffure courte en flamme, au charme tranquille, conduisait avec un calme impérial et depuis vingt ans les destinées du département costumes de l'Admiral et de quelques théâtres voisins.

Ce soir-là – on était à deux heures de la représentation – et alors que Manhattan était seule dans une loge, à donner un coup de fer à des revers, Reuben Olson, le secrétaire particulier d'Uli Styner, fit irruption. Manhattan avait peu de contact avec lui et ne s'en portait pas mal. Ses jambes de faucheux, son costume d'Abraham Lincoln n'étaient guère engageants. D'ailleurs, lorsque le hasard les plaçait dans un même lieu, il ne la voyait pas.

Un homme avec une chevelure blanche à la chef d'orchestre et un caban à bavolet de vieux médecin dans un film avec Lassie ou Shirley Temple, portant la sacoche en cuir de rigueur, accompagnait Reuben Olson.

Personne ne fit attention à elle. Ils lui dirent bonsoir mais ce fut comme si elle n'était pas là. Après un échange de quelques phrases, Manhattan comprit que l'homme qui avait l'air de sortir de chez Lassie était avocat.

– Uli m'effraie et me désole ! disait-il. Il va encore nous jouer sa scène du deux et faire sa tête de mule, alors que toute cette affaire peut lui être fatale.

– Nous devons le convaincre qu'il ne s'agit plus d'un simple billet d'humeur dans le journal, que c'est très sérieux. Si ces gens se mettent à fouiller son passé...

– Ils y découvriront ce qu'ils veulent y découvrir. Ce ne sera pas bien difficile, Uli n'a jamais caché ses sympathies.

– Quand doit-il se rendre là-bas ?

– Dans trois semaines. Ça laisse du temps pour réfléchir à une stratégie, voir si l'on invoque, ou non, le premier ou le cinquième amendement...

– J'ai cru comprendre que la question du premier et du cinquième amendement énervait beaucoup la Commission, chuchota Reuben.

– On l'évitera, si on peut. À Uli de nous raconter, à nous, la vérité...

La porte de la loge claqua violemment, comme claquent les portes dans les drames gothiques. Uli Styner se tenait sur le seuil, dans son manteau en poil de chameau à col de velours noir, chapeau au ruban assorti, avec la pose, le silence, la durée dramaturgique réglementaire. À sa poche poitrine, une pochette Hermès à motifs étriers. Il retira posément sa paire de gants beurre frais.

Manhattan ne put réprimer un sourire... qu'Uli Styner intercepta. Elle baissa aussitôt les yeux sur son repassage, s'exhortant à demeurer un meuble parmi les meubles.

– Bonsoir Cecil, dit-il à l'avocat. Êtes-vous en train de régler ma destinée, Reuben et toi ?

– Nous sommes en train de dire qu'elle ne vaudra pas chère si tu t'obstines à prendre tout ça à la légère.

– Je ne le prends pas à la légère. Je ne prends rien du tout.

D'un air d'ennui proche du dégoût, il regarda autour de lui.

— Ce n'est pas ma loge. Allons dans la mienne, s'il vous plaît. Je dois me préparer.

Le poing sur la poignée, Styner pivota.

— Apportez mes affaires dans ma loge, Manhattan, voulez-vous ? La discussion risque de durer. Autant qu'elle serve à m'habiller.

Manhattan se hâta de tout ranger, enroula le fil sur le socle du fer puis sortit rejoindre la loge de Styner.

Willoughby s'y trouvait déjà, en compagnie des trois hommes. Styner, débarrassé de son chapeau et du poil de chameau, tendit ses bras en chemise vers Willoughby, façon Christ, pour recevoir le peignoir-dragon sur les épaules.

— Uli, disait l'avocat, il nous faut faire profil bas (et tout le monde comprit que « nous » était « tu »). Ou les portes de Broadway te claqueront au nez.

Croisant les pans du peignoir, l'acteur projeta deux éclats de rire vers le miroir.

— Ce n'est pas demain que Broadway se passera de mes services ! De quoi dois-je me soucier ? J'ai un autre tourment, bien plus délicieux. Connaissez-vous Miss Alleybush ? Miss Stella Alleybush ? Un petit objet exquis au teint de crème fraîche, vingt ans, deux gentils mollets qui me rendent fou.

— Aucun acteur n'est irremplaçable, continua

l'avocat, impossible. Ni aucun dramaturge. Ni personne. Il y a quatre mois, Howard Loos a refusé de livrer à l'HUAC les noms de ses amis communistes. Résultat : le contrat pour sa saison au Baryton Theatre a mystérieusement disparu dans la nature.

— Il faudrait me payer pour jouer au Baryton ! coupa sèchement Styner. Vous ne m'avez pas répondu. Connaissez-vous Stella Alleybush ?

— Dont les gentils mollets s'agitent au Canary Club ? interrogea Willoughby, pince-sans-rire.

Manhattan déploya en silence trois chemises blanches devant Uli Styner. Il prit le temps d'une réflexion avant de désigner celle en soie et de répondre :

— Tout juste. Allons, au lieu de m'assommer avec vos histoires, dites-moi plutôt ce que vous pensez de... ceci !

D'un tiroir, il extirpa un C en boucle, doré, serti dans le velours gris d'un écrin de la joaillerie Cartier. Un bracelet apparut, dont l'or, les saphirs et les rubis ruisselèrent tels les raisins de l'antique entre ses doigts.

— Les fruits hors saison coûtent les yeux de la tête, remarqua Willoughby, impavide.

— Ceux-là, murmura Styner, m'ont coûté un peu plus que ma tête. Mais celle de la petite Alleybush les vaut si largement. Et ses mollets bien davantage.

Reuben ? Joignez-y une carte, s'il vous plaît. Écrivez ce que vous voulez. « Leur éclat ne saurait éteindre celui de vos yeux », quelque sottise de ce genre-là...

L'avocat ouvrit la bouche, Styner l'arrêta d'un geste de tribun aux marches du Capitole.

— Par pitié, Cecil. Plus tard.

Cecil eut un pincement de lèvres exaspéré. Sans un mot, il se résolut à serrer la main de Styner et à battre en retraite vers la porte. Qui s'ouvrit au même moment, telle une bourrasque d'équinoxe, sur un oiseau flamboyant. Un oiseau d'une espèce à fourrure.

— Uli ! roucoula l'oiseau en vison en fonçant droit vers le bracelet qu'Uli Styner tenait toujours. Oh ! Pour moi ?!

Manhattan s'engloutit dans les cintres de la penderie. Il y avait peu de chances qu'Eudora Flame l'eût repérée parmi les girls de la *chorus line* au Ruby, mais savait-on jamais. Elle inclina tout de même discrètement la tête : le bracelet venait de changer de main.

— *Darling !* pépiait Eudora en cajolant les pierres précieuses. Quelle folie, oh mais quelle folie...

Styner s'était statufié, Willoughby demeurait impériale et tranquille. Reuben était muet, sa carte et son stylo en l'air. L'avocat avait filé.

Eudora roula, déroula le bijou le long de son avant-bas. Contre sa peau aspirine, les fruits de l'antique prirent l'aspect de gouttes de sang magnifiques.

— J'adore les bracelets, gazouilla-t-elle en s'enroulant autour d'Uli Styner. J'aimerais en avoir cent ! Être une pieuvre pour les porter tous en même temps ! Je t'adore...

Il écarta la pieuvre à deux bras.

— Adore-moi, dit-il. Tu as mon accord total. Malheureusement, ce bijou ne t'est pas destiné.

Le temps d'un battement de cils de l'oiseau, Uli Styner la dépouilla du bracelet.

— C'est Reuben qui en est le propriétaire, dit-il d'un ton contenu. Un cadeau pour... sa future épouse. Lorsque tu es entrée, il sollicitait simplement nos avis sur son achat.

Dans un premier temps Eudora leva ses impeccables sourcils, puis elle exhala un soupir qui en dévoilait long sur sa déception. Son cerveau, enfin, entama un implacable processus de suspicion.

— Comment Reuben peut-il offrir un bijou d'une telle valeur avec le salaire que tu lui donnes, Uli ? demanda-t-elle.

Elle se caressait le poignet gauche, le parant du regret de n'avoir plus rien à y mettre.

— Depuis que je viens ici, ton secrétaire n'a jamais semblé avoir de petite amie, argua-t-elle.

Eudora fit une volte-face dans un essor de vison, cloua Reuben de son regard incandescent. Le secrétaire rapetissa dans les tréfonds de son funeste costume noir.

— Je la connais ? demanda-t-elle.

— Eh bien, fit-il après s'être éclairci les cordes vocales. Pas exactement, mais...

— Pas exactement ? susurra-t-elle. Ce qui signifie quoi... exactement ?

Uli Styner poussa un infini soupir. Son œil las voyagea de son secrétaire à la penderie, de la penderie au secrétaire. Il dévissa la boîte de fard Max Factor posée sur la coiffeuse et, face au miroir lumineux, s'enduisit sobrement le visage.

— D'accord. Tu as gagné, Eudora, murmura-t-il, à bout d'ennui. La future épouse se trouve ici. Devant toi.

De saisissement, Willoughby trébucha contre le pied du sofa.

— Où ça ? dit Eudora avec un mouvement de cou qui rappelait celui d'une volaille.

— Dans cette pièce. Sa nature secrète vaque en ce moment même parmi les cintres de cette penderie. Elle se nomme Manhattan.

Manhattan se dressa d'un trait, n'en croyant pas ses oreilles. Elle ouvrit la bouche, s'étrangla, la referma, comprimant sur sa poitrine deux housses dont elle oublia subitement qu'elle voulait les suspendre.

— C'est elle que Reuben va épouser. Mais je tiens à dire que tu viens de tout gâcher ! acheva, tragique, Uli Styner.

Manhattan dut s'appuyer à la paroi. Reuben était écarlate.

— Manhattan ? Elle est nouvelle ? questionna Eudora, parcourant la jeune fille de sa pupille aviaire.

Se pouvait-il que cette femme la reconnaisse ? Se pouvait-il qu'Eudora crût aux inepties d'un amant simplement pressé de mettre un terme à la discussion ?

— Elle remplace Helga, l'habilleuse que, souviens-toi, tu... n'aimais pas, dit Styner. Vois. Tu embarrasses notre pauvre Reuben.

Le doute et le soupçon transpiraient, en cette seconde, par tous les pores d'Eudora. Sans un regard pour les *futurs mariés*, Uli Styner porta l'estocade.

— Lorsque tu es arrivée, j'étais sur le point de les inviter à fêter l'événement, un de ces soirs. Au Copacabana, par exemple. Je dois bien cela à mes collaborateurs amoureux. Oh... tu es évidemment invitée, Eudora.

Maintenant il se pommadait le teint avec la soudaine générosité de celui qui vient d'avoir la vie sauve.

— Qu'en dites-vous Reuben ? murmura-t-il d'un ton de révoltante bonté. Et vous, Manhattan ?

21

Moses supposes his toes are roses
(but Moses supposes erroneously)

Comme Jocelyn s'en revenait à Giboulée vers la fin de l'après-midi, le cerveau saturé de musicologie médiévale endurée sous la voix monocorde du professeur Patricia Helmet, Dido l'interpella par le bow-window, en manteau, prête à sortir. Sa main agitait une espèce de chat couleur noix.

— Tu veux aller voir un film ? demanda-t-elle. Papa est de service au Pennsylvania.

— Euh, pourquoi pas.

— Garde ton manteau.

Le trajet dans le froid depuis Penhaligon avait donné à Jocelyn une solide envie de faire pipi. Mais il se retint de le signaler, et se retint tout court.

– Quel film ? demanda-t-il quand elle avait déjà refermé la fenêtre.

Il attendit au bas du perron. Elle réapparut une minute après.

– On part ? dit-elle en juchant sur sa tête le chat noix qui se révéla une toque en faux lapin, laquelle lui allait malicieusement bien.

– Tout de suite ?

– La séance est dans un quart d'heure. Je n'aime pas rater le début.

Il avait justement quelque chose de très important à lui demander. Il était content de la voir... et en même temps il craignait de se laisser aller à proférer des niaiseries comme l'autre fois. Mais lorsqu'il se surprit à trouver captivant le jeu des petits tendons de ses chevilles au-dessus des chaussettes roulées, et à songer que le chat-toque faisait d'elle un genre de Cosaque délicieux, il se fit franchement peur.

Ses appréhensions redoublèrent lorsqu'elle glissa le bras sous le sien pour l'emmener vers l'avenue. Tant pis, il ferait pipi au cinéma.

Prospero les accueillit sur le seuil de la cabine de projection.

– Vite, la séance commence, dit-il en les poussant doucement. En route pour le film de toutes les magies du monde !

Dido lui rit au nez et s'engouffra avec Jocelyn dans la grande salle de velours mordoré, dite salle Theda Bara.

— Papa dit qu'il n'y a rien de mieux pour regarder un film qu'un fauteuil de velours dans une salle de velours, déclara Dido en ôtant chat et manteau. Elle apparut dans une jupe praliné et un pull-over crème dont la matière paraissait onctueuse et élastique.

— Où pourrait-on voir un film ailleurs que dans une salle de cinéma ? interrogea Jocelyn, s'écartant légèrement de l'accoudoir pour instaurer quatre centimètres de séparation.

Elle remonta ses genoux pour les caler sur le siège devant. Il détourna les yeux des socquettes et des petits tendons.

— Oh, il y a ces *drive-in* qui désespèrent papa. Il commence à y en avoir partout dans le pays. C'est en plein air, tu viens avec ta voiture, tu regardes le film à travers le pare-brise, et des gens en patins à roulettes te servent des hamburgers par la portière.

— Vous êtes drôlement bizarres, les Américains, dit Jocelyn en pensant tout à coup qu'il devait dénouer son cache-nez.

Dans le geste — plus ou moins volontaire — il toucha la manche de Dido. Le pull était exactement comme il imaginait, mou et duveteux, avec, dedans, le doux renflement d'un biceps.

– C'est une drôle d'idée de manger en regardant Cary Grant! opina-t-elle.

– Un dîner avec lui que ce truc ne marchera jamais! paria-t-il avec un petit rire qui ne rimait à rien.

Au générique de *L'Aventure de Mme Muir*, Dido se renfonça pour abandonner sa nuque au dossier. Jocelyn fit de même.

Tout devint alors si absolument exquis – la jolie Mme Muir dans sa maison hantée, le pull de Dido, le fantôme du capitaine Gregg et sa longue-vue, la mer aux vagues joyeuses puis mélancoliques, le biceps de Dido sous la manche élastique, la main de Dido posée sur l'accoudoir, la musique qui envoûtait, la queue-de-cheval de Dido qui sautillait entre leurs deux sièges – que Jocelyn oublia sa vessie archi-pleine.

À la sortie il se précipita aux toilettes. Là, dans un décor de porcelaine et de marbre vert, il réfléchit à la façon dont il allait poser son importante question à Dido.

Mais quand il revint, ils se disputèrent. Dido affirma que le fantôme n'existait pas, Mme Muir avait imaginé son roman toute seule. Jocelyn soutint au contraire que le fantôme du capitaine en était bel et bien l'auteur, qu'il en avait simplement soufflé l'écriture à l'héroïne.

— Papa, départage-nous. Qui a raison ?

Prospero tournait la manivelle du rembobineur de films, balançant en rythme sa tignasse de géomètre poétique.

— Si tu veux croire, crois, dit-il. Si tu ne veux pas, qui t'empêchera ?

Elle leva les yeux au ciel, rajusta le chat-toque avant de se hisser sur le bout de ses souliers et l'embrasser.

— Tu rentres dîner ?

— À minuit. Ne m'attends pas. Je remplace Sendak, son bébé est enrhumé.

Ils sortirent dans les illuminations de décembre et remontèrent la 5e Avenue pour admirer les vitrines. En route, ils dégustèrent des gaufres au sirop d'érable et aux amandes grillées. Entre deux bouchées brûlantes, Dido entonna un refrain que Jocelyn ne connaissait pas.

— *Lorsque tout est finiiiii... Que se meurt noo-otre beau rêve... Pourquoi pleurer le temps enfouiiii...*

— En*fui*, corrigea doucement Jocelyn. Pas en*foui*.

C'est tout ce qu'il trouva à dire. Elle l'émut parce qu'elle chantait en français, et faux.

— C'est quoi ? demanda-t-il.

— Marlene Dietrich chante ça dans *Morocco*. Tu connais ?

Il avait vu le film, petit, avant la guerre. En France, ça s'appelait *Cœurs brûlés*. Jocelyn se rappelait même très bien qu'Édith, leur aînée, les y avait emmenés, lui et les petites sœurs, au lieu du Laurel et Hardy prévu. Tout le long du chemin, Édith n'avait cessé de répéter que ce n'était pas un film de leur âge mais qu'elle était trop, vraiment trop amoureuse de Gary Cooper, elle ne pouvait pas attendre.

— Chaque fois qu'il y avait un baiser, raconta-t-il, Édith nous cachait les yeux avec ses mains. J'avais six ans.

— Alors tu as dû manquer la scène où Marlene chante dans un cabaret, vêtue d'un smoking d'homme. *Lorsque tout est finiiiii... Que se meurt noo-otre beau rêve...* Elle vole une rose au décolleté d'une femme dans le public, et la pique à son revers de smoking. Ensuite, pour remercier la femme, elle l'embrasse sur la bouche.

— En effet, dit Jocelyn, se sentant tout à coup très nigaud. Je ne me rappelle pas ça.

— C'est une jolie scène, très légère, très gaie, fit Dido.

Il l'admirait. Il aimait sa liberté de mots. L'avait-elle apprise de Prospero ? Chez les Brouillard, on ne parlait pas de ces choses-là. Ce n'est pas qu'elles étaient interdites. On ne pensait tout simplement pas aux femmes qui en embrassaient d'autres.

— On ne pourrait plus la filmer aujourd'hui, continuait Dido, fronçant les sourcils sous la toque. Nous vivons dans l'ère de l'interdiction, du soupçon et de la surveillance.

Ils arrivaient au sapin de Noël géant du Rockefeller Center avec ses kilomètres de guirlandes lumineuses. Il y en avait assez pour un New York-Paris électrique par-dessus l'Océan, et Jocelyn pensa pour la première fois qu'il allait passer un Noël hors de sa famille. Il releva sa capuche.

Dido, qui avait fini sa gaufre, essuyait le sucre glace sur ses lèvres. Jocelyn ne voulait pas rentrer. Pas avant d'avoir pu lui demander...

— Tu sais ce qui me ferait plaisir ? dit-il

— Animal ? Minéral ? Végétal ?

— Monumental.

Il sortit son mouchoir de batiste pour effacer la dernière trace de sucre au coin des lèvres de Dido.

— Es-tu déjà montée en haut de l'Empire State Building ?

— Une fois, j'avais dix ans. Et toi, Jo ?

— Pas encore.

— Incroyable ! En général, c'est ce que les touristes vont voir en premier.

— Rosemonde m'a fait la même remarque. Elle m'a écrit que si mon prochain courrier ne parlait pas d'une visite là-haut, ce n'était même pas la peine de le lui envoyer.

— Ta sœur m'a l'air d'être un drôle de phénomène.

— Un sacré. Et moi je ne suis pas un touriste, ajouta-t-il en repliant le mouchoir.

Au milieu de la 5e Avenue, dans le hall du plus grand obélisque du monde, ils furent accueillis par une multitude de petits King Kong en peluche de nylon qui caracolaient aux vitrines.

— Minéral, monumental... et animal ! s'esclaffa Dido.

Bien que pleine à craquer, la cabine de l'ascenseur fila avec l'agilité d'un ballon. Vers le quarantième étage, tout le monde se boucha les oreilles à cause de la dépressurisation. Au quatre-vingtième, Jocelyn et Dido sortirent en riant, légèrement étourdis. Un second ascenseur les déposa six étages plus haut, en plein ciel.

Il y avait du monde sur la plate-forme et dans l'observatoire. Le vide grondait tout autour. Une femme brune avec une cape en grosse laine s'écarta aimablement pour les laisser regarder par le grillage du garde-fou. Le sol en ciment vibrait, donnait la sensation d'osciller.

Manhattan avait bien l'air de ce qu'elle était : une île plantée de phares. Phare Chrysler. Phare Waldorf Astoria. Phare RCA. Phare Flatiron...

— Tu vois ce carré de fromage, là ? Quand tu es dedans, c'est un Taj Mahal, murmura Dido. Le Radio City Music Hall.

Les filles de Giboulée en parlaient souvent. Il s'y déroulait toujours quelque première de film ou de spectacle où elles se lamentaient de ne jamais pouvoir se rendre.

— C'est de ce côté, récitait un guide à l'entrée de l'observatoire, qu'un bombardier B-25 a percuté le quarante-cinquième étage, il y a trois ans. À cause du brouillard. Les dernières paroles du pilote ont été : « Je ne vois rien, même pas l'Empire State... » Il y a eu quatorze morts, mais le building a tenu bon !

Jocelyn se rapprocha de Dido. Le vent était plus fort et plus froid. Il ouvrit la bouche pour poser sa question...

— Regarde ! dit-elle. La patinoire du Rockefeller. D'ici on dirait un morceau du miroir de la méchante Reine des neiges.

Une Reine des neiges blonde platine, en longue fourrure, vint rejoindre la dame brune à cape de laine. Les deux femmes se firent ce que Marcelline, la petite sœur de Jocelyn, nommait « le bisou rouge à lèvres », quand les bouches soigneusement maquillées font *smouc* dans l'espace, en prenant garde de ne pas toucher la peau.

– Waow, Barbra! s'écria la première. Un vison? Un vrai? *Oh my God*... On dirait Lana Turner!

Elles tournèrent le dos au paysage pour entamer une bavette. Dido alla acheter deux jetons pour le télescope. Avec cela, ils pouvaient l'utiliser trois minutes. Non loin d'eux, les deux amies poursuivaient leur conversation, dos tourné au panorama.

– Le paysage se doit d'être au moins aussi beau que dans la longue-vue du fantôme chez Mme Muir, murmura Jocelyn.

Il l'était. Il y avait les toits, les terrasses avec leurs piscines, vidées en cette saison. Le sillage féerique des ferries sur l'Hudson. Le parallélogramme sombre de Central Park... À tour de rôle ils regardèrent dans le télescope qui faisait *tic-tic-tic* à cause du minuteur.

– C'est Jim qui t'a offert ça? disait à côté, avec une pointe d'envie, la brune en cape de laine. Raconte! Comment as-tu fait?

– Oh, fit la blonde en haussant ses épaules envisonnées. On était au cinéma. Il y avait Clark Gable et, tu sais, cette rousse. J'ai dit à Jim : « Il est beau ce vison, hein ? » Jim m'a répondu : « Si tu le dis. » J'ai dit : « N'est-ce pas que tu m'offriras le même pour ma fête ? » Jim a répondu : « Si tu le dis. » Et voilà. J'ai accepté. Que faire d'autre quand un homme veut si fort te faire plaisir ?

Elles s'éloignèrent en pouffant. Les trois minutes étaient écoulées.

– Manhattan ressemble à un perpétuel gâteau d'anniversaire plein de bougies, dit Jocelyn.

Il y eut un silence. Jocelyn se dit que c'était le moment.

– Oh, mon Dieu, regarde ça ! s'écria Dido.

Tenant sa toque, elle désigna quelque chose. Juste au-dessus d'eux, sur la flèche de l'Empire State, stationnait un nuage. Tout blanc dans le ciel sombre, gonflé comme un édredon, immobile, il paraissait... vivant.

– Il la forme d'un parapluie, nota Jocelyn. C'est plutôt étrange. Pour un nuage, je veux dire.

Oui, c'était un nuage singulier. Ils l'observèrent un certain temps, avec l'impression insolite qu'ils étaient également observés par lui.

– On dirait qu'il attend, murmura Dido. Qui ?... Une demoiselle nuage ?

Elle baissa la tête, pressa le front contre le grillage du parapet pour tenter de voir à la verticale. Une partie de la foule était allée se réfugier dans l'observatoire.

– Tu crois qu'on pourrait déployer une banderole, d'ici ? chuchota-t-elle soudain, l'œil brillant. Le long de la façade ?

– Une banderole ? Pour quoi faire, une banderole ?

– Une très très longue, avec, en lettres énormes : « Non aux auditions de l'HUAC. Non aux dénonciations. » Tout le monde pourrait la lire d'en bas ! De partout ! Oh, ce serait magnifique…

– Est-ce que tu es libre le 20 ? dit-il très vite. C'est le bal de fin d'année à Penhaligon et je voudrais… j'aimerais…

Il se tut, se cramponna au sourire qu'elle esquissait.

– Oui, dit-elle enfin. Je serai libre le 20.

– Est-ce que… tu voudras être ma cavalière ?

Le sourire s'épanouit, le miel de son regard, chaud, brutal, cuisant, se répandit dans le cœur de Jocelyn, dans les veines de ses bras et les veines de ses jambes.

– J'en serais enchantée, Jo.

Enchantée… Il respira, soulagé, délesté. Heureux. Il ferma les yeux sous une ivresse soudaine, un tournis de quelques secondes qui fit naître une moiteur au creux de ses paumes. Dido remit le chat d'aplomb sur sa tête et pivota vers l'ascenseur qui arrivait.

Tirant la grille, la demoiselle préposée aux manœuvres de la cabine surprit la mine embrumée de Jocelyn.

– Vertige des sommets ? dit-elle en faisant rouler son chewing-gum d'une joue à l'autre.

Il la gratifia d'un air que la demoiselle associa à la vapeur au-dessus du lait qui va bouillir.

Quand ses talons retrouvèrent le bitume, Jocelyn eut la sensation épaisse et adhésive d'une sortie de paquebot. Au pied de l'étourdissante paroi verticale, Dido leva le nez. Elle toisa ensuite Jocelyn avec un petit sourire teinté de miséricorde.

– Je suis sûre, dit-elle, que Jeffrey trouvera que mon idée de banderole est du pur génie.

Qu'elle veuille piquer sa jalousie était une radieuse promesse. Jocelyn bénit en silence Jeffrey, et regarda vers l'espace.

Sur la flèche du colossal obélisque, le drôle de nuage en parapluie restait immobile.

1948
NOËL À L'APPROCHE...

22

It's beginning to look like Christmas

Cinq jours plus tard, le nuage en parapluie était toujours là.

L'antenne d'acier de l'Empire State Building pointée sur lui telle la flèche d'un titan Cupidon. Seuls les flâneurs, les amoureux et les auteurs de chansons avaient noté sa présence. Le reste s'affairait.

Le nuage s'en moquait, il craignait peu de chose et certainement pas les hommes. La chaleur d'un soleil, peut-être, aurait pu le faire frémir ou s'évaporer. Mais de soleil il n'y en avait point, et depuis assez longtemps pour que le nuage se sente solide et conforté.

Chaque jour, chaque heure, il avait gagné en stabilité et en robustesse.

Il attendait.

Il regardait les oiseaux filer, la fumée des cheminées se dissiper, les humains fourmiller sur les avenues, les rires des enfants rebondissaient sur lui comme sur un mur. Il pouvait même sentir les odeurs de rôtisseries, de vin brûlant, de cakes, de cannelle ou de bergamote qui montaient depuis les fours à pâtisserie. La cité gisait à ses pieds, gelée, frigorifiée, mais elle luttait, et autant qu'elle le pouvait.

À Central Park, la patinoire Wollman était d'un satin opalescent, les ponts de Brooklyn, Williamsburg, Triborough, Queensboro traînaient leurs files clignotantes d'automobiles. Chez Macy's, chez Saks, chez Bergdorf Goodman, chez Tiffany, les foules de Noël couraient sous les guirlandes et les anges dorés, à la radio Bing Crosby psalmodiait *White Christmas* et *Santa Claus Is Coming to Town*.

Le nuage était patient. Ses collègues arrivaient. Bientôt ils seraient tous là, compagnons de l'Arctique et du Canada, les cumulus, les nimbostratus, les flocons par millions, les brouillard, neige, glace, congères, givre, verglas...

Le 18 décembre 1948 à 16 h 12, la station météo du Bronx reçut un bulletin d'alerte de sa sœur de Maple Heights dans le Vermont qui l'avertissait d'une brusque chute dépressionnaire. On venait de passer de 1 011 à 971 millibars.

Par-dessus la flèche, plus haut que le plus haut building du monde, déployant le cercle de son parapluie, le nuage attendait.

23

Baby, it's cold outside

Après le show très rose et très remuant des Copacabana Girls, un homme en smoking dans un cercle de projecteur bleu annonça l'entrée de Dean Martin et Jerry Lewis. Eudora lâcha son fume-cigarette pour applaudir avec allégresse.

Uli Styner regarda sa montre avec un discret soupir. Manhattan se retint d'en faire autant. Elle envia Willoughby qui avait eu l'astucieuse idée d'avoir une cousine Mabel grippée pour échapper à cette mascarade absurde. Depuis le début de la soirée, elle et Reuben se tenaient cois sur leurs sièges, pratiquement muets. Après les girls, l'arrivée du duo comique leur octroya un nouveau sursis.

– Je vais chanter, susurra au micro Dean Martin, une chanson que j'ai ramenée de mon séjour à Londres. Elle s'intitule *I Love Paris*...

Eudora éclata de rire avec des mines d'enfant. Manhattan l'imagina soudain gamine, au fin fond de l'Ohio (ou de l'Oklahoma ou du Wyoming) rêvant des stars et de la grande ville. Son vrai prénom devait être Mary, Abby, ou Charlotte... Elle lui faisait penser à une version coriace, endurcie et sous cuirasse, de Page. Manhattan ne put s'empêcher de lui adresser un sourire. Qu'elle regretta. Le regard d'Eudora s'était aussitôt porté sur le bracelet au poignet de Manhattan.

Énième coup d'œil d'Uli Styner à sa montre... Les gentils mollets de Stella Alleybush allaient s'impatienter, songea Manhattan, peut-être aller trotiner ailleurs.

Le show dura trois quarts d'heure. Puis le moment arriva, que Manhattan redoutait, où, le spectacle fini, ils se retrouvèrent tous les quatre, face à face, sans alibi.

Eudora commanda une autre bouteille de champagne tout en discutant avec Styner. Manhattan tenta de s'intéresser.

– C'est un bon boulanger, disait Eudora. Bien qu'il soit noir. J'aime bien les Noirs. Pas toi ? fit-elle en pointant l'or de son fume-cigarette vers Styner.

– Non, répondit-il. J'aime les bons boulangers. Point.

Le fume-cigarette eut une petite secousse de perplexité.

Uli Styner contint un geste d'exaspération, se bornant à dévier, du bout de l'index, la trajectoire du fume-cigarette.

– J'aime un bon boulanger quelle que soit sa couleur. Et ce que j'aime en toi, mon chou, c'est que tu ignores tout de l'esclavage de la pensée.

Cela devenait trop complexe pour Eudora. Elle fit un signe pour que l'on vînt emplir sa coupe.

– Eh bien, les fiancés ! s'écria-t-elle à l'attention de Manhattan et Reuben. Vous n'avez pas l'air si ravis de convoler bientôt…

Son œil de séduisant rapace effleura à nouveau le bracelet au bras de Manhattan.

Uli Styner s'ennuyait passablement. Manhattan finit par avoir pitié et décida de faire un effort.

– Je n'étais jamais venue au Copacabana, dit-elle. Quel décor extravagant…

– Oui, n'est-ce pas ? dit Styner, soulagé qu'elle ouvre enfin la bouche – même si sa gratitude fut teintée de sarcasme. Ces palmiers en carton-pâte, les jets d'eau, les ananas en plastique, ces faux coquillages… Eudora adore tout au Copa ! Même la ségrégation, même la nourriture chinoise.

L'orchestre aux trois rangées de pupitres entonna

façon rumba *Marinella*, un succès français. Quelques couples se levèrent.

– On danse ? fit Eudora à Styner. Ou je vais commencer à sérieusement m'embêter.

– Tu n'auras aucun mal à te trouver un cavalier, riposta-t-il. Il te suffit de traverser la salle et d'aller aux lavabos dames.

Par chance, un homme en smoking avait reconnu en Eudora la belle « chanteuse exotique » du Ruby, et vint l'inviter. Elle le suivit, son fourreau à larges roses noires sur fond argent ondulant telle une peau de poisson de sirène. Dès qu'ils furent assez loin sur la piste, Styner foudroya les *futurs mariés*.

– Vous pourriez m'aider un peu, fulmina-t-il à voix basse. Comment voulez-vous qu'Eudora gobe mes histoires si vous restez silencieux et raides comme des pots ?

– Je n'ai pas demandé à venir ici, ni à me marier avec l'habilleuse de service, rétorqua froidement Reuben.

Manhattan sourit in petto. C'était donc ça qui chiffonnait le sosie de Lincoln. Qu'elle soit une humble assistante. Il aurait probablement joué la comédie avec plus de conviction si elle avait été, mettons, l'ingénue de la pièce. Il avait changé de costume noir, et arborait un nœud papillon, mais sa mise était toujours aussi funèbre.

– Ni moi avec un obscur assistant, dit-elle en retirant tranquillement ses lunettes pour les nettoyer au coin de sa serviette blanche.

– Oh, un effort s'il vous plaît! supplia Styner. Vous avez l'air de futurs époux comme moi d'un dentiste. J'ai hâte d'en finir avec cette soirée aberrante, moi aussi. Je ne vous demande rien que des acteurs de séries Z ne puissent faire. Dansez deux ou trois fois, prenez-vous la main et l'affaire sera pliée, on pourra partir. Et... je retrouverai les gentils mollets qui m'attendent.

Manhattan contempla son bracelet. Elle n'avait jamais rien porté de tel, et n'en porterait probablement plus jamais. Cette bagatelle devait coûter dix années de son salaire d'habilleuse. Elle repensa à sa mère, morte quatre ans plus tôt d'usure et de privations et de l'interminable chagrin d'avoir aimé un courant d'air. Pendant ce temps-là, Uli Styner offrait des fortunes aux mollets qui passaient.

– On danse? dit-elle à Reuben en se levant, la gorge prête à hurler de douleur et de colère.

Elle découvrit avec étonnement que Reuben Olson ne dansait pas si mal. Ses jambes de faucheux gagnèrent subitement en élégance. Elle vit qu'elle l'étonnait aussi. Il ignorait bien sûr son véritable métier.

— Pas mal, dit-il, alors qu'elle enchaînait une suite de pas gracieux. Mais, hé, doucement... C'est encore moi qui mène !

Ils se sourirent pour la première fois.

— Vous travaillez depuis longtemps avec Uli Styner ? demanda-t-elle alors que l'orchestre amorçait *You Must Have Been a Beautiful Baby*.

— Assez.

— Il est comment, comme patron ?

— Pas mal.

Uli Styner n'était visiblement pas le sujet favori de Reuben Olson. Elle décida d'avancer avec prudence en terrain miné.

— Ma mère l'a rencontré, autrefois, dit-elle, le cœur battant un peu. Bien avant que je sois née.

— Oui ? dit-il en se concentrant sur le rythme de ses talons. Uli rencontre beaucoup de femmes, ajouta-t-il avec un ricanement.

— Que voulez-vous dire ?

Il baissa ses yeux sombres. Manhattan ressentit un léger choc. Une sensation de familiarité. Comme lorsqu'on tombe par hasard sur un objet qu'on a longtemps cherché.

— Que voulez-vous que je sois en train de dire d'autre que ce que je dis ? dit-il avec irritation. Votre mère a couché avec lui ?

La question fut un soufflet. Elle battit des paupières, avec l'espoir que son visage ne trahissait rien.

— Vous ne semblez pas l'aimer beaucoup, dit-elle enfin.

La chanson était finie. Il la reconduisit à la table où Styner, seul, achevait un plat de crevettes à l'aigre-douce.

— Je vous ai vus, dit-il en promenant la dernière crevette dans la sauce. Bravo. Continuez. Vous dansez très bien, Manhattan. Avez-vous pris des cours ?

Elle se rassit avec une lenteur circonspecte. La danse était une traîtresse qui pouvait vous démasquer.

— Une fois par semaine, à l'école primaire, comme la plupart des petites filles, dit-elle en se promettant de faire attention à l'avenir. Miss Flame n'est pas revenue ?

Eudora gigotait avec un autre smoking au rythme de *Traffic Jam*. Ils attendirent en silence que le morceau s'achève. Uli Styner attaqua le champagne. Eudora revint, hors d'haleine, s'écrouler sur son siège.

Se tapotant le coin des lèvres, Uli Styner lança aux futurs époux un regard significatif. Reuben prit la main de Manhattan et l'emporta sur la piste.

— *Perfidia*, dit-il, parlant du morceau latino que l'on jouait. C'est de circonstance.

— Écoutez, dit-elle. Cette soirée ridicule vous

assomme autant que moi. Pourquoi ne pas en finir au plus vite ?

— J'en rêve. Comment ?

— En faisant plaisir à Uli Styner.

— Nous dansons. Nous nous tenons la main. Nous sommes deux petits chiens bien obéissants. Que faire de plus ?

— Embrassons-nous.

Il eut un rire comme un hoquet.

— Après, nous pourrons quitter cet endroit, continua-t-elle d'un ton décidé. En laissant même croire à Miss Flame que nous avons envie... d'être seuls au monde. Qu'en pensez-vous ?

— Eh bien...

Elle mit le bras sur son cou et tendit le visage vers lui. Il réfléchit une longue, une très longue seconde. Il s'inclina, avec une raideur toute lincolnienne, mais il ne l'embrassa pas. Il se limita à coller sa joue gauche contre la joue gauche de Manhattan, avec autant de conviction qu'il put. Il heurta la branche des lunettes. Elle gloussa.

— Eudora s'en contentera, dit-elle à son oreille. Essayons de tenir un peu comme ça. Je compte jusqu'à 47.

— Pourquoi 47 ?

— Pourquoi pas 47. Regarde-t-elle ?

— Je ne sais pas, murmura-t-il. Nous sommes grotesques.

— Non, dit-elle. Styner et Eudora le sont.

Perfidia et le bras de Reuben Olson la firent tournoyer. Par-dessus son épaule, elle vérifia dans la direction d'Uli Styner et d'Eudora... On les regardait.

Ils tournèrent encore. Le couple de danseurs voisins s'incrusta en gros plan dans la vision de Manhattan, devant les cuivres et les percussions. Du pouce, elle redressa ses lunettes. Par-dessus l'épaule de sa cavalière, l'homme la dévisagea, le temps d'un bref étonnement, puis son regard glissa vers une autre direction, comme une erreur de parcours.

Manhattan manqua son pas de danse. Son cœur tambourina les cent coups. Scott Plimpton ! Par quel hasard insensé Scott Plimpton dansait-il à un mètre d'elle, au Copacabana ? Il avait eu l'air aussi stupéfait qu'elle.

— Que se passe-t-il ? grogna Reuben. Je vous ai marché sur le pied ? Vous êtes verte.

— Non, non...

Elle osa un autre coup d'œil derrière Reuben. Scott Plimpton glissait au milieu de la piste avec sa danseuse. Elle vit sa silhouette carrée, ses cheveux de paille sèche, son écharpe de soie blanche. Même dansant sur un rythme latino, il gardait ses manières indolentes, cet air de réfléchir au pas qu'il allait faire. Elle examina sa jeune cavalière. De jolies formes. Une figure anodine rehaussée par des boucles platine.

– On retourne s'asseoir ? ironisa Reuben au-dessus de sa tête. Avec le sentiment du devoir accompli ?

– Je voudrais danser encore un peu.

Elle se sentait trop agitée pour retrouver Styner et Eudora. Sa voix tremblait.

Scott Plimpton avait fait semblant de ne pas la voir. Mais un détective n'est pas censé tailler le bout de gras dans un night-club avec sa cliente si rien ne les y oblige. Elle le vit tenir la main de sa cavalière lorsque celle-ci voulut se rasseoir, puis s'asseoir à sa suite. L'orchestre amorça une version langoureuse de *Out of Nowhere*.

– Elle nous épie toujours, dit-elle en regardant vers Eudora. Embrassons-nous vraiment cette fois, et bye bye la compagnie.

Elle se serra contre Reuben. Il occupait son smoking avec les façons d'un épouvantail mais au moins il savait danser. Les mains de Reuben se refermèrent puissamment sur les poignets de Manhattan. Le bracelet s'enfonça dans sa chair et elle retint un cri. Sans cesser de danser, il la pétrifia de son regard noir. À nouveau, cette expression fugace et familière sur sa sombre figure. L'aurait-elle déjà vu avant et ailleurs ? se demanda-t-elle brusquement. Longtemps auparavant ?

— Ne faites pas ça, ordonna-t-il d'une voix cinglante qui lui donna le frisson. Cessez vos enfantillages, je vous prie.

Elle libéra ses mains, toujours dansant, avec un rire nerveux.

— Nous jouons la comédie, vous savez, rappela-t-elle.

— Je sais. Mais il est hors de question de s'embrasser.

Elle rumina la phrase durant quelques mesures de *Out of Nowhere*.

— Vous préférez les messieurs ? interrogea-t-elle finalement.

Il approcha son visage du sien. Son nez la toucha presque. Il avait de la sueur sur la tempe, de petites marques rouges autour de la pomme d'Adam.

— Votre mère a connu autrefois Uli Styner, disiez-vous ? Dans quel sens ?

Elle cilla sans répondre. Elle aussi commença à transpirer.

— Votre silence est une réponse, soupira-t-il. Je l'ai

deviné dès que vous êtes arrivée dans sa loge. Elles font toutes ça. Elles viennent pour réclamer de l'argent. Ou bien elles pleurent. Ou bien elles veulent devenir actrices, comme leur papa. Vous êtes la première qui vient sans réclamer. La plus jeune aussi.

La paume de Manhattan dérapa dans celle de Reuben. Il la retint dans un geste presque tendre.

– Il y en a eu beaucoup ? dit-elle, si bas qu'il la fit répéter. De... ces filles ?

– Trois. S'il y en a d'autres, elles ne se sont pas fait connaître.

Elle sentit sa tête se tordre. Un doigt entra dans son crâne pour lui arracher toute pensée. Trois filles. *Out of Nowhere.*

– Trois... répéta-t-elle dans un souffle. Trois enfants.

Il s'écoula un silence avant qu'il rectifie :

– Quatre.

Elle releva la tête pour comprendre, mais elle ne le distinguait plus. Elle toucha machinalement ses lunettes. Elles étaient là pourtant.

– Avec moi, nous sommes quatre, dit-il. Uli a accepté que je travaille avec lui, à la condition que notre... parenté reste confidentielle. Il n'a jamais eu envie de s'encombrer d'enfants. Maintenant moins que jamais.

La musique stoppa. Ils restèrent plantés au milieu de la piste.

— Même par jeu, vous voyez bien qu'on ne peut pas s'embrasser de la façon dont Uli l'entend, conclut-il avec cette obscurité, cette noirceur familière qui rappelait — c'était l'évidence désormais — celle d'Uli Styner.

Reuben était à peine plus âgé qu'elle. « Vous êtes la plus jeune », avait-il dit. Cela signifiait que lorsque son père venait les voir, elle et sa mère, puis partait, puis revenait, leur prodiguant son amour en pointillé et ses attentions de feu follet, il se partageait déjà entre des familles plurielles.

Les sanglots affluèrent en flots, en bourrasques, dans sa gorge. Elle cessa de respirer. Un souffle, et elle allait s'écrouler sur le sol, s'y rouler en hurlant.

Sa main, à l'extrémité de son bras, était aussi loin que la lune. Manhattan retira lentement le bracelet.

— Rendez ça à Uli, dit-elle.

Elle abandonna Reuben sur la piste, fila vers le vestiaire récupérer son manteau et remonta l'escalier vers la sortie. Elle évita l'avenue car elle était sûre d'avoir une figure de démente.

Elle tourna vite dans la rue voisine, marcha quelques mètres avant de s'effondrer entre deux voitures. Elle prit appui sur un des capots et jeta, pliée en deux, des sanglots abondants dans le caniveau sec, par vagues, par paquets, comme une nourriture jamais digérée.

Quelque chose toucha son manteau. Mais il lui fallut attendre quelques secondes avant qu'elle trouve la force de se redresser. Debout, elle eut un vertige. Scott Plimpton se tenait face à elle.

Elle se jeta contre lui et se remit à pleurer. Elle geignait comme un bébé, et son front cognait, cognait au pardessus comme s'il était un mur. Le pardessus demeura immobile, et les bras autour d'elle attendaient.

– Venez, dit-il, lorsqu'elle eut cessé.

Il passa le bras sous son aisselle et la ramena, grelottante, secouée de frissons, vers l'avenue. Il arrêta un taxi et monta avec elle.

Son appartement se trouvait dans le West Side et donnait sur la rivière. C'était un deux-pièces avec un salon à cheminée où il alluma un feu pendant qu'elle demeurait dans le canapé, sans forces, avec la sensation d'avoir nagé la nuit entière dans une mer glacée. Plimpton gardait le silence et elle lui en sut gré.

Avant de gagner la cuisine, il déplia sur elle une couverture où elle se pelotonna, assise, les pieds ramenés sous elle. Elle avait cessé de frissonner et de trembler. Elle l'entendit verser de l'eau dans un récipient métallique, craquer une allumette, puis il y eut le son diffus de l'eau qui chauffait. Même sans le voir, on sentait ses gestes paisibles et lents.

Il revint bientôt.

– Thé ou café ?

Ses premières paroles depuis la sortie du Copacabana. Elle pouffa, fébrilement. Il proposait cela comme à une invitée de longue date, pour un *five o'clock tea.*

– J'ai un reste de cacao en poudre, mais pas sûr que la date limite ne soit pas...

– Un thé, ça ira.

– Et vous ? demanda-t-il. Ça ira ?

Elle haussa les épaules. Le feu flambait avec des bruits de papier froissé. Dans la cuisine, la bouilloire siffla. Il s'en retourna préparer le thé. La couverture drapée autour d'elle comme autour d'un Indien sioux, Manhattan observa la pièce.

L'appartement de Scott Plimpton ne ressemblait pas à l'idée qu'elle se faisait de Scott Plimpton. Elle l'aurait imaginé encombré de dossiers moroses, d'étagères ombreuses et de tiroirs qui fermaient mal.

Il était clair, meublé du canapé où elle se trouvait, de chaises, il y avait une machine à écrire (avec une feuille sous le rouleau) sur une table simplement rectangulaire, une bibliothèque, et les miroitements de la rivière au plafond.

Il apporta un plateau.

— Vous le prenez comment, le thé ?

— En plongeant un sachet dans l'eau chaude.

Avec une mimique, il lui servit une tasse, se servit lui-même, puis il avança une chaise au milieu de la pièce, face à Manhattan, s'y installa à cheval pour déguster son thé par-dessus le dossier.

Après deux gorgées brûlantes suivies d'une bienfaisante petite douleur sur le bout de la langue, elle commença :

— Je suis désolée, ce n'est pas mon habitude de...

Il leva la main.

— Ne vous sentez pas obligée.

— Je ne me sens pas obligée.

Elle marqua une pause.

— Vous avez laissé votre cavalière toute seule, dit-elle en essayant de gommer l'interrogation.

— Julia a préféré rester, elle adore danser. Vous voulez manger quelque chose ?

Elle fit non de la tête.

— Je pensais que c'était à cause de moi, dit-elle en buvant.

— Non.

Il tenait sa tasse par le fond, en équilibre au creux de la paume.

— Même si vous voir détaler pâle comme un fantôme à travers la salle du Copacabana était assez intrigant pour me donner envie de vous suivre.

— Déformation professionnelle.

Il posa sa tasse sur la table, glissa une main dans sa chevelure pâle.

— Probablement.

— C'est là que vous écrivez vos histoires ? interrogea-t-elle en montrant la machine avec la feuille de papier.

— Quelles histoires ?

— Au bar du Wilbur, vous m'avez dit que vous écriviez.

— Des comptes rendus, des rapports, des dossiers, répondit-il de la même manière qu'il avait répondu ce jour-là, en scrutant l'extrémité de ses ongles. Vous dansez bien, ajouta-t-il.

— C'est mon métier, dit-elle, surprise.

— Je veux dire vraiment bien. Ce doit être les lunettes. Vous regardez où vous mettez les pieds.

Elle rit.

– Je ne suis pas certaine de savoir où je mets les pieds dans toute cette histoire, dit-elle. En outre, je suis plus myope qu'une bouteille de chianti.

– Elles sont myopes, les bouteilles de chianti ?

Les sourires de Scott Plimpton étaient rares et éblouissants. Le premier qu'il lui offrait. Elle vida sa tasse avant de la reposer sur l'accoudoir, et sortit les pieds de sous la couverture.

– Merci, dit-elle. Je vais prendre un taxi.

– Je vous raccompagne.

– Ça va mieux, je vous assure.

Secouant la tête, il émit un léger *ttt ttt* avec la langue.

– J'en suis sûr, mais je ne lâche pas seule dans New York une jolie fille en robe du soir et lunettes à plus de 2 heures du matin. Je vous raccompagne.

– Il est vraiment 2 heures ?

– Mm. Mm.

Pendant qu'il rangeait les tasses et le plateau en cuisine, Manhattan jeta un regard à la feuille dans la machine à écrire. Elle lut l'en-tête : « Chapitre 7 ». Puis une bribe de phrase : « … la porte s'était refermée sur elle comme un… »

Il revint.

– Ça ne ressemble pas tellement à un compte rendu, dit-elle.

– Je tape au propre le livre d'une amie.

– Julia ?

– Non, dit-il avec une moitié de sourire. Pas Julia.

Dehors il s'était mis à neiger à gros flocons, et sans doute depuis un bon moment car on ne discernait plus le noir du bitume. Ils trouvèrent une voiture assez loin, près d'une église. Quand ils furent installés à l'intérieur, Manhattan croisa les bras autour de son buste. Elle sentait le froid revenir en elle, et avec lui le dégoût et les doutes.

La voix de Scott Plimpton lui fit l'effet d'un sirop apaisant après une toux violente, même si sa question la stupéfia.

– Ce garçon, avec lequel vous dansiez ce soir… Est-ce un parent de Styner ?

– Pourquoi demandez-vous cela ? dit-elle, se raidissant.

Elle lui lança un regard en biais. Chez lui, même le haussement d'épaules prenait son temps.

– Comme ça. Je leur trouve un air de famille.

Ce fut dit naturellement, sans arrière-pensée, elle en était à peu près sûre. Mais quel flair il possédait. Il avait découvert en un soir ce qu'elle n'avait pas perçu en deux semaines.

– Vous êtes un détective remarquable, Mr Plimpton.

– Merci, Miss Balestrero. Cela ne répond pas à ma question.

– C'est le secrétaire de Styner, murmura-t-elle. Je crois qu'ils sont cousins.

– Vous avez froid ? s'enquit-il, voyant qu'elle recommençait à frissonner.

Il lui prit les mains, les frotta entre les siennes qui étaient chaudes et vaguement rugueuses. C'était exactement ce dont elle avait besoin. Un peu de rugosité et de chaleur. Elle libéra ses mains pour les abriter dans ses poches.

Ils arrivèrent à la 78e. La rue était toute blanche, les flocons de plus en plus abondants. Avec son pansement de neige sur la tête, le réverbère devant Giboulée avait une pose de grand blessé échappé de l'hôpital.

– Merci pour tout, Mr Plimpton, dit-elle. Non, ne sortez pas. Je connais le chemin jusqu'au perron.

Elle ouvrit lentement la portière. Un air glacial brassa l'intérieur du taxi. Scott Plimpton se pencha soudain par-dessus elle, et referma. Elle resta assise, le dos collé à la portière, leurs visages tout près l'un de l'autre.

– J'aimerais beaucoup que l'on se revoie, dit-il de ce ton qui – elle commençait à le comprendre – chuintait comme une lassitude mais n'était qu'une forme de scepticisme indulgent.

– Oui, dit-elle.
– Vous aussi ?
– Oui.
– Quand ?
– Oui.
– Cette réponse est hors sujet.
– Samedi ?
– Très bien. Je vous appelle.

Il rouvrit la porte et la regarda traverser les flocons, passer sous le grand blessé puis se débattre avec la porte. Quand elle fut entrée, Scott Plimpton donna son adresse et s'enfonça dans le siège.

– Chouette petite, dit le chauffeur dans le rétroviseur. Dommage que ces jolies lunettes cachent ses vilains yeux.

24

I've got my love to keep me warm

Bien plus tôt, en début de soirée, alors que la neige n'avait pas encore lancé son assaut sur la grande cité, Page était sortie de l'école de théâtre. Elle avait tenté à plusieurs reprises de s'excuser auprès de Luke pour sa rudesse de l'autre fois, mais Luke l'avait proprement snobée.

Elle regarda l'heure à la pendule du hall de Carnegie, enfila ses gants, releva son col et descendit Broadway à pied. À huit jours de Noël, la ville était en fête.

Des Santa Claus baguenaudaient à tous les coins de rue sans que les enfants s'étonnent. Page en rencontra même qui buvaient un Shasta chez Walgreens où elle feuilleta le *Broadway Spot* pour lire la dernière chronique d'Addison.

Elle marcha longtemps, malgré le froid perçant,

avec l'Empire State Building en ligne de mire. Elle s'arrêta devant le grand traîneau aux quatre rennes empaillés de Macy's, écouta l'orgue de barbarie de l'Armée du salut jouer *Adeste Fideles*. Au son de *Winter Wonderland* que chantait un homme à la voix de Perry Como, elle se fit offrir une pomme d'amour brillante de sucre par un jeune homme à bonnet lumineux qui tenait un des chalets de Noël autour de Bryant Park, et qui lui dit qu'il la trouvait jolie.

– Toute seule ? tenta-t-il.

Page secoua la tête en souriant et repartit après l'avoir remercié pour la pomme. Elle bifurqua un peu avant l'Empire State, à l'ouest de la 38e, et pénétra dans les ombres calmes de Tudor City.

Elle y revenait de plus en plus souvent. Elle avait désormais admis que si Addison la surprenait, elle s'en moquait complètement. Elle le regarderait droit dans les yeux et lui dirait que...

Au cœur du square, en face du Holden Building, elle s'appuya là où elle avait pris l'habitude de s'appuyer, le coin d'une statue en granit rose qui représentait une déesse grecque – elle ignorait laquelle – en dégustant lentement sa pomme d'amour qui fumait dans l'air glacé.

Là-haut, les baies étaient éclairées. Addison était chez lui.

Lorsque apparurent les premiers flocons, il s'était écoulé une heure, et Page, transie, était toujours à la même place, immobile. Elle avait beau ne pas savoir ce qu'elle attendait ou fichait là, elle ne parvenait pas à s'en aller. Le cou lui faisait mal de lever la tête vers le treizième étage du Holden, les yeux lui piquaient de trop fixer les fenêtres.

Un taxi contourna le square et vint stopper devant l'immeuble. Dans la lumière des phares, les flocons tourbillonnèrent comme des chats furieux.

À l'intérieur de la voiture, un briquet approcha sa flamme d'une cigarette tenue par deux doigts joliment gantés. La portière s'ouvrit au bout de quelques instants, et un homme sortit. Page reconnut le homburg d'Addison.

Sa compagne joliment gantée resta dans la voiture tandis qu'il s'inclinait pour la saluer par l'ouverture de la porte. Dans le cercle ouaté du square, Page entendait distinctement.

— On se voit à la « couturière » de *Small Wonder*? dit la femme. Lundi?

— Parfait, répondit Addison. À lundi, donc.

Page ne distinguait pas bien la femme, à cause des reflets sur la vitre, et à cause du rideau de neige, mais elle nota, avec un sentiment d'amnistie, qu'ils n'échangeaient pas de baiser. Addison attendit que le taxi se fût éloigné pour avancer vers le hall éclairé du Holden.

Il n'entra pas tout de suite. Il marqua un arrêt sous la marquise en verre, pivota brusquement comme surpris par un bruit. Page pensa d'abord qu'il l'avait vue. Mais non. Il demeura simplement sur le seuil, pensif, à regarder la neige. Addison De Witt avait simplement envie de regarder tomber la neige. Page enfouit ses mains glacées dans ses poches et, comme poussée par la bise, elle quitta l'ombre de la déesse de granit pour s'avancer vers lui.

Lorsqu'il l'aperçut, marchant à sa rencontre à travers les flocons, Addison n'eut ni tressaillement ni surprise, comme s'il savait qu'elle était là. Elle s'arrêta à une dizaine de pas, de façon à rester hors de l'éclairage du hall et de la marquise. Leurs deux respirations troublaient d'une brume pâle l'espace autour de leurs visages.

– Que faites-vous là, mon petit ? demanda-t-il.

Page, un jour, avait posé une question de ce genre-là, avec cette intonation-là, à un petit garçon qui tentait d'escalader une poubelle où sa balle venait d'atterrir.

– Je vous attends, murmura-t-elle.

Il tira un étui en cuir de sa poche, piocha une cigarette qu'il prit le temps d'allumer, et dont il rejeta une lente bouffée rectiligne.

— Ce n'est guère raisonnable, dit-il d'une voix douce.

Elle franchit le reste de pas qui les séparait. Il la découvrit alors sous la lumière, les cheveux trempés de neige, le visage blanc de froid, la mâchoire tremblante. Il jeta la cigarette et lui saisit le bras.

— Bonté divine... Page! s'écria-t-il avec effarement. Vous êtes glacée.

Il l'emporta par le coude à l'intérieur du hall.

— Bonsoir, Mr De Witt, dit le portier derrière le bureau rutilant. Bonsoir, mademoiselle.

Dans l'ascenseur, Page tourna le dos à la paroi en miroir pour s'y appuyer... et éviter l'horrible chose grise et détrempée qu'elle venait d'entr'apercevoir, qui ne ressemblait à rien, mais qui devait être elle.

— Vous allez attraper la mort, grondait Addison. Depuis combien de temps êtes-vous là, espèce de folle?

Elle rit, d'un rire qui tremblota comme un frisson, sans répondre.

L'appartement était bel et bien éclairé, tel qu'elle l'avait vu d'en bas, et Page s'attendit à y voir apparaître une femme. Une épouse peut-être, une maîtresse, ou même une mère. Le caractère d'Addison s'associait fort bien aux trois.

Ce fut Holm qui apparut.

— Monsieur, dit-il. Avec cette neige, je me suis permis de laisser au four le…

— Merci Holm, répliqua Addison en lui confiant son chapeau. Y a-t-il du feu dans la bibliothèque ?

— Quelques braises probablement. Je vais rajouter des bûches.

— S'il vous plaît, Holm. Et apportez un bol de bouillon chaud. Venez, Page.

La neige lançait des arabesques sur les vitres de la baie. Sur les pas d'Addison, Page traversa deux grandes pièces que son cerveau, malgré l'engourdissement dû au froid, put qualifier d'austères et masculines.

Il la fit entrer dans un bureau à lambris et à la moquette vert sombre, où les meubles étaient soit en cuir, soit de bois foncé, avec trois murs entiers de livres. Il la fit asseoir dans un fauteuil qui semblait sorti du château d'un clan écossais.

Holm revint avec le bol de bouillon, un panier de bois, et se mit à ranimer le feu. Lui aussi, avec sa silhouette maigre et sa haute taille, sa veste à double rangée de boutons cuivrés et son pantalon noir, aurait pu sortir d'une lande celtique si sa peau noire et son accent chantant n'avaient plutôt orienté sa naissance vers Atlanta ou La Nouvelle-Orléans.

Le bouillon pénétra en Page comme une coulée de sang chaud.

– Ça va mieux ?

Elle oscilla doucement de la tête.

– C'est donc ici que vous écrivez vos articles ? demanda-t-elle.

– Je les écris dans mon lit, dit-il. Ou dans mon bain.

Il se tenait debout devant elle, dominant le fauteuil où elle s'était recroquevillée. Il avait retrouvé son sourire en coin, ses airs mi-figue, mi-raisin.

– Êtes-vous venue me relancer à propos du Bloomgarden Office ? s'enquit-il. N'ayez crainte, je leur parlerai de vous... quand vous serez prête.

Elle reçut la flèche dans un silence blessé. Voilà bien longtemps que le Bloomgarden Office lui était sorti de l'esprit.

– Non, dit-elle, tout bas. Je ne suis pas venue pour le Bloomgarden. J'ai eu tort de vous demander ça, je sais. Je sais aussi qu'il faut que je travaille beaucoup encore. Vous avez raison, je ne suis pas prête.

Il eut un geste indéfini. L'humilité l'encombrait. Addison était plus à l'aise face à un adversaire.

– M'expliquerez-vous alors, reprit-il, ce que vous faisiez devant chez moi en ce début de nouvelle ère glaciaire ?

Ces expressions qu'il employait... Il ne disait jamais rien comme tout le monde.

– Je me promenais, dit-elle.

Elle puisa un peu de forces dans une gorgée brûlante avant de poursuivre :

– Je suis allée voir les illuminations de Noël, un garçon avec un bonnet lumineux m'a trouvée jolie et m'a offert une pomme d'amour, ensuite je me suis perdue... Ça fait des semaines que je me suis perdue et que vous refusez de répondre à mes appels.

Elle fondit en larmes, le nez dans son bouillon. Addison émit un petit clappement de langue. Il l'observa un instant, puis vint s'accroupir près d'elle. Il posa le coude sur un bras du fauteuil, son poing sous le menton et la dévisagea en souriant. Elle se demanda de quoi était fait ce sourire, qui était d'apparence plutôt tendre mais où pouvait, Page ne l'ignorait pas, s'embusquer une perfidie.

– Cessez de pleurer, mon petit, chuchota-t-il. Vous allez maigrir.

Voilà. La perfidie. Cela lui donna envie de pleurer plus fort, mais elle se retint, il l'aurait détestée.

– Vous ne me croyez pas quand je vous dis que je suis perdue ?

– Si. Je vous crois, Page. Mais je crains...

Il lui effleura la lèvre du bout de l'ongle. Il fit cela avec l'expression qu'affichait la mère de Page lorsque Chip, le petit frère de Page, racontait un mensonge abracadabrant, qu'un garçon de l'école avait englouti toutes les pages de ses cahiers, par exemple.

— Je crains, continua-t-il, que vous ne soyez en train de jouer les capricieuses. Les capricieuses me fatiguent, et je ne veux pas être fatigué par vous, Page.

Elle cacha ses yeux derrière le bol, appuya le front sur la porcelaine. Il ne voulait pas être fatigué par elle. Elle ne comprenait pas précisément ce que cette phrase entendait, elle sentait seulement que c'était peut-être enfin quelque chose de gentil.

— Si j'étais capricieuse, répliqua-t-elle, je serais allée auparavant me faire coiffer au Salon Jean-Pierre, j'aurais emprunté son rouge Coco Chanel à Etchika, je ne serais pas venue vous voir comme un chien boueux de Fulton Street.

— Ah, fit-il, amusé. Qui sait ? Peut-être êtes-vous une comédienne plus subtile que vous ne pensez. Il ne faut pas sous-estimer la puissance mélodramatique du chien boueux.

Il se releva pour aller brancher le tourne-disque. Il y avait déjà un disque sur le plateau. Un jazz, clopinant et doux, emplit la pièce.

— Duke Ellington. La *Creole Rhapsody*. Cette musique me fait penser à vous... Levez-vous.

Il lui tendait la main. Elle posa le bol et obéit.

Il la prit par la taille et se mit à danser, la maintenant serrée contre lui avec son manteau qu'elle avait gardé. Page avait souvent dansé avec Addison, dans les clubs ou les restaurants, mais jamais seuls. Ils ne s'étaient jamais embrassés non plus. Elle eut le vertige à la pensée qu'il pouvait le faire.

— Êtes-vous… commença-t-elle.

— Chut, s'il vous plaît.

La rhapsodie d'Ellington durait plusieurs minutes.

— Êtes-vous en train de me séduire ? chuchota-t-elle.

— Il faudrait que j'en aie envie, mon petit. Et si j'étais en train de vous séduire, vous ne vous poseriez pas la question.

Elle s'arrêta de danser.

— Oh, Addison, Addison ! s'écria-t-elle, intense et désespérée. Pourquoi êtes-vous si méchant ?

Il la vit blessée, au bord des larmes. Brusquement il l'étreignit.

— Oh mon petit, mon petit… dit-il, la figure enfouie dans son cou.

Elle mit les mains sur ses cheveux. Il resta immobile sous ses paumes, incapable de prononcer un mot.

— Je vous aime, dit-elle.

L'aiguille sur le sillon se mit à crachoter, le

morceau était fini. Addison l'abandonna pour aller éteindre l'appareil.

— Vous m'avez entendue, Addison ?

— Je vous ai entendue.

Il reçut son regard altéré, tourmenté, qui voulait en savoir plus.

— Aimer est une erreur magnifique, Page, dit-il enfin. Et m'aimer est une erreur tout court.

Elle resta silencieuse.

— On dirait un dialogue au théâtre, dit-elle au bout d'un moment.

— Bravo, touché ! fit-il, jouant l'admiratif. C'est en effet un dialogue de pièce.

— Vous devriez avoir honte.

— Mon Dieu. De quoi donc ?

— Vous vous servez de mots qui ne sont pas les vôtres pour dire des choses... des choses... que vous ne trouveriez pas autrement.

Il revint, sourire oblique, pour lui prendre les poignets et piquer de baisers les doigts qu'elle lui abandonnait, un tas de petits baisers moqueurs que les mains de Page ne purent s'empêcher d'aimer.

— Mais le théâtre existe pour cela, petite Page. Et tous les livres du monde. Et tous les films. Les poèmes. Les chansons, même. Ils disent pour nous les mots que l'on ne sait pas dire. Il faut les écouter. S'en servir. Les redire.

Elle libéra ses doigts et partit se rasseoir dans le fauteuil, toute droite, les poings fermés sur ses genoux serrés.

— Vous connaissez tant de choses, Addison. Et moi, si peu. Je sens bien que je vous agace. Ne dites pas le contraire, je vous agace. Je suis bête. Non, ce n'est pas ça. Bête, je ne le crois pas. Mais il y a cinq ou six ans, j'étais encore une petite fille. J'ai eu moins que vous le temps de savoir... tout ça.

Il fit le geste de balayer une nuée.

— Savez-vous que c'est assez joli, ce que vous venez de dire là ? Vous écrirez peut-être du théâtre un jour.

— Ne vous moquez pas de moi, Addison ! continua-t-elle ardemment. Apprenez-moi. Apprenez-moi le théâtre, apprenez-moi la comédie, apprenez-moi à comprendre tout ce que je ne comprends pas.

— Fichtre ! marmonna-t-il. (Il se frotta la nuque.) Ne m'avez-vous pas dit, un jour, vouloir devenir la reine de Broadway ? Avoir votre nom sur des bombardiers, et toute cette sorte de choses ?

— Si. Je l'ai dit. Je le veux toujours, mais pas uniquement. Je veux davantage, je veux autre chose. Je veux apprendre.

Il laissa passer un autre silence, puis s'en retourna remettre la *Creole Rhapsody*. À nouveau la musique se dandina mélancoliquement parmi les livres de la bibliothèque. C'était une vieille musique qui devait dater de quand elle n'était pas née, quand Addison avait l'âge qu'elle-même avait aujourd'hui... Page ferma les yeux, comme prise de crampes.

Addison la releva avant de l'enlacer à deux bras pour un second tour de microsillon.

– J'ai toujours aimé danser avec vous, chuchota-t-il contre son oreille.

– C'est vous qui m'avez appris.

Elle l'entendit respirer profondément.

– Sachez, mon petit, que je serai un tyran. Si l'on commence les leçons, vous aurez du mal à vous débarrasser de moi.

– Ce sera réciproque, rit-elle en posant un soupir enfin apaisé sur son épaule. J'ai une montagne devant moi.

– Les génies ne cessent de travailler. Ils meurent d'ennui tellement ils travaillent ! Pour obtenir le talent d'un Mozart ou d'un Paganini, il faut endurer des heures le pensum de travailler son instrument.

– J'y suis prête, Addison.

Il éclata de rire.

– Si ce n'est pas de l'amour, nous venons d'inventer peut-être une nouvelle maladie.

Il riait, et elle ne lui en voulait pas. Ils dansèrent

encore un moment. Elle se pressait contre son cœur parce qu'elle savait que le disque allait se terminer dans deux ou trois minutes.

— Dites-moi, fit-il, pris d'un souvenir. Lorsqu'on s'est croisés dans la rue, vous savez, le soir où vous vous trouviez avec votre bande d'amis...

— Et vous avec la femme cyclope ?

— La femme cyclope ?

— Celle dont on ne voyait qu'un œil. Avec sa mèche, on ne savait pas si elle en avait deux.

— Vous êtes peste. Kay Parsons du *Chicago Tribune*, une cyclope ! Mais ne changeons pas de sujet. Ce soir-là... Ai-je eu la berlue, où étiez-vous réellement en... chemise de nuit sous votre imperméable ?

— Oui, avoua-t-elle après un temps. J'aurais voulu m'enfoncer dix pieds sous terre quand vous m'avez surprise.

— C'était charmant au contraire. Et absolument délicieux. Vous faisiez penser à ces jeunes galopins qui peuvent jouer, faire les singes et pousser sans vergogne des cris de bonheur en public... À mon âge, on n'ose plus.

Ses bras, soudain, retombèrent. Il fit un pas en arrière. Plantée au milieu de la pièce, Page le regarda prendre appui au bureau, moitié assis, moitié debout, et distraitement pétrir un presse-papier en cristal.

– Nous avons vingt ans de précipice entre nous, Page.

– À mon âge non plus, objecta-t-elle d'une voix ténue, on n'ose plus tellement pousser des cris de bonheur en public.

– Je crois que si. Je crois que vous êtes capable de faire le petit singe avec vos amies en public. Et vous savez quoi ? je crois que vous le faites encore, et cela ne paraît bizarre à personne. Moi, on m'enfermerait. Oh, Page, ajouta-t-il avec un rictus de fatigue, Dieu sait que je hais les clichés, mais je pourrais être votre père.

– J'en ai déjà un, dit-elle, fixant le presse-papier qu'il tournait et retournait sous ses doigts.

– Il vous suffit bien. Filez d'ici, Page.

– Non.

– Rentrez chez vous, mon petit, au nom du ciel. Dans une seconde, nous serons grotesques. Moi encore plus que vous, ajouta-t-il à l'intention du scarabée solidifié à l'intérieur du presse-papier.

– Il neige, dit-elle.

Il soupesa l'argument.

– Très bien, soupira-t-il.

Il pressa un bouton au mur. Holm fit son apparition peu après.

— Holm, conduisez la demoiselle dans la chambre d'amis, je vous prie. Vous veillerez à ce que la pièce soit bien chauffée.

— Bien, monsieur.

Le majordome se tourna vers elle et attendit. Page poussa un soupir et, à pas lents, le suivit. Elle passa devant Addison qui lui tenait la porte.

— Bonne nuit, Page.

— Bonne nuit, murmura-t-elle sans le regarder.

Holm vint lui avancer une chaise. Page s'attabla.

— Je ne vais pas manger tout cela toute seule, dit-elle. Mr De Witt est là ?

— Il a déjà pris son petit déjeuner. Il a un rendez-vous et ne va pas tarder à sortir.

Elle ravala son dépit et son désappointement. Elle surprit le regard de Holm, crut y lire une compassion et s'empressa de baisser le nez tandis qu'il versait le café.

— Mmmh, fit-elle après la première gorgée, quel goût divin. Comment l'avez-vous fait ?

— Ma foi, comme se font tous les cafés, Miss. J'ai versé l'eau chaude dessus.

— Il faudra venir à Giboulée l'expliquer à Charity. Est-ce que c'est cela qu'on appelle des *croissants* ?

– Des croissants français, oui Miss. Francine's Cooking vient de les livrer, malgré la neige. Mr Addison les a commandés spécialement. Il faut les manger chauds, c'est meilleur.

Il lui souriait d'un air de bonté qui la toucha.

– C'est gentil de la part de Mr Addison, murmura-t-elle.

– Mr Addison est très gentil. C'est un homme plein d'attentions.

« Gentil » n'était pas un terme qu'elle eût rattaché à la personne d'Addison, mais Page se dit que c'était peut-être une première chose qu'elle apprenait de lui. Deux, si l'on comptait la découverte du goût (aérien) du croissant chaud. Trois, avec le café (divin, donc).

– Vous le connaissez depuis longtemps ? demanda-t-elle.

– Oh, oui. J'étais un assez jeune homme. Et lui, un très jeune homme.

Il ouvrit les rideaux sur toute la longueur de la baie vitrée. Le matin new-yorkais s'y déploya en une carte de vœux grand format, enneigée, scintillante, immobile.

– La radio annonce de nouvelles chutes pour la journée, dit Holm. Mr Addison m'a prié de vous appeler un taxi quand vous seriez prête.

Elle rit en mordant son second croissant, lui trouva moins bon goût qu'au premier.

— Je crois que Mr Addison veut se débarrasser de moi, dit-elle en s'essayant à un ton sophistiqué.

Holm emplit de crème un petit pot en porcelaine du même blanc que la nappe.

— Je crois que je l'ennuie, conclut-elle.

Holm lui demanda si elle désirait autre chose et, comme elle secouait la tête, il prit poliment congé.

— Ah. Vous êtes réveillée... Bonjour, Page. Bien dormi ?

Addison, en manteau au centre de la double porte ouverte, avait déjà son homburg sur la tête. Il enfilait son gant comme une caresse.

— Tout va bien ? dit-il.

Il la questionnait avec les inflexions d'un maître d'hôtel lors d'un repas gastronomique.

— Pas très bien, non, murmura-t-elle.

Elle reçut toute l'aridité du soupir qu'il retint. Il vint prendre place de l'autre côté de la table, tout au bord de la chaise, pour signifier que le face-à-face serait bref.

— Vous partez ? interrogea-t-elle.

Elle avait voulu réitérer le ton sophistiqué, fut mortifiée de s'entendre geindre.

— Je me rends chez l'avocat d'un ami qui se trouve dans le collimateur de l'HUAC. C'est important.

— Je peux vous attendre ici.

Il s'installa un peu plus commodément, un peu plus gravement, sur la chaise.

— Non, dit-il, ne m'attendez pas, mon petit. Ne m'attendez plus. Une ribambelle de soupirants trépigne en ce moment aux quatre coins de la ville. Ils n'ont que vous en tête, et ils vous amuseront davantage que moi.

Elle s'abattit en silence, la joue sur la nappe, et pendant quelques instants tout fut incolore et paralysé. La douleur lui coupait le cœur en deux.

La main d'Addison vint se placer sur sa tempe, comme une compresse tiède.

— Vous parviendrez à la perfection, Page, dit-il très doucement. Vous n'aurez pas besoin de moi, je vous assure... Vous verrez. Votre fraîcheur se patinera d'allure et de chic. Vous deviendrez une de ces jeunes femmes que l'on aperçoit sur Park Avenue, splendides et inapprochables. Ou au Metropolitan avec leurs soies noires et leurs minaudières de chez Tiffany... Les hommes seront beaux et ils auront tous votre âge. Et quand vous rentrerez chez vous au petit matin... déshabillée, démaquillée, douchée, vous serez heureuse et fière de constater que ce teint de pêche, cette grâce, cette jeunesse, un gant mouillé ne les a pas fait disparaître.

Blanche et inerte, New York était muette aux fenêtres.

La main d'Addison abandonna délicatement la joue de Page. Il se leva et quitta la pièce.

25

Somebody loves me (I wonder who)

Le Kewpie Doll enfonçait les marches de son sous-sol dans le bas de Greenwich, au sud de Manhattan, entre un armurier et une boutique de spiritueux. Le halo congelé de son néon clignotait en bleu au-dessus d'une façade assez râpée pour évoquer un vieux fromage.

Une fois qu'on avait descendu l'escalier directement depuis le trottoir, on arrivait dans une salle vaste comme un hangar. Le bar occupait, à droite, tout le mur, et sur le sol de ciment peint en marron il n'y avait que des tabourets, étroits, afin que les clients pensent davantage à danser et boire qu'à se tourner les pouces.

Au fond, il y avait les explosions d'un stand de tir, une salle de billard éclairée en vert, et la porte d'un bureau qui claquait régulièrement sur Benito

Acquaviva, le propriétaire des lieux qui criait beaucoup.

Au milieu, une douzaine de taxi-girls faisaient danser les clients. Et comme c'était Noël dans une semaine, elles le faisaient sous des guirlandes en papier qui avaient trente Noëls de métier.

Hadley avait mal au talon. Elle essayait de suivre son cavalier qui fonçait comme si un troupeau de bisons était à ses trousses.

– J'ai gagné un marathon de danse à Poughkeepsie, l'avait-il prévenue.

Apparemment, il l'appréciait car il avait acheté cinq tickets.

– À cette allure-là, dit-elle, on aura fini cette danse avant tout le monde !

Elle souffla de soulagement quand il lui remit ses tickets, et supplia le ciel qu'il ne la choisisse plus. Elle heurta un petit homme rond à casquette de tweed avec des cartons de cible à la main.

– Le stand de tir est par là, indiqua-t-elle.

C'était un habitué, un timoré qui talonnait les filles sans jamais oser les inviter. Il hocha la tête et partit vers le fond. Elle aspirait à ôter ses souliers et à reposer ses pieds, mais un client à chemise rayée l'empoigna par le bras en brandissant un ticket.

Celui-là lui remit, en guise d'adieu, sa carte de

visite. Ils faisaient ça, parfois, avec l'espoir que la danse se prolongerait plus tard, ailleurs.

– « Prewitt, Prewitt, Prewitt and Smith », lut-elle froidement. Lequel êtes-vous ?

– Smith, dit-il avec un sourire qui exhibait plus de gencive que de denture.

– Vous devez vous sentir drôlement seul ! dit-elle en restituant la carte.

Elle s'était arrangée, durant cette dernière danse, pour se rapprocher du fond, de manière à pouvoir réfugier ses pieds anéantis au bureau sans avoir à retraverser la salle où un client pouvait la happer.

Elle dépassa le stand de tir. C'était le plus pénible dans ce travail : les claquements des carabines à air comprimé qui entrelardaient la musique. Au lit, à Giboulée, ses oreilles en résonnaient jusqu'à ce qu'elle trouve le sommeil.

– Oups ! fit le petit homme à casquette de tweed en la heurtant une nouvelle fois. Il agita ses cibles en carton en marmonnant une excuse.

Elle entra dans le bureau où se trouvait une armoire à pharmacie pour les bobos des taxi-girls. Et, en cette minute, Benito Acquaviva qui hurlait, à son habitude, au téléphone. Il était question de caisses d'eau gazeuse non livrées.

Hadley alla ouvrir l'armoire en retenant un soupir. Elle aurait aimé avoir la paix cinq minutes – même si, à travers la porte, on continuait à entendre les détonations du tir. Elle s'empara de la boîte à pansements et s'assit dans un coin.

– 19 dollars ! vociférait le patron dans le combiné. Combien de fois faut-il vous le répéter ? 19 dollars !

Il passa l'index entre son col et son cou de bœuf. Il transpirait sous ses cheveux calamistrés. Hadley se demanda si elle ne préférait pas Mr Toresca.

– Qu'est-ce qui se passe ? l'apostropha-t-il quand il eut raccroché.

Il avait la voix cassée, l'œil rouge et abruti de fatigue.

– Mon talon saigne, dit-elle. Je me dépêche, Mr Acquaviva.

Il griffa l'espace d'un grand geste irrité avant de se diriger vers la porte.

– Il y a du coton et une saleté de désinfectant sur l'étagère du haut, dit-il d'un air furibond. Ça pique mais ça tue les microbes. Mettez-en.

Les murs tremblèrent lorsqu'il claqua la porte. Hadley respira. Son pansement fait, elle resta quelques secondes, à goûter le calme relatif de la pièce, à étirer ses chevilles et ses bras fourbus. Elle ajusta sur sa hanche la pochette en tissu qui contenait ses tickets. Avant de quitter le Kewpie Doll, elle les échangerait contre de l'argent à la caisse. Son salaire pour la soirée. Elle escomptait, à l'épaisseur, 8 ou 9 dollars.

Juste comme elle se redressait, elle entendit un bruit. Elle crut d'abord qu'un chat miaulait quelque part dans la pièce. Puis elle comprit que ça venait du mur du fond. Il y avait là une porte invisible à l'œil, nichée dans un renfoncement.

Ce n'était pas un chat, mais un son humain. Quelqu'un pleurait derrière. Après une hésitation, elle toqua. Le silence se fit immédiatement.

– Je peux vous aider ? demanda Hadley.

Aucune réponse.

– Avez-vous besoin d'aide ?

Comme on ne répondait toujours pas, elle s'apprêtait à ressortir, mais on recommença à pleurer. Elle fit demi-tour, frappa, puis se hasarda à doucement ouvrir.

La pièce était un peu plus petite que le bureau. Les lumières jaunes d'un minuscule sapin de Noël clignotaient, des livres étaient posés sur une table, à côté d'une assiette et d'un verre vides. Derrière la table, une petite fille assise cessa de pleurer à son apparition.

– Mon Dieu... s'exclama Hadley à voix basse. Tu es toute seule ?

Elle s'approcha, suivie par un regard sombre et

profond sous des tortillons de cheveux très courts, très noirs. Au-dessus de chaque oreille, un tortillon était relevé par une barrette ronde à l'effigie rieuse de *La Petite Annie*.

— Je m'appelle Hadley, et toi ?

La fillette garda le silence. C'était une jolie enfant dont les traits menus avaient déjà du caractère.

— Quel est ton nom ? redemanda Hadley.

— Je ne vous ai pas dit « entrez ».

Sa voix était étonnamment grave pour son âge.

— Non, c'est exact, reconnut Hadley, amusée par sa mine farouche. Je suis entrée parce que j'ai entendu pleurer. C'était toi ?

La gamine repoussa avec humeur un des livres empilés sur la table. C'était *L'Allumeur de réverbères*, un classique pour enfants qu'elle-même avait lu quand elle avait une dizaine d'années, l'âge de la fillette.

— C'est vrai, dit-elle, que c'est une histoire triste. Mais ça se termine bien.

— Ah non ! s'emporta la fillette. Ne me raconte surtout pas la fin ! Je ne pleure pas parce que c'est triste, j'adore quand c'est triste ! Je pleure parce que cette imbécile de Myrtle a déchiré les dernières pages pour le feu ! Je ne saurai jamais si Willie va épouser Isabelle Clinton...

Son air grognon était cocasse sous les barrettes enjouées de *La Petite Annie*.

— Je déteste Myrtle! conclut-elle en refondant en larmes.

S'avançant, Hadley découvrit avec une stupéfaction douloureuse que la petite se trouvait assise dans un fauteuil roulant. Elle n'avait pas pu s'en apercevoir avant car le dossier était couvert par le manteau de l'enfant. Son cœur se serra davantage à la vue des deux jambes qui pendaient sous l'ourlet de la robe en laine bleue, captives d'un appareillage de métal et de courroies en cuir.

— Allons, ne pleure plus, dit-elle en sortant son mouchoir de la pochette à tickets. Tu sais quoi? Demain, je tâcherai de trouver ce livre dans une librairie ou à la bibliothèque. D'accord?

Entre les deux *Petite Annie*, le regard noir se releva d'un coup.

— C'est vrai?

Avec un hochement de tête Hadley tendit le mouchoir en souriant.

— Maintenant, tu veux bien me dire ton nom?
— Liselot.
— Oh, ça, c'est vraiment joli. On le dirait sorti d'un livre. Tu attends quelqu'un, Liselot?
— Mon papa.

– Pourquoi t'a-t-il laissée ici ?

– Il travaille. Il me remmène quand il a fini. Il ne veut pas me laisser seule à la maison.

– Il travaille ici ? Je l'ai déjà vu ?

– Vous avez dû l'entendre ! fit la petite en pouffant soudain.

Hadley marqua un temps de surprise.

– Mr Acquaviva ?

La petite acquiesça. Hadley n'en revenait pas. L'homme qu'elle entendait beugler depuis quinze jours était papa, et papa de cette Liselot à joli minois. Même si l'air renfrogné semblait assez... familial.

– Il a un travail très dur, murmura-t-elle après avoir cherché quelque chose à dire. Ton papa a l'air gentil, ajouta-t-elle, soudain pleine d'indulgence pour cet homme qui ne voulait pas laisser son enfant paralysée seule chez lui. Elle n'osa poser de question sur l'absence de la mère.

La porte s'ouvrit subitement sur Benito Acquaviva.

– Qu'est-ce que vous fichez ici ? demanda-t-il avec sa perpétuelle colère. Moins vous dansez, moins vous êtes payée !

– J'y vais, Mr Acquaviva, répondit Hadley avec un très doux sourire et un signe d'adieu à Liselot.

– Tu n'oublieras pas le livre ? lança la petite.

— Promis.

Tandis qu'elle passait devant lui, Mr Acquaviva ronchonna :

— Cette gosse n'aime que ça. Lire, lire, lire. Bon, allez, dépêchez-vous ! Les clients attendent.

Elle sortit du bureau, se cogna sur la casquette en tweed.

— Vous m'espionnez ? interrogea-t-elle, fronçant les sourcils.

— Non. Et vous ? fit la casquette en s'éventant avec une des cibles en carton.

Elle haussa les épaules et migra vers la piste. On y dansait sur *One For My Baby*. Pour ce soir, Hadley avait emprunté une jupe noire fendue à Etchika, et à Chic son corsage à fleurs très ajusté.

Elle croisa Lily. Sa collègue avait la trentaine, des accroche-cœurs peroxydés, des yeux humides de chevreuil, et toujours un éventail à la main.

— Le plus dur n'est pas de danser, soupira-t-elle. C'est d'échapper aux mains baladeuses, d'éviter de se fâcher avec Dieu, de réussir à aimer son prochain, et d'être rentrée chez soi pour minuit.

Hadley éclata de rire.

— Un Gary Cooper pour toi ! marmotta Lily sous cape en désignant un monsieur à l'air chagrin qui exhiba son ticket sous le nez de Hadley.

You Are My Lucky Star avait remplacé *One For My Baby*.

— Vous avez le tempo, lui dit-elle pour briser le silence dans lequel il s'enferma durant les premières minutes de danse.

L'homme était un danseur très moyen en réalité — en plus d'être accablé —, mais elle espérait le dérider. Habituellement elle évitait les flatteries même si cela faisait partie de ce job étrange.

— Je viens de payer mes impôts, rétorqua-t-il. Forcément, ça rend léger.

Bien qu'il fît chaud et qu'il y eût un vestiaire, il avait gardé son pardessus à gros chevrons gris, assez fruste. Dans un élan qu'elle ne put s'expliquer, Hadley fit ce que jamais elle ne faisait avec les clients : elle posa la joue sur son épaule, sur la couture du raglan.

À quelques millimètres de ses pupilles, la géométrie du tissu emplit tout le décor, douloureusement intime, douloureusement lointaine. La dernière fois que la joue de Hadley s'était couchée sur une épaule de pardessus…

— Vous dansez assez bien vous-même, déclara son cavalier d'un ton morne.

— J'ai dansé avec Fred Astaire, dit-elle avec un petit rire.

Il grogna. Il ne la croyait évidemment pas.

La fille qui avait dansé avec Fred Astaire... avait même failli dégringoler à ses pieds à la cinquième semaine des répétitions du film *Blue Skies*.

C'était à Hollywood, plateau 23 de la Paramount, au bas de l'escalier en gâteau de mariage qui tournoyait en scintillant. Au milieu d'une pirouette, Hadley s'était écroulée entre les bras du céleste Fred juste comme il renouait le foulard rouge qui lui servait de ceinture. Il l'avait rattrapée au vol. Elle avait eu le temps de se dire que ses mains étaient la grâce même, très grandes, solides... et *woufff*, elle s'était évanouie.

Ogden, qui n'était pas encore Ogden mais un petit pois dans le ventre du monde, venait de lui donner son premier malaise de femme enceinte.

Hadley avait renoncé à Hollywood où l'avait envoyée le Beryl Hamford Office, ainsi qu'aux 250 dollars hebdomadaires qui allaient avec, pour regagner New York, soutenue par deux mots, deux minuscules indices : West Side. La moitié de Manhattan.

On était alors au début du mois de mars, le moment du retour d'Arlan.

Sans adresse, mais avec l'espérance insensée d'une rencontre, d'un hasard fou, d'un prodige, Hadley s'était mise à arpenter les rues, les squares, à sillonner avenues, bars, drugstores, jardins, magasins... L'esprit et l'œil en alerte, elle s'attardait sur toutes les physionomies, toutes les silhouettes qu'elle croisait.

Elle s'était rendue au bureau de l'USO mais, lui avait rétorqué la jeune femme en uniforme à l'accueil – et avec un regard suspicieux –, on n'y donnait aucun renseignement sur les militaires en service.

Elle sursauta. Son cavalier cafardeux venait de parler.

– Excusez-moi, balbutia-t-elle. Vous disiez?...

– Que je préfère James Cagney. C'est lui mon danseur préféré.

– Il danse? s'étonna-t-elle. Je croyais qu'il ne faisait qu'écraser des pamplemousses sur la figure des filles.

– C'est le bonhomme à ressort. Un farfadet. Il sautille en vrille. Vous l'avez vu dans *The Strawberry Blonde*? *Yankee Doodle Dandy*? D'une culbute, il touche la lune.

L'homme gris s'était soudain animé. Hadley le laissa parler, sans écouter, la joue au bord du raglan.

L'annuaire de l'arrondissement de Manhattan comportait trente-sept Bernstein. Le téléphone se trouvait chez sa logeuse avait précisé Arlan lorsque, à la table du Pennsy from Heaven, il en inscrivait le numéro sur le papier. Il ne pouvait pas être à son nom. Pourtant Hadley avait appelé tous les Bernstein, cochant d'une croix ceux qui ne répondaient pas pour les rappeler plus tard. Aucun ne connaissait d'Arlan. Un chauffeur de taxi lui avait appris que l'île de Manhattan comptait 1 903 280 habitants.

Depuis, Hadley scrutait chaque visage blond, chaque regard clair qu'elle rencontrait, sans penser, sans réfléchir, instinctivement, inéluctablement.

La danse terminée, elle rangea le ticket dans sa pochette. La liasse épaississait. Son coude heurta quelqu'un.

– Je crois vraiment que vous m'espionn… fulmina-t-elle en pivotant vers ce qu'elle croyait être la casquette de tweed.

Elle se figea.

Jay Jay se tenait devant elle, des étoiles de neige sur les épaules et sur ses cheveux clairs.

– Bonsoir, Hadley.

– Bon… soir.

– Votre amie Wanda du Social Platinium m'a indiqué où je pouvais vous trouver.

Il leva sa main pleine de tickets. Il avait acheté la totalité d'un carnet.

— J'aurais voulu vous retrouver avant, dit-il, mais avec la mort de Daddynel... J'ai dû m'absenter de New York toutes ces dernières semaines, il fallait régler un tas de fichues affaires.

Sous les guirlandes en accordéon, avec ses cheveux bien peignés et son manteau de chez Phipps & Bergson, Jay Jameson Tyler Taylor III ressemblait à un gentleman d'une peinture de John Singer Sargent égaré dans un magazine de *pulp fiction*.

— Vous allez bien? demanda-t-il.

Il fit la grimace à une série de coups de feu au stand de tir.

— Qu'est-ce que vous faites dans cet endroit, Hadley? demanda-t-il, atterré.

— Un job que j'ai trouvé, lança-t-elle, envahie d'une soudaine rancune.

— Pardon, dit-il d'un ton d'excuse. Je sais. C'est à cause de moi que vous avez perdu votre travail.

— Dansons, dit-elle en levant les bras pour qu'il l'enlace. Si vous ne voulez pas me faire perdre aussi celui-là.

— Non, dit-il. Je ne suis pas venu danser, je viens payer ma dette.

Elle laissa retomber ses bras, haussa une épaule lasse.

— Et moi, je dois un tailleur pied-de-poule à

votre sœur, dit-elle. Il est dans une housse, il vous attend.

— Gardez-le. Elle l'a oublié depuis longtemps, et je crains que le mariage ne lui ait fait perdre sa taille de guêpe. Y a-t-il un coin tranquille où l'on pourrait...?

— Il n'y a pas de chambre froide ici, dit-elle avec un vague sourire parce qu'elle se rappelait la réponse qu'elle lui avait faite lorsqu'il avait posé la même question au Social Platinium. Mais peut-être que du côté du bar...

Aucune place de libre au bar, mais un petit espace se dégagea contre le mur mitoyen, près d'un couple qui avalait des cheeseburgers en se querellant. Hadley et Jay Jay se compressèrent debout contre le mur, pas tout à fait côte à côte, pas tout à fait face à face.

Sans attendre il lui remit l'argent, ainsi que le carnet complet de tickets de danse qu'elle pourrait, dit-il, échanger contre 3 dollars.

— Vous êtes sûr que vous ne voulez pas danser? dit-elle. Pas obligatoirement avec moi, bien sûr, se hâta-t-elle de préciser.

Il secoua la tête. Son visage était amaigri, mais elle lui trouvait les traits plus sereins, le regard moins erratique qu'au Platinium. Sentant au creux de sa paume les billets de 100 dollars, Hadley réalisa tout à coup ce qu'ils signifiaient. Son cœur se mit à battre à la volée.

Avec ça, elle pouvait offrir à Ogden le plus beau des cadeaux de Noël, rendre tout l'argent qu'elle devait, payer une nouvelle nourrice et, oh mon Dieu, il en resterait...

Elle ouvrit sa pochette pour ranger les billets. Ils étaient neufs, très minces, et elle s'aperçut soudain qu'il y avait non pas deux billets comme elle croyait, mais quatre ! Elle releva vivement les yeux.

— Vous vous êtes trompé...

Il referma sa main sur celle qu'elle lui tendait.

— Votre amie Wanda m'a raconté que ce Mr Toresca vous avait tracassée, menacée, pour cette histoire d'uniforme oublié chez grand-père. Avec ça vous le rembourserez.

— Mais... protesta-t-elle, l'uniforme coûte 18 dollars, pas 200 ! Et je me suis entendue avec Mr Toresca pour le payer 3 dollars par mois pendant...

Il repoussa sa main.

— Vous rembourserez plus vite. Wanda m'a dit que vous vous occupiez du petit garçon de votre sœur...

— Mais...

Il la repoussa encore, avec douceur mais certitude.

– Offrez-lui un train électrique de la part du vieux tonton Jay Jay. Je vous dois bien davantage, Hadley, murmura-t-il. Tellement. Je vous dois l'âme en paix de mon Daddynel.

Les larmes montèrent aux yeux de Hadley.

– Wanda est trop bavarde. Mais… oh merci, merci ! dit-elle en rangeant les billets. Wanda mérite un cadeau pourtant. Je lui en ferai un… de la part du vieux tonton Jay Jay ! ajouta-t-elle dans un petit rire mouillé, un peu chevrotant.

Son esprit se mit à battre la campagne. Une idée, qu'elle berçait secrètement depuis longtemps, mais qu'elle laissait de côté car elle n'avait jamais eu les moyens… Avec cet argent elle paierait les services d'un détective qui partirait à la recherche d'Arlan. Un professionnel possédait forcément des méthodes, des stratégies, des accès. Retrouver une adresse serait un jeu d'enfant, et, qui sait, dans un mois, ou moins peut-être… Elle se renseignerait dès cette semaine.

Le bonheur la fit presque défaillir. Jay Jay la rattrapa par les coudes. Elle l'entendit dire quelque chose. Elle dut se concentrer pour que son esprit revienne au Kewpie Doll, près du couple aux cheeseburgers qui se disputait toujours, et près de Jay Jay.

– J'ai dit « hello », murmura-t-il, se penchant afin que leurs visages soient à la même hauteur.

— Pardon... j'étais loin, balbutia-t-elle.

— Le voyage était agréable ? (Il la tenait toujours par les coudes.) Content que vous soyez revenue.

La musique jouait *When Winter Comes*. À côté, le couple aux cheeseburgers éleva la voix, la femme fit un mouvement brutal avec son sac. Hadley, qui lui tournait le dos, ne vit rien, mais Jay Jay l'attira promptement pour lui éviter un coup.

— Vous êtes... le père Noël ! fit Hadley.

Comment le remercier pour tout ce bonheur qu'il lui donnait ? Elle avait le cœur qui étouffait.

— Il faudra qu'Ogden rencontre un jour ce vieux tonton Jay Jay, dit-elle en dégageant ses coudes. Qu'il puisse l'embrasser.

— Il s'appelle Ogden ?

— C'est un prénom que j'ai... que ma sœur Loretta a puisé dans ses lectures d'enfant. Il y avait un capitaine Ogden à la tête d'une bande de joyeux corsaires au grand cœur, une espèce de Robin des bois des mers. Je... je dois retourner travailler.

— Oui, vous avez raison, dit-il. Je ne voudrais pas encore... Au revoir, Hadley.

— Merci.

Caressant pensivement le tissu de sa pochette, Hadley le regarda glisser entre les couples qui dansaient, gagner la sortie... Puis, soudain, elle sut où elle devait aller. Elle demanda l'heure à quelqu'un, et partit à la recherche de Lily.

— Si Mr Acquaviva demande après moi, lui confia-t-elle, dis ce que tu veux, que je suis aux lavabos ou partie mettre des pieds de rechange ! Dis-lui surtout que je reviens vite !

Lily fit signe qu'elle avait compris avant de s'en aller honorer les trois tickets d'un client. Hadley courut au placard du vestiaire enfiler manteau et foulard, puis se faufila sans être vue jusqu'à la sortie des employés.

Le magasin où elle avait l'intention de se rendre se trouvait non loin de là, elle serait absente dix minutes. Son patron ne le remarquerait même pas.

Dehors, la neige avait commencé à tomber.

Il régnait dans les salons de beauté du Great Northern Hotel, ouvert jour et nuit, une atmosphère palpitante de harem, de thermes romains et de loges de girls dont Chic raffolait. Les femmes y circulaient d'un salon à l'autre, en plus ou moins petite tenue, certaines avec leur animal de compagnie, en bigoudis, enduites de crèmes multicolores, flânant, lisant *Harper's Bazaar*, fumant, picorant des plats livrés par le drugstore voisin, avec les voix de Sinatra, Peggy Lee et Doris Day en sourdine.

C'est là que Chic avait passé sa fin d'après-midi.

Parfumée, poudrée, le cheveu rafraîchi, elle écoutait *Let's Put Out the Lights* roucoulé dans les haut-parleurs par Jane Russell, errant parmi les vitrines où les marques du luxe vantaient des choses que Chic se promettait bien de s'offrir un jour. Elle attendait la manucure lorsqu'on accourut lui annoncer qu'on la réclamait au téléphone.

Le « bonsoir » dans l'écouteur fut une surprise. Et une libération.

Elle le reconnut instantanément et se rendit compte, à la façon dont les muscles de son dos se relâchèrent, combien elle l'avait attendu. Elle compta jusqu'à quatre, le temps de tordre le cou aux aigus que l'allégresse avait la fâcheuse manie de donner à sa voix.

– Bonsoir, Whitey. Quelle surprise, continua-t-elle en se gardant bien de montrer que c'en était effectivement une, et ô combien exquise. Comment m'avez-vous trouvée ?

– J'ai appelé au numéro que vous m'aviez donné. Là-bas on m'a indiqué celui-ci. Où êtes-vous ? demanda-t-il.

Il avait donc retenu, noté, son téléphone. Et il l'appelait. Il l'appelait. Il l'appelait.

— Actuellement ? dit-elle sans plus réussir à retenir le rire heureux qui lui échappait. Ma foi, entre Charybde et Scylla ! J'attendais qu'on vienne me délivrer. Où m'emmenez-vous ?

— Où vous voudrez, dit-il. Je dois me rendre d'abord du côté de chez Truman's Bookshop, la librairie de Greenwich. Ils viennent de recevoir les livres que j'ai commandés.

— Je vous y rejoins !

Sitôt raccroché, elle se rhabilla à vive allure, exécuta quelques pirouettes de contrôle devant les miroirs, télescopa la manucure qui survenait. Chic précipita un regard sur ses mains aux ongles courts, sans vernis...

— Tant pis ! cria-t-elle en tourbillonnant à travers le hall. Peut-être qu'il aimera le genre chirurgienne !

Zut. Elle n'avait pas prévu la neige. Qui pouvait ruiner ses deux heures de rouleaux sous le séchoir. Chic enfonça profondément sa toque assortie à l'étole de castor. Elle courut au métro pour s'abriter et arriver plus vite.

La librairie Truman était au sud de Greenwich, à deux pas de la bouche de métro.

Whitey n'était pas encore arrivé. Malgré la petite foule des acheteurs de Noël qui se pressaient à la caisse et parmi les rayonnages, on y avait cette impression de quiétude et d'intimité des bonnes librairies. Alors seulement Chic s'étonna que Whitey fréquentât un tel lieu. Voilà qui le changeait du cagneux Polish Folk Hall...

Elle reconnut soudain une silhouette amie dans la file d'attente à la caisse... Décidément, les librairies étaient des lieux d'étonnement. Pour savourer la surprise de Hadley, Chic ne l'interpella pas. Elle lui tapota incidemment une manche. Hadley pivota, ouvrit de grands yeux.

– Je ne te savais pas rat de bibliothèque, lui chuchota malicieusement Chic. Que fais-tu ici ?

Hadley montra *L'Allumeur de réverbères* que la libraire venait de lui dénicher. C'était une jolie édition avec des illustrations en couleurs.

– Pour la petite fille de mon patron. Je te raconterai. Mais toi ? Que tu es élégante ! Et tu sens bon.

Chic lui glissa à l'oreille :

– J'ai rendez-vous avec le Prince Charmant.

C'était le tour de Hadley à la caisse. Elle tira un billet de 100 dollars de sa pochette et le donna à la caissière. Ce fut à Chic d'écarquiller les yeux. Hadley bafouilla un petit rire embrouillé.

– J'ai l'impression qu'avec tout ce qu'on doit se raconter, la taquina Chic à voix basse, l'hiver passera drôlement vite !

Une vendeuse à chandail noir scintillant glissa une poignée de paillettes entre les pages du livre, qu'elle enveloppa de papier doré et noua d'un ruban imprimé de houx.

– Je dois y retourner, dit Hadley.

Elles s'envoyèrent un baiser du bout des doigts. Hadley abrita soigneusement son paquet sous son manteau et fonça sous la neige en direction du Kewpie Doll, à trois rues de là. Elle avait hâte d'offrir le livre à la petite Liselot. Elle ne serait pas restée absente très longtemps, avec un peu de chance Benito Acquaviva ne se serait aperçu de rien. Au reste, elle doutait qu'il fasse des reproches lorsqu'il verrait qu'elle rapportait le livre qui sécherait les larmes de sa petite fille...

Elle sourit à la neige en pensant que le lendemain, à la première heure, elle irait faire ses achats de Noël. Elle était riche. Jamais elle ne l'avait été autant depuis qu'elle avait dansé avec Fred Astaire. Ses bottines s'enfonçaient dans quatre centimètres de neige pâteuse, mais elle avait l'impression de flotter par-dessus.

Par la vitrine de Truman's Bookshop, près du sapin illuminé, Chic regarda son amie disparaître dans les flocons et la nuit, puis elle se remit à surveiller l'arrivée de Whitey. Elle ignorait où il habitait, assez loin sans doute.

Elle se mit à flâner parmi les allées. Chic avait toujours eu une vague crainte des livres. Elle était une fille sportive, élevée à l'orange de Californie, pour qui les livres étaient de sombres pièges d'où un personnage pouvait décamper à tout instant, railleur ou menaçant. « Quoi ? grognerait d'Artagnan, tu ne me connais pas ? » « Hein ? l'accableraient Hamlet, Jean Valjean, Tom Sawyer, ou Jerusha Abbott, tu ne nous as jamais vus ? »

Whitey avait commandé des livres, il devait aimer lire. À moins que ce ne fût pour un cadeau. Chic vérifia l'heure, revint se poster à la vitrine pour guetter à travers le givre, resserrant sa toque sur ses oreilles chaque fois que le battant s'ouvrait sur des clients et le vent glaçant. Elle tint la porte à une dame au chignon enrobé d'une résille, encombrée de paquets, qui agrippait sa fillette par la main. La vendeuse leur indiqua, au fond, le rayonnage des enfants.

– Où puis-je poser tous mes paquets ? s'enquit la dame comme elle aurait demandé où étaient les poubelles, avec la mine rudoyée de ceux qui ont trépigné, piaffé, arpenté, sillonné des kilomètres de magasins au saint nom de Noël.

Chic se mit de côté, devant la vitrine. La neige y barbouillait un trou noir où ondoyaient les lumières de la rue.

Il arriva dix minutes plus tard, des flocons plein ses sourcils pâles. Elle rit parce qu'il lui rappelait Mister Snow de la publicité pour les réfrigérateurs. Et, oh, cet air incroyablement doux...

– Vous êtes en retard, dit-elle.

– On n'avait pas dit d'heure.

– C'est vrai, admit-elle. Mais vous êtes en retard quand même.

Elle jeta un coup d'œil autour d'eux. Personne ne regardait. Alors elle lui posa prestement un baiser sur les lèvres. Elles étaient froides et sentaient la neige. Il n'y répondit pas davantage que l'autre soir, quand elle s'était montrée si hardie avec lui au Polish Folk Hall, mais Chic eut tout de même la sensation, ce soir, d'un frémissement dans la cuirasse.

Elle le suivit. La vendeuse au chandail noir scintillant reconnut Whitey – c'était donc un habitué – et s'empressa d'aller lui chercher sa commande en réserve.

Tandis qu'ils patientaient, Whitey se mit à feuilleter les romans sur un présentoir, et elle n'osa pas l'interrompre. Lorsque Chic ouvrait un livre, ce qui n'arrivait pas très souvent, c'était immanquablement avec des inquiétudes, une vague terreur d'abîmer, et la voix de sa mère dans un coin du cerveau qui lui ordonnait de ne pas toucher parce que ça se déchirait et qu'ensuite il faudrait payer pour rien.

Les mains de Whitey, elles, avaient l'habitude. Elles tournaient et retournaient le livre dans tous les sens pour, justement, en trouver le sens, entrouvraient, s'arrêtaient on ne savait pourquoi, marquaient une page, y revenaient, refermaient, rouvraient. Ce n'était pas banal pour un technicien du CBS Building. Elle lui sut gré qu'il ne lui demandât pas : « Celui-ci, vous l'avez lu ? Et celui-là ? »

Il était plongé dans ses livres, l'air d'avoir plongé dans un flacon.

Ils se tenaient devant le présentoir non loin du sapin de Noël, attendant le retour de la vendeuse, lorsqu'une exclamation troubla l'ambiance douillette de la boutique.

La dame aux paquets qui patientait pour qu'on lui emballe un livre vit soudain sa petite fille foncer droit dans l'allée, depuis le coin des enfants. La fillette, qui devait avoir sept ou huit ans, vint se planter devant Whitey toujours dans son flacon. Elle le fixa et n'hésita qu'un quart de seconde avant de lancer :

— Bonjour ! Tu me reconnais pas ?

Il posa les yeux sur la petite. La figure de Whitey devint alors le cœur d'un séisme violent, et lorsqu'il s'approcha pour répondre à l'enfant, sa voix fut méconnaissable.

— Millie ! s'écria-t-il. (Il serra brusquement l'enfant

dans ses bras.) Millie ! Bien sûr ! Tu as grandi mais bien sûr que je te reconnais... Comment aurais-je pu t'oublier ?

La mère arriva, son livre empaqueté à la main.

— Millie ? dit-elle, déconcertée et avec une pointe d'inquiétude. Tu connais ce monsieur ?

— C'est Arlan. Tu sais, le monsieur qui m'a empêchée de tomber du train. Je t'ai raconté plein de fois !

La dame passa une main incertaine sur le nœud en velours qui ornait la résille de son chignon. Son front se crispa.

— Cette histoire ahurissante... Est-ce vrai, monsieur ? Millie affabule tant.

Il se redressa, gardant la main de la fillette dans la sienne. Il sourit à la mère.

— Millie dit la vérité. Je lui avais fait promettre d'attendre un peu pour vous en parler.

— Mon Dieu... murmura alors la mère, stupéfaite. C'est donc vrai... Oh mon Dieu, j'avoue n'y avoir jamais cru.

— C'était vrai, c'était vrai ! s'écria la fillette.

— Mon Dieu, oh mon Dieu, répéta la mère.

Il hocha la tête avec un sourire. Chic lui trouva l'air absurdement jeune tout à coup, comme si une mystérieuse étoffe qui le protégeait venait de se fendre.

– Comment va Brenda ? demanda-t-il à la fillette.

Chic finit par comprendre qu'il s'agissait d'une poupée. Elle se sentit subitement de trop. Whitey, Arlan – quel que fût son nom – ne pensait même pas à la présenter. Elle s'écarta de quelques pas afin de les observer à distance.

– Nous débarquons de Van Wert, dit la dame. Nous passons Noël chez ma sœur qui vient de s'installer à New York. Oh mon Dieu, s'exclama-t-elle pour la énième fois, je vous fais la conversation alors que je devrais être en train de vous bénir ! Je réalise avec effroi que mon enfant a failli tomber d'un train, que vous l'avez sauvée, et que je l'ignorais !

– Tu le savais, dit placidement Millie. Je te l'ai dit.

– Oh mon Dieu, balbutiait la mère. Ma pauvre enfant...

Elle saisit la main de sa fille, comme si la librairie était devenue une plate-forme de train d'où elles pouvaient choir. Elle jeta un coup d'œil autour d'elle, avisa quelques personnes qui suivaient la scène et parut soudain pressée de quitter la boutique. Elle fouilla dans son sac, ressortit une carte de visite.

– Notre adresse à Van Wert. Passez nous voir à l'occasion. Je vous en prie... Nous serons heureux de parler avec vous. Oh mon Dieu, quand je vais raconter à Rudy... Quelle histoire effarante.

Elle se répandit en remerciements, en excuses, encore en remerciements, ébahie, bouleversée, dévorée de culpabilité. La vendeuse revenait.

— Monsieur, votre commande, dit-elle.

Il prit les livres sans regarder. Il fixait la mère et la fille. Elles étaient déjà sur le seuil, encombrées de tous leurs paquets. D'un bond, il les rejoignit. Il toucha l'épaule de la petite.

— Millie... As-tu des nouvelles de la jeune fille ? Tu sais, la jeune fille qui nous avait aidés, qui t'avait recoiffée... L'avez-vous revue ? demanda-t-il à la mère qui n'entendit plus car la porte s'ouvrait en grand sur les bruits de la rue, la neige, et le vent.

La petite se retourna pour lui dire non.

— Jamais ? insista-t-il, lui retenant la main entre les paquets que sa mère emportait. Jamais ?

— Non, dit Millie. Non, on ne l'a jamais revue.

Elle lui fit adieu avec le bras tandis que sa mère l'entraînait hors de la boutique dans une bourrasque blanche. Il resta, comme frappé par le gel, le front contre la vitrine.

Chic patienta un instant avant de se rapprocher.

— Vous êtes bouleversé, murmura-t-elle.

Il n'entendit pas. Il se trouvait... dans un autre flacon. Couvercle hermétiquement fermé. Ils se tenaient côte à côte, devant la vitrine brouillée.

– Cette enfant vous a rappelé de mauvais souvenirs, dit-elle encore.

Il se tourna pour la fixer en silence.

– Non, dit-il au bout d'un moment. Non, pas de mauvais souvenirs.

Il baissa les yeux sur les livres que la vendeuse lui avait remis, l'air de se demander de quoi il s'agissait. Il les posa subitement sur une pile en exposition.

– Pardonnez-moi, souffla-t-il avant de se diriger vers la porte et quitter la boutique.

Chic vit sa silhouette pénétrer dans l'averse de neige et s'y effacer. Elle attendit.

Elle attendit. Elle attendit une infinie demi-heure avant de comprendre qu'il ne reviendrait pas.

26

Traffic jam

Au matin du 20 décembre, Jocelyn ouvrit un œil en se demandant pourquoi son muscle cardiaque battait un train d'enfer alors qu'une minute plus tôt toute son anatomie dormait comme un bébé.

Était-il frappé d'embolie ? De tachycardie ? Jocelyn se palpa les côtes, le pouls. Une embolie avait, un beau matin, foudroyé Jean, le hamster de Mlle Vanillon, l'institutrice du cours élémentaire. Dix minutes avant, Jean faisait le jacques dans sa roue en fer, et paf... le voilà qui gisait sur le dos, ses petites griffes en l'air. Mlle Vanillon avait fondu en larmes, et Lupino, le plus jeune élève de la classe, s'était caché les yeux en hurlant qu'il n'avait jamais vu un mort de sa vie.

Jocelyn s'assit d'un bond, avec une sensation

d'anomalie. Il n'entendait aucun bruit, et le studio était plongé dans une pénombre qui le fit s'interroger sur l'heure qu'il pouvait être. L'œil sur le réveil, il se souvint brusquement. Le bal de fin d'année de Penhaligon…

C'était aujourd'hui !

Et comme son cœur recommençait à courir partout dans sa poitrine – un peu à la manière du pauvre Jean dans sa roue –, Jocelyn se sentit rassuré. Il était simplement… heureux.

Il se leva, alluma, bien qu'il aurait dû faire jour depuis longtemps, et alla pousser les rideaux de la fenêtre en demi-lune.

Il fronça les sourcils. Là-haut, on ne distinguait plus le trottoir, ni les piétons, et quelqu'un avait eu l'idée saugrenue de tendre un grand drap de l'autre côté des vitres. Il enfila un gilet car il ne faisait pas très chaud et décida d'aller voir dehors.

Jocelyn monta les marches, ouvrit la porte… et il disparut.

La dernière chose qu'il se rappelait était cette agréable sensation de crème fouettée bien fraîche emplissant sa gorge et son nez. Sa mère affirmait qu'une crème «montait» mieux lorsqu'on la battait sur un bol de glace.

La première chose qu'il vit fut la circonférence de visages anxieux penchés au-dessus du sien. Celui d'Easter Witty, de Mrs Merle, et aussi de Charity, de Silas qui perchait par le manche son ukulélé sur l'épaule, et d'un inconnu bedonnant à veste et bonnet fourrés. Ainsi que... Artemisia ? C'était, oui, bien elle.

– Ça va, vieux ? demanda Silas.

Jocelyn se redressa sous la couverture qui l'abritait, réalisa avec une seconde de retard qu'il ne portait pas beaucoup de vêtements, et même pratiquement aucun, dessous. Il tira la couverture jusqu'en haut du cou et retomba au fond du sofa.

– Vous nous avez fait peur, pépia Mrs Merle.

– Qu'est-ce qui se passe ? s'écria-t-il, vaguement alarmé.

Ils se trouvaient dans le salon coquelicot de la pension. La question de Jocelyn encouragea Silas à aller gratter les cordes de son ukulélé au coin de la console.

– Il s'est passé quelque chose ? répéta Jocelyn que toutes ces figures scrutantes commençaient à affoler.

Surtout que le Dragon lui-même avait pris la peine de quitter sa montagne...

– Comment vous sentez-vous ? s'enquit le gros

inconnu à bonnet fourré qui se mit à renifler dans une espèce de cartable bourré d'où il extirpa une seringue.

— Hé ! paniqua Jocelyn.

— Les Français adorent vous faire des piqûres, ricana Artemisia sous deux ou trois battements de cils qui lui donnèrent une mine de Minnie démoniaque. En recevoir, beaucoup moins.

À la droite de Jocelyn, Betty Grable envoyait amicalement ses effluves de garage. À gauche, Mae West lui administra une accolade de vieux compagnon de route. N° 5 avait déserté ses repaires sous les meubles et l'on devinait, dans le tas de poils, son regard avenant.

Pourquoi étaient-ils tous rassemblés là, à le dévisager ? s'interrogea Jocelyn. Il avait certes un peu mal au cou, mais...

— S'il est arrivé quelque chose à quelqu'un, articulat-il après une pénible déglutition, je ne suis pas ce quelqu'un.

— Le pauvre, il délire, murmura Charity.

— *Me, and you, and blue Hawaiiiii...* psalmodia paisiblement Silas derrière les cordes de l'ukulélé.

— Il délire ? Vous croyez, docteur ? fit Mrs Merle.

— Non, il est conscient, constata le bonhomme à bonnet.

— Parfaitement conscient ! assura Jocelyn en suivant la seringue qui se rapprochait. Pourquoi... une piqûre ?

— *Night, and you, and blue Hawaiiiiii...*

— Au cas où, l'apaisa le gros docteur. Juste au cas où. Vous avez pris une congère sur la tête et...

— Une congère ? s'exclama Jocelyn en faisant un écart brusque qui expédia un des chats de l'autre côté du sofa. Oh, pardon Mae West...

— Laissez-moi faire, dit le docteur dans un rictus qui rappela Boris Karloff dans *Frankenstein*. Ai-je l'air d'un tortionnaire ? poursuivit-il en cherchant un soutien du côté de Mrs Merle, puis d'Artemisia.

— Si je répondais, répliqua cette dernière, je vous vexerais.

— Dites, docteur, murmura Easter Witty, est-ce qu'un simple petit verre de quelque chose n'aurait pas le même effet que cette aiguille longue comme mon balai ?

Pour la première fois, N° 5 jeta un aboiement. De réprobation, sans le moindre doute. Jocelyn se renfonça dans le sofa.

— Racontez-moi d'abord ce qui est arrivé, dit-il. Je ne me laisserai pas piquer avant.

— Il a neigé une tonne cette nuit et ce matin, dit Silas. *Lovely you, and blue Hawaiiiiii...*

— La courette du sous-sol devant votre porte était remplie de neige, dit Charity. Une montagne jusqu'au trottoir !

— Lorsque vous avez ouvert pour sortir, dit le docteur, tout vous est dégringolé dessus.

— Fort heureusement, dit Mrs Merle, Artemisia était à la fenêtre quand l'avalanche vous a englouti. Elle a donné l'alerte.

Jocelyn fit un effort pour collecter ses souvenirs, tâta la couverture qui l'enveloppait.

— Qui est-ce qui... Qui m'a déshabillé ? demanda-t-il, soudain soucieux.

— T'inquiète ! lança Silas. *Moon is young... and so are weeee...* Ta glorieuse anatomie n'a touché que ma seule rétine.

Profitant que Jocelyn écoutait Silas, le docteur lui planta la seringue dans le biceps.

— Aïe ! protesta Jocelyn, indigné.

— Aouch ! fit Easter Witty. J'appelle ça le coup du renégat.

— Easter Witty ! chuchota Mrs Merle en faisant les gros yeux.

— Qu'est-ce qu'il y a là-dedans ? gémit Jocelyn en fixant l'aiguille debout sur son bras.

— Des vitamines. Du fortifiant. Ça vous évitera l'angine. Ou pire. N'ayez aucune inquiétude, je suis professeur ès sciences de la Pneumologie et doyen honoraire au Conseil des sciences de l'humanité.

– Eh ben! grogna Easter Witty. Y a un nom pour ce que vous venez de faire et c'est pas doyen honoraire au Conseil des sciences de l'humanité.

– Un peu de respect, Easter Witty! s'offusqua Mrs Merle. Ou je songerais à vous renvoyer.

La seringue regagna une boîte noire dans le cartable du docteur.

– Renvoyée le mardi, renvoyée le mercredi et le jeudi, répliqua Easter Witty, l'air guilleret. Un jour je serai renvoyée une fois de trop.

– Avec toutes ces vitamines, susurra Silas, l'air encourageant, tu seras dans une forme olympique ce soir, Jo.

– Si seulement, continua Easter Witty avec un ténébreux regard vers le praticien, la médecine et les piqûres donnaient autant de plaisir qu'un dé à coudre de tequila.

– Ce soir! s'illumina Jocelyn. Il sauta sur ses pieds nus, rajustant la couverture autour de sa personne et la comprimant sous ses bras. Le bal de fin d'année! Mon Dieu, quelle heure est-il?

– Vous êtes resté un bon moment assommé, dit le docteur d'un ton badin avant de fermer le cartable et de prendre congé en tapotant son bonnet fourré.

– *Dreams come true in blue Hawaiiii...* conclut Silas dans un *diminuendo* impeccable.

Il gratifia Jocelyn de son jeu de sourcils fameux et s'empressa de lever le camp lui aussi.

Easter Witty plongea dans le placard, en sortit un minuscule verre de tequila, déjà rempli et prêt à boire, qu'elle offrit d'autorité à Jocelyn.

– Les Apaches enduisent le corps de leurs ennemis de miel pour le jeter aux fourmis ! dit-elle avec un regard de rancune vers la porte par laquelle était sorti le médecin. Moi, j'offre le miel à mes amis.

– La dernière fois vous parliez de Sioux, Easter Witty, marmonna Jocelyn en jaugeant le verre.

– Dans le cas de notre bon docteur, fit Artemisia en tambourinant de la canne sur le parquet, le problème sera de trouver assez de fourmis !

Et elle partit bras dessus bras dessous avec Easter Witty, hurlant de rire de concert. Mrs Merle jeta un soupir au ciel, puis escamota le verre que Jocelyn avait reposé sur la table.

– *Oh dear, dear, dear,* que dirait votre maman, Jo...

– Il faut, dit Jocelyn d'un ton décidé, que je sorte faire quelques emplettes pour ce soir.

Entre autres choses, il avait prévu l'achat d'un nœud papillon, mais se garda bien d'en faire mention. Il n'avait pas envie de passer une seconde soirée avec un des grattoirs fleuris de feu Finlayson Merle.

Mrs Merle lança un signe discret à Charity qui se saisit des vêtements de Jocelyn séchés et pliés sur une chaise. Elle les lui tendit. Dignement, il se drapa plus serré dans la couverture, coinça le paquet de vêtements sous le coude et partit.

— Je crois bien que c'est son premier bal, murmura Mrs Merle avec un délicat *vibrato* d'ukulélé dans les cordes vocales.

Le vendeur de Macy's déploya une inflexible courtoisie bien qu'il courût cinquante lièvres à la fois. Tout le monde n'avait pas bal au *college* ce soir, mais la moitié de New York avait Noël à l'horizon, la moitié de New York passait donc par Macy's.

— Ce nœud papillon est une exclusivité de notre magasin, dit-il à Jocelyn, allongeant le cou par-dessus deux messieurs qui échangeaient sur la saisissante météo. Pas besoin de le nouer, il l'est déjà. Madame, *please*, on ne touche pas aux cravates… Non *sir*, vous n'êtes pas au rayon des guêtres… *Sir ?* fit le vendeur en étirant vers Jocelyn sa tête en jabot de pintade.

Le nœud est permanent. Voyez notre système de fermeture ? Ingénieux, n'est-ce pas ?

Jocelyn pivotait de droite, de gauche, devant la glace. Évidemment, avec le duffle-coat, c'était difficile de...

— Évidemment, avec le duffle-coat, fit le vendeur en ondulant entre les chalands tel le ver de Lewis Carroll, c'est difficile de...

— Évidemment, dit Jocelyn.

— Évidemment.

Un père Noël vint s'asseoir dans la cabine mitoyenne, ôta ses bottes rouges et entreprit de changer de chaussettes.

— J'hésite, dit Jocelyn. Pensez-vous que le gris ?...

— Tout dépend du *corsage* de la demoiselle. Si sa teinte dominante est le blanc, l'ensemble donnera une impression, euh, neigeuse. Ce n'est pas interdit. Mais si le *corsage* est vif, ce sera parfait.

Il avait pris la peine de prononcer le mot français, en diphtonguant : *corsââge*.

— J'ignore ce qu'elle portera, dit Jocelyn, un corsage ou autre chose.

La tête en jabot sourit, ce qui lui donna tout à coup une physionomie de batracien protecteur.

— Il s'agira alors de s'arranger pour que la couleur s'harmonise avec le nœud, *sir*.

Jocelyn s'imaginait mal frappant à la porte des Bezzerides pour demander à voir le corsage choisi par Dido. Et si elle mettait une robe ?

— Je prends celui-là, soupira-t-il. *Alea jacta est.*

Il déclina la pochette assortie qu'on lui proposait, paya et se propulsa hors de la cohue, échevelé, suant, usant plus de temps à franchir quatre étages de Macy's qu'il n'en avait mis à choisir son papillon.

Le long des trottoirs, la neige avait bâti des tranchées. Pataugeant dans les empreintes tracées avant lui par la ville entière, sous un ciel jaune, Jocelyn se rendit chez un barbier de la 6e Avenue. Là, on le rasa, on lui pétrit les mâchoires, on lui élagua le cheveu, on lui grava une raie impeccable sur le crâne, on lui sculpta une coiffure à la brillantine.

— Vous ressemblez à Alan Ladd, *sir*! remarqua fièrement le barbier. Juste quand il va embrasser Veronica Lake. Un peu de notre lotion parfumée ?

Flatté — et un peu groggy —, Jocelyn accepta en dodelinant. Il prit un bus qui patina jusqu'à Columbus. Il espérait que Cosmo n'aurait pas oublié sa promesse de lui prêter le smoking.

Cosmo n'avait pas oublié. À cinq heures, un

coursier au nez givré carillonna à la porte, un énorme carton rectangulaire en travers des bras. Ursula, qui se concoctait un café en cuisine, se précipita pour ouvrir. Elle signa le reçu et, s'emparant du paquet, toisa le coursier.

– Vous êtes le nouveau livreur de Federal Rush ?

– Oui, riposta-t-il, lui rendant regard pour regard. On me pose souvent la question depuis ce matin.

– Hum. Je sens qu'à partir d'aujourd'hui je vais m'envoyer plein de cadeaux.

– Nous avons un tarif fidélité, l'informa-t-il.

– Nous l'étudierons ! dit-elle en refermant. Le bouquet de roses d'une admiratrice ? susurra-t-elle à Jocelyn qui accourait.

Comme il ne répondait pas, trop occupé à remonter l'escalier en dénouant la ficelle, elle lui emboîta le pas. Elle fit un signe à Manhattan qui sortait. Toutes deux poussèrent un cri d'extase lorsque, devant la salle de bain, Jocelyn entrouvrit le couvercle.

– Jo !

– On va t'aider ! décréta Ursula en le poussant à l'intérieur. Il est passé chez le coiffeur, tu as vu ça, Manhattan ? Notre Jo ressemble à Errol Flynn quand il va embrasser Olivia de Havilland…

Jocelyn dut l'avouer : les filles furent absolument indispensables.

D'abord, il ne savait comment fixer son plastron. Il faillit casser le système «ingénieux, n'est-ce pas?» du nœud papillon. Puis les manches du smoking se révélèrent un tantinet trop longues. Etchika courut chercher la boîte à couture de Mrs Merle et, chacune agenouillée devant une manche, aiguille à la main, elles entreprirent de les ajuster à ses mesures.

Quant aux souliers, ils avaient une demi-pointure de trop. Manhattan dessina sur la dernière édition du *New Yorker* les empreintes de pieds de Jocelyn… Etchika les découpa sur quatre pages avant de les glisser à l'intérieur des chaussures. Ce fut parfait.

Quand tout fut terminé, il se contempla dans la glace, perplexe, et même assez interloqué, de se découvrir tellement… autre.

– Jo! applaudirent-elles.

Il ressentait leur étonnement, écho du sien, ainsi qu'une animation dans leurs yeux qu'il ne parvenait pas à définir mais qui embellissait une part intime de lui-même.

– Je n'ai pas l'air trop ridicule? murmura-t-il, sachant fort bien qu'il ne l'était pas, mais empli du désir que la chose fût dite tout haut, et par une voix féminine.

– Tu ressembles à Robert Taylor, assura Etchika, quand il va embrasser Vivien Leigh.

— Qui est ta Vivien Leigh, Jo ? chuchota malicieusement Manhattan.

— Dido, répondit-il.

Et son front devint assez rose.

— Tu as pensé au *corsage* de ta cavalière, j'espère ?

Corsââge. Etchika prononçait comme le vendeur de Macy's, en français, diphtongue incluse.

— Dido portera ce qu'elle voudra, éluda-t-il. Est-ce très grave si le nœud papillon et le corsage ne sont pas assor...

— Hé, jeune homme ! Attrapez donc ça ! les interrompit Artemisia.

Debout sur le seuil, elle agitait une écharpe en soie blanche. Jocelyn jeta un coup d'œil aux filles. L'apparition, inattendue, les ébahissait autant que lui.

— Allons, prenez ! Un gentleman n'est véritablement habillé qu'avec une écharpe de soie blanche. De mon temps la question ne se posait même pas. Mettez-moi celle-ci à votre cou.

Jocelyn obéit puis s'en retourna se mirer. Elle avait raison, la vieille belette. La lumière ultime, elle était là, satinant de blanc, de douceur et de chic les revers de son smoking.

— Vous ressemblez à Rudolph Valentino, grogna Artemisia. Quand il va embrasser Alla Nazimova.

Vous avez réglé la question du *corsââge*, bien entendu ? le défia-t-elle, pivotant à demi sur sa canne.

Pourquoi attachait-on autant d'importance au corsage de sa cavalière ? Le regard vert le questionnait sous les paupières mi-closes.

– Euh, eh bien, marmonna-t-il. Dido fera ce que bon lui semblera.

– Au long des hivers et des bals, les gentlemen se dissolvent décidément tels des sucres dans l'eau, asséna-t-elle avec un rictus d'apitoiement.

Elle disparut parmi les ombres du palier. On entendit son pas et sa canne scander les marches une à une, décroître ensuite au fond du couloir supérieur.

La porte claquée, Artemisia demeura un long instant à contempler sa retraite, immobile. Lentement, elle alla ouvrir le buffet japonisant qui supportait le phonographe Victrola et le carillon Westminster. Ses articulations raidies eurent grand-peine à tirer la poignée métallique – le tiroir n'avait pas été ouvert depuis pas mal de temps. Ses doigts cherchèrent, débusquèrent un long boîtier en lézard brun.

Le fermoir fut un autre obstacle ; le boîtier n'avait pas été touché depuis plus longtemps encore, le couvercle finit cependant par obéir et s'ouvrir.

Le contenu l'étonna. L'objet qui s'y cachait,

presque un bijou, était indemne, le temps ne l'avait pas effleuré.

C'était un couple d'oiseaux noirs et scintillants, qui semblaient avoir été saisis en plein vol. La queue, les ailes effilées s'élançaient dans l'espace en un sillage de plumes souples comme des ressorts. L'artiste qui les avait dessinés avait capté l'instant bref et ravissant qui précède celui où ils se posent. Le clip de fixation était en petits grenats de Bohême.

Elle avait vingt ans lorsqu'elle les avait accrochés pour la première fois à l'échancrure de sa robe... Elle était alors au cœur des pensées du plus séduisant, du plus ardent des gentlemen de Park Avenue. Le jeune homme les lui avait offerts avant le bal, en lui chuchotant à l'oreille :

— Je les ai choisis parce qu'ils sont comme vous, Artemisia. Légers et insaisissables.

Je n'étais pas si légère, pensa la vieille dame, et pas si insaisissable. Si tu avais voulu, Nelson Julius Macauley, si tu avais voulu...

Il y a quelques semaines, elle avait lu l'annonce de son décès dans les pages du *Times*.

— Dieu, mon cher, cher Nel, continua-t-elle dans un murmure. Je t'aurai fait tourner en bourrique, hein... Je t'en demande pardon. Si l'on se retrouve un jour, dans ce fichu au-delà où je suis certaine qu'il est impossible de savourer le moindre potage d'asperges, je t'autorise à prendre ta revanche !

Elle fit jouer sur sa joue les plumes flexibles et bondissantes, tout en ruminant l'étrange réponse du petit Français tout à l'heure... Pour finir, un peu avant le dîner, elle alla piocher une carte dans son secrétaire, réfléchit avant d'y écrire deux lignes, rouvrit sa porte et, d'une voix de stentor, appela Easter Witty.

À 19 heures précises, son duffle-coat plié sur le bras, Jocelyn en smoking frappa à la porte des Bezzerides. Les coups furent l'écho exact de ceux que l'on martelait à l'intérieur de sa cage thoracique.

Il avait commandé un taxi, découvrant qu'il existait plus fâcheux que le chauffeur de taxi parisien : le chauffeur de taxi new-yorkais. À cause de la neige, la plupart rechignaient à se risquer au-delà du sud de Central Park. Mais enfin, l'affaire s'était réglée.

Les autos ensevelies par la neige jonchaient la rue déserte de blockhaus blancs. Les réverbères, en veille sous leurs bonnets de *horseguards*, attendaient en file une hypothétique relève de la garde. En contrebas de la grille mitoyenne, dans la fosse où l'avalanche l'avait noyé ce matin, subsistait un cratère.

Prospero vint ouvrir.

– Mazette, Jo ! Quelle élégance ! s'exclama-t-il en français. Hé, *bobby soxer* ! Il y a là quelqu'un qui ressemble à Dana Andrews... Quand il va embrasser Linda Darnell. Entrez, entrez, splendide jeune homme.

Jocelyn racla soigneusement ses semelles sur le paillasson pour se donner du cran. Avec son habit, il se fit l'effet d'un automate parmi les automates de la pièce. Se tiraillant le lobe de l'oreille, Prospero montra le plafond.

– Dido ne va plus tarder. Il lui reste à prendre un bain parfumé, recoudre l'ourlet de sa robe, se coiffer, se maquiller, aller acheter de nouveaux souliers... Je plaisante, mon garçon ! s'écria-t-il en voyant Jocelyn se décomposer. Elle doit simplement s'armer d'un peu de courage pour affronter le regard de celui qui l'emmène à son premier bal. Le premier pour toi aussi, mon garçon, hein ?

– Mm. Mm.

Prospero alla poser un disque sur le pick-up.

> **Oh, the weather outside is frightful!**
> **But the fire is so delightful!**

Il fit un clin d'œil ; puis il avisa les mains du jeune homme.

— As-tu ?... N'aurais-tu pas ?... commença-t-il.
— Oui ? fit Jocelyn, inquiet. Quoi donc ?

Prospero se tut avec un hochement de tête à la manière de celui qui secoue des gouttes de pluie étourdiment reçues.

— Elle va descendre. Les jeunes filles, tu sais...

> And since we've no place to go
> Let it snow, let it snow, let it snow!

Deux escarpins vernis apparurent en haut de l'escalier en bois, s'immobilisèrent sur les marches comme deux notes de musique sur les lignes d'une portée. Jocelyn se tortilla entre son plastron et son nœud papillon. Les deux notes descendirent, *andantino*, jusqu'au bas de la portée et Dido apparut, clef de sol lumineuse, dans une robe qui tenait de l'île flottante et du nuage.

— Hello, Jo, dit-elle d'un ton enjoué qui ne masquait pas très bien sa gêne d'être inhabituelle face à un Jocelyn tout aussi inhabituel.

— Je n'ai pas trop l'air ridicule ? murmura-t-elle, sachant qu'elle ne l'était pas, mais désirant que la chose fût affirmée bien haut, et par une voix masculine.

— Tu es... commença-t-il, sentant sa pomme d'Adam caramboler le nœud papillon.

— Oui ?... fit-elle en tournant sur elle-même.

— Belle ! dit-il.

Il eut le souvenir crispant de Quasimodo bêlant l'adjectif à Esmeralda. Mais Dido parut le savourer sans déplaisir.

— Tu es beau toi aussi, Jo, dit-elle avec simplicité. Cette écharpe blanche te donne je ne sais quoi de... Sinatra. Je te verrais bien sous cadre ! ajouta-t-elle en riant.

— Pourquoi pas tous les deux sous le même cadre ? s'esclaffa doucement Prospero. Hé ! Sinatra ? Dis donc... Elle n'a encore jamais dit ça à personne. N'oublie pas tes bottes, *bobby soxer*.

— Je n'oublie pas ! dit-elle en retroussant l'ourlet de l'île flottante pour déchausser les notes de musique. Ne t'inquiète pas, ajouta-t-elle devant l'expression de doute de Jocelyn, je les emporte dans un sac, je les remettrai pour danser. Les autres filles auront certainement eu la même idée.

Elle finissait d'enfiler ses bottes quand un klaxon corna au-dehors.

— Le taxi, *bobby soxer* ! fit Prospero en décrochant de son cintre une cape en agneau argenté. Il enfouit brièvement la joue dans la doublure.

— Elle a encore le parfum de ta mère, murmura-t-il en aidant sa fille à la passer. Arpège de Jeanne Lanvin... Après toutes ces années.

Dido lui mit les bras autour du cou, et l'embrassa. Ses cheveux relevés en boucles sur le sommet de sa tête scintillaient de minuscules roses en strass rose.

— Au revoir, papa. Je serai de retour à minuit. Ou pas loin, promis.

Le taxi klaxonna à nouveau. Prospero retint sa fille quelques secondes contre lui, puis la laissa aller à Jocelyn. Dehors, Dido glissa son bras sous celui du jeune homme.

— Tu n'as pas cru que je garderais mes socquettes, si ?

27

Let it snow, let it snow, let it snow!

La fête se déroulait à Britchett Hall, un des pavillons de Penhaligon. De part et d'autre des illuminations de sa façade enneigée, de longs festons en mousseline aux couleurs du collège flottaient le long de ses colonnes en pierre. Les voitures avaient été jetées tout autour des allées en courbe, comme des jouets tombés de mains d'enfants capricieux ou impatients.

Jocelyn eut du mal à reconnaître le gymnase sous les décorations, et les réflecteurs dorés qui diffusaient une atmosphère ambrée. Quand il arriva, Dido à son bras, l'orchestre composé de douze élèves jouait *Moonglow* sur la galerie où habituellement les classes s'exerçaient aux barres parallèles. Un bar et un buffet étaient installés en bas, avec de petites tables devant les espaliers cachés par l'immense arbre de Noël. Parmi les serveurs, Jocelyn reconnut Mr Clodagh, le professeur d'anglais, et Russ, le *resident advisor* des deuxième année.

— Hello, Jo! l'accueillit Vincent Dubbs, *freshman* comme Jocelyn, c'est-à-dire en première année. Va donner ton nom à Swampy. Bonsoir Miss, dit-il en s'inclinant devant Dido.

Jocelyn la présenta. Après que Swampy, l'appariteur posté à une table près de l'entrée, eut coché le nom de Jocelyn sur la liste, Vincent les pilota, lui et Dido, vers les placards qui, ce soir, faisaient office de vestiaire mais contenaient d'ordinaire tapis de sols, ballons et haltères. Une armée impressionnante de bottes et de bottines courait tout le long d'un mur, certaines avec encore un peu de neige.

Vincent devança Jocelyn pour débarrasser Dido de sa cape. La robe nuage dégageait la nuque de la jeune fille et la moitié de son dos.

— Ma chère! s'extasia Vincent. Si l'on organisait ce soir le concours de la plus jolie colonne vertébrale? Vous gagneriez!

Le gratifiant de l'affreuse grimace qui terrorisait sa petite sœur Marcelline, Jocelyn reconquit le bras de Dido dérobé par Vincent et enleva la jeune fille vers la salle.

Sa taille docile et souple suivait la main qui la guidait. Jocelyn sentait sous ses doigts, sur le côté du nuage, la fine couture de la fermeture à glissière.

— Ton ami Vincent connaît les mots qui flattent! le taquina Dido. Une colonne vertébrale est impossible à grimer même par la fille la plus astucieuse.

— Vincent Dubbs est un cancre sournois, fit mine de ronchonner Jocelyn. Il croit que *Le Boléro* de Ravel s'appelle *Boléro-de-Ravel*.

— Il est visiblement plus calé en anatomie, glissat-elle avec malice.

Jocelyn la présenta aux élèves qui suivaient les mêmes cours que lui et aux quelques professeurs qu'ils rencontrèrent. Il était désormais rompu au jeu des présentations à l'américaine.

— Jo! s'écria une brunette en fonçant vers eux dans un bruissement d'étoffe émeraude. Oh, il me brise le cœur! gémit-elle en caressant la branche d'orchidées blanches juchée sur son épaulette. J'espérais que ta cavalière serait laide! Bonsoir! dit-elle à Dido dans un éclat de rire chaleureux, je m'appelle Elaine Brussetti.

— Elaine et moi, dit Jocelyn, jouons au Scrabble pendant la classe de musicologie médiévale du professeur Helmet. Elle gagne toujours.

— Vos orchidées... Elles sont superbes! s'écria Dido.

— Je crois, chuchota Elaine avec fierté, que Roy, mon chevalier servant, a dû faire un prêt de vingt ans pour me les offrir. Oh, ajouta-t-elle avec excitation, je sens que cette soirée va être absolument... *je t'aimisante !*

Quand elle se fut éloignée, Dido donna un coup de coude à Jocelyn.

— Tu ne parles jamais de ces parties de Scrabble.

— Tu ne parles jamais du président de l'Association de Toyfell High pour la Libre Parole. Tu es jalouse ?

— Non, et toi ?

Ils rirent, pourtant Jocelyn se sentait vaguement mal à l'aise. Les orchidées le tracassaient... Il avait cru lire comme un regret sur le visage de Dido. Il l'emmena sur la piste où les danseurs frétillaient sur *Smoke! Smoke! Smoke! (That Cigarette).*

Un garçon dont le sympathique toupet de cheveux aurait fait le bonheur d'un ramoneur s'approcha d'eux sans cesser de se dandiner avec, au bout du bras, une jolie blonde rondelette en soie lavande au décolleté enguirlandé de pivoines fraîches.

— Hello Roseann ! Hello Quentin ! les salua Jocelyn.

Toute la salle braillait en chœur *Smoke, smoke, smoke that cigarette!*

— Le minois est aussi joli que le dos ! s'exclama Quentin, dont le toupet balança joyeusement. Vous me réservez une prochaine danse, hein, Dido ?

On se mit à frapper des mains et des pieds en rythme. Jocelyn et Dido claquèrent leurs paumes l'une contre l'autre, s'égosillant avec la salle entière :

> Smoke, smoke, smoke that cigarette!
> Puff, puff, puff…

Chantant et dansant, Jocelyn observait les robes qui virevoltaient. Roses, lilas, camélias, violettes… Presque toutes étaient fleuries d'un bouquet à l'échancrure. L'angoisse se mit à lui grignoter le cœur. Avait-il manqué à quelque chose ?

Quelqu'un lui tapa dans le dos.

— Cosmo ! s'écria-t-il, médusé. Qu'est-ce que tu fabriques dans un endroit aussi convenable que Penhaligon ? Tu ne m'as pas dit que tu venais, fourbe !

— C'est une surprise pour moi aussi. Le doyen Crawley me croit assez convenable pour faire de moi le cavalier de sa petite-fille !

La petite-fille en question était une rousse aux yeux d'opale, charmante sans éclat, sauf quand elle souriait. Sa robe en organdi était orange, mais – nota Jocelyn – pas ses lèvres.

— Holly Crawley, la bonté même, la présenta Cosmo. Qui est cette nuée céleste qui t'accompagne, Jo ?

— Dido Bezzerides, dit Jocelyn, tout heureux soudain d'avoir avec lui, en ce soir si spécial, deux des personnes qu'il aimait le plus de ce côté-ci de l'Atlantique. Cosmo Brown, dit-il à Dido. Je lui dois mon smoking.

— Où cachais-tu pareil angelot ? interrogea Cosmo.

— Quoi ! Je ne la... commença Jocelyn. Son visage s'éclaira. C'est elle qui se cachait !

— *Permesso ?* fit Cosmo en kidnappant Dido par le poignet.

En un clin d'œil et sans façon, il l'emmena sur la piste.

— Hé, grommela Jocelyn, sidéré. À Paris on se bat en duel pour moins que ça !

Holly Crawley et lui demeurèrent face à face. Elle leva les bras tandis que l'orchestre attaquait *Take Your Shoes Off, Baby*.

— Tu n'as guère le choix, dit-elle avec une douceur qui paraissait être sa griffe. Il te faut danser avec moi. Il y va de mon honneur.

Il l'enlaça par la taille et ils escortèrent la musique.

— Couper la danse est une coutume ici, expliqua

qua Holly. Nous sommes des brutes, tu sais. Un héritage des Indiens, je suppose : « Toi laisser squaw danser avec moi. » Ou bien au contraire, est-ce l'élégance suprême ? « Moi partager squaw avec ami. »

Holly ne manquait pas d'humour. Elle dansait gracieusement, et les camélias à sa poitrine sentaient bon. Jocelyn éprouvait finalement de la fierté que ses camarades se disputent les faveurs de Dido.

– À propos de coutume, dit-il, toutes les filles ont des fleurs à leurs robes… ou cst-ce une idée ?

Elle opina d'un mouvement délicat du menton.

– Tu parles des *corsââges* ? J'ai vu, dit-elle gentiment, que Dido n'en porte pas. Mais ce n'est pas une obligation ! enchaîna-t-elle en retenant le bras de Jocelyn qui abandonnait brusquement le sien. Tous les garçons n'en offrent pas.

Un froid glacial avait saisi Jocelyn. *Corsââge*. C'était donc là le genre de détail qui tuait le bonheur.

– Tu l'as remarqué pourtant, dit-il après un silence. C'est ce qu'un garçon galant et raffiné est censé faire, n'est-ce pas ? Offrir un *corsage* à la jeune fille qu'il invite.

– Encore les Indiens, répondit Holly avec un sourire réconfortant. « Squaw porter totem de son guerrier. »

– J'ignorais cette coutume, avoua-t-il, penaud et

misérable. On m'a parlé de ces *corsages*, en effet. Mais en français, corsage n'a pas du tout cette signification-là.

Ah, la langue scélérate qui vous chapardait un mot dans la vôtre pour l'assassiner et le faire devenir un autre ! *Corsââge*... Je t'en fiche.

— Quelle importance ? riposta gaiement Holly. Dido a l'air heureuse que tu l'aies invitée.

Il tourna la tête du côté de Cosmo et Dido. C'était agréable de les voir danser ensemble. Dido enrobée de nuage. Cosmo, avec son nez en escarpin, son allure dégingandée, qui ne manquait pas de panache.

— Dido pense sûrement comme moi, continuait Holly. Et comme toutes les autres filles, en somme. Mieux vaut un bon danseur qu'un phénomène qui vous couvre d'orchidées en vous massacrant les orteils et 45 dollars de chaussures.

— C'est gentil, Holly. La culpabilité et la honte sont pourtant en train de me briser en petits morceaux.

— Oh mais, je n'ai pas du tout envie de danser avec un puzzle !

Jocelyn ne put s'empêcher de rire tandis que son cerveau se mettait à envisager toutes les manœuvres possibles. Il pouvait partir en quête d'un fleuriste, d'un drugstore, d'une vieille dame vendeuse de violettes... Sauf qu'il y avait cette satanée neige qui paralysait tout. Il ne serait pas de retour avant cent années-lumière, voire plus... Ou alors, voler des fleurs sur les pelouses du campus ? Les massifs étaient maintenant tous fanés. Saleté de neige.

La danse achevée, Jocelyn réalisa qu'il n'avait discuté que de ses problèmes, il n'avait même pas pensé à en savoir plus sur Holly. Il manquait décidément à tous ses devoirs de gentleman. Elle ne parut pas lui en tenir rigueur, et il la salua d'un baisemain plein de reconnaissance.

Dido et Cosmo revenaient vers eux, bavardant avec Elaine et son cavalier, Roy, un de ces deuxième année que le jargon universitaire nomme « *sophomores* ». Le regard de Jocelyn tomba sur l'épaule nue de Dido, et son cœur se serra de consternation.

Un Jocelyn se détacha de lui-même, se colla au plafond et se mit à observer le Jocelyn qui se tenait debout parmi les autres. Il se vit intrus, saugrenu. Disjoint. Hors code. Il se sentit... français.

Il attendit un creux dans leur conversation, qu'il n'écoutait pas, pour embarquer Dido dans un swing dont le titre – beuglé par un des musiciens au micro – était *Massacre dans la 110ᵉ Rue*.

Jocelyn aurait souhaité dire à quel point il était

désolé, si désolé, expliquer qu'on ne l'avait pas mis au courant pour les *corsages* des demoiselles américaines qui vont au bal, que Holly venait à l'instant de l'éclairer sur le sujet. Mais il resta muet, se disant qu'il ne ferait qu'appuyer là où il valait mieux ne pas appuyer.

Dido éclata subitement de rire. C'est joli, un nuage qui rit, songea-t-il avec un chagrin infini.

– Quelle tête tu fais ! Jo, voyons. Rappelle-toi : le monde gèle et tu es au bal avec moi !

C'était vrai. Il la serra dans ses bras, soudain submergé par une vague d'amour, de gratitude, et d'étouffante mélancolie.

– Tu as raison, dit-il. Vrai, tu t'amuses ? Tu avais l'air, tout à l'heure, en dansant avec Cosmo.

– On m'a appris à me tenir en société. Je lui évoquais mon idée de banderole sur l'Empire State. Ça lui a flanqué le fou rire. Si on allait boire quelque chose ? dit-elle après les dernières notes de *Massacre*. J'ai soif.

Il aurait préféré la garder dans ses bras, mais il prétendit avoir soif aussi. Au rythme de *Feeling High and Happy* tonitrué par les cuivres, ils se frayèrent un chemin jusqu'aux petites tables près du sapin tout enluminé.

– *Hey !* les interpella Cosmo qui se trémoussait maintenant avec Liz Landon.

Liz Landon – oiseau de paradis vermillon ce soir, violoniste de génie toute grise le reste de l'année – semblait légèrement pompette. L'alcool était formellement interdit dans l'enceinte de l'université, soirs de fête inclus. Cosmo intercepta le bras le plus proche (celui de Dido) et leur fit signe à tous deux de se rapprocher.

– Allez voir Russ au bar, hurla-t-il à l'oreille de Jocelyn, prononcez la formule magique : « Que le Grand Cric me croque ! » Vous verrez, il se passera des merveilles !

– Ils ont une bouteille qui fait rire ! fit Liz Landon en explosant d'un rire vermillon.

Jocelyn et Dido levèrent les yeux au ciel et poursuivirent leur chemin. Ils passèrent près de Swampy, l'appariteur autour duquel s'étaient massés des élèves. Certains sautillaient sur place en musique, dégustant une glace en pot ou une mandarine, et observant ce qui se passait.

Un jeune coursier au nez givré attendait, trépignant du talon, une couche de neige sur son calot avec, sous le bras, un long boîtier brun entouré d'un énorme nœud rose. De la pointe de son crayon, Swampy passait en revue la liste des invités.

– Je ne trouve pas ! s'agaçait-il. Ce nom-là ne me dit rien ! Et à vous ? lança-t-il aux élèves agglutinés.

— Rien du tout !!! crièrent-ils tous d'une même voix joyeuse.

— Vous êtes sûr que c'est ici, votre livraison ? demanda l'appariteur.

On vit le talon du coursier trépigner un peu plus vite.

— Cochez la bonne case, dit-il suavement. Une : je suis à la cavalcade des munchkins chez le magicien d'Oz. Deux : au gala du cinquième divorce de Mickey Rooney. Trois : au bal de fin d'année du Penhaligon College.

Le ton narquois révulsa Swampy dont le crayon s'énerva sur le papier.

— Vous apportez un cadeau ? interrogea une robe jaune qui se trémoussait en cadence.

— Ça y ressemble, fit le coursier en montrant le grand nœud rose. Ou alors c'est le tibia de Cléopâtre.

Elaine Brussetti s'avança en écartant gentiment, mais d'une main décidée, Dido et Jocelyn qui lui barraient la route.

— Vous êtes le nouveau coursier de Federal Rush ? s'enquit-elle.

— On me pose souvent la question aujourd'hui, riposta le garçon en lui rendant regard pour regard. La réponse est oui.

— C'est déjà un cadeau en soi, dit-elle.

— Quel nom demande-t-on, Swampy ? s'enquit un élève entre deux picorées d'*ice cream soda*.

— Theodora Be... zzzeri... soupira l'appariteur.

— Mais c'est moi ! s'exclama Dido. Elle répéta : c'est moi ! en quittant Jocelyn d'un bond. Qu'est-ce que... ? Ce paquet est pour moi ?

— Si vous êtes la propriétaire de ce nom que personne n'a pu inventer, ricana Swampy, un peu las. Alors oui, ce colis est pour vous.

— C'est bien moi, redit-elle, étonnée.

Le coursier lui flanqua la boîte au nœud rose entre les bras avant de souffler son soulagement vers les lampions du plafond. Elaine lui emboîta hardiment le pas alors qu'il filait vers la sortie.

— Ne partez pas sans avoir pris quelque chose au bar ! l'entendit-on lui dire. Il y a ce joli jus de fruit plein de couleurs appelé « Que le Grand Cric me croque » qui fait beaucoup rire paraît-il, et dont...

Les regards avaient convergé vers Dido. L'orchestre eut beau entamer le très énervé *Heartaches* de Ted Weems, l'on avait envie de savoir ce que la mystérieuse boîte contenait. Le petit groupe suivit Dido d'un même pas quand elle se retira à une table près du sapin pour dénouer le ruban rose. Elle ouvrit le couvercle.

On jeta un « Ah ! » d'émerveillement, légèrement surjoué mais plein de sincérité.

D'un geste tout en légèreté, Dido éleva hors de l'écrin un couple d'oiseaux, étincelant, d'un noir féerique, dont les longues plumes souples allèrent chatouiller quelques narines alentour.

– Qu'est-ce que c'est ? chuchota-t-elle, éblouie.

– Est-ce… un bijou ? interrogea la robe jaune sans interrompre ses trémoussements. Un genre de tiare ?

– Il y a autre chose au fond de la boîte, mentionna quelqu'un – peut-être Swampy, le ton était déprimé. Une enveloppe.

S'en saisissant, Dido lut le nom du destinataire, et la tendit à Jocelyn. Tous deux s'entre-regardèrent, intrigués. Jocelyn ouvrit l'enveloppe. Elle contenait une carte en Bristol à liséré d'or, rédigée d'une écriture tremblée, aux boucles un peu désuètes :

> Ce « corsage » est désormais à vous, mon cher Jo. Le Cap'tain Bligh vous en fait cadeau. Offrez-le à votre tour à la jeune fille de votre choix.
>
> Artemisia

Jocelyn resta muet un long moment, à lire, relire, à essayer de comprendre. Puis, très délicatement, il enleva les oiseaux d'entre les mains de Dido et les lui percha sur l'épaule gauche, inclinés, de sorte que les plumes tracèrent leur flèche pure en suspension sur le bord du nuage. Il ferma le clip.

Dido souriait. Une jeune fille débordante de jupons bleus lui prêta son poudrier pour qu'elle puisse s'admirer.

– Merci, Jo…

Il fut le seul à l'entendre car Dido se trouvait au plus près de sa joue, et parce que l'orchestre commençait à jouer *Sweet Leilani*. Lorsque le groupe se clairsema, Jocelyn emporta Dido vers la piste.

– C'est un magnifique cadeau, murmura-t-elle en se blottissant tout contre lui.

Jocelyn garda le silence. Il avait peur d'éclater bêtement de rire, ou de fondre tout aussi bêtement en larmes. Pas seulement à cause de ce – oui, absolument magique, magnifique – cadeau du vieux Dragon, mais parce qu'il brûlait d'émotions confuses et contradictoires.

Il se concentra sur la musique qui les empaquetait telle une poche aquatique, et sur le corps pelotonné avec lui, contre lui, dans cette même poche.

> Sweet Leilaniiii, heavenly flow-eeeer
> Lêe lôôh li hê
> Tropic skies are jealous of your charm

Petit, il avait gagné à la foire deux poissons rouges dans un bocal. Il se sentait exactement l'un des deux poissons rouges. Dido était l'autre. Tous les deux dans un bocal fermé, serrés, et flottant au milieu de cette eau musicale qui leur sirupait ses niaiseries.

> I think they are jealous of your blue eyes
> O lovely Lei lom di hé...

Sweet Lei-lani lêe lôôh li hê... Le genre de chanson godiche qui déclenchait généralement ses accès d'hilarité intérieure. Mais pas cette fois, oh non, pas cette fois... Cette fois il était prêt à croire aux ciels des tropiques jaloux des yeux d'une douce vahiné, et à toutes ces confiseries de *dreams come true* et de *mon cœur près du tien*. Cette fois, il possédait la petite main tiède de Dido dans la sienne, et il gardait l'autre posée dans le creux de sa taille, le pouce sur la couture du nuage à glissière.

Il croisa fougueusement ses deux bras autour d'elle, les paumes bien à plat sur sa colonne vertébrale. Jocelyn songea, bien qu'assez brièvement, qu'il n'avait pratiquement pas de références en matière de colonnes vertébrales féminines ; mais celle-ci devait se situer parmi les plus exquises et les plus désirables.

Il tourna la tête, sans savoir s'il allait l'embrasser ou lui parler, à la seconde où la musique, la divine musique godiche, *lêe lôôh li hê*, stoppait. Sur la piste, les couples se désenlacèrent avec une mesure de retard.

— J'adore l'ukulélé, chuchota Dido. Ça donne le frisson parfois. Non ?

— Oui, dit-il.

Le morceau suivant était un boogie. Il l'interrogea du regard. Mais elle n'avait pas envie de danser sur ça. Pas tout de suite, dit-elle. Et il envisagea avec un sentiment de complicité heureuse que, comme lui, elle voulait garder un peu du goût de la chanson godiche.

— Tu as faim ? demanda-t-il.

— Un peu. J'ai aperçu tout à l'heure d'adorables sandwiches…

Au buffet, on s'attroupait devant les adorables en question.

— À la langouste du Maine ! haranguait Russ qui prêtait ses bras et son sens de la logistique à Mr Clodagh, le professeur d'anglais. Mr Clodagh, ici présent, les façonne de ses mains ! La littérature mène à tout. Un peu de patience, s'il vous plaît.

C'était insolite de voir Moi-Claudius – sobriquet de Mr Clodagh – tartiner des toasts en tablier rouge et vert. Sur le côté du buffet, Cosmo était en train de bourrer son assiette. Jocelyn le tapota à la manche.

– Tout va bien pour toi, on dirait ? lui décocha Cosmo, avec un clin d'œil.

Il présenta son assiette de sandwiches à Dido. Elle fit non de la tête.

– Mais si ! dit-il. Ça donne des forces pour grimper à l'Empire State accrocher des banderoles révolutionnaires.

Et comme elle refusait à nouveau, il saisit un sandwich entre son pouce et son index et le lui mit dans la bouche.

– Délicieux, hein ? Tiens, goûte toi aussi ! dit-il à Jocelyn en faisant de même.

Il les regarda mastiquer, vaguement sardonique.

– Tu as perdu Holly ? demanda Jocelyn quand il eut avalé sa bouchée.

Roseann et Quentin déboulèrent directement du boogie au buffet. Trépignant et sautillant, ils garnirent leurs assiettes.

– Vous répétez pour un tournoi de danse ? leur

demanda Cosmo. Ou c'est une crise de delirium tremens ?

— Non, fit Quentin sans cesser de gigoter. Juste une furieuse envie de nous déclencher un lumbago.

Les assiettes brinquebalaient sous leurs doigts. Jocelyn éclata de rire. Il mit le bras autour de Dido qui s'appuya contre lui. Du doigt, Cosmo taquina les queues du couple d'oiseaux à l'échancrure du nuage. Les plumes balancèrent et chatouillèrent la joue de Jocelyn.

— Je dois retrouver ma cavalière, dit Cosmo en gobant un dernier sandwich. *Noblesse oblige*. Et il tourna les talons.

Le boogie s'acheva. Quentin et Roseann purent cesser de se tortiller pour se consacrer au contenu de leurs assiettes qu'ils partagèrent avec Dido et Jocelyn.

— Si ma mère me voyait avaler tout ça! fit Quentin en enfournant deux énormes bouchées. C'est une Gayelord-Hauser-*maniac*.

— Tout ce qui est bon selon les parents est généralement immonde, décréta Roseann. L'huile de foie de morue, l'oignon cru, les épinards, l'école.

Jocelyn leva la tête. Il venait de reconnaître les premières mesures de l'orchestre.

— Viens! dit-il à Dido, l'œil brillant.

Sur la piste, il retrouva sa taille, ses hanches,

ses épaules, toujours souples et dociles, et déjà si incroyablement familières. Dido posa le menton sur son épaule et il se mit à fredonner avec le chanteur de l'orchestre.

— Tu connais ? lui chatouilla dans le cou la bouche de Dido.

— En version française. Une des chansons préférées de Mamido.

La cuisse de Dido s'ajusta entre les siennes et leurs corps s'épousèrent. Un frisson le parcourut. Dieu, que les chansons bêtes étaient enthousiasmantes et... *je t'aimisantes* !

In the chapel in the moonlight geignait au micro le langoureux troubadour de l'orchestre... *When the moonlight turns to dust... I'll still be there...*

— *La chapelle au clair de lune,* chanta à mi-voix Jocelyn sur la joue de Dido, *où j'ai tant rêvé de vous... garde nos amours encloses...*

— *Nozamur zoncloze* ? Ça veut dire quoi ?

— Je n'en ai pas la moindre idée ! fit-il en éclatant de rire.

— En français, ça sonne plus sophistiqué et moins bêta qu'en anglais.

— Hum, hum. Quel est selon toi le sens profond de *when the moonlight turns to dust* ?

— Pas la moindre idée non plus ! s'esclaffa-t-elle.

Jamais vu de clair de lune réduit en poussière, et toi ?

— Jamais. En anglais, ç'a l'air en tout cas plus beau et moins sot qu'en français. Mais avec toi, ajouta-t-il en français et en l'enlaçant plus étroitement, tout est plus beau de toute façon.

Ils eurent un frisson ensemble, et ils ne dirent plus un mot.

La fête se termina à presque minuit. Le chef de l'orchestre, un *junior* — troisième année — nommé Harold Hough en fit l'annonce au micro, baguette en l'air.

— Nous allons tous nous donner la main, conclut-il, pour chanter *Auld Lang Syne*.

Jocelyn ignorait les paroles originales, alors il les chanta comme il les connaissait, en français — *Ce n'est qu'un au revoir…* —, la main de Dido pelotonnée dans la sienne.

Le chant terminé, toute l'assistance applaudit et l'on s'embrassa, et l'on se souhaita un joyeux Noël et de douces fêtes et de bonnes vacances.

Jocelyn enfila son duffle-coat, Dido rangea les oiseaux dans leur écrin, remit ses bottes. Il lui passa sa cape en fourrure. Puis tout le monde s'arma de courage pour braver le froid et les trois pieds de neige.

Les embrassades et les adieux se poursuivirent parmi les allées blanches et sombres, autour des voitures.

– Peux-tu nous rapprocher, Cosmo ? demanda Jocelyn en se penchant à la portière de la Buick.

Cosmo fit la grimace.

– Je vais au nord, je raccompagne Holly et Marcia. Demande à Elaine, je crois que Roy descend par Columbus.

Le vent glacial balayait les élèves comme des poussières vers les véhicules. Jocelyn chercha la robe émeraude d'Elaine ; ne la voyant pas, il demanda après la voiture de Roy. Roseann lui apprit qu'ils étaient partis. Il s'apprêtait à la prier de les emmener, Dido et lui, mais la voiture de Quentin était archipleine. Il rejoignit Dido sur le perron, emmitouflée sous sa longue cape et qui soufflait dans ses gants.

– Je crois, dit-il piteusement, que nous allons devoir rentrer en métro.

– Parfait ! Il y fera chaud et ce sera plus rapide ! dit-elle gaiement, soulagée de se mettre en route.

Ils durent faire un détour car des congères s'étaient formées la veille dans l'allée qui servait de raccourci.

Ils mirent un bon quart d'heure à traverser cette partie du campus. Dido commençait à trembloter. Jocelyn lui noua son écharpe au cou. Ils débouchèrent sur l'esplanade, face à la ville.

Il n'y avait personne nulle part. Le monde était un chaos blanc et stupéfait. Les arbres n'étaient plus des arbres mais des centenaires cabossés, les voitures et les camions, des blocs géométriques renversés, les trottoirs, des fosses.

Ils trouvèrent la bouche de métro fermée. Une pancarte expliquait que les intempéries avaient inondé la station, qu'il fallait se rendre à la suivante sur la ligne.

Dido abrita sa main gauche dans la poche droite du duffle-coat de Jocelyn. Il sentit avec émotion la petite bosse de son poing qui lui battait la hanche, son poids léger qui tirait sur ce côté-là du tissu. Ils avançaient, songea-t-il, comme ces deux animaux dans une fable de La Fontaine. Il ne se rappelait plus laquelle, ni de quels animaux il s'agissait.

Il enfla la voix et se mit à déclamer dans l'avenue déserte *Le Chat, la Belette et le Petit Lapin*. Il enchaîna avec *Le Coche et la Mouche*, puis *Le Laboureur et ses enfants*. Puis il se tut car c'étaient les seules fables qu'il savait. Mais ils avaient parcouru la moitié du chemin. Toujours sans voir une âme.

– Tu sais à quoi je pense ? fit Dido.

– À m'étrangler ?

Elle rit doucement, laissa passer un assez long silence avant de répondre :

– À Hiroshima. Après la bombe. À la radio, ils parlaient de l'hiver atomique. Le froid, la pluie de cendres sur des dizaines de centimètres, partout, sur les arbres calcinés, les routes, les maisons dévastées...

Sa voix se tut.

– Le blizzard à côté, murmura Jocelyn, c'est Luna Park.

Ils cheminaient en silence là où la neige était tassée. Ils stoppaient instinctivement au feu vert pour vérifier le vide de l'avenue à droite, le vide de l'avenue à gauche.

– C'est bizarre de voir les feux fonctionner pour des voitures invisibles, dit Jocelyn. Qui sait... Peut-être qu'on ne sent rien mais que nos corps sont traversés en ce moment même par des voitures fantômes.

– Ah... Arrête de dire des horreurs !

Elle retira sa main du duffle-coat. Jocelyn voûta l'échine et se mit à trottiner façon créature de *Frankenstein* avec des spasmes et des *gronk gronk* convulsifs. Il pivota à pas heurtés. Une comète blanche lui passa au ras du crâne.

– Hé ! cria-t-il, indigné. Espèce de traître !

Une autre comète s'écrasa sur sa poitrine. Il roula une boule de neige et la lui expédia. Il visa mal exprès. Elle riposta d'une rafale de boulettes, avec des torsions de joueur de base-ball. L'une d'elles le toucha à la joue.

– Pas de quartier, Philippe de Gonzague ! hurla-t-il, et il lui courut après en lui ajustant un tir magnifique en plein cœur.

Il faillit l'atteindre près d'une haie qui séparait l'avenue de Central Park, mais Dido s'échappa en courant vers une petite butte à la neige intacte. Ses bottes s'engloutirent au milieu, comme dans un soufflé. Elle dut ralentir.

– Sabre au clair, félon ! Tu es perdu, Philippe de Gonzague ! cria-t-il, bondissant dans l'épaisseur vierge. Chaque enjambée déclenchait un feu d'artifice blanc, la neige fondait à l'intérieur de ses chaussures. C'est moi, Lagardère !

Hors d'haleine, il la rattrapa et la renversa dans la neige, sous la cloche dorée d'un réverbère.

– C'est qui, ce Philippe de Zigzag ? haleta-t-elle. Et ce Lagardère ?

Les minuscules roses en strass dans ses cheveux brillaient du même éclat que les cristaux de glace autour.

— C'est le héros de l'histoire, dit-il. Celui qui va-t-à-toi.

Elle rit. Ses dents brillaient aussi. Tout New York brillait.

— Je suis Lagardère, souffla-t-il, et je viens à toi.

Il enfonça ses bras dans la neige et leurs bouches se happèrent.

28

Who's excited?

Quelqu'un, probablement Silas, avait déblayé la courette qui menait au studio. Jocelyn chercha ses clefs ; ses doigts tremblaient et il ne les trouva pas tout de suite, et lorsqu'il les trouva, elles tombèrent sur un reste de neige. Il resta un instant à les contempler à la lumière du réverbère là-haut, à se demander ce qu'il fallait faire. Il se baissa enfin pour les ramasser et ouvrit.

Il trébucha sur la dernière marche, comme un homme ivre. Il n'alluma pas. Il y avait un reste de feu dans la cheminée, quelques braises y rôtissaient avec un bruit de limonade. Il attendit que ses yeux s'habituent. À la lueur de la cheminée et celle du réverbère qui filtrait par les vitres en demi-lune, il se dirigea vers le lit où il s'abattit sur le dos, un bras sur les paupières.

Il avait des visions de chaussons aux pommes. Ceux de Mme Favière, la boulangère de la rue Martel. Avant de les mettre au four, elle fendait au couteau la pâte crue. La cuisson les gonflait, dorait le feuilleté. Tout le dessus prenait une teinte caramel et, là où le couteau avait dessiné trois fentes, il restait de petits creux où un peu de compote affleurait. Jocelyn y plongeait le bout de la langue, crevait la membrane de pâte, la soulevait et aspirait la compote, glissante, et encore tiède.

Jocelyn s'était figuré mille fois son premier baiser. Il n'avait jamais imaginé la neige. Il se tourna d'un bond sur le côté et s'enfouit dans l'oreiller.

Ils s'étaient embrassés de longues minutes, à en avoir le souffle coupé. Après, il avait plongé son front dans la neige et s'était écouté haleter. Puis ils avaient recommencé encore, et encore, en silence, ils n'arrivaient plus à s'arrêter, écrasés au fond du nid de neige. Ils avaient de la neige plein les joues, ils s'embrassaient, et la neige sur leurs joues fondait, et ils recommençaient, jusqu'à l'étouffement, lorsque leurs cœurs au bord d'exploser réclamaient un répit. La bouche de Dido était un chausson aux pommes, mais un chausson à l'étrangeté poignante et qui le rendit fou toutes les minutes où il le goûta.

Dans le silence de la nuit blanche, un bruit les avait arrachés de leur nid. Ils s'étaient redressés, avaient essuyé leurs visages trempés, comme s'ils venaient de sangloter.

– Une voiture…

Il avait parlé comme il aurait gémi. Ils s'étaient agenouillés, puis relevés en secouant leurs vêtements, étourdis, se tenant l'un à l'autre pour redescendre la pente de la petite butte.

– Un camion, souffla Dido.

Un monstre jaune illuminé qui projetait un jet de vapeur lente et puissante dans l'espace.

– Non, dit-elle, un chasse-neige.

Contre toute attente, le monstre jaune s'arrêta. Avec lourdeur mais obstination.

– Hey! s'exclama le chauffeur depuis les hauteurs de sa cabine. Vous allez au bal?

– On en revient! lui cria Jocelyn.

– Les Prince Charmant ne sont plus ce qu'ils étaient, pas vrai, jolie Cendrillon? Avant ils avaient des chevaux alertes, maintenant ils ont des bagnoles en panne. Bon, je fonce tout droit. Et vous?

– Aussi! s'écria Dido.

– Attention, le marchepied est gelé, ça dérape.

Jocelyn souleva Dido par la taille pour la percher tout en haut du marchepied. Elle disparut dans la cabine. Il grimpa à son tour et claqua la portière.

À l'intérieur il faisait chaud. Le pare-brise était décoré de photos d'Ann Sheridan et de guirlandes de Noël. Le chauffeur, qui s'appelait Buster, leur offrit du café bouillant de sa Thermos, des biscuits Crispy Avalon, et leur montra la photo de sa femme et de ses quatre enfants.

Et tandis que le monstre repoussait la neige, et que défilaient les blocs d'immeubles sur chaque aile de l'avenue avec leurs fenêtres carrées comme dans un calendrier de l'Avent, Dido, son café dans une main, posa l'autre sur la cuisse de Jocelyn, paume en l'air pour qu'il y glisse la sienne et que s'entremêlent leurs doigts.

Jocelyn se dressa dans l'obscurité du studio et s'assit au bord du lit. Il n'était toujours pas déshabillé.

Des gens discutaient à voix très basse dans la courette, juste à sa porte, côté rue. Il n'aurait rien entendu si l'on n'avait pas étouffé un rire.

Jocelyn alluma l'interrupteur, monta les quelques marches, et ouvrit.

— Drizzle? fit-il, étonné. Tu as perdu tes clefs?

Silas était seul. Il contemplait Jocelyn avec la tête du voleur de prunes surpris en train d'escalader le mur du verger. Soudain, il se mit à rire, un rire muet qui fit tressauter son petit chapeau à bords courts. Il lui jeta un de ses regards biscornus.

— Non, dit-il dans un souffle. Non. Je n'ai pas perdu mes clefs.

— Tu parles tout seul?

— Pourquoi?

— Comme ça. J'ai cru entendre une autre voix.

Silas parut examiner le bout de ses chaussures.

— Écoute, Jo…

Il lui serra l'épaule.

— J'ignorais que tu étais rentré. Ce n'était pas allumé…

Il pouffa à nouveau, de ce rire sans son dont la tristesse frappait Jocelyn pour la première fois.

— Drizzle, qu'est-ce qui se passe? Tu as besoin d'aide?

Silas réfléchit, un pouce sur les lèvres. Pour finir, il marmonna:

— Tout ça est ridicule. (Son bras dessina une courbe lasse, vaincue, dans l'espace.) Allons. Viens, Ursula…

Elle jaillit du recoin de la courette où elle s'était

réfugiée. Sur sa fourrure claire, ses cheveux lisses retombaient en deux minces rideaux noirs de part et d'autre de son visage pâle.

— Tu sais garder un secret ? chuchota-t-elle.

Jocelyn haussa les épaules, légèrement abasourdi.

— Bien sûr, dit-il, que je ne dirai rien. Ni à Mrs Merle, ni... À personne.

— Ce n'est pas Mrs Merle notre ennemi, soupira Silas en enlaçant Ursula. L'ennemi, c'est l'Amérique.

Il sourit.

— Voilà. Tu la connais, ma chanteuse. Maintenant je pourrai t'emmener l'écouter. Bonne nuit, Jo. Au fait, dit-il dans un demi-tour, ton bal... c'était bien ?

— Pas mal.

— Ç'a l'air, dit Silas en parcourant, narquois, le smoking fripé et encore humide, ainsi que les souliers flanqués de boue.

Avant de le suivre, Ursula serra les mains de Jocelyn entre les siennes qui étaient glacées.

— Pardon de t'avoir dérangé, Jo. Avec Drizzle, on voulait juste discuter dans un coin tranquille.

Du seuil, il suivit des yeux leurs deux silhouettes obscures qui se découpaient là-haut, contre la neige des voitures.

Ursula remonta le perron de Giboulée, Silas

bifurqua à l'angle de la rue, poings dans les poches, courbé dans son col relevé. Ils s'étaient séparés sans un baiser, juste dans un effleurement des doigts.

Pensivement, Jocelyn s'en retourna se déshabiller et enfiler son pyjama.

Il aperçut soudain la couronne de sapin ornée de petites pommes rouges, de noix et de galon argenté qu'on avait posée sur la cheminée et qu'il n'avait pas encore remarquée. Il s'approcha pour la respirer. Elle embaumait la résine d'épicéa, le feu de bois, la pomme de chez Mamido, les Noëls à Saint-Illieux...

Il n'avait pas sommeil. Tout était trop puissant. Trop éblouissant.

Il alla s'asseoir au bureau, mais avant il emporta Adèle le renne pour l'installer face à lui. Il ouvrit le tiroir du bas, contempla les cadeaux qu'il avait achetés cette semaine, pour Ogden, pour Mrs Merle et Artemisia, Easter Witty et Charity, Silas, et toutes les filles de Giboulée. Il n'avait pas oublié les chats, ni N° 5. C'étaient de petits paquets, joliment enrubannés. Demain, il achèterait ceux de Cosmo, de Prospero et de Dido.

Demain, il monterait remercier Artemisia pour le *corsage*.

Il tira son bloc de papier à lettres, déboucha le Jif, après avoir vérifié le réservoir.

Ma chère Rosette,

J'espère que tout va bien pour toi. J'ai embrassé maman dans ma dernière lettre mais si tu le fais encore de ma part, ce ne sera jamais trop. Je songe avec chagrin que c'est mon premier Noël sans vous. Peut-être est-ce pour cela que je suis si impatient de t'écrire ce soir. Je prendrai mon bain tout à l'heure pour la peine.

Il est tombé dix-sept pouces de neige en vingt heures sur New York et les États voisins (1 pouce = 2,5387 cm... Toi qui adores le calcul mental). Le mois de décembre 1948 est d'ores et déjà à inscrire parmi les prouesses du siècle.

Dans une semaine, j'avalerai mon triangle de Toblerone mensuel. Le troisième. Déjà le troisième.

Je me plais dans cette pension Giboulée. D'abord, il y fait chaud. Et je m'aperçois que je n'ai pas envie de sortir trop vite de cet album de famille.

Ce soir, j'étais au bal de fin d'année de Penhaligon. Cela s'est passé agréablement. Je t'écris, j'ai à peine retiré mon smoking, figure-toi. À ce propos, sais-tu ce qu'est un « corsage » ? Ça se prononce, ici, corsââge, et ce n'est pas du tout ce que tu crois. C'est un faux ami. Cela peut même devenir ton pire ennemi. Il s'agit du bouquet que les jeunes filles accrochent à leurs robes. Tu n'y aurais pas pensé, hein ? Moi non plus.

Et maintenant ma chère Rosette, il faut absolument que je te parle d'une personne dont je ne t'ai pas encore parlé. Elle habite la maison voisine, son prénom est Theodora, mais tout le monde l'appelle Dido...

Du même auteur à *l'école des loisirs*

Collection MÉDIUM

Fais-moi peur
Rome l'enfer
Faux numéro
Sombres citrouilles
Quatre sœurs (tome 1) : *Enid*
Quatre sœurs (tome 2) : *Hortense*
Quatre sœurs (tome 3) : *Bettina*
Quatre sœurs (tome 4) : *Geneviève*
Boum
Taille 42
Quatre sœurs (l'intégrale en grand format)
La bobine d'Alfred

N° d'impression : 92867
Imprimé en France